Die CF...
Was für 'ne Party?

Jürgen Lill

INHALT

DIE CF... WAS FÜR 'NE PARTY?

- KAPITEL EINS -

Ich lag noch im Bett, als das Telefon klingelte. Es war bereits halb elf. Aber wenn man, so wie ich, keiner geregelten Arbeit nachgeht, dann wird schnell mal die Nacht zum Tag und man verschläft die beste Zeit des Tages.

Nicht, dass ich weggehen oder feiern würde. Nein; Im Großen und Ganzen führe ich sogar ein ziemlich zurückgezogenes Leben. Weggehen und Feiern könnte ich mir auch gar nicht leisten. Aber abgesehen davon bin ich auch nicht der Typ, der ausgeht. Meine Unternehmungen haben fast immer einen künstlerischen Hintergrund. Ich schreibe, ich fotografiere, und seit einiger Zeit stehe ich in verschiedenen Kunstschulen Modell für Zeichenkurse. Das ist im Moment auch das Einzige, wodurch ich mich finanziell über Wasser halte. Es ist das Einzige, das mir ein halbwegs regelmäßiges Einkommen sichert. Das soll aber nicht heißen, dass ich den Job nur des Geldes wegen mache. Natürlich mache ich ihn wegen des Geldes. Aber was ich meine ist, dass ich nicht alles für Geld mache. In Zeichenschulen Modell stehen ist eine künstlerische Ausdrucksform für mich und eine interessante, neue Erfahrung.

Als Autor bin ich alleiniger Herr über meine Geschichten und ihre Protagonisten. Und als Fotograf bin ich derjenige, der das Model leitet und der ihm seine Posen und Blicke vorgibt. Wenn ich selbst Modell stehe, bin ich derjenige, der sich anleiten lässt, dann bin ich der, der das umsetzt, was der Kunstlehrer seinen Schülern als Pose vorgeben möchte. Und das ist es, was diese neue Erfahrung ausmacht; die Perspektive zu wechseln und an die Kunst von einer anderen Seite heranzugehen.

Ich kenne viele Menschen, die das nicht können. Sie sind entweder Regisseure oder Darsteller. Viele Regisseure (ich nenne sie jetzt einfach mal Regisseure. Es können aber genauso gut Fotografen, Autoren oder irgendwelche Chefs sein), die alle Bilder ihres Stücks bereits im Kopf haben und genau wissen, wie sie ihre Darsteller (Schauspieler, Models, Angestellte...) platzieren, leiten und lenken müssen, wären selbst niemals in der Lage, irgendetwas anderes, als sich selbst darzustellen. Und viele Darsteller, die auf der Bühne oder vor der Kamera Götter sind, könnten andere Darsteller selbst niemals so dirigieren, dass daraus trotz deren Talent ein brauchbares Bild oder Stück entstehen würde. Den meisten davon muss man allerdings zugute halten, dass sie es gar nicht erst versuchen.

Für mich ist es wichtig, beide Seiten zu kennen, denn nur wenn ich selbst Darsteller bin, kann ich mir als Regisseur auch vorstellen, ob die Bilder, die ich im Kopf habe, von einem anderen Darsteller auch umgesetzt werden können. Und wenn ich selbst auch Regisseur bin, fällt es mir als Darsteller viel leichter, die Ideen und Anweisungen des Regisseurs zu verstehen und umzusetzen.

Entschuldigung. Ich habe noch nicht einmal mit meinem Bericht begonnen und schweife schon ab. Also zurück zum Telefon:

Als es klingelte, dauerte es eine Weile, bis ich das unangenehme Geräusch, das mich so unvorbereitet aus meinen Träumen riss, als das erkannte, was es war; als mein Telefon. Brummend tastete ich nach dem Hörer, während ich mühsam aber erfolglos versuchte, meine Augen zu öffnen. Und brummend meldete ich mich auch: „Schlaflabor Meier! Wer stört?"

Es dauerte etwa zwei Sekunden, bevor sich eine weibliche Stimme auf meinen höflichen Guten Morgen Gruß meldete.

„Ähm, Jack? Bist Du das?" fragte die Stimme hörbar verunsichert.

Jetzt brauchte auch ich etwa zwei Sekunden, um die Stimme und die Frage in Einklang zu bringen, was den Prozess des Wachwerdens zumindest etwas beschleunigte, weil es ja doch eine ziemlich schwere Denkarbeit war, zumindest im Anbetracht dessen, dass ich eben erst aus dem Schlaf gerissen worden war. Ich heiße nicht Jack; hieß ich auch zum Zeitpunkt des Anrufs nicht. Ich heiße Jace! Aber in der Kunstakademie nannten mich die Lehrer und Schüler meistens Jack – weil ich angeblich wie ein Pirat aussehe! Das ist aber totaler Quatsch, vor allem wenn man bedenkt, dass es sich bei den Kursen der Akademie um Aktzeichnen handelt. An meiner Art, mich zu kleiden konnte die Assoziation also nicht liegen.

„Hallo?" fragte die Stimme am anderen Ende der Leitung nach Ablauf der zwei Sekunden.

„Ich überlege noch!" brummte ich in den Hörer, da mein Gedankengang noch nicht abgeschlossen war.

„Was denn?" fragte die Stimme leicht amüsiert, „Ob Du Jack bist?"

Anscheinend hatte die Besitzerin der Stimme inzwischen die Gewissheit erlangt, dass ich wirklich der war, für den sie mich hielt, bzw. den sie auf meiner Seite der der Leitung vorzufinden erwartet hatte, als sie angerufen hatte, denn sie fuhr fort: „Hier ist Katrin vom Zeichenkurs! Ich hätte einen Job für Dich heute Abend. Hast Du Interesse?"

Katrin, ja klar, dachte ich mir. Eigentlich hätte ich ihre Stimme erkennen müssen; Hätte ich sicherlich auch, wenn ich schon munter gewesen wäre.

„Hi Katrin", antwortete ich, während ich mich im Bett aufsetzte. Und jetzt brummte ich auch nicht mehr.

Wenn ich Modell stehe, bin ich normalerweise sehr souverän und konzentriert. Aber wenn Katrin, die zwar keine gute Zeichnerin ist, dafür aber verdammt gut aussieht und das auch weiß, in der ersten Reihe sitzt, muss ich mich oft sehr beherrschen, um keine verräterischen Bewegungen in meiner Körpermitte entstehen zu lassen. Katrin kleidet sich auf stilvolle Art sehr leger. Und sie lässt bei den Herrenhemden, die sie gerne trägt, oftmals mehr Knöpfe offen stehen, als es gut für das Herz, oder sonstige stark durchblutete Körperteile eines Mann ist, der ihr nackt gegenüber steht und sich nicht bewegen darf. Manchmal ist es schon fast ein Akt übermenschlicher Selbstbeherrschung, keine Regung bei ihrem Anblick zuzulassen. Selbst wenn ich es vermeide, sie direkt anzusehen, ist das Wissen, mehr oder weniger freien Blick auf ihre vollen, runden Brüste zu haben, schon ausreichend, um ein Ziehen in meinen Lenden zu erzeugen. In solchen Situationen hilft es nur noch, wenn ich mich dazu zwinge, an etwas anderes zu denken, zum Beispiel von eins bis tausend zu zählen und wieder zurück.

Dabei hätte ich Kartrins offenherzigen Anblick wirklich gerne genossen. Aber in diesen Situationen war es mir einfach nicht möglich, wenn ich nicht riskieren wollte, vor dem kompletten Kurs eine Erektion zu bekommen.

An einem Job hatte ich natürlich Interesse, wenn es etwas war, was mir lag und was auch bezahlt würde. Also fragte ich: „Was denn für einen Job?"

„Heute Abend findet eine Party statt. Und dafür bräuchte ich noch ein männliches Model. Das wären schnell und leicht verdiente hundert Euro für Dich!"

„Wenn Du meinst, dass ich da passe, ..." begann ich etwas skeptisch. Aber Katrin schnitt mir das Wort ab.

„Natürlich passt Du!" sagte sie euphorisch und voller Überzeugung. Aber vermutlich wollte sie damit vor allem mich überzeugen.

„Was ist das denn für eine Party?" fragte ich, da ich nicht wusste, was ich als Model auf einer Party eigentlich sollte.

„Eine CF... Party" nuschelte Katrin ziemlich undeutlich, was sehr eigenartig war, da sie sich ansonsten immer sehr deutlich artikulierte.

„Eine CF... Was für 'ne Party?" fragte ich deshalb nach.

„Es sind nur Mädels da. Das wird Dir gefallen, Jack!"

„Und wann ..." begann ich von Neuem.

„Ich hole Dich um halb acht ab!" antwortete Katrin, bevor ich meine Frage überhaupt formuliert hatte. Und bevor ich noch weitere Fragen stellen konnte, sagte sie schnell „Also dann, bis heut Abend. Ich freu mich", und legte auf.

Hab ich jetzt zugesagt? fragte ich mich selbst, da ich Katrin nichts mehr fragen konnte. Aber dann dachte ich mir: *Eine Party mit lauter Mädels! Das kann doch so schlecht nicht sein.*

Und so nahm das Schicksal seinen Lauf.

Den Tag verbrachte ich, ohne mir weitere Gedanken über die bevorstehende Party zu machen. Ich absolvierte mein Trainingsprogramm und schrieb danach an einer Kurzgeschichte weiter, die ich schon vor einiger Zeit begonnen, aber nie beendet hatte. Erst kurz vor neunzehn Uhr fiel mir der Job wieder ein, den ich an diesem Abend noch zu erledigen hatte. Also riss ich mich von meiner Geschichte los und duschte, um für das Bevorstehende, was auch immer es sein mochte, frisch zu sein.

Katrin kam erst kurz vor acht. Als sie endlich klingelte, war ich schon lange fertig und bereit für eine Party, für deren Besuch ich bezahlt werden sollte. Trotzdem fühlte ich mich etwas befangen, da ich, wie bereits erwähnt, eigentlich gar nicht so sehr der Partytyp bin. Und die Zeit des Wartens hatten meine Bedenken nur noch verstärkt.

„Hi Jack", grüßte Katrin lächelnd und küsste mich auf beide Wangen.

„Hi" grüßte auch ich. Ich hatte Katrin noch nie außerhalb des Kurses gesehen. Manchmal hatten wir vor Beginn der Stunde oder danach ein paar Worte miteinander gewechselt. Und ich hatte dabei auch immer ein leichtes Prickeln gespürt. Trotzdem war nie mehr daraus geworden. Ich wusste nicht einmal, woher sie meine Telefonnummer gehabt hatte.

„Bist Du fertig?" fragte Katrin und ich bemerkte, dass sie ziemlich aus der Puste war.

„Seit einer halben Stunde!" antwortete ich mit einem leicht vorwurfsvollen Unterton. Ich machte gar nicht den Versuch, galant zu sein und die typisch weibliche Verspätung höflich zu übergehen.

„Die Mädels werden Deinen Charme lieben!" erwiderte Katrin lächelnd, nahm mich bei der Hand und zog mich hinter sich her aus der Wohnung.

„Zuerst hab ich die Hausnummer nicht gefunden", erklärte sie auf dem Weg zu ihrem Wagen entschuldigend, „und dann keinen Parkplatz. Jetzt sind wir ziemlich spät dran."

Eigenartig, dachte ich mir, da man hier überall parken konnte, sogar direkt vor dem Haus. Aber ich sagte nichts, sondern ließ mich, neugierig geworden, weiter von Katrin zu ihrem Wagen ziehen. Sie hatte einen alten, klapprigen VW-Bus, der wie aus den Sechzigern des letzten Jahrhunderts wirkte.

Der Bus war genauso laut, wie klapprig. Eine Unterhaltung war während der Fahrt so gut wie unmöglich, wenn man nicht versuchen wollte, das gefährlich klingende Rasseln des Diesels zu überbrüllen. Das taten aber weder Katrin, noch ich, obwohl ich noch einige Fragen zum Ablauf der Party und zu meiner Rolle dabei gehabt hätte. Aber mir dröhnten schon vom Lärm des Wagens die Ohren. Da musste ich nicht noch eine Unterhaltung führen, bei der man sich hätte anschreien müssen, um sich verstehen zu können.

Es war bereits kurz vor neun, als wir unser Ziel am anderen Ende der Stadt erreichten. Als Katrin geparkt und den Motor ausgestellt hatte, zückte sie ihr Portemonnaie und reichte mir einen Hunderteuroschein.

„Hier", sagte sie, „das ist schon mal Deine Gage."

Ich nahm den Schein und wollte eben die Fragen stellen, die mir noch auf dem Herzen lagen, da hielt mir Katrin schnell einen Vertrag unter die Nase und sagte mit einem ungeduldigen Blick zur Uhr: „Du müsstest mir nur noch den Vertrag unterschreiben."

„Einen Vertrag?" fragte ich skeptisch, da ich mir das Ganze etwas unbürokratischer vorgestellt hatte. Automatisch griff ich aber nach dem Papier, um es durchzulesen.

„Wir sind schon spät dran", hetzte mich Katrin.

„Ich möchte doch wenigstens wissen, was ich da unterschreibe", erwiderte ich aber und begann zu lesen.

„Hiermit verpflichtet sich Jace Leroy auf der CFNM Party am … Was heißt denn CFNM?" fragte ich stirnrunzelnd.

„Hab ich Dir doch schon gesagt", antwortete Katrin ungeduldig. „Dass nur Mädels da sind."

„Ja, aber was bedeutet CFNM?" beharrte ich.

„Du weißt nicht, was CFNM bedeutet?" fragte Katrin und gab sich überrascht. Ich schüttelte den Kopf.

„Clothed Female Nude Male!" erklärte sie, als ob es wirklich das Normalste der Welt wäre. Und bevor ich mir überhaupt klar machen konnte, was das bedeutete, drängte sie mich schon wieder: „Hier unten musst Du unterschreiben. Komm schon, wir sind eh schon zu spät dran."

Ich grübelte aber noch immer und fragte dann: „Ich soll nackt auf der Party sein?"

„Das ist doch auch nicht anders, als beim Aktzeichnen!"

„Und was soll ich da machen?"

„Du brauchst fast gar nichts zu machen. Du musst einfach nur da sein und den Mädels einen schönen Anblick bieten."

Ich zögerte noch immer, da ich durch die neue Situation ziemlich verunsichert war. Da versuchte mich Katrin damit zu ködern, dass sie sagte: „Bei solchen Partys passiert es im Gegensatz zum Aktzeichnen ziemlich häufig, dass sich von den Mädels auch welche ausziehen!"

Ich hatte schon so lange keinen Sex mehr gehabt, dass ich mir ziemlich sicher war, den bewussten Anblick eines nackten Mädels nicht ohne Regung in meiner Körpermitte überstehen zu können. Auf der einen Seite war die Aussicht auf solche Aussichten ja überaus reizvoll, aber auf der anderen Seite …

„Du hättest mir vorher sagen sollen, um was es geht!" sagte ich nachdenklich zu Katrin.

„Das hab ich doch!" rechtfertigte sie sich mit vorwurfsvollem Unterton.

Um gar nicht erst eine längere Diskussion aufkommen zu lassen, erklärte ich Katrin ganz offen: „Hör zu Katrin: Ich hab schon seit längerer

Zeit keinen Sex mehr gehabt. Ich hab schon genug zu kämpfen, wenn Du mit Deinen offenen Hemden im Kurs sitzt ...“

„Ich weiß“, unterbrach mich Katrin lächelnd. Und als ich wieder weitersprechen wollte, schnitt sie mir sofort das Wort ab, indem sie mir erklärte: „Das ist hier nicht die Kunstakademie, Jack! Das ist eine Party mit Mädels, die Spaß haben wollen. Und Du bist auch nicht nur ein steif rumstehendes Model. Dafür darf bei Dir aber ruhig etwas steif werden!“

Ich glaube, ich errötete wie ein Schulmädchen, als ich das hörte. Aber Katrins bittender Blick und dabei ihre erfrischende Natürlichkeit waren so aufmunternd, dass ich den Vertrag unterschrieb, ohne ihn fertig gelesen zu haben. Katrin riss ihn mir sofort aus der Hand, nachdem ich unterschrieben hatte, steckte ihn ein und forderte mich, während sie schon selbst nach hinten kletterte, auf: „Jetzt aber schnell! Wir sind wirklich schon spät dran.“

Ich wusste nicht, was ich hinten im VW-Bus sollte und zögerte deshalb. Aber Katrin meinte ungeduldig: „Komm schon, Du musst Dich ausziehen!“

„Was denn, hier im Auto?“

„Ja natürlich! Hast Du den Vertrag nicht gelesen?“

Oh, wie ich sie in diesem Moment hasste. Sie hatte mich so lange belabert, bis ich den Vertrag unterschrieben hatte, ohne ihn ganz gelesen zu haben. Und jetzt fragte sie mich scheinheilig, ob ich ihn nicht gelesen hätte.

„Nein!“ antwortete ich missmutig, während ich selbst nach hinten kletterte.

„Gibt es noch mehr, was ich hätte lesen müssen, bevor ich den Vertrag unterschrieben habe?“ fragte ich und begann, die Knöpfe meines Hemdes zu öffnen.

„Nein, wie kommst Du denn darauf?“ antwortete Katrin mit gespielter Kränkung, die durch ihr Lächeln aber enttarnt wurde. „Du musst nur bereits nackt erscheinen ... und nach Möglichkeit auch schon mit einem Ständer!“

Ich hielt im Aufknöpfen inne und starrte Katrin ungläubig an. Bevor ich meine Verwunderung aber artikulieren konnte, beruhigte sie mich schon mit der Versicherung: „Keine Angst. Das mach ich schon!“

Mein Blick wurde immer ungläubiger nehme ich an. Ich hätte meinen Gesichtsausdruck in dem Moment gerne im Spiegel gesehen.

Katrin öffnete den Reißverschluss meiner Hose und zog sie mitsamt meinem Slip nach unten.

„Mmmm!“ schnurrte sie beim Anblick meines Penis, der nicht wusste, ob er sich aufrichten oder zurückziehen sollte. „Den wollte ich schon immer mal aus der Nähe begutachten!“

Katrin packte ohne zu zögern zu. Die unerwartete Berührung ließ meinen Penis in ihrer Hand explosionsartig anschwellen.

„Siehst Du“, meinte sie begeistert, „es gibt gar keinen Grund zur

Sorge!"

Ich sah das anders. Durch meine Keuschheit während der letzten Monate befürchtete ich, dass nicht nur die Größe meines Penis in ihrer Hand explodierte, sondern auch er selbst!

„Na los, hopp hopp!" spornte mich Katrin an, während sie mich weiter stimulierte. „Raus aus den Klamotten!"

Ich zog mir das Hemd aus und schlüpfte aus den Schuhen und der Hose.

„Und jetzt?" fragte ich unsicher, aber erregt, wie ich zugeben muss. Ich gab mich der Erregung einen Moment lang hin und schloss die Augen. In dem Moment spürte ich einen kaum merklichen Stich in meiner Eichel. Ich nahm an, dass es Katrins Fingernagel gewesen wäre und blickte eher neugierig als besorgt nach unten. Aber da sah ich, dass Katrin mir mit einer Spritze etwas in meine Eichel injizierte. Ich zuckte zurück.

„Keine Angst!" versuchte mich Katrin aufmunternd lächelnd zu beruhigen. „Das ist nur, damit Dein Ständer die Nacht durchsteht."

„Du hättest mich vorher fragen können!" protestierte ich.

„Genieße es einfach, Jack", hauchte sie verführerisch und drückte einen Finger auf die haarfeine Blutfontäne, die aus dem Einstichloch in meiner prallen Eichel schoss.

Ich wollte widersprechen, spürte aber, wie sich meine Erregung von meiner Eichel aus in meinem Penis und meinem ganzen Körper zu einer mir bis dahin nicht gekannten Intensität ausbreitete. Meine Erektion schwoll zu einer rekordverdächtigen Größe an und meine Eichel war so prall wie eine überreife Tomate. Sie schien kurz vor dem Platzen zu sein. Aber es fühlte sich unglaublich gut an.

„Wie lange dauert die Party eigentlich?" fragte ich, da ich mir plötzlich nichts sehnlicher wünschte, als ein erfüllendes sexuelles Abenteuer. Und Katrin wäre doch die perfekte Partnerin für dieses Abenteuer gewesen. Wenn wir die Party schnell hinter uns bringen konnten, dann hätten wir danach noch die aufgebaute sexuelle Spannung genießen können, dachte ich mir. Aber Katrins Antwort klang in dieser Hinsicht nicht ganz so zuversichtlich oder vielversprechend.

„Das ist bei so einer Party immer schwer vorherzusagen", meinte sie, während sie mir einen ziemlich stramm sitzenden Cockring anlegte, der meine Erektion noch mehr steigern zu wollen schien. Das war aber kaum noch möglich. Katrin öffnete die seitliche Schiebetür von ihrem Bus und zog mich an einer mehrere Meter langen, dünnen, am Cockring befestigten Kette hinter sich her aus dem Wagen, schloss die Tür hinter mir wieder und zog mich dann, nackt wie ich war, weiter hinter sich her, über die Straße auf das Haus zu, in dem die CFNM-Party stattfinden sollte. Ein paar junge Frauen standen vor der Tür. Sie pfiffen und applaudierten begeistert, als sie uns auf der Straße erblickten.

„Das ist Dein Publikum!" raunte Katrin mir zu. Und dann antwortete sie erst auf meine vorher gestellte Frage: „Die Party kann zwei Stunden oder auch die ganze Nacht dauern. Normalerweise ist es danach für Dich erledigt, außer …"

„Außer?" fragte ich, als die Kunstpause unangenehm lang wurde.

„Außer eines der Mädels beansprucht Dich für sich."

„Außer was?" fragte ich überrascht noch einmal und blieb abrupt stehen. Da Katrin aber nicht stehen blieb, gab es einen heftigen Ruck, mit dem sie mich am Cockring weiter auf die Mädels zu zog.

„Keine Angst", versuchte sie mich zu beruhigen, während sie mich aber unnachgiebig weiter zog. „So was kommt eigentlich nie vor. Das ist für die Mädels vor allem ein Spiel mit der eigenen Phantasie … Was wäre wenn, … Du verstehst schon!"

Ich war mir nicht sicher, ob ich wirklich verstand. Aber wir hatten die Straße überquert und die drei jungen Frauen vor dem Eingang der Lokalität erreicht. Sie bestürmten sofort Katrin mit Fragen und allerlei lautem Gegacker und Bla Bla, während sie mich und meinen steifen, pulsierenden Penis mit ihren Augen verschlangen. Langsam zweifelte ich doch wieder sehr, ob dieser Job wirklich etwas für mich war. Eine der jungen Frauen griff zaghaft, aber doch sehr zielstrebig nach meinem Penis. Bevor sie ihn aber berührte, haute Katrin ihr auf die Finger.

„A, a, a", machte sie vorwurfsvoll. „Er gehört Euch erst da drin!"

„Na dann nichts wie rein!" meinte die andere und lief mit ihren Freundinnen durch die Tür.

Ich sah Katrin fragend und mit einem Anflug von Panik an, sagte aber nichts und folgte ihr an der Kette in die für die Party gemietete Wirtschaft.

„Hallo Mädels", rief Katrin schon an der Tür zu dem großen Saal, in dem sicherlich vierzig bis fünfzig junge Frauen anwesend waren, von denen ich mir nicht mal bei allen sicher war, ob sie überhaupt schon volljährig waren. Es war eine ausgelassene Stimmung. Die ‚Mädels' feierten und tanzten. Da die Musik recht laut war, ging Katrins Ruf ziemlich unter. Aber die drei vorausgeeilten Mädels hatten unsere Ankunft wohl schon angekündigt, so dass sich in der näheren Umgebung der Tür doch viele neugierige und gierige Blicke auf uns, bzw. mich richteten.

„Mach doch mal die Musik leiser!" rief eine dem weiblichen DJ, also der DJane zu. Die Musik wurde heruntergedreht und Katrin rief erneut in die Runde, deren volle Aufmerksamkeit sie jetzt hatte: „Hallo Mädels, hier ist meine versprochene Überraschung für den Abend"

Und damit zog sie mich mit einem übertrieben festen Ruck an der Kette nach vorne. Ein Raunen der Begeisterung ging durch die Menge. Aber ich glaube, das galt eher der Art, in der Katrin mich hier vorführte, als mir selbst.

„Mädels, Jack! Jack, Mädels!" stellte sie uns einander vor und ich wurde das eigenartige Gefühl nicht los, dass ich bei dieser Vorstellung irgendwie im Nachteil war.

„Er gehört Euch!" rief Katrin den Mädels zu und warf das Ende der Kette ziellos in die Menge. Bisher hatte ich kaum auf die Gesichter der Mädels achten können. Während ich meinen Blick nervös über die Menge hatte schweifen lassen, war mir nur aufgefallen, dass kaum eine von ihnen älter als fünfundzwanzig sein konnte. Als Katrin mich jetzt mit der Kette buchstäblich der Meute zum Fraß vorwarf, überkam mich wieder eine ziemliche Panik. Ich sah, wie sich die Mädels wie Rugby-Spieler auf die Kette stürzten. Aber die, die das Ende der Kette auffing, stand ganz ruhig da. Sie griff einfach in die Luft und hatte es in der Hand, während die anderen sich noch gegenseitig behinderten. Mein Blick suchte das Gesicht des Mädchens, das am anderen Ende der Kette stand, die an meinem Cockring hing. Und als ich es gefunden hatte, drehte ich mich blitzschnell und jetzt wirklich in Panik um.

Ich kannte dieses Mädchen. Ich kannte es sogar sehr gut. Sein Name war Aimee. Und Aimee war die Tochter von Martina, der großen Liebe meines Lebens, mit der ich fast vier Jahre zusammengelebt hatte. Martina war mehr als zehn Jahre älter gewesen als ich. Aber das hatte mich nie gestört. Wir hatten einfach zusammen gehört. Warum die Beziehung dann doch irgendwann auseinander gegangen war, hatte ich niemals begriffen. Aimee war gerade mal elf Jahre alt gewesen, als ich ihre Mutter kennengelernt hatte. Ich kannte sie nur als Kind. Ich war ihr Spielkamerad und Vaterersatz gewesen, bis sie fünfzehn war und meine Beziehung zu ihrer Mutter zerbrochen war. Oh, wie hatte ich Aimee damals geliebt; nicht als Frau, sondern als das, was sie war; als Kind. Ich hatte sie wie eine eigene Tochter geliebt. Durch sie war meine Beziehung zu Martina mehr geworden, als einfach eben nur eine Beziehung. Ich hatte plötzlich eine Familie gehabt. Ich hatte Geborgenheit und auch Verantwortung kennen- und liebengelernt. Aimee und ich waren unzertrennlich gewesen. Die Wälder waren unser Spielplatz gewesen. Wir waren auf Bäume geklettert, hatten mit Pfeil und Bogen geschossen und waren in eisigen Bergseen schwimmen gewesen. Martina hatte uns oft wegen der schmutzigen und manchmal auch zerrissenen Kleidung geschimpft. Aber sie war uns nie wirklich böse gewesen. In Wahrheit hatte sie sich sogar gefreut, dass Aimee so ein kleiner Wildfang gewesen war, der sich eher wie ein Junge, als wie ein Mädchen ihres Alters benommen hatte. Auf der anderen Seite hatte Aimee aber auch ein unglaublich zartes und verletzliches Wesen besessen. Soweit ich es mitbekommen hatte, hatte sie sehr darunter gelitten, dass sie ohne Vater aufgewachsen war. Aber ich hatte weder sie, noch Martina jemals nach den genaueren Umständen dieses Umstandes gefragt; wahrscheinlich, weil ich in dieser Beziehung so glücklich gewesen war, dass ich gar nichts von einer frühere Beziehung Martinas hatte wissen wollen. Als die

Beziehung dann plötzlich zerbrochen war, war ich am Boden zerstört gewesen. Mein Stolz war verletzt gewesen. Aber vor allem hatte es unendlich weh getan. Ich hatte Jahre gebraucht, um mich von dieser Trennung wieder halbwegs zu erholen.

Aimee hatte lange Zeit immer wieder versucht, Kontakt mit mir aufzunehmen. Mir war bewusst gewesen, dass sie unter der Trennung ebenso gelitten haben musste, wie Martina und ich. Aber um meinen eigenen Schmerz zu verdrängen oder zu betäuben, oder vielleicht auch, um die Wunde nicht wieder aufzureißen, hatte ich keinen ihrer Briefe jemals beantwortet. Gelesen hatte ich sie alle und meistens war ich weinend über ihnen zusammengebrochen, weil mir durch sie immer wieder bewusst geworden war, was ich in Martina und ihr verloren hatte; Meinen Lebensinhalt, meinen Halt!

In ihren Briefen hatte Aimee mich angefleht, zurückzukommen. Sie hatte gewusst, dass ihre Mutter es beendet hatte und sie hatte mich immer wieder gebeten, mit dieser zu reden, um das Missverständnis – denn es konnte sich doch nur um ein Missverständnis handeln – zu klären.

Aber ich hatte schon versucht gehabt, dieses Problem zu ergründen oder zu klären, bevor ich schließlich meine Habseligkeiten gepackt hatte und gegangen war. Ich wusste einfach nicht, wie es hatte geschehen können, dass Martina und ich aus heiterem Himmel nicht mehr miteinander hatten sprechen können. Aber es war geschehen und so hatte ich die Konsequenz gezogen und war Martinas unmissverständlicher Aufforderung zu gehen, nachgekommen, ohne mich noch einmal umzudrehen. Wäre ich in dem Moment nicht zu stolz gewesen, meine Tränen sehen zu lassen, hätte ich mich noch einmal zu Martina umgewandt. Aber ich war gegangen, aufrecht, stolz und äußerlich kalt, obwohl mein Herz geblutet hatte und gebrochen war.

Aimee war während meines Abschieds in der Schule gewesen, wofür ich sehr dankbar gewesen war, weil ich den Schmerz des Abschieds von ihr nicht auch noch hätte ertragen können. Das war jetzt gerade mal drei Jahre her gewesen.

Und jetzt stand sie mir plötzlich gegenüber und hielt das Ende einer Kette in der Hand, die an einem Cockring befestigt war, an meinem Cockring. Ich hatte mich in meinem ganzen Leben noch niemals so sehr geschämt, wie in diesem Augenblick und ich hoffte nur, dass Aimee mich noch nicht erkannt hatte, bevor ich mich so schnell von ihr abgewendet hatte.

„Ich muss hier raus!" raunte ich Katrin panisch zu.

„Zu spät Jack", erwiderte sie lächelnd, „Du hast einen Vertrag unterschrieben!"

„Du kriegst das Geld zurück!" beschwor ich sie und wollte an ihr vorbei zur Tür. Da fragte sie mich aber schon: „Und was ist mit der

Konventionalstrafe?"

„Mit was?" schrie ich sie hysterisch an, obwohl ich normalerweise in keiner Weise zu Hysterie neige.

„Zweitausendfünfhundert Euro! Hast Du das Kleingedruckte nicht gelesen?"

Mir schoss der Gedanke durch den Kopf, Katrin zu erwürgen. Aber noch bevor ich meine Hände heben konnte, um den Vorsatz auszuführen, wurde ich mit einem heftigen Ruck an der Kette wieder zurück in den Raum gezogen. Ich taumelte, wendete aber trotzdem mein Gesicht nicht um. Ich konnte Aimee einfach nicht ansehen, oder anders ausgedrückt: Ich wagte nicht, sie mein Gesicht sehen zu lassen.

„Ich beanspruche ihn für mich!" hörte ich da ihre klare und deutliche Stimme das allgemeine Gemurmel übertönen. Ich erkannte ihre Stimme sofort. Was waren schon drei Jahre?

Sofort wurden Rufe des Unmuts laut und Katrin sagte fragend zu Aimee, die hinter mir stand und mir inzwischen verdächtig nahe zu sein schien: „Was denn, jetzt schon? Das ist aber so nicht üblich! Wenn überhaupt, werden solche Forderungen am Ende der Party gestellt!"

„Nun, dann beende ich die Party halt für Jace und mich!" erwiderte Aimee und ich spürte ihren Atem in meinem Nacken und ihre kleine Hand, die besitzergreifend um mich herum nach meinem erigierten Penis griff. Da sie mich Jace und nicht Jack genannt hatte, so wie Katrin mich vorgestellt hatte, hatte sie mich also ebenso erkannt, wie ich sie erkannt hatte. Ich versuchte in Richtung Tür zu flüchten, war aber so dicht von der Masse der Mädels umringt, die anscheinend dachten, dass ich ganz einfach nur Angst davor hatte, was eine von ihnen mit mir anstellen würde, dass es kein Durchkommen für mich gab. Außerdem hielt Aimee die Kette auch straff gespannt und sie hielt meinen vor Erregung schmerzenden Penis in ihrer kleinen Hand gefangen.

„Na gut", erwiderte Katrin. „Aber dann ziehen wir auch das ganze Prozedere durch."

Und damit stieg sie auf den nächstbesten Tisch und brachte mit einer großen Geste die anderen Mädels zum Schweigen. Und als es dann mucksmäuschenstill im Saal war, begann sie: „Ihr habt es gehört Mädels: Aimee beansprucht Jack für sich. Das ist nach unseren Regeln unüblich aber erlaubt. Um ihn mit sich nach Hause nehmen zu dürfen, muss ich allerdings noch die obligatorische Frage stellen: Ist eine unter euch, die Aimees Forderung anficht?"

„Ja ich!" meldete sich da eine kräftige Stimme aus der Menge und im nächsten Moment sah ich einen großen, runden Kugelfisch sich seinen Weg mit den Ellenbogen durch die Reihen der anderen Mädels bahnen. Mir trat der Schweiß auf die Stirn beim Anblick dieses Monstermädels mit geschätzten hundertdreißig bis hundertfünfzig Kilo.

„Oh, oh!" machte da Katrin und sah mitleidig von Aimee zu mir.

„Oh, oh?" fragte ich kleinlaut und verfluchte mich in Gedanken dafür, diesen verdammten Vertrag nicht gelesen zu haben.

Katrin klatschte aber begeistert in die Hände und rief in die Menge: „Ihr wisst, was das heißt Mädels!?"

Ich war mir nicht sicher, ob das als Frage oder als Ankündigung gegolten hatte. Aber die anderen Mädels antworteten so kreischend vor Aufregung und Vorfreude auf das bevorstehende Spektakel, dass es mir in den Ohren schmerzte: „Einen Wettstreit zwischen den beiden Kontrahentinnen!"

Zumindest war das der Kern der Aussage, den ich aus all dem Gekreische herausfiltern konnte. Noch immer wendete ich mein Gesicht standhaft von Aimee ab, obwohl ich inzwischen wusste, dass sie mich erkannt hatte. Ich war mir in dem Moment nicht sicher, wem ich den Sieg in diesem Wettstreit wünschen sollte. Der Kugelfisch löste bei mir Krämpfe und Brechreiz aus. Und hätte ich es geschafft, dieses fleischgewordene Stück Fett länger zu betrachten, hätte keine Spritze der Welt es vermocht, meine Erektion aufrecht zu erhalten. Das soll jetzt nicht beleidigend klingen. Aber mein ästhetisches Empfinden wurde beim Anblick dieses Kolosses, der auch vom Gesicht her nichts Einnehmendes an sich hatte, wirklich über Gebühr strapaziert. Auf der anderen Seite wollte ich aber um Nichts auf der Welt verpflichtet sein, mich Aimee auszuliefern.

Zweitausendfünfhundert Euro Konventionalstrafe, überlegte ich in panischer Verzweiflung und plante bereits ein neues Attentat auf Katrin, sobald sie wieder vom Tisch heruntersteigen würde. Das Geld hätte ich niemals aufbringen können. In meiner absurden Situation, die keinen klaren Gedanken zuließ, schien mir ein Mordanschlag auf die Verursacherin meiner Misere sinnvoller und gerechter zu sein, als ein Vertragsbruch.

„Ein Zweikampf zwischen Aimee und Schneewittchen!" antwortete Katrin, begeistert in die Hände klatschend, auf die Rufe der Menge.

„Schneewittchen?" fragte ich in einer Mischung aus Sarkasmus und Hysterie, als ich den Kosenamen dieses Monstrums gehört hatte. „Vielleicht eher Schneelawine oder Yeti!"

„Pst!" flüsterte mir Aimee kichernd von hinten ins Ohr. „Wenn ich jetzt verliere, möchte ich nicht in Deiner Haut stecken."

Ich warf einen ängstlichen Blick zu Schneewittchen und bemerkte, dass sie meine Bemerkung ebenfalls gehört hatte. Wenn Aimee den Wettkampf verlor, dann wollte ich auch nicht in meiner Haut stecken. Aber da wollte ich schon nicht mehr stecken, seit ich Aimee auf dieser Party entdeckt hatte. Ich wollte einfach nur allein zu Hause sein, an meiner Kurzgeschichte weiter schreiben und von echten Frauen nichts hören und sehen. Als gesunder Mann mit zwei gesunden Händen brauchte ich keine Frau, nicht einmal für ein erfülltes Sexualleben. Zumindest sah ich das seit drei Jahren so, seit ich mich von Aimees Mutter getrennt hatte; oder besser gesagt, sie sich von mir.

Warum zum Teufel mussten sich die einzigen beiden Frauen dieser Party, mit denen ich auf keinen Fall etwas zu tun haben wollte, um mich streiten? Mit jeder anderen anwesenden Frau wäre ich ohne zu zögern mitgegangen und hätte dieses Spiel mitgespielt. Wahrscheinlich hätten wir ein bisschen Spaß gehabt und wären dann wieder friedlich auseinander gegangen.

Aber die eine, die mich wollte, mit der konnte ich nicht, weil sie wie eine Tochter für mich war, wie eine verlorene Tochter, oder schlimmer noch: Wie eine Tochter, die ich im Stich gelassen hatte. Und die andere verkörperte alles, was ich optisch abstoßend fand.

Mir war schlecht. Ich wollte an die Luft, nur weg von diesen kreischenden Furien. Aber ich hatte diesen Vertrag unterschrieben. Auf die Gage hätte ich verzichten können, auch wenn ich sie gut gebrauchen konnte. Aber die Konventionalstrafe …

„Lieber Gott mach mich fromm …" *Nein, schau lieber grad mal weg. So musst Du mich nicht sehen.*

Katrin sprang wieder vom Tisch herunter, nahm Aimee das Ende der Kette aus der Hand und zog mich daran in die Mitte des Saals, wo ein massiver hölzerner Stützpfosten stand, der das Dach zu tragen schien. Als sie so losmarschierte und mich durch den Zug an der Kette erst einmal umdrehte, stand ich Aimee plötzlich direkt gegenüber. Es war nicht mehr möglich, ihrem Blick auszuweichen. Unsere Augen flossen ineinander und öffneten ein ganzes Universum unbeantworteter und nie gestellter Fragen. Ich sah in ihr noch immer das Kind und erkannte gleichzeitig, dass sie keines mehr war. Irgendetwas passierte in diesem Moment, ohne dass mir bewusst wurde, was es war. Mir blieb auch keine Zeit, mir Gedanken darüber zu machen. Unser Blickkontakt bestand nur für einen Sekundenbruchteil, bevor Katrin mich weiter hinter sich her zog.

Jetzt schämte ich mich noch mehr, als zuvor. Dass ich Aktmodell in Zeichenkursen war, das war okay. Dazu stand ich. Aber selbst dabei hätte ich Aimee nicht als Zuschauerin haben wollen. Die Situation, in der ich mich jetzt befand, die war weitaus schlimmer. Sie war demütigend.

Wie in Trance folgte ich Katrin zu dem Balken. Sie zog die Kette nach hinten zwischen meinen Beinen hindurch und kettete mich so an den Balken.

„Aimee, Schneewittchen:" kommandierte sie, „Ihr geht rüber zur Tür."

Die beiden folgten den Anweisungen Katrins, während die anderen Mädels ihnen Platz machten. Katrin holte sich von einem der Tische eine Dose Sprühsahne und kam damit zurück zu mir.

„Die Regeln sind ganz einfach", begann sie. „Diejenige, die die Sahne ableckt, bekommt Jack!"

Und damit sprühte sie mir einen dicken Klecks Sahne auf meine dunkelrote, pralle Eichel.

„Auf die Plätze ...“

Aimee und das Schneewittchen musterten sich aus zusammengekniffenen Augen und machten sich startklar.

„fertig ...“

Ich sah, wie Aimee sich wie ein Panther sprungbereit zusammenkauerte und erinnerte mich daran, wie wir vor Jahren durch den Wald getobt waren. Kein Hindernis war uns zu groß oder zu hoch gewesen. Aimee besaß wirklich die Anmut und Sprungkraft eines Panthers. Sie würde in zwei Sekunden durch den Saal zu mir geflogen sein. Nichts und niemand konnte sie daran hindern, diesen Wettkampf zu gewinnen und schon gar nicht dieses Kugelwittchen.

Aber das wollte ich nicht! Ich wollte nicht, dass Aimee gewann. Ich wollte nicht, dass sie mich berührte, vor allem nicht auf die Weise, auf die sie mich berühren musste, um diesen Wettkampf zu gewinnen. Es war schon schlimm genug gewesen, dass sie meinen Penis vorhin einfach in ihre Hand genommen hatte. Aber die Vorstellung, dass sie mir meine Eichel ...

Scheiße! Die Vorstellung ließ meine Erektion fast den Cockring sprengen. Aimee war nicht mehr das kleine Mädchen, als das ich sie kannte. Sie war zu einer Rose herangewachsen, deren Knospen sich gerade öffneten. Sie hatte noch die zarte und samtige Frische der Jugend in dem erwachenden und erblühenden Körper einer jungen Frau.

Aimee war mit Abstand das schönste aller anwesenden Mädels. Und mehr noch: Sie war die schönste Frau, die ich überhaupt jemals gesehen hatte, weit schöner noch, als ich ihre Mutter in Erinnerung hatte. Dabei hatte sie sich gar nicht viel verändert in den drei Jahren, in denen ich sie nicht gesehen hatte. Nur sah ich jetzt etwas in ihr, was ich vor drei Jahren noch nicht hatte sehen können, weil ihre äußere Schönheit niemals wichtig für mich gewesen war. Ich hatte sie damals nur um ihrer selbst Willen geliebt, wegen der Reinheit ihrer Seele, die mir immer nur verheißen hatte, dass ich ein Zuhause hatte und eine Familie, die mich liebte, so wie ich sie liebte.

Aimees dicke, schwarzbraune Locken flossen ihr bis über die Hüfte. Ihr frischer, gesunder Teint ließ erkennen, dass sie noch immer viel in der freien Natur unterwegs war und der auf meine Körpermitte gerichtete, konzentrierte Blick ihrer haselnussbraunen Augen jagte mir einen erregenden Schauer durch den Körper, den ich aber nicht spüren wollte, weil es eben Aimees Blick war.

„Los!“

Aimee schnellte wie ein Panther los und ich war überzeugt, dass das Schneewalross keine zwei Schritte gemacht hätte, bevor Aimee bei mir wäre, um den Wettkampf und damit mich zu gewinnen. Da ich mich aber genau davor fürchtete, wollte ich schon resigniert die Augen schließen. Bevor ich sie aber zumachen konnte, sah ich plötzlich, wie Aimees Kopf mitten im Sprung zurückgerissen wurde. Dieses hinterhältige Schneewittchen, das sämtliche Zwerge, den Wolf und die Brüder Grimm verschlungen zu haben schien, war sich sehr wohl bewusst gewesen, dass es in einem fairen Wettlauf gegen Aimee keine Chancen hatte. Sie hatte einfach in Aimees volle Haare gegriffen und riss sie auf diese Weise von den Füßen. Aimee krachte mit einem Schmerzensschrei auf den Rücken und das Schneewittchen setzte sich wie ein Dampfross in Bewegung, und kam schnaufend und prustend auf mich zugestampft.

Meine erste Reaktion auf dieses Foul war gewesen, dass ich Aimee sofort zu Hilfe eilen wollte. Aber zuerst hielt mich dieser verdammte Cockring schmerzhaft am Balken und dann packen auch noch einige der Mädels zusätzlich meine Arme und eine erklärte mir schnell: „Keine Regeln!"

Keine Regeln? Ich hatte gedacht, das sollte eine Party sein und kein Gemetzel.

Aimee rappelte sich mit schmerzverzerrtem Gesicht wieder auf und hielt sich den Hinterkopf.

Das Schneemonster hatte bereits die halbe Strecke zu mir zurückgelegt. Der Anblick dieser Masse in Bewegung war die reine Faszination des Grauens. Alles, was zuvor schon unförmig und unansehnlich gewesen war, wirkte jetzt, wo es wie in Zeitlupe auf mich zuschwabbelte und wabbelte auf bizarre und verzerrte Weise noch verstärkt abstoßend.

Ich erlebte in diesem Moment meinen schlimmsten Alptraum. Ich wollte Aimee nicht ausgeliefert sein, um nichts auf der Welt. Aber die Vorstellung, dass dieses Fettwittchen mich berührte und dann vielleicht sogar noch andere Ansprüche an mich stellte, war …

Mir war übel. Von neuem überkam mich ein starker Brechreiz und ich bedauerte, dass ich nichts gegessen hatte, was ich mir jetzt über meinen Penis hätte kotzen können, um damit beide Gegnerinnen zur Aufgabe zu bewegen.

Aimee hechtete den drei Schneewittchens im Körper von einer hinterher. Sie sprang ihr von hinten in die Kniekehlen und umklammerte ihre Beine. Ich hatte noch niemals gesehen, wie ein Berg umfällt. Das Schneewittchen verlor das Gleichgewicht und kippte – noch immer wie in Zeitlupe – nach vorne um. Als sie auf dem Boden aufschlug, erbebte der ganze Saal und ich bin mir sicher, dass diese Erschütterung im sechzig Kilometer entfernten seismologischen Zentrum mindestens als ein Beben der Stärke 3 eingestuft wurde.

Aimee sprang über dieses umgefallene Gebirge hinweg und langsam wurde mir klar, dass ich sie trotz allem in diesem Wettstreit favorisierte.

So plump und unbeweglich dieses am Boden liegende Schneewittchen aber auch war, sie schaffte es, blitzschnell Aimees Fußgelenk zu packen. Und bevor es Aimee gelang, sich aus diesem Griff wieder zu befreien, packte ihre Widersacherin schon nach dem Saum ihres luftigen und nur bis knapp zu den Knien reichenden Sommerkleides. Mit einem einzigen Ruck riss das Schneewittchen Aimee den dünnen Stoff vom Leib. Die zusehenden Mädels kreischten vor Begeisterung, dass mir die Ohren schmerzten. Aber Aimees Anblick verschlug auch mir die Sprache und ließ sie mich mit offenem Mund anstarren. Sie hatte unter dem Kleid nur einen winzigen, durchscheinenden und nichts verbergenden schwarzen Slip aus feiner Spitze getragen. Jetzt, ohne das Kleid trug sie außer ihren Schuhen nur noch den winzigen Slip. Mein Blick überflog Aimees Körper und mein von der Spritze ohnehin schon erigierter Penis schwoll noch ein Stück weiter an.

Aimees Brüste waren voll und rund geworden. Trotz der Entfernung, die sie noch von mir trennte, glaubte ich, ihre weiche Haut auf meinen Lippen zu spüren. Ich sah, wie sich ihre kleinen, rosigen Knospen zusammengezogen hatten.

Zu einer ausgiebigeren Begutachtung blieb mir keine Zeit. Das Schneewittchen hatte die Fetzen von Aimees Kleid um deren Fußgelenke geschlungen und verknotet. Jetzt verlor auch Aimee das Gleichgewicht und stürzte. Aber sie stürzte in meine Richtung und war nur noch wenige Zentimeter von mir entfernt. Mit Händen und Knien robbte sie schnell weiter auf mich zu, um sich nicht erst die Zeit zu nehmen, ihre Füße von der Fessel ihres Kleides zu befreien. Sie war fast da und richtete sich bereits auf, um die schmelzende Sahne von meiner vibrierenden Eichel zu lecken. Da senkte sich ein bedrohlicher Schatten auf uns und ich sah das Schneewittchen wie einen Catcher angeflogen kommen. Geistesgegenwärtig drehte sich Aimee auf den Rücken, um den erneuten Angriff abwehren zu können. Aber da wurde sie schon unter der gallertartigen Masse ihrer Kontrahentin begraben. Das Schneewittchen kniete sich mit seinem ganzen Gewicht auf Aimee, deren Arme sie unter ihren massigen Schenkeln fixierte. Siegessicher griff das Schneewittchen unter sich. Es gab einen Ruck und im nächsten Moment schwenkte sie triumphierend den feinen, durchsichtigen Stoff von Aimees Slip in der Luft. Die Masse grölte.

Aimee schaffte es trotz Aufbietung all ihrer Kräfte nicht, sich vom Gewicht ihrer Gegnerin zu befreien. Und deren rundes, aufgedunsenes Gesicht näherte sich unaufhaltsam meinem Penis.

Sie leckte sich über ihre fleischigen Lippen und die darüber liegende, dicke, borstige Warze. Ich weiß nicht, ob das als erotische Geste gedacht war. Auf mich wirkte es nur abstoßend.

Der Schweiß trat mir aus allen Poren und ich begann beinahe zu hyperventilieren, bei der Vorstellung, dass dieser Fleischberg jeden Moment meine Eichel in seinen Mund nehmen würde. Verzweifelt suchten meine

Augen den Kontakt zu Aimee. Auch sie sah hilflos zu mir empor. Unsere Blicke trafen sich und hielten sich aneinander fest. Mein Herz schlug so fest, dass ich glaubte, es würde mir aus der Brust springen. Und in diesem Moment erkannte ich, dass ich Aimee noch immer liebte. Aber meine Liebe hatte sich verändert. Ich liebte sie nicht mehr wie ein Kind, sondern ich liebte sie wie eine Frau, obwohl ihr Anblick schmerzliche Erinnerungen an ihre Mutter in mir hervorrief.

Die dicken, wulstigen und vom widerwärtigen Lecken feuchten Lippen Schneewittchens öffneten sich gierig vor meinem hoch aufgerichteten Penis mit dem Sahnehäubchen.

Oh welche Demütigung, dachte ich mir. *Und das ganze auch noch direkt vor, beziehungsweise über Aimees Augen.*

Ich schämte mich in Grund und Boden und wollte schon den Mund aufmachen, um zu schreien, dass ich die Konventionalstrafe bezahlen würde. Aber die Panik, die mich erfasst hatte, schnürte mir den Hals zu.

Es war zu spät. Nichts konnte den Ausgang dieses Wettkampfes noch ändern.

Vor Abscheu schloss ich meine Augen.

Fortsetzung folgt …

.

DIE CF… WAS FÜR 'NE PARTY?

KAPITEL 2

- AIMEES WG -

Was bisher geschah:

Mein Name ist Jace. Ich bin Autor und Fotograf. Und ich stehe selbst Modell in Aktzeichenkursen, damit zumindest meine regelmäßigen Ausgaben gedeckt sind.
Katrin, eine Schülerin aus einem der Zeichenkurse, hatte mich angerufen und mir einen Job als Model auf einer Party angeboten, ohne mich darüber aufzuklären, was dabei denn eigentlich genau meine Aufgabe hätte sein sollen. Völlig überrumpelt von Katrins Überredungsgeschick unterschrieb ich einen Vertrag, ohne ihn vorher gelesen zu haben. Und das war ein großer Fehler, wie sich herausstellte. Nicht nur, dass ich nackt auf einer CFNM-Party, einer ‚Clothed Female Nude Male' Party, den weiblichen Partygästen als Appetithäppchen zum Fraß vorgeworfen werden sollte. Nein: Katrin injizierte mir auch noch eine Spritze in meinen Penis, damit ich für die Dauer der kompletten Party eine Erektion haben sollte.
Kaum auf der Party angekommen, entdeckte ich Aimee, die Tochter meiner ehemaligen Lebensgefährtin, unter den Partygästen. Entsetzt über dieses für mich äußerst peinliche Zusammentreffen, wollte ich die Party sofort wieder verlassen. Aber Katrin drohte mir mit einer Konventionalstrafe, die ich nicht imstande gewesen wäre, zu bezahlen.
Aimee beanspruchte mich, wie es nach den Regeln ihrer Partys üblich oder zumindest erlaubt war, und wie es wohl auch in dem Vertrag verankert war, den ich unterschrieben hatte, für sich. Doch ein anderes, Furcht einflößendes Mädel auf der Party, das auf den lieblichen Namen Schneewittchen hörte und dabei gut drei Zentner auf die Waage brachte, machte Aimee ihren Anspruch auf mich streitig. Und so sollte ein Wettstreit zwischen den beiden entscheiden, wer von Ihnen mich am Ende für sich haben sollte.
Ursprünglich hatte ich gar keine Zweifel daran, dass Aimee sich die Trophäe holen würde. Doch der Schneewittchen-Koloss kämpfte nicht fair. Und schließlich saß dieses unansehnliche Monster mit seinem ganzen Gewicht auf Aimee und war drauf und dran, den Wettstreit zu gewinnen, indem es den Sahneklecks von meiner durch die Injektion prallen Eichel leckte. Vor Abscheu und Scham schloss ich die Augen.

Ich erwartete jeden Moment die wulstigen Lippen Schneewittchens sich um meine Eichel schließen, und ihre dicke, fleischige Zunge die Sahne ablecken zu spüren. Aber ich konzentrierte mich nicht auf meinen Penis, meine künstlich hervorgerufene Erektion und meine so ungewöhnlich pralle Eichel. Ich dachte an Aimee, die nackt unter dem Gewicht dieses Fleischberges nach Luft rang, Aimee, die ich immer noch als Kind in Erinnerung hatte und der ich jetzt als junger Frau auf so ungewöhnliche und unvorbereitete Weise wieder begegnet war. Es war ein kleines bisschen wie Sterben. Nicht mein ganzes Leben, aber all die Stationen meines Lebens, in denen Aimee an meiner Seite gewesen war, zogen vor meinem geistigen Auge an mir vorüber. Ich hatte meinen Körper in diesem Moment, der vielleicht nicht einmal eine Sekunde betragen hatte, vollständig verlassen. Und erst durch einen allgemeinen Aufruf der Enttäuschung aus den Reihen der uns umringenden Mädels von der Party, wurde ich wieder in die Realität zurück geholt.

Verwirrt öffnete ich die Augen und sah das zorngerötete Gesicht Schneewittchens vor meinem erschlafften und nach unten hängenden Penis, zu mir aufblicken. Und weiter unten, zwischen den fetten Schenkeln dieses Schneefettchens, wo die zusammengepressten Schultern und der Kopf Aimees hervorragten, sah ich, dass sich Aimee genüsslich die Sahne, die von meiner Eichel auf sie herabgetropft war, von den Lippen leckte.

„Das ist ja wohl ein eindeutiger Sieg für Aimee!" rief Katrin euphorisch in die Menge, die nicht wusste, was sie von dem Ausgang des Wettstreits halten sollte.

„Einspruch!" donnerte das Schneewittchen. „Ich will ihn haben!"

„Dann hättest Du gewinnen müssen", erklärte ihr Katrin amüsiert.

„Aber der dünne Hering da unten hat auch nicht gewonnen", widersprach das Schneewittchen.

„Die Aufgabe war, die Sahne von seiner Eichel zu lecken. Das hat sie nicht gemacht. Die Sahne ist nur zufällig in ihren Mund getropft. Hier: Ich zeig Dir, wie ich seine Eichel ablecke, auch wenn sein Schwanz nicht mehr steht."

Und damit wollte sie nach meinem Penis greifen und meine Eichel ablecken. Ich selbst konnte mich nicht dagegen wehren, da ich mit der Kette an dem Cockring noch immer an den Stützpfosten gefesselt war und mehrere Mädels auf beiden Seiten auch noch meine Arme festhielten. Das Schneewittchen hatte in seiner Rage aber sein Gewicht verlagert. Und so konnte sich Aimee blitzschnell unter dem fetten Arsch (ich bitte den Ausdruck zu entschuldigen. Normalerweise ist das nicht mein Jargon. Aber bei Schneegewichtchen mache ich eine Ausnahme!) hervorziehen. Bevor das fette Biest wusste, wie ihm geschah, nahm die nackte Aimee es in den Schwitzkasten, aus dem es sich trotz seiner ungeheuren Masse, die das drei- bis vierfache von Aimee betragen musste, nicht befreien konnte.

Röchelnd gab Schneewittchen den Kampf und damit auch den Anspruch auf mich auf und gestand Aimee den Sieg zu.

Auf der einen Seite war ich froh und erleichtert, diesem in meinen Augen hässlichen und abstoßenden Koloss entkommen zu sein, aber auf der anderen Seite empfand ich es als fast ebenso schlimm, mich jetzt den Wünschen Aimees fügen zu müssen.

„Lasst ihn los!" befahl sie den Mädels, die noch immer meine Arme festhielten. Dann machte sie die Kette meines Cockrings von dem hölzernen Pfosten los und sagte in einem unbeschreiblich sanften Ton, der in eigenartigem Widerspruch zu ihrem energischen Auftreten stand: „Komm Jace. Wir gehen!"

Und ohne sich weiter um die anderen zu kümmern, führte sie mich an dieser Kette zum Ausgang des Saales.

Draußen sahen und hörten wir gerade noch Katrins VW-Bus davon fahren.

„Sie hat meine Klamotten im Auto!" sagte ich bestürzt, als wir durch die Tür nach draußen traten. Ich war bis auf diesen blöden, eng sitzenden Cockring, von dem ich nicht einmal wusste, wie ich ihn je wieder herunterbringen sollte, noch immer vollkommen nackt.

„Macht nichts!" erwiderte Aimee mit einem eigenartigen Unterton, den ich nicht so recht zu deuten wusste.

„Ich wohne nicht weit von hier."

„Hör zu Aimee", begann ich. „Du hattest Deinen Spaß. Wie weit willst Du das Spiel noch treiben?"

Aimee wandte sich mir zu.

„Sieh mich an!" forderte sie mich auf und öffnete ihre Arme. „Ich bin genauso nackt wie Du!"

„Das ist nicht zu übersehen", erwiderte ich und schlug verlegen die Augen nieder, da ich sie nicht ansehen wollte. Mein wieder anschwellender Penis verriet mich aber, auch wenn ich gewillt war, diese Reaktion der Wirkung der Injektion zuzuschreiben, die Katrin mir gegeben hatte.

„Ich will Dich nicht nackt sehen", erklärte ich sehr ernst. „Ich wusste nicht, auf was ich mich hier überhaupt einlasse und vor allem nicht, dass ich Dir hier begegne. Hätte ich es gewusst, wäre ich niemals hierher gekommen."

Aimee kam ganz nah an mich heran, streichelte mir sanft über die Wange und versuchte, in meine gesenkten Augen zu sehen.

„Warum hasst Du mich so?" fragte sie ganz leise und mit so viel Traurigkeit in der Stimme, dass mir das Herz brechen wollte. Es tat fast so weh, wie damals, als ihre Mutter die Beziehung zu mir beendet hatte.

Aimee kniete sich vor mir auf den Boden und befreite mich von dem unangenehmen Cockring. Dass sie mich auf diese Weise berührte, obwohl ich es nicht wollte, und dass ich es trotzdem genoss, bereitete mir einen so starken inneren Konflikt, dass mir vor Verzweiflung über meine eigenen Gefühle die Tränen in die Augen stiegen.

„Ich gebe Dich frei!" flüsterte Aimee mit tränenerstickter Stimme. „Du hast schon genug gelitten. Und ich will Dein Leid nicht noch vermehren."

Und damit wendete sie sich ohne ein weiteres Wort ab und spazierte nackt, wie sie war, die nur spärlich beleuchtete Straße entlang. Den Cockring mit der daran befestigten Kette ließ sie achtlos fallen.

„Ich hasse Dich nicht!" rief ich ihr schwach und gerade laut genug, dass sie es noch hören konnte, hinterher. „Ich habe Dich nie gehasst. Ich könnte Dich nicht hassen, selbst wenn ich es wollte."

Aimee blieb stehen und ich sah, wie ihr schlanker, nackter Rücken, über den die Masse ihrer schweren, dunklen Haare floss, unter dem Schluchzen lautlos geweinter Tränen zuckte. Sie drehte sich nicht um. Aber ich wusste, dass ich mich jetzt entscheiden musste, ob ich mich jetzt und für immer von ihr abwenden, oder ob ich mit ihr reden und ihr erklären wollte, warum ich vor drei Jahren gegangen war, ohne ihr Lebewohl zu sagen und warum ich keinen ihrer Briefe jemals beantwortet hatte. Aber die Entscheidung darüber wurde mir davon abgenommen, dass ich es nicht ertrug, sie weinen zu sehen. Ich eilte zu ihr und legte wortlos von hinten meine Arme um ihre Schultern. Aimee klammerte sich an meine Arme und schmiegte ihren Kopf an meine Brust und Schulter. So standen wir mehrere Minuten da, ohne ein Wort zu sprechen. Obwohl es mir unangenehm war, Aimee nackt in meinen Armen zu halten, ihre Haut auf meiner zu spüren und nicht verhindern zu können, dass meine Erektion ohne irgendwelche erotische Gedanken wieder zu ihrer vorherigen Größe anschwoll, hielt ich Aimee trotzdem tröstend und schützend in meinen Armen, ohne auch nur den Versuch zu machen, wieder eine Distanz zwischen uns herzustellen.

Erst als zwei oder drei der Mädels von der Party nach draußen kamen, nahm Aimee meine Hand und zog mich aus deren Blickfeld und aus dem Licht der Straßenlaterne. Im Halbdunkel blieb sie stehen, wendete sich mir wieder zu und nahm auch meine zweite Hand.

Die Mädels unterhielten sich laut vor der Tür des für die Party gemieteten Lokals. Den paar Wortfetzen, die ich aufschnappte, entnahm ich, dass sie sauer auf Aimee waren, weil ihnen der ‚Nude Male', der nackte Mann, der doch für sie alle hätte da sein sollen, entführt worden war, bevor sie etwas von ihm gehabt hatten. Da sie aber keine Anstalten machten, in unsere Richtung zu gehen, beachteten wir sie nicht weiter.

Im schwachen Dämmerschein der nächtlichen Schatten sahen Aimee und ich uns lange schweigend an. In ihren vom Weinen geröteten Augen schien ein eigenartiges und geheimnisvolles Licht zu flackern, über dessen Ursprung ich mir nicht klar werden konnte. Weder bemerkte ich eine Lichtquelle, die sich auf diese Weise in ihren Augen hätte spiegeln können, noch konnte ich mir vorstellen, dass sie selbst Ursprung dieses Leuchtens sein konnte. Ich dachte auch gar nicht darüber nach, sondern ließ mich verzaubern von der Magie dieses Augenblicks.

22

Ich wusste nicht, was ich hätte sagen sollen. Und auch Aimee schwieg. Aber schließlich wurde das Schweigen zu lang. Es begann, unangenehm zu werden und Fragen aufzuwerfen, die ich weder beantworten konnte, noch wollte. Also brach ich dieses erdrückende und quälende Schweigen, indem ich selbst die einzige Frage stellte, die mir in meinem verwirrten Zustand einfiel: „Und jetzt?"

„Das wollte ich Dich auch gerade fragen", antwortete Aimee. Anscheinend wusste sie ebenso wenig wie ich mit dieser eigenartigen und wie ich mir eingestehen musste, unglaublich aufwühlenden Situation umzugehen. Ich hatte Aimee so sehr geliebt, wie mein eigenes Kind oder wie einen kleinen Bruder. Warum nur war jetzt alles anders? Warum waren wir uns so unvorbereitet wieder begegnet und standen jetzt plötzlich zusammen nackt auf der Straße. Warum war sie jetzt eine Frau? Oder auch: Warum konnte ich es jetzt nicht mehr übersehen, dass sie eine Frau war?

„Warum hast Du mich da drin für Dich beansprucht?" fragte ich nach einigen Sekunden, da keiner von uns beiden wusste, was weiter geschehen sollte.

Aimee senkte verlegen ihren Blick und antwortete: „Ich wollte nicht, dass Dich eine der anderen berührt."

„Viele Frauen haben mich berührt ... und ich sie!" erwiderte ich. Es war mir unangenehm, dass Aimees Blick auf meinen, durch die Injektion wieder so hartnäckig erigierten Penis gerichtet war.

Aimee blickte wieder auf und sah mir forschend in die Augen.

„Hast Du sie geliebt, diese Frauen?" fragte sie. Ich konnte es sowohl an ihrer Stimme hören, als auch in ihren Augen sehen, wie wichtig ihr diese Frage, oder besser gesagt, meine Antwort darauf, war.

„Nur Deine Mutter!" antwortete ich ohne zu zögern, aber mit schmerzendem Herzen, denn ich spürte, wie die Wunde wieder aufbrach.

Aimee biss sich auf die Lippen. Ich sah ihr an, dass auch sie litt und machte mir Vorwürfe dafür, dass ich es war, der ihr diese seelischen Schmerzen bereitete.

„Komm mit zu mir", bat Aimee fast tonlos. „Ich rufe Katrin an und sage ihr, dass sie Deine Klamotten bringen soll."

„Aber ...", begann ich zu widersprechen, weil ich mich davor fürchtete, nackt mit Aimee zu ihr nach Hause zu gehen.

„Wir können nicht die ganze Nacht nackt auf der Straße stehen bleiben", unterbrach mich Aimee. „Und zu mir ist es wirklich nicht weit. Also komm schon. Ich tu Dir nichts."

Schade, dachte ich mir unwillkürlich auf Aimees letzte Äußerung und verfluche mich im selben Augenblick für diesen Gedanken. Aimee zog mich an der Hand mit sich die Straße entlang.

„Seit wann wohnst Du in der Stadt?" fragte ich sie, während wir nackt durch die menschenleeren Straßen huschten. Die Situation war unbeschreiblich prickelnd. Ein wenig war es wieder so, wie bis vor drei Jahren, als wir gemeinsam durch die Wälder in ihrer Heimat gelaufen waren. Nur hatten wir jetzt die Wälder gegen die Straßen einer Stadt eingetauscht. Und der größte Unterschied war, dass wir beide jetzt nackt waren, was vor drei Jahren undenkbar für mich gewesen wäre. Am schlimmsten war aber, dass Aimees, oder unser beider Nacktheit mich, ganz unabhängig von der mir von Katrin verabreichten Injektion, erregte. Dieser Umstand bereitete mir die größten Probleme und die größte Seelenpein.

„Erst seit knapp drei Monaten", antwortete Aimee. „Ich beginne im nächsten Semester an der Kunstakademie und hab ein Zimmer in einer WG."

An der Kunstakademie, schoss es mir sofort durch den Kopf. Wenn Aimee dort zu Studieren begann, dann konnte ich auf keinen Fall mehr Modell in den Kursen der Akademie stehen. Und auch das zweite Schlagwort ‚*WG*' bereitete mir so einiges Kopfzerbrechen. Wenn Aimee in einer WG wohnte, dann würde es sicher Gerede geben. In einer Wohngemeinschaft war es kaum möglich, etwas geheim zu halten. Da wurde jeder Besucher von den anderen Mitbewohnern registriert und nach Aussehen, Alter, Geschlecht, Geschlecht des besuchten WGlers, und allen anderen augenscheinlichen Merkmalen kategorisiert. So entstehen Gerüchte. Und wenn ich etwas nicht haben wollte, dann war das, dass Gerüchte über mich im Umlauf waren – nicht einmal, wenn sie der Wahrheit entsprachen, was sie aber in den seltensten Fällen taten. Also erwiderte ich wenig begeistert: „Aha!"

Aimee war mein Tonfall nicht entgangen, denn sie sah mich kurz mit fragenden Augen an, sagte aber nichts, nachdem ich nichts zu erklären versuchte.

„Die nächste Straße ist wahrscheinlich etwas belebter", meinte Aimee nach in paar hundert Metern. „Wir müssen sie aber nur überqueren. Und in der gegenüberliegenden Seitenstraße ist es schon."

Aimee hatte unrecht. Die Straße, die wir überqueren mussten, war mehr, als nur etwas belebter. Ein Straßencafe reihte sich an das nächste und alle waren voller Menschen und voller Leben. Ich war in diesem Viertel noch nie gewesen und wunderte mich darüber, was hier um diese späte Zeit noch los war.

„Da kommen wir nie ungesehen rüber!" stellte ich enttäuscht fest.

„Weißt Du noch, wie wir es bei der Polizeiparade bei mir zuhause gemacht haben?" fragte Aimee und sah mich verschmitzt lächelnd an.

„Wir sind so schnell mitten durch gerannt, dass wir den ganzen Zug durcheinander gebracht haben!" antwortete ich, und hatte das Bild dieser Erinnerung dabei deutlich vor Augen.

„Ja", stimmte Aimee mir zu. „Und wir waren so schnell, dass sie uns weder aufhalten konnten, noch sich im Nachhinein darüber einig waren, ob wir es gewesen sind, oder nicht."

Ich lächelte. Die Erinnerung daran, was für Blödsinn ich mit Aimee gemacht hatte und wie viel Spaß wir dabei immer miteinander gehabt hatten, erfüllte mein Herz ein kleines bisschen mit der Unbeschwertheit, die ich vor drei Jahren endgültig verloren zu haben glaubte.

Aimee und ich hielten uns noch immer an den Händen. Unbewusst verstärkte ich meinen Druck ein kleines bisschen und sagte: „Na dann los!"

Aimee strahlte mich an. Und im nächsten Moment rannten wir, nackt wie wir waren, über die hell erleuchtete und von Leben erfüllte Straße. Wir nahmen ein paar begeisterte Rufe und Pfiffe wahr, achten aber nicht auf deren Verursacher und tauchten so schnell in die Dunkelheit der gegenüberliegenden Seitenstraße ein, dass uns mit ziemlicher Sicherheit niemand genau hatte betrachten können. Aimee zog mich schnell zur Tür eines bereits auf den ersten Blick sehr heruntergekommen wirkenden Mietshauses, zog einen Schlüssel unter einem Blumentopf hervor, schloss auf und zog mich in die Sicherheit des dunklen Hausflurs. Auf der einen Seite waren wir erleichtert, dass wir von der Straße weg waren, auf der anderen Seite hatte uns dieses kleine Abenteuer mit unendlicher Lebensfreude und Euphorie erfüllt. Am liebsten wären wir wieder nach draußen gegangen und noch einmal nackt über die belebte Straße gelaufen. Aimee fiel mir glücklich lachend um den Hals und küsste mich. Und in der ersten Aufwallung meiner so lange verloren geglaubten Lebensfreude erwiderte ich den Kuss. Als ich mir darüber klar wurde, was ich da eigentlich gerade tat, wollte mein Verstand sofort den Kuss beenden. Aber meine Lippen verweigerten meinem Verstand den Gehorsam und bekamen dabei auch noch Rückendeckung von meinem in dem Moment unzurechnungsfähigen Herzen. Kurz gesagt: Ich küsste Aimee mit so viel leidenschaftlicher Zärtlichkeit, wie die Liebe des ganzen Universums sie nur erzeugen konnte.

Ich weiß nicht, wie lange wir so in dem dunklen und modrig riechenden Flur standen. Wir umschlangen uns mit unseren Armen, pressten unsere ausgehungerten Körper aneinander und konnten unsere Lippen nicht voneinander lösen, bis wir irgendwo weiter oben eine Tür hörten und einen Augenblick später ein düsteres, flackerndes Licht anging. Irgendjemand stieg die laut knarzenden, hölzernen Stufen des Treppenhauses herunter.

„Schnell, komm mit!" forderte Aimee mich flüsternd auf und zog mich zur ersten Tür auf der linken Seite. Schnell schloss sie auf und zog mich in die Wohnung, deren Dielen noch lauter knarzten, als die Stufen im Treppenhaus. Sofort ging auf der rechten Seite eine Tür auf und ein hagerer, junger Mann, der nur wenig älter als Aimee zu sein schien, kam in den Gang gelaufen. Unglücklicherweise hatte er aber nur Augen für mich, anstatt für Aimee. Und er rief so übertrieben klischee-schwul säuselnd, dass sich mir die Nackenhaare aufstellten, durch die Wohnung: „Aimee hat ein

Date! Das müsst ihr sehen, Mädels! Husch, husch, raus aus den Federn. Hier ist die Show!"

Fast im selben Moment wurde noch eine weitere Zimmertür aufgerissen. Ich konnte aber nicht mehr sehen, wer aus dem Zimmer kam, denn Aimee rettete uns, indem sie mich schnell in ihr Zimmer zog und die Tür hinter uns verschloss.

„Aimee, Schätzchen", säuselte der Schwule vor der Tür. „Komm schon, spann uns nicht auf die Folter. Wer ist der hübsche Mann?"

„Ich dachte, sie steht gar nicht auf Jungs", mischte sich da eine Mädchenstimme auf dem Flur ein. Und eine zweite, sehr weiche Mädchenstimme meinte leicht schadenfroh darauf: „Wieso? Du konntest doch auch nicht bei ihr landen!"

„Habt Ihr's gesehen?" fragte der Schwule wieder in seinem nervigen Singsang. „Aimee und ihr Lover waren nackt!"

„Nackt?"

Aimee wickelte sich schnell ein Badetuch um, riss die Tür auf, hinter der ich mich vor den neugierigen Blicken ihrer Mitbewohner verbarg und sagte energisch: „Kümmert Euch um Euren eigenen Kram!"

„Ja, aber man wird doch noch ein bisschen neugierig sein dürfen!" meinte der aufdringliche Schwule und ich hörte, dass seine Stimme näher kam, während er sprach. Fieberhaft sah ich mich um, entdeckte eine Decke auf der Couch hinter der Tür und wickelte sie mir um die Hüfte. Dann kam ich um die Tür, sah den Schwulen aus zusammengekniffenen Augen so ernst an, dass er zusammenzuckte und sagte: „Verschwinde einfach!"

Er öffnete den Mund, um noch etwas zu erwidern. Aber ich ließ ihn nicht zu Wort kommen, sondern sagte in drohendem Ton: „Ich sag's nur einmal!"

Glücklicherweise begriff er, dass es mir ernst war. Glücklicherweise deshalb, weil ich wahrscheinlich gar nicht in der Lage gewesen wäre, gegen so eine lächerliche Figur wie ihn handgreiflich zu werden. Auch die beiden Mitbewohnerinnen Aimees zogen sich eingeschüchtert, aber doch mit sehr eindeutigen und sowohl für Aimee, als auch für mich schmeichelhaften Blicken wieder zurück. Ich schloss die Tür und war erleichtert, dass wir endlich in Ruhe gelassen wurden. Aber irgendwie hatten es Aimees Mit-WGler durch ihre aufdringliche Neugier geschafft, die im Hausflur entstandene Stimmung prickelnder Leidenschaft wieder zu neutralisieren. Ich atmete schwer aus und warf einen kurzen Blick durch den kleinen, von Aimee bewohnten Raum der Altbauwohnung.

Links hinter der Tür stand, wie bereits erwähnt, ein altes, Sofa. Anschließend daran stand ein quadratischer Tisch mit einem Stuhl davor. Dahinter war bereits das zur Straße zeigende Fenster. Gegenüber von Tisch und Sofa waren ein kleines, anscheinend selbst gebasteltes Bücherregal und ein alter Kleiderschrank, von dem schon eine Tür fehlte. Das Schönste an dem Zimmer war noch seine Höhe. Ich mag einfach diese hohen Räume von Altbauwohnungen.

„Hier wohnst Du?" fragte ich betrübt.

Aimee sah mich beschämt an und antwortete: „Etwas Besseres kann ich mir nicht leisten."

Ich nickte und sah mich noch einmal um.

„Die Couch ist zum Ausklappen", sagte Aimee schnell und wie als Rechtfertigung dafür, dass sie nicht mal ein Bett hatte.

Noch einmal nickte ich und machte ein interessiertes „Mhm".

Aber es war mir wohl anzusehen, dass meine Begeisterung sich in Grenzen hielt.

„Möchtest Du Dich setzen, Jace?" fragte mich Aimee. Sie schien plötzlich sehr unsicher zu sein. Ich nahm auf der Couch Platz und Aimee fragte sofort weiter: „Willst Du was trinken?"

„Danke", antwortete ich kopfschüttelnd und fragte nun meinerseits: „Kannst Du Katrin anrufen, damit sie meine Klamotten herbringt?"

„Ja, natürlich!" antwortete Aimee mit unendlicher Traurigkeit in der Stimme. „Ich zieh mir nur schnell was an. Das Telefon steht im Flur."

Sie warf das Badetuch, in das sie sich gewickelt hatte, über die Stuhllehne und ging zum Kleiderschrank. Jetzt sah ich sie zum ersten Mal bewusst an, ließ zum ersten Mal meinen Blick bewusst über ihren nackten Körper schweifen, wollte sie zum ersten Mal bewusst wahr- und ihren Anblick in mich aufnehmen. Aimee strich sich mit beiden Händen die Haare aus dem Gesicht, während sie sich vom Stuhl aus in die Richtung des Schranks wendete. Sie hob beide Arme und bot mir so einen wunderschönen Anblick natürlicher und anmutiger Nacktheit.

Aimee war nicht besonders groß, gerade mal einsachtundfünfzig. Ihre schweren, dunklen Locken fielen ihr weit auf den Rücken. Ihre haselnussbraunen Augen hatten einen undefinierbaren, exotischen Einschlag. Zum ersten Mal fragte ich mich jetzt, wer wohl ihr Vater gewesen sein mochte. Mein Blick folgte dem feinen Schwung ihrer Wangenknochen. Aimees Gesicht wirkte so engelsgleich, wie ich es noch niemals bei einer Frau gesehen hatte. Sie hatte eine schmale, gerade Nase, deren Nasenflügel immer verrieten, wenn sie innerlich erregt war – so wie jetzt! Auch ihre wunderschönen, sanft geschwungenen und vollen Lippen schienen leicht zu beben, als ihr Blick meine sie musternden Augen suchte.

„Wunderschön!" flüsterte ich verzaubert von ihrem Anblick.

„Wunderschön!" flüsterte auch Aimee, während sich unsere Blicke aneinander festsaugten. Energisch riss ich meinen Blick von ihren Augen los, die ich bis auf den Grund meiner Seele zu spüren glaubte. Und in meiner Verwirrung und Verunsicherung wagte ich nur ganz kurz, Aimees Nacktheit zu betrachten. Aber ich sog ihren Anblick in mich auf, wie ein Verdurstender einen Schluck Wasser. Wie lange hatte ich schon keine wahre Schönheit, die von einer reinen Seele gespeist wurde, mehr gesehen? Hatte ich überhaupt schon jemals eine solche Schönheit gesehen? Nein, das hatte ich nicht!

Als Fotograf habe ich die Gabe, in fast jeder Frau ihre ganz eigene Schönheit aufzuspüren und auf Bildern festzuhalten. Unter anderen Umständen, und wenn ich selbst bekleidet gewesen wäre, hätte ich vielleicht sogar die Schönheit von Schneewittchen zum Vorschein bringen können. Viele Frauen waren und sind auch einfach wunderschön und auf ihre Weise perfekt. Schönheit hat vielerlei Gesichter. Ich wäre kein Mann, wenn ich das nicht sehen und eingestehen würde.

Aber Aimee war anders. Sie hatte dieses engelsgleiche Gesicht, in das man sich einfach verlieben musste. Ich hatte es vor Jahren schon geliebt, als das Gesicht eines Kindes, das sie damals noch gewesen war! Jetzt war sie achtzehn und stand mir nackt gegenüber.

Es ist so leicht, Schönheit in einem Bild festzuhalten. Aber wie soll man beschreiben, wovon einem der Atem stockt? Eine Beschreibung kann doch immer nur oberflächlich bleiben und wird daher auch niemals das Besondere an der Ausstrahlung eines Menschen deutlich machen können. Trotzdem will ich kurz und sachlich schildern, wie ich Aimees Nacktheit wahrgenommen habe. Ihre Größe habe ich bereits erwähnt. Sie war schlank. Unter ihrer zarten und weichen Weiblichkeit war aber, wenn man genau hinsah, eine drahtige Sportlichkeit zu erkennen, die sowohl auf Kraft, als auch auf Schnelligkeit schließen ließ. Ihre Brüste hatten sich zu vollen und festen Rundungen entwickelt, die von der Schwerkraft noch nichts wussten. Die Knospen ihrer Brüste waren von einem dunklen Rosa. Sie waren klein, aber ebenso erregend, wie sie offensichtlich erregt waren. Auch die Warzenhöfe waren sehr klein und hatten sich in ihrer Erregung noch mehr zusammengezogen. Mein Körper krampfte sich beim Anblick dieser sich mir entgegenstreckenden, zarten Knospen vor Verlangen zusammen. Es war ein Verlangen, dem ich nicht nachgeben durfte.

Aimees Haut hatte nicht nur im Gesicht, wo ich es vorher schon wahrgenommen hatte, sondern überall die samtige Frische eines Frühlingsmorgens. Es gab am ganzen Körper weder ein Tattoo, noch ein Piercing, worüber ich mich sehr freute, da es mir zeigte, dass sie nicht einfach den aktuellen Modetrends folgte, sondern sich ihre eigene Persönlichkeit bewahrte. Ihre Brust und ihr schlanker Bauch hoben und senkten sich deutlich unter meinem Blick, so kurz dieser auch war. Ich registrierte ihre schmale und trotzdem sehr weiblich wirkende Hüfte. Die Schamhaare hatte sich Aimee abrasiert. Ihre Haut war absolut glatt und bot mir einen freien Blick auf ihre winzige Spalte, die sich nur als sanfter, weicher Strich präsentierte, der die inneren Schamlippen vollständig verbarg. Dass sie ihre Schamhaare abrasierte, sah ich, im Gegensatz zu Piercings und Tattoos, nicht als Ausdruck einer Mode, sondern ganz im

Gegenteil, als den ihrer Hygiene und ihres Ästhetikempfindens. Und dass ich das so sah, lag ganz einfach daran, dass es auch meiner eigenen Auffassung von Hygiene und Ästhetik entsprach.

Mein Blick folgte schnell den sanft geschwungenen Konturen ihrer schlanken Beine bis zu ihren Füßen. Aimee hatte kleine, zarte und sehr feingliedrige Hände und Füße. Alles in ihrem Gesicht und an ihrem Körper war miteinander in Harmonie.

Ich glaube, es war diese Harmonie, die Aimee in meinen Augen so weit über alle anderen mir bekannten Frauen stellte. Es gibt Frauen, denen sieht man in die Augen, anderen sieht man auf den Busen oder auf den Po. Bei manchen zieht ein Muttermal oder die Form der Nase den Blick des Betrachters unwillkürlich an. So hat jede Frau etwas ganz Eigenes und mitunter auch Besonderes.

Bei Aimee faszinierte mich die Schönheit und Harmonie des Ganzen. Es gab nicht eine Stelle ihres Gesichts, oder ihres Körpers, die mich nicht gefesselt und die ich nicht liebend gerne auf meinen Lippen gespürt hätte.

Verstört durch diese Erkenntnis schloss ich meine Augen und wendete mich ab. Da hörte ich Aimees traurige Stimme flüstern: „Ich geh ja schon telefonieren."

Ich wagte nicht, sie anzusehen, während sie sich anzog. Als sie fertig war, verließ sie wortlos das Zimmer. Ich fühlte mich mies, weil ich mich so abweisend verhielt, wusste aber auch nicht, wie ich mich anders hätte verhalten sollen. Jetzt, wo Aimee gegangen war, um Katrin anzurufen, damit die meine Kleidung vorbeibringen sollte, hatte ich kurz Zeit zum Nachdenken. Aber ich war viel zu aufgewühlt, um mich konzentrieren und einen klaren Gedanken fassen zu können. Alles drehte sich in meinem Kopf. Von einer unerklärlichen Unruhe erfasst, stand ich von der Couch auf und lief in dem kleinen Zimmer auf und ab, wie ein Puma in seinem Käfig. Bilder von vor ein paar Jahren tauchten vor meinem geistigen Auge auf. Ich erinnerte mich an Momente des Glücks und der, wie ich gedacht hatte, absoluten Liebe – der Liebe zu Martina, Aimees Mutter. Wir waren eine so glückliche Familie gewesen, wie ich es mir niemals hatte vorstellen können. Aimee hatte mich als Elfjährige zuerst misstrauisch und distanziert begutachtet, als Martina mich ihr als ihren neuen Freund vorgestellt hatte. Aber das Eis zwischen uns war schnell gebrochen. Und bald schon hatte Aimee mich als Teil ihrer Familie akzeptiert und mir ihre ganze, kindliche Liebe geschenkt. Ich wurde fast noch mehr als Martina zu ihrem Freund und Vertrauten. Sie war zu mir gekommen, wenn sie Kummer gehabt hatte. Ich hatte ihr bei den Hausaufgaben geholfen. Und ich hatte durch sie meine eigene Kindlichkeit wieder entdeckt. Wie oft war Aimee damals in meinen Armen eingeschlafen? Wie oft hatte sie Rat und Trost bei mir gesucht? Martina war glücklich gewesen, dass Aimee mich so schnell und vollständig als Vaterersatz akzeptiert hatte. Und dann war auf einen Schlag alles vorbei gewesen.

Warum nur? fragte ich mich. Der Schmerz des Verlusts lebte von neuem auf und legte sich wie eine stählerne Klaue um mein Herz, wie um den letzten Blutstropfen aus ihm herauszupressen.

Aimee kam zurück ins Zimmer und fragte mich verlegen: „Kommst Du mal bitte ans Telefon?"

„Warum?" fragte ich ebenso verlegen zurück, da es mir unangenehm war, nur mit der Decke bekleidet in den Gang zu gehen, wo Aimees WG-Mitbewohner mir wieder begegnen konnten.

„Damit Katrin Dir selbst sagt, dass sie heute nicht mehr kommen kann."

Aimee senkte noch verlegener, als sie ohnehin schon war, ihren Blick. Und ich sah sie ungläubig mit großen Augen an.

„Was denkt die sich denn eigentlich?" fragte ich ebenso verunsichert, wie verärgert, zog die Decke um meine Hüfte fest und zwängte mich, krampfhaft darum bemüht, sie dabei nicht zu berühren, an Aimee vorbei in den Flur. Ich entdeckte das Telefon auf einem kleinen Schränkchen und nahm den daneben liegenden Hörer.

„Katrin?" fragte ich streng hinein.

„Hi Jack", meldete sich Katrin. Und bevor ich ihr meine Verärgerung über ihr Verhalten ins Ohr schleudern konnte, erklärte sie mir schon: „Aimee hat mir gesagt, dass ihr bei ihr seid. Wenn ich Dir einen guten Rat geben darf, …"

„Darfst Du nicht!"

„… nutze Deine Chance. Die Kleine steht auf Dich!"

„Blödsinn!"

„Vertrau mir. Ich bin in solchen Sachen sehr feinfühlig!"

„Wenn Du das wärst, dann hättest Du mich mit zu Dir genommen und nicht nackt auf einer Party voller ausgeflippter Weiber zurückgelassen."

„Ähm, … Hört Dich Aimee gerade?"

Ich blickte zu Aimees Zimmertür und sah sie mit traurigen Augen darin stehen. Als ich nach ein paar Sekunden noch nicht auf ihre Frage geantwortet hatte, meinte Katrin am Telefon: „Hör zu, Jack: Ich wäre schon längst mit Dir in der Kiste gewesen, wenn ich nicht vom ersten Moment an gespürt hätte, dass bei Dir etwas noch nicht im Reinen ist. Ich weiß nicht, was Du erlebt hast und was Dich so verletzt hat. Du hattest jede Chance bei mir. Aber Du hast sie nie genutzt!? Ich stelle Dir deswegen keine Fragen. Aber ich sage Dir, was ich gesehen habe: Aimee und Du … Euch verbindet etwas! Entweder ist sie der Grund dafür, dass Du nie frei warst, oder sie ist diejenige, die Dich aus Deiner Einsamkeit befreien wird. Wie auch immer …"

„Du weißt gar nichts!" fuhr ich Katrin zornig an. Aber möglicherweise war es der Zorn darüber, dass der Kern ihrer Aussage vom Ansatz her auf einer unbequemen Wahrheit beruhte und weil ich mich außerdem auch darüber ärgerte, dass sie mir unterstellte, selbst Schuld daran zu sein, nicht bei ihr hatte landen zu können. Ich wollte den Hörer auf die Gabel knallen. Aber kaum hatte ich ausgesprochen, erreichte mich Katrins ebenfalls erhobene Stimme bereits durch eben jenen Hörer, so dass ich mich genötigt sah, ihr noch einen Augenblick mehr zu schenken.

„Morgen Früh um Elf bringe ich Dir Deine Klamotten zu Dir nach Hause. Entweder Du bist dann da oder ich leg Dir die Sachen vor die Tür! Und jetzt sieh gefälligst zu, wie Du Aimee die ausgeflippten Weiber erklärst. Gute Nacht!"

Katrin legte den Hörer auf oder schaltete ihr Handy aus. Ich hatte keine Ahnung, wo Aimee sie erreicht hatte. Einen langen Augenblick stand ich noch perplex mit dem Hörer in der Hand da und wusste nicht, was ich jetzt tun sollte. Aimee stand noch immer in ihrer Zimmertür und sah mich betrübt an. Es tat mir weh, zu sehen, dass ich sie mit meiner Äußerung verletzt hatte. Ich wollte eben zu einer Entschuldigung ansetzen, da sagte sie bereits: „Es tut mir leid, Jace. Ich wusste nicht, dass Du lieber bei Katrin wärst."

Wortlos wandte sie sich ab und verschwand in ihrem Zimmer. Eine der WG-Mitbewohnerinnen beobachtete uns durch einen Spalt ihrer leicht geöffneten Tür. Als ich sie entdeckte, schloss sich die Tür sofort. Ich folgte Aimee in ihr Zimmer und schloss leise die Tür hinter mir. Aimee hatte sich auf ihre Couch geworfen und ihr Gesicht in einem Kissen vergraben in das sie leise schluchzte. Unsicher setzte ich mich neben sie und wurde mir meiner durch die Injektion verursachte, anhaltende Erektion wieder bewusst, die sich beim Setzen einen Weg aus der Decke suchte. Der Zustand war mir unangenehm. Schnell bedeckte ich mich wieder. Und dann legte ich sanft meine Hand auf Aimees Schulter und sagte leise, aber aufrichtig: „Es tut mir leid Aimee. Ich wollte Dich nicht verletzen. Seit Deine Mutter und ich uns getrennt haben, hatte ich so gut wie keinen Sex mehr. Ich …"

„Was heißt: so gut wie keinen?" fragte Aimee schluchzend in ihr Kissen.

„Naja, fast keinen halt. Zwei, drei One Night Stands", gestand ich, während ich ihr tröstend über den Rücken strich. „Ich wollte selbst nie mehr und hatte immer Angst vor allem, woraus mehr hätte entstehen können."

„So wie mit Katrin?" fragte Aimee, richtete sich auf und wischte sich die Tränen aus den Augen.

„Katrin?" überlegte ich, während ich mit dem Daumen sanft eine Träne von Aimees Wange strich, die sie übersehen hatte.

„Katrin hat mich bis heute gereizt. Ich glaube, ich hätte mich jederzeit mit ihr eingelassen."

„Und was ist seit heute anders?" fragte Aimee mit aufrichtigem

Interesse.

„Heute hat sie mich gelinkt. Sie hat mich dazu gebracht, einen Vertrag zu unterschreiben, den ich nicht gelesen hatte."

„Wegen der Party?"

„Ja, wegen der Party!" bestätigte ich.

„Das ist meine Schuld!" gestand Aimee jetzt ein. Ich sah sie fragend und verwirrt an und Aimee erklärte mir: „Sie hat mir mal Zeichnungen von sich gezeigt. Auf einer hab ich geglaubt, eine Ähnlichkeit zu Dir zu entdecken. Ich hab sie gefragt, wer das Modell für das Bild gewesen ist und da hat sie mir von Dir erzählt. Gleichzeitig haben die CFNM-Partys angefangen."

Aimee hielt inne. Aber nachdem ich ungeduldig und neugierig weiter auf eine Erklärung wartete, gestand sie: „Ich hab sie gebeten, Dich als Model für eine der Partys zu organisieren, weil ich keine andere Möglichkeit gesehen habe, Dich wieder zu sehen. Jetzt, im Nachhinein sehe ich ein, dass das sehr dumm war. Ich hätte sie genauso gut nach Deiner Adresse fragen können."

„Das war ein Deal zwischen Euch beiden?" fragte ich ungläubig. Aimee senkte beschämt ihre Augen und nickte stumm.

„Und was war das mit dem Schneewittchen?" forschte ich weiter „Gehörte die auch mit zum Spiel?"

„Nein!" verteidigte sich Aimee sofort. „Niemand außer Katrin und mir wusste etwas davon. Und nicht mal Katrin weiß, woher wir uns kennen oder dass wir uns schon kennen. Sie hat gedacht, dass mir einfach nur ihre Zeichnung von Dir gefallen hat. Schneewittchen war nicht eingeplant. Es ist nicht üblich, dass eines der Mädchen ein Modell für sich beansprucht. Und deswegen hätte ich mir auch im Traum nicht vorstellen können, dass irgendeine von den anderen Dich mir streitig machen würde. Du kannst Dir gar nicht vorstellen, wie viel Angst ich hatte, als es so aussah, dass sie gewinnen würde."

„Und Du kannst Dir nicht vorstellen, wie viel Angst ich davor hatte", erwiderte ich, gestand aber ebenfalls sofort ein: „Nur hatte ich fast ebensoviel Angst davor, dass Du gewinnst."

Aimees beschämter Ausdruck verwandelte sich wieder in einen sehr traurigen und ich bemerkte, wie ihre Nasenflügel wieder zu zittern begannen.

„Warum bist Du ohne ein Wort gegangen?" fragte sie, während sich in ihren Augen wieder Tränen sammelten. „Und warum hast Du meine Briefe nicht beantwortet? Ich weiß nicht, warum Mama Schluss mit Dir gemacht hat. Sie hat es mir nie gesagt. Aber warum hast Du es mir nicht erklärt?"

„Weil ich es auch nicht weiß!"

„Trotzdem hättest Du mit mir reden können. Du warst mein einziger Freund, mein einziger Halt. Ich hab Mama angefleht, dass Du zurückkommst. Aber so gut und lieb sie sonst zu mir ist: Über Dich war sie

nicht bereit, mit mir zu reden. Das einzige, was sie gesagt hat, war ‚Nichts'
auf meine Frage, was Du gemacht hast, dass sie nichts mehr mit Dir zu tun
haben wollte."

„Hat sie wieder einen Freund?" fragte ich verbittert und verletzt. Aimee
schüttelte den Kopf und antwortete: „Sie hatte nicht mal einen One Night
Stand, seit Du weg bist. Sie ist seitdem sehr einsam."

Das ‚Warum' stand wie ein großes Fragezeichen zwischen Aimee und
mir. Ich gebe zu, auch ich hatte feuchte Augen. Wir sahen uns traurig an,
nahmen uns schweigend in die Arme und spendeten uns so gegenseitig
Trost. Erst nach mehreren Minuten brach ich das Schweigen und erklärte
Aimee: „Ich hab es nie verstanden. Und ich hab es nie verwunden.
Deswegen konnte ich Dir nichts erklären. Ich wollte nicht mit Dir
sprechen, weil es zu weh getan hätte."

„Woher willst Du das wissen, wenn Du es nie versucht hast?" fragte
Aimee.

„Weil es jetzt weh tut! Und es ist schlimmer, als ich es mir je hätte
vorstellen können!"

Darauf erwiderte Aimee nichts. Sie presste sich nur noch ein wenig
fester an mich. So saßen wir lange schweigend auf ihrer alten Couch und
hielten uns aneinander fest. Es dauerte sehr lange, bis diesmal Aimee das
Schweigen mit der Frage brach: „Bleibst Du heute Nacht hier? Du kannst
weder nackt durch die Stadt fahren, noch kannst Du ohne Schlüssel in
Deine Wohnung."

Ich wusste nicht, was ich auf diese Frage antworten sollte. Aimee hatte
nur ihre Klappcouch. Eine andere Schlafmöglichkeit gab es nicht in ihrem
Zimmer. Als meine Antwort zu lange auf sich warten ließ, versprach Aimee:
„Du musst keine Angst haben. Ich werde Dich nicht berühren."

Und wenn ich Dich berühre? fragte ich in Gedanken. Ich wagte aber nicht,
die Frage laut auszusprechen, sondern fragte stattdessen: "Warum hast Du
mich auf der Party angefasst?"

Jetzt ließ sich Aimee sehr viel Zeit mit der Antwort. Und als sie sie mir
endlich gab, konnte ich deutlich hören, wie viel Überwindung es sie kostete:
„Das habe ich mir vor drei Jahren schon vorgestellt!"

„Oh!" machte ich überrascht. „Also das wäre jetzt das erste
einleuchtende Motiv für das Verhalten Deiner Mutter!"

„Ich hab es ihr nie gesagt!"

„Oh!" machte ich wieder, da sich meine Schlussfolgerung ebenso schnell
wieder verflüchtigte, wie sie entstanden war. Dann sagte ich nachdenklich:
„Vor drei Jahren warst Du noch ein Kind!"

„Ich war fünfzehn!" erwiderte Aimee empört und schien überzeugt zu
sein, meine Feststellung damit zu widerlegen. Ich nahm es aber als
Bestätigung und sagte: „Sag ich doch!"

Da erklärte mir Aimee: „Ich war damals die Einzige in meiner Klasse, die noch nichts mit Jungs gehabt hatte."

„Die Jungs in der Schule müssen bei Dir doch Schlange gestanden haben!"

„Die Jungs in der Schule waren pickelgesichtige Idioten!"

„Und ich war der Freund Deiner Mutter! Wenn ich gewusst hätte, was Du empfindest, und schlimmer noch: Wenn ich diese Gefühle erwidert hätte, dann hätte ich das Beste zerstört, was mir in meinem Leben passiert ist."

„Deswegen hab ich es Dir auch nie gesagt. Aber was hat es gebracht? … Gar nichts. Mama hat Schluss mit Dir gemacht, obwohl es nichts gibt, was sie Dir vorwerfen kann."

Wieder spürte ich die Kralle, die sich mit kaltem und unbarmherzigem Griff um mein Herz legte. Krampfhaft suchte ich nach etwas, womit ich das Thema wechseln konnte. Aber mir fiel nichts ein. Ich sah nur Aimees traurige Augen und fragte mich, was hätte gewesen sein können, wenn ich vor drei Jahren kein Kind mehr in ihr gesehen hätte und wenn meine Liebe zu Martina nicht so absolut, so rein, so ehrlich und aufrichtig gewesen wäre. Aber ich mochte diesen Gedanken nicht, weil meine Liebe zu Martina eben genau so gewesen war! Nichts und niemand hätte diese Liebe zerstören können; Niemand außer Martina selbst. Und nicht einmal sie hatte es geschafft, diese Liebe ganz zu töten.

Drei Jahre, dachte ich mir. *Verdammt noch mal, ich muss doch endlich mal darüber hinweg kommen.*

Dass ich jetzt mit Martinas Tochter in deren Zimmer saß, machte es mir nicht gerade leichter, ganz zu Schweigen von der Art unseres Zusammentreffens. Um das drückende Schweigen zu brechen, sagte ich schließlich: „Ich schlafe auf dem Boden!"

„Das kommt gar nicht in Frage", protestierte Aimee. „Der Boden ist kalt und so feucht, wie die Wände. Ich hab Dir doch versprochen, dass ich Dir nichts tue."

Ich konnte mir ein bitteres Lachen nicht verkneifen. Und als Aimee mich fragte „Warum lachst Du?", antwortete ich: „Normalerweise sind es die Männer, die solche Versprechen machen."

Aimee lachte nicht. Aber ihre Stimme klang jetzt ebenso bitter, als sie darauf erwiderte: „Dieser Mann hat leider kein Interesse an der Frau!"

Das stimmte nicht so ganz. Um ehrlich zu sein, stimmte es absolut nicht. Aber ich schwieg dazu.

„Du kannst meine Zahnbürste benützen", bot Aimee mir an, stand auf und forderte mich auf: „Komm mit. Ich zeig Dir das Bad."

Nachdem Aimee es mir gezeigt hatte, wartete ich in ihrem Zimmer, bis sie fertig war, bevor ich mich selbst wusch und mir die Zähne putzte. Eigenartigerweise genoss ich es, mir die Zähne in dem Bewusstsein zu putzen, dass ich Aimees Zahnbürste benutzte. Durch dieses Bewusstsein war das Zähneputzen plötzlich nicht mehr nur eine mechanische Bewegung, sondern ein sehr sinnliches und intimes Erlebnis. Ich duschte mich kurz ab und betastete skeptisch meine anhaltende und so überaus empfindsame Erektion. Kurz dachte ich daran, mir selbst im Bad Erleichterung zu verschaffen, damit ich während der Nacht gar nicht erst auf dumme Gedanken kommen konnte. Aber ich entschied mich doch anders. Mir war absolut nicht danach, mich selbst zu befriedigen. Und die Wirkung der Injektion musste ja früher oder später auch von alleine wieder verfliegen.

Als ich in Aimees Zimmer zurückkam, hatte sie die Couch bereits ausgeklappt. Sie deutete auf die Decke, die ich um meine Hüfte geschlungen hatte, und sagte: „Die müssen wir uns leider teilen."

Ich schluckte nervös, bei der Vorstellung, dass ich nackt mit Aimee unter der Decke liegen sollte und stellte die Forderung: „Du bleibst aber angezogen!"

„Ich schlafe immer nackt!" widersprach Aimee. Ich biss mir auf die Lippen und erwiderte energisch: „Entweder Du bleibst angezogen oder ich schlafe auf dem Boden!"

„Also gut", lenkte Aimee ein. „Ich zieh mir ein T-Shirt an."

Und damit zog sie sich wieder vor meinen Augen aus und schlüpfte in ein weites T-Shirt, das ihr nicht mal ganz über den Po reichte. Damit musste ich mich zufrieden geben. Ich schaffte es diesmal nicht, meine Augen abzuwenden, als sie nackt war. Ihre Schönheit war fast zuviel für mich. Ein unangenehmes Ziehen in meinem pochenden Penis ließ mich bedauern, nicht doch im Bad Hand angelegt zu haben. Meine unterdrückte und ignorierte Erregung wurde so intensiv, dass sie schon schmerzte. Notfalls, wenn der Zustand sich nicht besserte, müsste ich während der Nacht noch mal im Bad verschwinden, dachte ich mir. Ich löste den Knoten in der Decke und legte mich unter ihr an der Wandseite auf die ausgeklappte Couch. Aimee sah mir eine lange Sekunde in die Augen, bevor sie das Licht löschte. Dann kroch sie zu mir unter die Decke, achtete dabei aber darauf, mich möglichst nicht zu berühren.

„Gute Nacht, Jace!" flüsterte sie ganz sanft.

„Gute Nacht, Aimee!" wünschte auch ich leise flüsternd. Da hörten wir im Flur Stimmengewirr. Und im nächsten Moment flog die Tür auf und ein riesiger Bodybuilder in einer zu eng wirkenden Lacklederhose und mit offener Lacklederjacke, die überall Nieten hatte und seine aufgepumpten Muskeln betonte, kam zur Tür herein gepoltert. Sofort sprang ich auf und hielt die Decke wieder vor meiner Hüfte zusammen, während ich über die ebenfalls sehr erschrocken wirkende Aimee stieg. Hinter dem Bodybuilder stand der kleine, schwule Mit-WGler von Aimee, deutete auf mich und säuselte aufgebracht: „Da, das ist der Pursche!"

Und bevor ich begriff, was eigentlich los war, ballte der Bodybuilder seine Faust und schlug zu.

Fortsetzung folgt ...

DIE CF... WAS FÜR 'NE PARTY?

KAPITEL 3

- IM CHAOS DER GEFÜHLE-

Was bisher geschah:

Katrin, eine Schülerin aus der Kunstakademie, in der ich gelegentlich Modell in Zeichenkursen stehe, hatte mich angerufen und mir einen Job als Model auf einer Party angeboten. Da ich das Geld gut gebrauchen konnte, sagte ich zu und unterschrieb einen Vertrag, ohne ihn vorher zu lesen. Und so sah ich mich plötzlich gezwungen, mich nackt und mit einer durch eine Injektion hervorgerufene Erektion einer Schar junger Frauen auf einer CFNM-Party zu präsentieren. Kaum auf der Party angekommen, entdeckte ich unter den jungen Frauen Aimee, die Tochter meiner ehemaligen Lebensgefährtin Martina. Aimee beanspruchte mich für sich und gewann einen Wettstreit gegen das unansehnliche und übergewichtige Schneewittchen, das ihr den Anspruch auf mich hatte streitig machen wollen.

Da Katrin die Party verlassen hatte und mit meiner Kleidung, die in ihrem Auto gelegen hatte, davongefahren war, nahm mich Aimee, die in ihrem Wettkampf ihre Kleidung eingebüßt hatte und ebenfalls nackt war, mit zu sich nach Hause. Am Telefon erklärte mir Katrin, dass sie mir meine Kleidung erst am nächsten Tag zu mir nach Hause bringen würde. Also blieb mir nichts anderes übrig, als Aimees Angebot, bei ihr zu übernachten, anzunehmen. Aber als wir uns bereits hingelegt hatten, stürmte plötzlich ein riesiger, muskulöser Bodybuilder, der anscheinend der Freund des schwulen WG-Mitbewohners von Aimee war, mit dem ich zuvor eine Auseinandersetzung gehabt hatte, ins Zimmer. Und als ich ihm entgegentrat, schlug er ohne Vorwarnung zu.

Ich hatte keine Zeit, mir Gedanken darüber zu machen, wie ich dem Angriff des Riesen begegnen sollte. Ich konnte nur reflexartig reagieren. Und dabei kam mir mein langjähriges Ju-Jutsu Training sehr zugute. Ich habe noch nie in meinem Leben selbst einen Kampf begonnen oder bewusst provoziert. Und ich habe auch nicht vor, das jemals zu tun. Aus diesem Grund haben mich die aggressiven Kampfsportarten, die überwiegend auf Angriffstechniken setzen, nie interessiert. Da ich aber das Talent habe, in jedes sich bietende Fettnäpfchen und anderen Leuten auf die Füße zu treten, war es mir irgendwann doch als angeraten erschienen, mir ein paar Verteidigungstechniken anzueignen. Und daraus hatte sich dann ein sehr intensives Training für mich entwickelt, das ich gehofft hatte, niemals im Ernstfall anwenden zu müssen. Aber jetzt plötzlich war dieser Ernstfall eingetreten und es musste sich zeigen, ob ich meine Lektionen gelernt hatte. Ich packte die Faust, die mir ins Gesicht schlagen wollte, führte sie an mir vorbei, indem ich den Schwung des Angriffs nutzte und setzte einen Hebel an, so dass der Angreifer trotz seiner Masse und seiner Kraft das Gleichgewicht verlor und in die Knie ging.

„Hi Carlo!" grüßte Aimee, die sich ihr T-Shirt bis zu den Knien langgezogen hatte, den Bodybuilder, dessen schmerzverzerrtes Gesicht vor ihr auf die Couchkante gepresst war und der sich aus meinem Griff nicht befreien konnte.

„Hallo Aimee", grüßte auch der Überrumpelte in seiner unvorteilhaften Position mit einer zu seiner beeindruckenden Erscheinung in seltsamer Disharmonie stehenden, weichen und sanften, wenn auch etwas gepresst hervorgestoßenen Stimme.

„Warum klopfst Du denn nicht, wenn Du in mein Zimmer kommst?" fragte ihn Aimee und sah ihn dabei beinahe mitleidig an. Da Carlo nicht antwortete, drehte ich sein Handgelenk noch eine Nuance weiter, bis er hervorpresste: „Weil Sven gesagt hat …"

„Du Lusche!" fauchte da der Schwule von der Tür her säuselnd. „Und so was will mein Lover sein! Ich glaub, ich werde doch lieber mit Rodriguez …"

„Sven, bitte", begann da der Bodybuilder zu wimmern. „Das kannst Du mir nicht antun. Ich hab doch immer alles …"

„Das ist ja nicht mehr zum Mitanhören!" fuhr ich dazwischen, zog die Lusche wieder auf die Füße, schob sie ohne ein weiteres Wort aus der Tür und knallte diese hinter ihr zu.

Aimee begann so herzhaft zu lachen, dass ich sie überrascht anblickte. Aber ihr Lachen war so natürlich, lebensfroh und ansteckend, dass ich selbst auch lachen musste.

„Nette Mitbewohner hast Du hier!" sagte ich, als ich wieder sprechen konnte. Aber Aimee schüttelte noch immer lachend den Kopf und erwiderte: „Carlo wohnt hier nicht. Er ist genauso Gast, wie Du!"

„Er ist aber auch ein schnuckeliges Kerlchen!" meinte ich und imitierte dabei Svens näselnde und säuselnde Ausdrucksweise, worauf Aimee erneut losprustete und mich damit auch wieder ansteckte. Aber dann wurde Aimee plötzlich sehr ernst und nachdenklich. Sie blickte mich verträumt an, streckte mir einladend ihre kleine Hand entgegen und bat mich: „Komm wieder ins Bett, Jace."

Ich wurde mir wieder meiner anhaltenden Erektion bewusst. Zwar versuchte ich sie unter den Falten der Decke, die ich mir um die Hüfte gewickelt hatte, zu verbergen. Aber das gelang mir weder unauffällig noch gut, wodurch die Peinlichkeit nur noch verstärkt wurde. Um davon abzulenken, ergriff ich Aimees Hand und ließ mich von ihr auf die Klappcouch ziehen. Es war mir unangenehm, wieder über sie drüber klettern zu müssen, um auf die Wandseite zu kommen. Deswegen sagte ich schnell: „Ich bleib besser hier vorne liegen, falls der Typ (jetzt war er kein schnuckeliges Kerlchen mehr!) hier noch mal reinplatzt."

„Das wird nicht nötig sein", erwiderte Aimee sanft lächelnd und drückte meine Hand so zärtlich, dass ein eigenartiger, erregender Schauer meinen Körper durchströmte und die Beule in meiner Decke verräterisch zuckte. Da sich Aimees Blick nur allzu deutlich darauf richtete, war es allerhöchste Zeit, ihr diesen peinlichen Umstand zu erklären.

„Das hat nichts mit Dir zu tun!" sagte ich schnell. „Katrin hat mir irgendetwas injiziert, um diesen Zustand hervorzurufen."

„Ich weiß", erwiderte Aimee. Und eine leise Traurigkeit schwang dabei in ihrer Stimme mit. Dann fuhr sie schnell, aber noch genauso sanft fort: "Na komm schon ins Bett. Und keine Angst wegen Carlo. Er ist eigentlich ein ganz Lieber, im Gegensatz zu der kleinen Giftschnecke Sven."

Eigenartigerweise spürte ich einen heftigen Stich, als Aimee Carlo als süß bezeichnete. Ich hatte sie als Kind und Teenager gekannt. Und immer war klar gewesen, dass sie irgendwann Interesse an Jungs haben würde. Das hatte mich weder gestört, noch in irgendeiner Weise berührt. Es wäre der normale Lauf der Dinge gewesen. Aber jetzt, wo ich ihr nach drei Jahren, in denen ich sie aus meinen Gedanken weitestgehend verbannt hatte, wieder begegnete, spürte ich so etwas wie Eifersucht, weil sie einen Mann, der keinerlei Interesse an ihr hatte, süß fand. Es war so absurd! Ich löschte das Licht wieder, stieg schnell über Aimees schlanken Körper und deckte sie und mich mit der Decke zu.

Lange lagen wir schweigend nebeneinander. Als ich mich nach einer Weile Aimee zuwendete und sie sinnend in der Dunkelheit betrachtete, konnte ich sehen, dass sie ebenfalls noch wach war und zur Decke starrte.

„Kannst Du nicht schlafen?" fragte ich leise. Auch Aimee wendete mir jetzt ihr Gesicht zu. Ich bemerkte das phosphoreszierende Leuchten in ihren Augen und ließ mich widerstandslos in ihren Bann ziehen. Aimee antwortete nicht auf meine Frage. Sie sah mir nur genauso neugierig forschend in die Augen, wie ich ihr. Ohne dass ich es bewusst steuerte, befreite ich meine Hand aus der Decke und strich Aimee sanft über die Wange.

„Es tut mir leid", flüsterte ich schuldbewusst, „ich hätte wirklich nicht gehen dürfen, ohne mich von Dir zu verabschieden! Ich hätte keinen Deiner Briefe unbeantwortet lassen dürfen. Aber es hat so weh getan. Und es tut immer noch so weh!"

Eigentlich hatte ich gedacht, dass ich über die Trennung von Martina inzwischen hinweg sein müsste. Deswegen fragte ich mich plötzlich, was denn jetzt noch immer so weh tat? Und ich erkannte, dass Aimee der

Auslöser meiner Schmerzen war; Aimee, die mich auf einer CFNM-Party für sich beansprucht und die diesen Anspruch gegen das Monster-Schneewittchen verteidigt hatte, Aimee, die mir eingestanden hatte, dass sie mich schon vor drei Jahren hätte berühren wollen, Aimee, die jetzt, nur mit einem T-Shirt bekleidet, mit mir unter einer Decke lag. Aimee war nicht mehr das Kind, das ich vor drei Jahren ohne ein Wort zurückgelassen hatte. Sie war erwachsen geworden. Aber ich fühlte mich noch immer wie ein Kind.

Bis vor drei Jahren waren wir ein Herz und eine Seele gewesen. Wir hatten über alles reden können, hatten uns spielerisch, ohne Scheu und ohne irgendwelche Hintergedanken berührt. Wo war nur diese Unbeschwertheit geblieben? Jetzt war alles anders. Ich wusste nicht mehr, was ich sagen sollte. Ich wagte nicht mehr, sie zu berühren – außer dieses sanfte und unbewusste Streicheln über ihre Wange. Es lag eine Sexualität in der Luft; Ihre und meine! Sie lag wie etwas Greifbares zwischen uns. Und damit wusste ich einfach nicht umzugehen. Ich begriff auch nicht ansatzweise, was Aimee denn eigentlich fühlte, dachte und beabsichtigte.

Ich merkte nur, dass ich mich selbst wieder wie ein Junge fühlte, wie ein junger, unschuldiger und unerfahrener Junge, der zum ersten Mal verliebt ist. Ja, das war es: Ich war verliebt! Ich hatte mich Hals über Kopf in Aimee verliebt. Meine Liebe zu einem Kind hatte sich in die Liebe zu einer Frau verwandelt. Diese Erkenntnis traf mich wie ein Schlag. Ich fühlte mich plötzlich schuldig, so als wenn ich Martina hintergangen und betrogen hätte. Alles drehte sich in meinem Kopf. Nein, ich konnte Aimee nicht lieben. Ich durfte es einfach nicht!

„Warum nicht?" fragte Aimee plötzlich leise und riss mich damit aus meinem Gedankenchaos. Im ersten Moment war ich mir gar nicht sicher, ob sie die Frage wirklich gestellt hatte, oder ob die Frage nicht in meinem Kopf entstanden war.

„Warum was nicht?" fragte ich verwirrt und zog noch verwirrter meine Hand zurück, da ich mir erst jetzt bewusst wurde, dass ich Aimees Wange streichelte.

„Warum darfst Du mich nicht lieben?" fragte Aimee flüsternd und tastete behutsam nach meiner Hand, um sie wieder zu ihrer Wange zu führen. Dass sie meine Gedanken erraten hatte, verwirrte mich noch mehr, als ich es ohnehin bereits war.

„Weil ich …", begann ich zu stottern, „weil Du, weil … weil…"

Ich schaffte es nicht, einen ganzen Satz zu formulieren, weil es mir einfach nicht gelang, meine Gedanken zu sortieren. Aimee hielt meine Hand ganz sanft in ihren Händen und strich mit meinen Fingerkuppen behutsam über ihre Wange.

„Ich kann Dich lieben!" flüsterte sie und drückte ihre Lippen zärtlich auf meine Hand. „Ich kann es und ich darf es, solange Du es mir nicht verbietest."

Und tust Du es? fragte ich mich sofort, wagte aber nicht, die Frage auszusprechen. Aimee schien aber meine Gedanken wieder zu erraten, denn sie sagte, wie als Antwort darauf: „Ja!"

Da ich es aber als zu unwahrscheinlich ansah, dass sie wirklich wusste, was ich gedacht hatte, fragte ich: „Ja, was?"

„Ja, ich liebe Dich!" antwortete Aimee sofort. Und ich weiß nicht, ob es dieses Geständnis war, oder der unendlich zärtliche Klang ihrer Stimme: Jedenfalls durchströmte ein erneuter Schauer meinen Körper und ließ mich fröstelnd zittern.

„Ist Dir kalt?" fragte Aimee besorgt.

„Mir ist heiß und kalt und ... ich weiß nicht, was noch alles", antwortete ich ehrlicher, als ich es vorgehabt hatte. Für ein paar Sekunden genoss ich benommen, wie Aimee mit meiner Hand über ihre Wange streichelte. Wie lange hatte ich schon keine solche Zärtlichkeit mehr erfahren? Ich dachte kurz an Martina und stellte zu meinem Erstaunen fest, dass ihr Bild jetzt plötzlich, nach drei Jahren der Trennung zu verblassen begann. Aber ich war noch klar genug im Kopf, um mir zusammenzureimen, dass dieses Verblassen nur ein momentaner, durch meine aktuelle Verwirrung hervorgerufener Zustand sein konnte. Trotz dieses Gedanken- und Gefühlschaos wurde mir aber schlagartig bewusst, dass die Zärtlichkeit, die ich in Aimees Berührung spürte, sich mit nichts mir Bekanntem vergleichen ließ. Gegen Aimees Zärtlichkeit hatten Martinas Berührungen, die ich bisher immer als Inbegriff aller Sanftheit und Zärtlichkeit betrachtet hatte, so grob und ungehobelt gewirkt, wie die eines Bergarbeiters.

Mein Herz schlug so laut, dass ich überzeugt war, Aimee müsste es hören. Und tatsächlich schien es so, als könnte ich nichts vor ihr verbergen, denn sie fragte mich: „Warum schlägt Dein Herz so schnell, wenn Du mich nicht lieben kannst?"

Was sollte ich darauf antworten? Ich sah Aimee nur in die Augen und brachte erst nach mehreren Minuten, während denen sie mich schweigend betrachtet hatte, mühsam hervor: „Selbst das Herz der kleinen Giftschnecke Sven würde rasen, wenn er jetzt an meiner Stelle wäre."

Aimee dachte einen Moment über das nach, was ich gesagt hatte, dann erwiderte sie: „Lustige Vorstellung! ... Ich meine, Du musst Dir das wirklich mal vorstellen, Sven hier bei mir auf meine Klappcouch, zusammen mit mir unter einer Decke, er nackt und ich nur mit einem T-Shirt bekleidet."

Sie quälte mich. Warum quälte sie mich? Ich wollte mir nicht vorstellen, dass ein anderer Mann an meiner Stelle neben ihr läge und sie beschrieb mir die Szene auch noch. Aber mit welchem Recht hätte ich eifersüchtig sein dürfen? Vor drei Jahren noch wäre ich stolz darauf gewesen, wenn sie mir ihren Freund vorgestellt hätte. Und jetzt, wo sie plötzlich aus dem Nichts wieder in mein Leben getreten war, quälte mich eine Vorstellung, die ich selbst als hypothetische Möglichkeit in den Raum gestellt hatte.

„Aber darum geht es doch gar nicht", flüsterte Aimee ebenso sanft, wie besänftigend. „Du weißt ganz genau, dass Sven niemals mit mir in einem Bett liegen wird; weder Sven, noch Carlo oder sonst irgendein Mann! Es gibt nur einen Mann, nach dem ich mich gesehnt habe, seit ich elf war. Und das …"

„Bitte sprich nicht weiter, Aimee", bat ich, denn ausnahmsweise, und obwohl ich nicht begreifen konnte, warum es so war, begriff ich doch, dass nur ich dieser Mann sein konnte, von dem sie eben gesprochen hatte. Ich war in ihr Leben getreten, als sie elf Jahre alt gewesen war. Ich war fast ständig mit ihr zusammen gewesen, bis sie fünfzehn war. Sie hatte mir in dieser Zeit alles anvertraut. Aber sie hatte niemals davon gesprochen, dass sie sich für irgendeinen Mann oder Jungen interessiert hatte.

„Du warst der einzige Mensch, mit dem ich über alles reden konnte", erwiderte Aimee. „Du warst immer für mich da, hast mir zugehört, mich getröstet und wieder aufgebaut. Nur über eine Sache konnte ich niemals mit Dir reden: Über meine Gefühle. Mit elf war ich vielleicht noch ein Kind. Mit elf war meine Liebe zu Dir vielleicht noch die Liebe eines Kindes. Aber mit fünfzehn wusste ich längst, dass es mehr war. Du warst wie ein Vater zu mir. Du wärst der beste Vater der Welt gewesen. Aber Du warst nicht mein Vater. Du warst der Mensch, der immer für mich da war. Du hast niemals mit mir geschimpft. Du hast mich gegen Mama verteidigt, wenn sie mit mir geschimpft hat. Du hast mir vertraut und Du hast an mich geglaubt. Kein anderer Mensch in meinem Leben hat mir jemals so sehr das Gefühl gegeben, dass ich etwas Besonderes bin. Bei keinem anderen Menschen hatte ich jemals so sehr das Gefühl, behütet, beschützt und geliebt zu sein."

„Und was ist mit Martina, ich meine mit Deiner Mutter?" fragte ich verwirrt und innerlich aufgewühlt. „Sie hat Dich immer über alles geliebt!"

„Ja, Mama hat mich geliebt", bestätigte Aimee. „Sie liebt mich auch immer noch. Aber denk doch mal zurück. Als sie Dich kennen gelernt hat, war sie sehr einsam und frustriert. Sie hat immer versucht, es mich nicht merken zu lassen. Aber oft, wenn ich versucht habe, mit ihr zu reden, hat sie mir gar nicht zugehört. Als Du dann da warst, warst Du plötzlich der Mittelpunkt in ihrem Leben. Wenn Du damals nicht so offen auf mich zugegangen wärst, wenn Du mir nicht die Liebe gegeben hättest, die Mama in der Zeit nur noch für Dich gehabt hatte, dann wäre diese Zeit für mich unerträglich gewesen. Mama war nur noch in der Arbeit. Und wenn sie zuhause war, dann hat sich für sie alles nur noch um Dich gedreht. Nur Du hast mich nie vernachlässigt. Du bist nie weggefahren, ohne dass Du mich gefragt hättest, ob ich mitkommen möchte oder ob ich etwas brauche. Mama liebt mich. Und wenn ich sie um etwas bitte, dann sagt sie auch selten Nein. Aber sie denkt nicht so an mich, wie Du es getan hast. Sie hat nicht Deine Aufmerksamkeit und macht sich nicht die Gedanken und Sorgen, die Du Dir immer gemacht hast."

„Du musst mich gehasst haben, als ich gegangen bin!" sagte ich bestürzt, als mir bewusst wurde, was Aimee glaubte, in mir verloren zu haben. Aber Aimee schüttelte langsam und nachdenklich den Kopf und erwiderte: „Dich habe ich niemals gehasst. Ich habe nicht einmal Mama gehasst. Ich habe nur mich selbst gehasst, weil meine Liebe zu Dir nicht stark genug gewesen ist, dass Du geblieben bist."

Ich war so aufgewühlt von dem, was Aimee mir eben gesagt hatte, dass ich mich aufsetzen musste, weil ich glaubte, im Sitzen klarer denken zu können. Dabei achtete ich sorgsam darauf, dass meine noch immer anhaltende Erektion unter der Decke verborgen blieb. Auch Aimee setzte sich auf. Mit ängstlicher Neugier betrachtete sie mich eine Weile. Dann fragte sie: „Was denkst Du jetzt von mir?"

Ihre Stimme drückte so unendlich viel Verletzlichkeit aus, dass ich sie am liebsten einfach nur in meine Arme genommen hätte, so wie ich es früher auch getan hatte, wenn sie Trost gebraucht hatte. Aber jetzt traute ich mich das nicht mehr, obwohl oder vielleicht auch weil an diesem Abend schon so viel passiert war, zu viel, wie ich dachte.

„Du kannst meine Gedanken also doch nicht lesen!?" stellte ich stattdessen fest. Und ich war mir selbst nicht sicher, ob es wirklich eine Feststellung, oder nicht vielleicht eher eine Frage war. Über Aimees trauriges und fragendes Gesicht huschte ein kurzes Lächeln, das für einen kurzen Moment in ihren Augen aufflackerte. Aber es konnte die Schatten auf ihrem Gemüt nicht vertreiben, denn sie antwortete mit der selben Verletzlichkeit und Unsicherheit wie vorher: „Manchmal sind Deine Gedanken so klar, als würde ich sie auf einem Stück Papier lesen. Aber meistens habe ich keine Ahnung von dem, was Du denkst."

Aimee liebte mich. Zumindest behauptete sie das. Sie konnte meine Gedanken lesen, Zumindest manchmal. Ich hatte das Gefühl, das Karussell in meinem Kopf stünde kurz davor zu explodieren, so schnell drehte sich alles. Ich schloss meine Augen und versuchte, mich auf Aimees Frage zu konzentrieren. Was dachte ich von ihr? Dachte ich überhaupt etwas? Ich war gar nicht in der Lage, klar zu denken. Ich fühlte nur noch. Und das, was ich fühlte, leugnete ich vor mir selbst. Nervös wich ich Aimees Blick aus und fragte mehr aus Verlegenheit, als aus Durst: „Was hast Du denn zu Trinken?"

Aimee schien enttäuscht zu sein, dass ich ihre Frage nicht beantwortete. Aber sie sagte nichts und antwortete stattdessen auf meine Frage: „Was möchtest Du denn?"

Ich zuckte mit den Schultern und antwortete schließlich: „Egal. Was Du hast!"

Jetzt schenkte mir Aimee ein echtes Lächeln. Sie schlüpfte unter der

Decke hervor und lief zu ihrem Schreibtisch. Im Halbdunkel des Zimmers sah ich ihr zu. Dass ihr T-Shirt ihren Po nicht bedeckte, fesselte meinen Blick gegen meinen Willen. Ich musste Schlucken und mich räuspern. Als Aimee sich vor ihrem Schreibtisch bückte und mir ihren kleinen, festen Po damit entgegenstreckte, machte es das nicht besser. Ich warf einen kurzen Blick unter die Decke, um meinen kleinen Jace zu beschwören, sich endlich wieder klein zu machen. Aber er dachte gar nicht daran und ich fragte mich mit einiger Besorgnis, wie lange dieser Zustand noch andauern würde. Die Option, Katrin zu erwürgen, war jedenfalls noch nicht vom Tisch.

Als Aimee sich wieder erhob und zu mir umdrehte, glaubte ich im Augenwinkel wahrzunehmen, dass sie eine Weinflasche in der Hand hatte. Da aber ihr T-Shirt vorne genauso kurz war, wie hinten, und da sich meine Augen schon gut an die Dunkelheit gewöhnt hatten, fiel mein Blick unwillkürlich auf Aimees winzige, nackte Spalte. Ich versuchte, wegzusehen, schaffte es aber trotz übermenschlicher Anstrengungen nicht. Selbst als ich meinen Kopf gewaltsam zur Seite drehte, blieben meine Augen auf Aimees Schoss gerichtet. Und plötzlich stand sie direkt vor mir. Ich nahm den feinen Geruch ihrer Haut wahr und musste wieder schlucken. Ich hörte das Geräusch einer Weinflasche, die abgestellt wird und spürte gleich darauf Aimees Finger über meine Haare streicheln. Ganz behutsam zog sie meinen Kopf in ihren Schoß. Ich wollte mich wehren, konnte es aber nicht. Ich schloss meine vor undefinierbaren Gefühlen tränenden Augen und spürte die weiche Haut von Aimees Venushügel sich an meine Lippen schmiegen, während ihre Finger mir unendlich zärtlich durch die Haare streichelten. Aimees zarter und unbeschreiblich betörender Geruch stieg mir in den Kopf. Ich wollte mich fallen lassen, wollte es genießen, wollte Aimee mit allen meinen Sinnen wahrnehmen. Aber ich konnte es einfach nicht und zuckte, entsetzt über mich selbst, zurück.

„Warum tust Du das?" fragte ich heiser.

„Weil ich glaube, dass Du mich genauso liebst, wie ich Dich!" flüsterte Aimee. Ich rutschte schnell wieder bis an die Wand zurück, um ihr Platz zu machen. Aimee nahm die Weinflasche, die sie abgestellt hatte, vom Regal über der Couch und reichte sie mir mitsamt einem Korkenzieher.

„Kalifornischer Cabernet Sauvignon", sagte Aimee leise. „Ich glaube, den hast Du früher gern getrunken!"

„Das tue ich immer noch", antwortete ich, froh darüber, ein unverfängliches Thema gefunden zu haben. Aimee zündete eine Kerze an, stellte sie auf den Schreibtisch und kam mit einem Plastikbecher und einer Blechtasse, die sie schnell noch mit einem Tuch auswischte, unter die Decke zurück, während ich die Flasche mit einem leisen ‚Plopp' entkorkte. Ich goss uns ein und Aimee reichte mir die Blechtasse.

„Auf Deine Mutter!" sagte ich und hob die Tasse.

„Auf Mama", erwiderte Aimee. Aber es war ihr anzuhören, dass das nicht der Trinkspruch gewesen war, den sie gern gehört hätte. Sie stieß mit ihrem Becher an meine Tasse und wir tranken einen Schluck.

Ich musste Aimee erklären, dass ich sie nicht lieben konnte. Aber wie sollte ich es ihr begreiflich machen, ohne ihre Gefühle zu verletzen? Ich hatte sie schon einmal verletzt, vor drei Jahren. Und ich liebte sie viel zu sehr, um diese Schuld noch einmal auf mich zu laden. Schon wieder dieser Widerspruch, dachte ich mir. Ich kann Aimee nicht sagen, dass ich sie nicht lieben kann, weil ich sie dafür zu sehr liebe!?

Verdrehter schien es wirklich nicht mehr zu gehen. Aimee sah mich erwartungsvoll an, bis ich schließlich den Versuch einer Erklärung wagte und zu ihr sagte: „Aimee, ich hab Deine Mutter über alles geliebt. Ich werde in Dir immer nur ihre Tochter sehen können. Dich wieder zu sehen, reißt nur alte Wunden …, es macht …"

Eigentlich hatte ich sagen wollen, dass es alte Wunden wieder aufreißt. Und ich hatte damit den Schmerz gemeint, den die Trennung von Martina mir bereitet hatte. Das entsprach auch durchaus der Wahrheit. Trotzdem erkannte ich, während ich sprach, dass die Emotionen, die mich in dieses Gefühlschaos stürzten, sich fast ausschließlich auf Aimee bezogen. Aimee war so echt, sie war mir so nah. Und Martina war so unendlich weit weg. Ganze drei Jahre trennten uns voneinander.

„Dich wieder zu sehen heilt meine Wunde!" erwiderte Aimee, als ich in meiner Erklärung stockte. Ihre warme, weiche Stimme, in der noch immer diese Traurigkeit mitschwang, bereitete mir wieder einen unerklärlichen Schauer.

In dem Moment wurde es auf dem Flur laut. Irgendjemand, bei dessen Stimme ich mir nicht sicher war, ob es Mann oder Frau war, kam schimpfend und vor sich hinfluchend, in die Wohnung gepoltert.

„Ach Herrje" meinte Aimee erschrocken aber dennoch schmunzelnd. „Jetzt gibt es möglicherweise noch mal Ärger."

„Ärger?" fragte ich verwundert.

In dem Moment wurde schon wieder Aimees Zimmertür aufgestoßen und ein bedrohlicher Schatten verdunkelte das Licht aus dem Flur.

„Hast Du blöde, kleine Schlampe wenigstens Spaß mit Deinem Gewinn?" fragte eine dröhnende Stimme, die ich glaubte, schon einmal gehört zu haben. Aber noch bevor ich mir mit der Tasse in der Hand die Decke um die Hüfte schlingen konnte, um dem Störenfried entgegenzutreten, war Aimee schon aus dem Bett gesprungen und versperrte diesem den Eintritt.

„Hör zu Rebecca", erklärte sie ganz sanft, „ich hab Dir schon dreimal erklärt, dass Du in meinem Zimmer nichts zu suchen hast."

„Rebecca?" fragte ich verwundert hinter der Tür und suchte verzweifelt einen Platz, wo ich die Tasse abstellen konnte, damit ich mich mit der Decke so bedecken konnte, dass ich aufstehen konnte.

„Ah, da ist er ja!" hörte ich Rebeccas Stimme hinter der zwischen uns stehenden Tür. „Komm schon, einmal kann er mich ruhig auch bumsen. Du hast eh nicht fair gewonnen!"

Jetzt war alles klar. Rebecca war das liebliche Schneewittchen von der CFNM-Party, das Aimee ihren Anspruch auf mich hatte streitig machen wollen. Aimee wurde plötzlich grob ins Zimmer zurückgeschubst. Ich war noch immer nicht salonfähig, trank jetzt meine Tasse schnell aus, um sie fallenlassen zu können und trat gegen die Tür. Es gab einen lauten Schlag, dass ich dachte, die Tür würde aus ihren Angeln gerissen. Dann sah ich, wie der ins Zimmer fallende Schatten länger wurde. Aimee sprang erschrocken noch einen Schritt zurück. Und dann plumpste dieser gestrandete Wal, der seinem Schatten in Aimees Zimmer folgte, der Länge nach (obwohl es schwer ist, bei den Proportionen von einer Länge zu sprechen) vor die Couch ins Zimmer. Kalk rieselte von den Wänden und das Regal über der Couch krachte herunter und mir auf den Kopf. Instinktiv griff ich nach der Weinflasche, um zu verhindern, dass sie auslief. Manchmal muss man einfach Prioritäten setzen.

„Ist alles in Ordnung, Aimee?" fragte Carlo vom Flur her und streckte seinen Kopf ebenfalls durch die Tür. Als er um die Ecke blickte und sah, wie ich mir zwischen den Trümmern des Regals den schmerzenden Kopf rieb und gleichzeitig die gerettete Weinflasche triumphierend hochhielt, zuckte ein Lächeln über sein gar nicht mal so unsympathisches Gesicht. Als ich meine Augenbrauen aber zusammenzog und nicht wusste, ob ich die Flasche zur Verteidigung einsetzen müsste, hob er sofort abwehrend die Hände und versprach: „Keine Angst. Ich tu Dir nichts."

„Carlo, wo bleibst Du?" rief da die Giftschnecke ungeduldig säuselnd aus dem gegenüberliegenden Zimmer.

„Ich komm ja gleich!" antwortete Carlo und wendete sich dann mit der Frage: „Hat die Dicke wieder zuviel getrunken?" an Aimee.

Aimee nickte und Carlo bückte sich sofort zu dem nach Luft japsenden Schneewittchen, sagte: „Ich bring sie in ihr Zimmer", hob sie auf und warf sie sich über die Schulter. Der Mann musste wirklich unglaubliche Kraft besitzen. Ich fragte mich, wie so ein Bild von einem Mann nur schwul sein konnte. Carlo versuchte, die Tür hinter sich zu schließen, aber anscheinend hatte sich der Rahmen verzogen, als ich Rebeccas Angriff auf Aimee mit der Tür gestoppt hatte.

„Carlo, jetzt komm endlich!" zeterte die Giftschnecke wieder. Aber Carlo antwortete jetzt ziemlich gelassen darauf: „Halt die Klappe, Sven."

Auch die Stimmen der beiden Mädels, die ich bereits gehört hatte, meldeten sich jetzt. Anscheinend wollten sie auch wissen, was die Ursache des Lärms gewesen war.

Aimee und ich sahen uns ebenso betroffen, wie amüsiert an. Dann lachten wir wie auf Kommando gleichzeitig los.

„Ist Dir was passiert?" fragte Aimee, als sie langsam wieder in der Lage war, zu sprechen.

„Ich bin okay", antwortete ich, obwohl ich mir sicher war, dass ich eine Beule bekommen würde, da wo das Regal mich angesprungen hatte.

„Und Du?" fragte ich.

„Rebecca hat mich ja nur geschubst", antwortete Aimee, meinte aber gleich darauf besorgt: „Hoffentlich ist ihr nichts passiert."

Da hörten wir sie aber bereits im Nebenzimmer zetern und gegen die Wand poltern. Von der anderen Seite rief wieder die Giftschnecke und auch eine der beiden anderen WG-Mitbewohnerinnen fing im Flur plötzlich lauthals zum Geifern an. Allerdings war ich mir bei ihr nicht sicher, auf wessen Seite sie eigentlich stand.

„Das ist ein Irrenhaus!" stellte ich fassungslos fest. Ich konnte ja noch nicht mal rausgehen und um Ruhe bitten, nachdem ich nichts außer der Decke zum Bekleiden hatte.

„Wie soll ich morgen überhaupt zu mir kommen?" fragte ich plötzlich, in Anbetracht der eben erst gewonnenen Erkenntnis, während Carlo alle anderen mit einem Machtwort, das sogar mich zusammenzucken ließ, zum Schweigen brachte.

„Gute Frage", erwiderte Aimee nachdenklich, kam aber gleich mit der rettenden Idee: „Ich rufe Katrin noch mal an, dass sie Deine Sachen zu mir bringt."

Schnell schlüpfte sie in eine Jeans und ging noch mal zum Telefonieren in den Korridor. Nach ein paar Minuten kam sie aber schulterzuckend zurück und meinte enttäuscht: „Sie geht nicht mehr ran und hat keine Mailbox eingeschaltet."

Ich hatte inzwischen den Wein aufgewischt, den Aimee verschüttet hatte, als Rebecca sie geschubst hatte. Und als Aimee wieder im Zimmer war, versuchte ich, die Tür wieder in den Rahmen zu drücken, was mir mit einiger Gewaltanwendung auch gelang.

„Wenn Du mir Deine Adresse sagst, dann fahre ich morgen früh zu Dir und hole Deine Sachen", schlug Aimee vor, während sie mir zusah und sich dabei neu einschenkte. Ich drehte mich zu ihr um und bemerkte ihren eigenartigen, auf mich gerichteten Blick.

„Was?" fragte ich. Aimee biss sich verlegen auf die Lippen und senkte ihren Blick, antwortete aber: „Du siehst gut aus, wenn Du mit nacktem Oberkörper arbeitest!"

„Na, da möchte ich erst mal Dich sehen!" erwiderte ich ganz spontan, bereute es aber sofort, meine Gedanken so offen auf der Zunge getragen zu haben, denn Aimee hob sofort wieder ihre Augen und lächelte mich so bezaubernd an, dass mir die Knie weich wurden.

„Das möchte ich natürlich nicht!" korrigierte ich mich sofort. „Ich meinte nur, dass Du besser als ich aussehen würdest, wenn Du mit nacktem

Oberkörper …, wenn Du … also … Scheiße! Bitte entschuldige."

„Du bist unglaublich süß, wenn Du verlegen bist!" sagte Aimee sanft, kam auf mich zu und blieb so dicht vor mir stehen, dass ich mich in dem Versuch, vor ihr zurückzuweichen, unwillkürlich an die Tür drückte. „Hat Dir das schon mal jemand gesagt?"

„Ja, Deine Mutter", antwortete ich und wollte gereizt klingen, was wohl aber nicht so deutlich rüber kam. Trotzdem war mir bewusst, dass es Aimee verletzen musste, wenn ich immer wieder von ihrer Mutter sprach, wo sie doch anscheinend deren früheren Platz in meinem Leben einnehmen wollte.

„Ich weiß, dass Du mich nicht wirklich verletzen willst", sagte Aimee leise, „auch wenn Du diesen Eindruck bei mir erwecken willst."

„Woher willst Du das wissen?" fragte ich sie und versuchte, mich an ihr vorbei zu zwängen, ohne sie dabei zu berühren. Aimee verstellte mir aber provozierend den Weg. Ich war nur froh, dass sie wenigstens bekleidet war. Trotzdem machten mich ihre Brüste, die sich so deutlich durch ihr T-Shirt abzeichneten, nervös.

„Weil ich Dich besser kenne, als jeder andere Mensch auf dieser Welt, einschließlich meiner Mutter!"

„Einschließlich Deiner Mutter?"

„Ist Dir eigentlich bewusst, dass Du mehr Zeit mit mir verbracht hast, als mit ihr? Mama war immer so lange in der Arbeit. Aber Du warst immer da."

„Du vergisst die Nächte!"

„Nein, das tue ich nicht. Und natürlich weiß ich auch, was ihr in den Nächten gemacht habt. Aber ihr habt ja auch geschlafen. Und wenn ich diese Zeit abrechne, dann waren wir beide mehr zusammen, als Mama und Du!"

Das musste ich jetzt erst einmal verarbeiten.

„Kann ich?" fragte ich, nahm Aimee ihren Becher aus der Hand, ohne auf eine Antwort zu warten und trank ihn in einem Zug leer. Genau betrachtet hatte Aimee recht. Wenn man den Schlaf nicht mitrechnete, hatte ich tatsächlich mehr Zeit mit ihr, als mit ihrer Mutter verbracht.

„Aber ich habe mit Dir nicht über die Dinge geredet, über die ich mit deiner Mutter geredet habe!" hielt ich dagegen. Aimee widersprach mir aber, indem sie sagte: „Doch, das hast Du! Du hast über alles mit mir geredet, über all Deine Gedanken, Träume und Wünsche, weil ich genauso für Dich da war, wenn Du bedrückt warst, oder sonst jemand zum Reden gebraucht hast, wie Du für mich."

Aimee hatte wieder Recht. Ihre Mutter hatte so lange Arbeitszeiten gehabt, dass ich wirklich gar nicht so viele Möglichkeiten gehabt hatte, mit ihr zu reden. Und wenn sie geschafft und müde von der Arbeit nach hause gekommen war, hatte ich sie meistens auch nicht noch mit meinen Sorgen und Problemen belasten wollen. Aimee war mir in dieser Zeit so sehr ans Herz gewachsen, dass sie, vielleicht noch nicht im ersten und wahrscheinlich auch noch nicht im zweiten Jahr meiner Beziehung mit ihrer Mutter, aber spätestens seit sie vierzehn war, meine absolute Vertraute gewesen war. Ich hatte auch sie niemals belasten wollen. Aber Aimee hatte in ihrer kindlichen Liebe zu mir ebensoviel Fürsorge für mich entwickelt, wie ich für sie. Irgendwie wurde mir das erst jetzt bewusst.

„Du warst schon sehr erwachsen!" sagte ich ebenso überrascht, wie zurückhaltend. Aimee lächelte mich an und erwiderte: „Bei Dir wollte ich nie erwachsen sein. Nur für Dich wollte ich es sein!"

Der Satz war es wert, darüber nachzudenken. Aber das fiel mir in meinem verwirrten Zustand nicht leicht.

„Magst Du noch einen Schluck?" fragte Aimee und ich war ihr dankbar für den Themenwechsel.

„Gerne", antwortete ich und benutzte die Gelegenheit, als Aimee die Flasche vom Schreibtisch holte, um meine Tasse von der Klappcouch aufzuheben. Aimee schenkte uns beiden fast randvoll ein und ich reichte ihr den Becher wieder.

„Auf Katrin!" sagte jetzt Aimee als Trinkspruch. „Weil sie Dich tatsächlich zu der Party gebracht hat!"

„Was hättest Du gemacht, wenn sie mich nicht mitgebracht hätte?" fragte ich, nachdem wir getrunken hatten.

„Dann wäre ich, wie sonst auch immer, sehr schnell wieder gegangen. Ich bin nicht so der Partytyp."

„Ich weiß", erwiderte ich und wurde mir dabei bewusst, wie gut wir uns wirklich schon oder noch kannten.

„Auch darin waren wir uns schon immer ähnlich!" sagte Aimee sanft, bevor sie trank und sich auf die Bett- bzw. Couchkante setzte. In Gedanken versunken setzte ich mich neben sie und fragte: „Was willst Du wirklich, Aimee?"

Aimee blickte mich lange schweigend an. Fast hatte ich das Gefühl, als könnte auch ich jetzt ihre Gedanken lesen. Sie schienen wie etwas Greifbares zwischen uns zu schweben. Aber trotzdem war es mir nicht möglich, sie klar zu sehen. Es war so, wie wenn man aufwacht, genau weiß, dass man eben noch geträumt hat und auch das Gefühl hat, dass die Erinnerung an diesen Traum noch ganz frisch ist, aber trotzdem kann man sich nicht mehr an die Bilder des Traumes erinnern, weil es scheint, als hätte jemand eine Tür geschlossen zwischen einem selbst und dem Traum. Es war mir noch nie möglich gewesen, diese Tür wieder zu öffnen. Wie sollte ich es da schaffen, eine Tür zu fremden Gedanken aufzustoßen?

„Bin ich eine Fremde für Dich?" fragte mich da Aimee und ich selbst fragte mich, ob sie wieder das getan hatte, was mir selbst nicht möglich war. Ich fragte mich, ob sie meine Gedanken gelesen hatte. Meine Verwirrung wurde langsam zu einem bedenklichen Dauerzustand. Ich schüttelte bedächtig den Kopf und antwortete: „Nein, das bist Du nicht!"

„Ich möchte", begann Aimee jetzt zögernd, „dass Du wieder ein Teil meines Lebens bist. Ich möchte wieder mit Dir durch die Wälder toben, auf Bäume klettern und mit Dir über alles reden können."

Aimee sah mich mit erwartungsvoller Spannung an. Aber ich wusste einfach nicht, was ich darauf erwidern sollte. Mehrere Minuten lang versuchte ich verzweifelt, mit mir selbst ins Reine zu kommen. Dann sagte ich schließlich: „Es wird nie wieder so wie früher sein. Ich habe Deine Mutter so sehr geliebt, mehr als Du Dir wahrscheinlich vorstellen kannst. Als sie Schluss gemacht hat, ist so viel in mir zerbrochen. Die Zeit hat meine Wunde nicht geheilt, ganz im Gegenteil: Am Anfang war immer noch die Hoffnung da, dass sie wieder anruft. Aber im Laufe der drei Jahre, die seitdem vergangen sind, ist meine Hoffnung abgestorben und mit ihr meine Liebe. Ich habe nicht mehr die Unbeschwertheit, wie damals. Meine Lebensfreude hat einem halbherzigen Überlebenskampf Platz gemacht. Meine Welt ist grau geworden."

„Lass mich versuchen, die Farben in Dein Leben zurückzubringen", bat Aimee und legte ihre Hand behutsam auf meinen Arm. Ich bemerkte, dass ihre Augen feucht schimmerten, bevor sie selbst hinter einem Tränenschleier zu verschwimmen begann. Die Erinnerungen, die ich heraufbeschworen hatte, setzten mir mehr zu, als ich erwartet hatte und als es mir lieb war. Ich wäre jetzt gern allein gewesen. Um Aimee meine Tränen nicht sehen zu lassen, stand ich schnell auf und ging zum Fenster.

„Das kannst Du nicht!" erwiderte ich heiser und mit einem Kloß im Hals. Aimee wollte wieder ansetzen, etwas zu sagen. Aber ich ließ sie nicht zu Wort kommen, sondern erklärte ihr mit so viel Kälte in der Stimme, dass ich vor mir selbst erschrak: „Lass es gut sein Aimee!"

Aimee zuckte erschrocken zusammen. Sie schluckte heftig und sagte mit mühsam zurückgehaltenen Tränen: „Das bist nicht Du, Jace!"

Es tat unendlich weh, Aimee so leiden zu sehen. Ich hatte ihr niemals wehtun wollen. Aber ich sah ein, dass es besser war, sie würde schlecht von mir denken, als dass ich mich auf etwas eingelassen hätte, das uns beide nur unglücklich hätte machen können. Darum sagte ich: „Doch, das bin ich Aimee! Menschen ändern sich."

Aimee wischte sich die Tränen aus den Augen und von den Wangen, folgte mir ans Fenster und sah mir lange und tief in die Augen. Ich spürte, wie meine Kälte wieder einer undefinierbaren Nervosität wich, ließ mir das aber nicht anmerken. Aimee legte ihre kleine Hand auf mein Herz und sagte flüsternd: „Dein Herz würde nicht so rasen, wenn Du wirklich so kalt wärst."

Ich konnte nichts darauf erwidern. Ich bemühte mich nur, meinen kühlen und abweisenden Gesichtsausdruck beizubehalten.

„Ich weiß, was Du denkst", flüsterte Aimee so leise, dass ich sie kaum noch hören konnte. „Du glaubst, dass Du alle Liebe verloren hast und deswegen selbst nicht mehr lieben kannst. Du glaubst, dass Mama immer zwischen uns stehen würde, wenn Du Dich auf mich einlässt. Du glaubst, weil Mama Dich enttäuscht hat, würde es jede andere Frau auch tun, ... sogar ich!"

Ich schwieg beharrlich und blickte ausdruckslos an Aimee vorbei ins Leere.

„Bitte sieh mich an, Jace", bat Aimee. Widerwillig sah ich ihr in die Augen und sie fragte mich eindringlich: „Glaubst Du das wirklich von mir?"

„Ja!" antwortete ich. Aimees Nasenflügel zitterten wieder vor Erregung. Sie wendete sich plötzlich ab und warf sich schluchzend auf die Klappcouch. Jetzt konnte ich es nicht mehr ertragen und rief ihr hinterher: „Und außerdem würde ich Dich enttäuschen. Ich könnte niemals der sein, den Du in mir sehen willst! Du hast es doch selbst gesagt: Ich kann nicht mehr lieben! Ich glaube nicht mehr an die Liebe."

Aimee schien mich gar nicht mehr zu hören. Sie weinte nur schluchzend weiter in ihrem unbequemen Bett. Ich fühlte mich elend und erschöpft von der Kälte und Leere meines eigenen Ichs, ausgelaugt von der Sinnlosigkeit meines Daseins, seit ich die Liebe verloren hatte, und schlecht und schuldig, weil ich es zuließ, dass Aimee weinte. Vor drei Jahren hätte ich mir jeden zur Brust genommen, der Aimee so etwas angetan hätte und ich wäre der erste gewesen, der sie getröstet hätte. Und jetzt war ich selbst derjenige, der ihr Schmerzen zufügte und sah mich nicht in der Lage, sie in den Arm zu nehmen, um sie wieder zu trösten. Ich war absolut überfordert von der Situation. Aimees Schmerzen waren wie ein Stich in mein eigenes Herz. Aber ich konnte nicht klar denken. Ich konnte nicht atmen. Alles war mir zuviel. Ich wollte zurück in meine selbst gewählte Einsamkeit, aus der ich mit Sicherheit nicht mehr wegen eines Jobangebots und der Chance auf ein paar leicht verdiente Euro ausbrechen würde.

Eine Party nur mit Mädels. Das wird Dir gefallen! gingen mir Katrins Worte durch den Kopf.

Hätte doch nur das hässliche Schneekugelchen gewonnen ... Nein, dann wäre ich heute wirklich noch zum Frauenmörder geworden, zum mehrfachen, die zählt mindestens für drei ...

Scheiße, Scheiße, Scheiße.

„Ich muss hier raus!" Ungeachtet dessen, dass ich nur mit Aimees Decke bekleidet war, flüchtete ich mit diesen Worten aus dem Zimmer und der Wohnung.

„Jace!" schrie mir Aimee in Panik hinterher. Ich nahm noch andere Stimmen aus der Wohnung wahr, konnte sie von der Straße aber nicht mehr unterscheiden, und wollte es auch gar nicht.

Warum nur hast Du Schluss gemacht, Martina? klagte ich in Gedanken. Ich flüchtete in die Schatten zwischen den Mietshäusern. Irgendwo hinter mir hörte ich Aimee schluchzend und verzweifelt nach mir rufen. Auch Carlos Rufe nach mir waren plötzlich zu hören.

Er ist wirklich süß, dachte ich mit zynischer Bitterkeit. Soll er Aimee doch trösten!

Aber warum zum Teufel tat diese Vorstellung so weh? Warum fühlte sie sich so an, als wenn mir jemand bei lebendigem Leib das Herz aus der Brust reißen würde? Warum nur konnte ich nicht mehr atmen? Alles drehte sich um mich. Und jetzt waren es nicht mehr nur meine Gedanken. Ich spürte, wie ich den Boden unter den Füßen verlor, und mit ihm das Bewusstsein.

Fortsetzung folgt ...

DIE CF... WAS FÜR 'NE PARTY?

KAPITEL 4

- IRRUNGEN UND WIRRUNGEN UND ANDERE PEINLICHKEITEN -

Was bisher geschah:

Katrin aus der Kunstakademie hatte mich überredet als Model auf einer Party aufzutreten. Dass es sich dabei um eine CFNM-Party handelte, erfuhr ich erst, nachdem ich ihr einen Vertrag unterschrieben hatte, ohne ihn gelesen zu haben. Kaum auf der Party angekommen, entdeckte ich Aimee, die Tochter meiner ehemaligen Lebensgefährtin Martina unter den Partygästen. Aimee gewann mich in einem Wettstreit gegen die übergewichtige Rebecca, die auf den liebevollen Kosenamen Schneewittchen hörte. Da sie selbst in ihrem Wettkampf ihre Kleidung eingebüßt hatte und da meine Kleidung bei Katrin, die die Party bereits verlassen hatte, im Auto war, liefen Aimee und ich nackt zu Aimee, die nicht weit entfernt in einer WG wohnte, nach Hause. Nachdem wir bereits einige Differenzen mit Aimees anwesenden Mit-WGlern überstanden hatten, stellte sich auch noch heraus, dass Rebecca, die wegen des verlorenen Wettkampfes sauer auf Aimee war, ebenfalls Mitbewohnerin dieser WG war, da auch sie noch eine Szene machte, als sie angetrunken von der Party nach Hause kam.

Schlimmer als diese an ein Irrenhaus erinnernden Zustände war für mich aber mein innerer Kampf. Aimee, für die ich bis vor drei Jahren wie ein Vater gefühlt hatte, von der ich mich aber nicht einmal verabschiedet hatte, als ihre Mutter die Beziehung zu mir beendet hatte, war erwachsen geworden. Und sie gestand mir, dass sie mich nicht wie eine Tochter liebte, sondern wie eine Frau. Unfähig mir über meine eigenen Gefühle klar zu werden und aufgewühlt von wieder aufgerissenen Wunden, die ich verdrängt zu haben glaubte, flüchtete ich, nur mit einer Decke bekleidet, aus der WG in die Nacht und verlor aufgrund der übermächtigen nervlichen Belastung das Bewusstsein.

Lange konnte ich nicht ohnmächtig gewesen sein. Aber als ich erwachte, hatte Aimee mich bereits gefunden. Sie kniete am Boden und mein Kopf lag in ihrem Schoß. Ich öffnete langsam die Augen und blinzelte noch benommen in Aimees engelsgleiches Gesicht. Hinter ihr sah ich Carlo, den riesigen Freund ihres schwulen Mitbewohners Sven auftauchen.

„Soll ich ihn rein tragen?" fragte er Aimee besorgt.

„Nein, ist schon okay!" antwortete Aimee ganz leise und ohne ihren Blick von mir abzuwenden, während sie mir zärtlich durch die Haare streichelte und ihre Tränen mein Gesicht benetzten.

„Soll ich vielleicht …" begann Carlo von neuem. Aber Aimee unterbrach ihn, indem sie ihn bat: „Bitte lass uns allein, Carlo!"

Carlo zögerte noch einen Moment. Er schien sich tatsächlich Sorgen zu machen. Aber schließlich sagte er „Okay", drehte sich um und verschwand in der Nacht. Erst jetzt drehte sich Aimee zu ihm um und rief ihm hinterher: „Carlo!"

Sehen konnte ich ihn aus meiner Position nicht. Aber ich nahm an, dass er stehen blieb und sich noch mal zu Aimee umwandte.

„Danke für Deine Hilfe!" rief Aimee ihm zu. Dann wendete sie sich wieder zu mir. Ich weiß nicht, wie lange ich so in ihrem Schoß lag. Meine Augen brannten und meine Lider waren schwer wie Blei. Vor Mattigkeit und Erschöpfung schloss ich meine Augen wieder und muss wohl auch eingeschlafen sein, denn als ich sie wieder öffnete, zeigte sich bereits der erste helle Streifen am Horizont. Aimee hielt meinen Kopf noch unverändert in ihrem Schoß. Ihre Tränen waren versiegt, aber die Traurigkeit in ihren Augen war einer seltsamen Leere gewichen. Ich versuchte mich aufzurichten, was mir aber ziemlich starke Kopfschmerzen bereitete.

„Du hast wahrscheinlich eine Gehirnerschütterung", sagte Aimee leise aber seltsam ausdruckslos. Ich tastete nach meinem Kopf und spürte die Beule.

„Vom Regal!" erklärte mir Aimee so ausdruckslos wie zuvor.

„Ja, ich weiß", nickte ich. „Ich hab keinen Blackout!"

Mühsam stand ich auf, zog den Knoten in der Decke, die ich mir um meine Hüfte gebunden hatte, fest und marschierte los.

„Wo willst Du hin?" fragte Aimee, ohne den Versuch zu machen, mich zurückzuhalten.

„Ich gehe heim!" antwortete ich, in der Überzeugung, das Richtige zu tun.

„Du wohnst am anderen Ende der Stadt!" erwiderte Aimee. Daran hatte ich nicht mehr gedacht. Aber ich versuchte trotz meiner Verwirrung Haltung zu bewahre und sagte: „Ich weiß!"

Und damit ging ich weiter. Aimee rief mir aber noch mal hinterher: „Du wohnst in der anderen Richtung!"

Das war peinlich. Ich blieb stehen, drehte mich zu Aimee um und fragte: „In welcher?"

Aimee deutete hinter sich und antwortete: „Genau entgegengesetzt!"

Wortlos machte ich kehrt und marschierte an Aimee vorbei.

„Hasst Du mich so sehr, dass Du so gehen willst?" fragte Aimee, als ich an ihr vorüberging. Plötzlich war alles wieder klar und ich hatte den vorangegangenen Abend wieder deutlich vor Augen. Ich blieb stehen und sah Aimee in die Augen, in denen jede Lebensfreude erloschen schien. Ich erschrak beinahe, als ich feststellte, dass Aimees Augen nicht mehr fragten, obwohl sie selbst doch gefragt hatte. Ich sah nur noch eine bodenlose Leere ohne Leben und ohne Hoffnung. Aimee hatte mich gefragt, ob ich so gehen will. Aber es hatte keine Bedeutung mehr für sie.

„War ich das?" fragte ich bestürzt. Aber Aimee antwortete nicht. Sie schien einfach durch mich hindurch zu sehen. Mein Herz, das schon so tief verletzt worden war, dass ich keinen Menschen mehr an mich herangelassen und mich hinter einer Mauer aus Zynismus verbarrikadiert hatte, brach bei Aimees Anblick. Sie schien nur noch eine leere Hülle zu sein. Jetzt konnte ich vor mir selbst nicht mehr leugnen, dass ich sie liebte. Ich liebte sie mehr als mein eigenes Leben und sie in diesem Zustand zu sehen, schmerzte mehr, als das Ende meiner Beziehung zu ihrer Mutter geschmerzt hatte. Und das hatte ich schon geglaubt, nicht überleben zu können.

„Was habe ich getan?" fragte ich mich selbst, während mir die Tränen in die Augen schossen. Aber Aimee schüttelte ausdruckslos nur ihren Kopf und erwiderte: „Du hast nichts getan. Ich war nur ein dummes Kind!"

„Nein, das warst Du nicht!" widersprach ich, legte meine Arme um sie und hielt sie ganz fest. Immer wieder küsste ich ihre heißen, aber trockenen Wangen. Aimee schien keine Tränen mehr zu haben. Vielleicht hatte sie auch nur keine mehr für mich. Ich hätte es verdient, wenn sie mich jetzt hasste. Aimee hatte mich so sehr geliebt. Und ich hatte sie geliebt. Ich hatte sie schon einmal im Stich gelassen, als ihre Mutter Schluss mit mir gemacht hatte. Dass ich sie jetzt so kalt und energisch zurückgewiesen hatte, würde sie mir nicht mehr verzeihen können.

„Bitte sag etwas!" bat ich unter Tränen und Küssen, die Aimee teilnahmslos über sich ergehen ließ.

„Bitte sprich mit mir, Aimee! ICH war dumm! Ich war dumm, weil ich Deine Liebe nicht annehmen wollte. Ich liebe Dich Aimee! Ich hab Dich immer geliebt und ich werde Dich bis in alle Ewigkeit lieben!"

Mehr wusste ich nicht zu sagen. Mehr zu sagen hätte auch keinen Sinn gehabt. Ich wiegte Aimee nur noch schweigend in meinen Armen, während meine Tränen ungehemmt weiter über mein Gesicht liefen.

„Ist das wahr?" hörte ich Aimee nach mehreren Minuten fragen. Ihre Stimme schien von ganz weit weg zu kommen, Aber als ich in ihr Gesicht blickte, sah ich, dass sie sowohl Augen, als auch Mund geschlossen hatte. Trotzdem antwortete ich, heiser vom Weinen: „Ja, es ist wahr!"

Aimee öffnete langsam die Augen und blickte mit einem seltsamen Ausdruck zwischen Erschöpfung und Verwunderung zu mir auf.

„Du kannst es auch?" fragte sie fast tonlos. „Du kannst meine Gedanken hören?"

Die Freude darüber, dass sich Aimees Gesicht wieder mit Leben füllte und dass ihre Augen wieder fragten, war weit stärker, als meine Verwunderung über den Inhalt ihrer Frage. Ich nahm ihr Gesicht ganz behutsam zwischen meine Hände und senkte meine Lippen so unsicher, wie ein Junge, der zum ersten Mal küsst, auf ihre. Es war keine wilde Leidenschaft. Dazu wäre ich mit ungeputzten Zähnen am Morgen auch unter anderen Umständen nicht fähig gewesen. Es war nur ein ganz sanftes Liebkosen ihrer Lippen mit meinen. Und schließlich löste sich alles, was sich in dieser Nacht in Aimee angestaut hatte. Jetzt öffneten sich bei ihr alle versiegten Schleusen. Sie klammerte sich schluchzend an mich und weinte wie ein kleines Kind. Ich wiegte Aimee nur sanft in meinen Armen, ließ sie weinen und küsste ihr die Tränen von den Wangen, bis sie sich langsam wieder beruhigte.

Die Welt um uns herum hatte aufgehört, für uns zu existieren. Aber als Aimee dann langsam ihr Gesicht von meiner Brust löste und mir mit einem nur langsam versiegenden Tränenfluss über die Schulter blickte, stellte sie fest, dass die Welt noch da war. Sie räusperte sich, wischte sich die letzten Tränen aus den Augen und sagte ebenso verlegen wie eindringlich: „Ich glaube, wir sollten jetzt besser rein gehen."

Erst jetzt blickte auch ich auf und stellte zu meiner Verwunderung fest, dass aus dem ersten hellen Streifen am Horizont bereits der Morgen erwachsen war, der schon die ersten Sonnenstrahlen auf die Dächer der Häuser warf. Die Straße war belebt von Autos und Passanten, die stehen geblieben waren, um uns wie die Kuriosität anzustarren, die wir in diesem Augenblick auch waren. Als wir plötzlich und unvorbereitet den Blickkontakt zu den uns fremden Menschen herstellten, fing irgendjemand in ihren Reihen an, zu applaudieren. Und langsam stimmten immer mehr in diesen unverdienten Applaus ein.

Ich wagte nicht, an mir nach unten zu blicken und bat Aimee flehentlich: „Bitte sag mir, dass ich nicht nur mit einer Decke bekleidet bin!"

Aimee blickte an mir hinab. Und obwohl sie noch immer nicht ganz aufgehört hatte, zu weinen, begann sie zu lachen. Zu sehen, wie sich ihr Gesicht dabei veränderte, war so spaßig, dass ich in ihr Lachen mit eingestimmt hätte, wenn ich nicht Schlimmes befürchtet hätte.

„Die gute Nachricht", sagte sie schniefend und unter Tränen lachend, „ist: Du hast die Decke an. Die schlechte: Sie rutscht und Dir hängt da was raus!"

Jetzt, wo sie es sagte, spürte ich selbst, wie die Decke rutschte. Instinktiv packte ich zu, hielt sie fest und bedeckte das, was mir da raushing. Genau betrachtet war das sogar eine gute Neuigkeit für mich. Denn jetzt wusste ich zumindest, dass die Wirkung der Injektion, mit der Katrin mir diese anhaltende Erektion beschert hatte, verflogen war.

„Geh Du voraus!" bat ich Aimee, da ich in der Nacht ziellos aus der WG und dem Haus gelaufen war, mich in diesem Viertel nicht auskannte und deshalb nicht die Spur einer Ahnung hatte, wo wir uns befanden. Aimee nahm meine Hand und zog mich hinter sich her. Da ich aber noch keine Zeit gehabt hatte, den Knoten in der Decke wieder zuzuziehen, und da mir jetzt eine Hand fehlte um sie zusammenzuhalten, öffnete sich der Knoten vollends. Ich hielt die Decke nur noch an einer Ecke, trat während der Flucht auf den Saum, stürzte und riss auch noch Aimee von den Füßen, als ich nackt zwischen ihre Beine rollte. Der donnernde Applaus der Menge verwandelte sich in ein tosendes Gelächter, so wie sich der Auftritt von Aimee und mir von einem Liebesdrama in eine Komödie verwandelt hatte. Fieberhaft versuchte ich, Aimee, die Decke und mich wieder zu entwirren, was aber das Chaos nur noch mehr verschlimmerte. Aimee lachte lauthals mit der Menge mit und schließlich konnte auch ich nicht mehr an mich halten und ließ mich von der Absurdität der Situation, von meiner eigenen Ungeschicklichkeit und von der rings um uns herum herrschenden Heiterkeit mitreißen, während ich meine Blöße nur notdürftig bedeckte. Am befreiendsten an der ganzen Situation war aber die Gewissheit, Aimee trotz meiner vorherigen Unfähigkeit, mir meine Gefühle für sie einzugestehen, nicht verloren zu haben.

Die Menge honorierte Aimees und meine Fähigkeit, über uns selbst zu lachen und löste sich nach und nach, auch mit Hilfe eines energischen Riesen, der sich als Svens schwuler Freund Carlo herausstellte, langsam auf.

„Wart ihr die ganze Nacht hier draußen?" fragte er uns verwundert, nachdem er den letzten Neugierigen verscheucht hatte.

„Ja", antwortete Aimee unter Tränen, die ihr jetzt aber vor Lachen über die Wangen kullerten.

„Ich fahre heim", erklärte Carlo, der sich sichtlich über uns wunderte. „Soll ich Deinen Freund irgendwohin mitnehmen?"

„Nein …" antwortete ich sofort, obwohl die Frage ganz offensichtlich an Aimee gerichtet war. Aimee wurde aber plötzlich sehr ernst und unterbrach mich, indem sie selbst antwortete: „Du kannst ihn nach Hause fahren, wenn ihr Euch nicht wieder kloppt."

„An mir soll's nicht liegen", erwiderte Carlo sofort. „Ich hab was gutzumachen wegen gestern Abend."

„Okay", meinte Aimee daraufhin. „Er gehört Dir!"

Die ganze ausgelassene und fröhliche Stimmung war mit einem Schlag zum Teufel.

„Du willst, dass ich nackt bei einem Schwulen ins Auto steige?" raunte ich Aimee zu.

„Du kannst die Decke mitnehmen", antwortete Aimee. „Nur schicke sie mir bitte zurück. Es ist meine einzige."

„Na los, komm schon, ich tu Dir nichts", drängte Carlo.

„Augenblick mal!" bat ich mir aus, da mir schon wieder alles zu schnell ging. Erstens musste Carlo nach unserem ersten Zusammentreffen froh sein, wenn ich ihm nichts tat und zweitens: Warum schickte mich Aimee jetzt plötzlich einfach so weg? Bevor ich die Frage formulieren konnte, antwortete Aimee bereits darauf, indem sie sagte: „Katrin bringt Dir Deine Klamotten vorbei. Schon vergessen?"

Vergessen hatte ich es nicht. Ich hatte nur im Moment nicht daran gedacht.

„Und dann?" fragte ich und versuchte in Aimees Gesicht zu lesen.

Aimee strich mir sanft über die Wange und antwortete leise: „Das liegt bei Dir!"

Ich gebe es zu: Seit Martina mit mir Schluss gemacht hatte, war ich irgendwie beziehungsgestört. Ich verstand also wieder einmal gar nichts. Um mir aber zumindest den Anschein zu geben, nichts falsch verstanden zu haben, nickte ich nur, machte „Mhm!", knotete die Decke um meine Hüfte, stand auf, half auch Aimee noch auf die Füße und wendete mich wortlos ab. Ich sagte Carlo meine Adresse und stieg in sein an der Straße geparktes Auto, ohne mich umzublicken. Carlo musterte mich eigenartig von der Seite, sagte aber nichts und fuhr los. Aber kaum waren wir aus Aimees Blickfeld, da stieg er aber schon so plötzlich auf die Bremse, dass ich froh war, angeschnallt gewesen zu sein?

„Sag mal, hast Du überhaupt keine Ahnung von Frauen?" fuhr er mich so plötzlich an, dass ich zusammenzuckte.

„Das fragt mich ein Schwuler?" fragte ich ebenso ungläubig wie verärgert zurück.

„Ich hab mit Sven heute Nacht Schluss gemacht!" antwortete Carlo.

„Ach ja?" gab ich gereizt zurück. „Das klang aber nicht so, als Du Aimees Sofa vollgesabbert hast!"

„Ich entschuldige mich für meinen Angriff von gestern Abend!"

„Das erste vernünftige Wort, das ich von Dir höre."

„Es war kein Wort, sondern ein ganzer Satz! Und es war eine Entschuldigung!"

„Entschuldigung angenommen. Fährst Du mich nun nach Hause? Oder soll ich wieder aussteigen?"

„Du Blödmann sollst mir verdammt noch mal zuhören."

„Okay, das war's. Ich steig wieder aus."

Ich wollte schon meinen Sicherheitsgurt lösen, da fuhr Carlo mit quietschenden Reifen wieder an.

„Und was wird das jetzt für ein Quatsch?" fragte ich verärgert.

„Ich will nur, dass Du mir zuhörst", antwortete Carlo. „Das ist alles."

„Okay, schieß los. Aber behalt bloß Deine Griffel bei Dir!"

„Was war das denn grad für 'ne Nummer von Dir?" fragte Carlo sofort vorwurfsvoll.

„Ich dachte, ich soll Dir zuhören. Und jetzt stellst Du Fragen?"

„Wie kannst Du das arme Mädel so stehen lassen?"

„Was zum Teufel mischt Du Dich in Sachen, die Dich nichts angehen?" schrie ich mit einem Anflug von Hysterie. Ich war verwirrt, hatte Kopfschmerzen und saß fast nackt neben einem Schwulen, der mir Vorwürfe darüber machte, dass ich mich der Frau, die ich liebte, gegenüber schlecht benommen hätte. Carlo erschrak von meinem emotionalen Ausbruch, verriss das Steuer und raste auf die Gegenspur. Ich sah uns schon mit den entgegenkommenden Autos kollidieren und griff geistesgegenwärtig ins Lenkrad. Jetzt brüllte aber Carlo zurück: „Hände weg vom Steuer!" und riss es selbst herum, so dass wir schleuderten, uns drehten und dann verkehrt herum auf unserer ursprünglichen Spur standen. Wir sahen beide den Laster, der frontal auf uns zuraste.

Okay, das war's, dachte ich und schloss die Augen, da ich keine Chance gehabt hätte, mich schnell genug abzuschnallen, auszusteigen und in Sicherheit zu bringen. Carlo reagierte aber zum Glück blitzschnell. Er schmiss den Rückwärtsgang rein und floh mit quietschenden Reifen vor dem heranpreschenden Sattelschlepper, der unmöglich rechtzeitig hätte bremsen können, dafür aber um so lauter hupte und aufblendete. Als wir genug Schwung hatten, schleuderte Carlo bewusst wieder, so dass sein Wagen sich wieder in die Fahrtrichtung drehte. Er jaulte auf (Carlo, nicht der Wagen) und jauchzte: „So was wollte ich schon immer mal machen!"

Ich saß verkrampft in meinen Sitz gepresst und achtete nur darauf, dass der Knoten in meiner Decke hielt. Ich wollte wenigstens nicht entblößt sein, wenn ich schon in diesem Auto sterben musste. Aber plötzlich überkam mich eine ganz schlimme Vision.

„Oh mein Gott!" flüsterte ich. „Alle Menschen werden glauben, dass ich schwul bin, wenn sie unsere Leichen aus dem Wagen ziehen."

Carlo lachte lauthals los.

„Keine Angst", versuchte er mich zu trösten. „Wenn Du mich nicht wieder anschreist und mir auch nicht ins Steuer greifst, dann fahre ich ganz anständig!"

Ich wollte mich aber nicht von einem Schwulen trösten lassen und bereute plötzlich, Aimee zum Abschied nicht geküsst zu haben und ihr versprochen zu haben, dass ich zurückkommen würde, falls ich die Fahrt mit Carlo überleben sollte, was ich im Moment noch als sehr zweifelhaft betrachtete.

„Ha ha!" sagte ich sarkastisch, da ich mich nicht traute, ihn anzuschreien.

„Schön, dass Du wenigstens Humor hast", meinte Carlo daraufhin erfreut. Ich hätte ihm am Vorabend den Arm brechen sollen!

„Also", begann er nach einem Moment angenehmen Schweigens: „Ich sag Dir jetzt einfach mal, dass Du das mit Aimee völlig falsch anfängst. Du liebst die Kleine doch, das sieht ein Blinder mit einem Krückstock!"

Ich habe noch nie verstanden, warum ein Blinder einen Krückstock haben soll und keinen Blindenstock. Aber darüber dachte ich jetzt nicht nach. Mich nervte dieser aufdringliche Schwuli, der glaubte, mir Ratschläge geben zu müssen.

„Halt einfach die Klappe, Carlo!" bat ich ihn daher mit einigem Nachdruck. Er meinte aber versöhnlich: „Karl! Carlo hat eigentlich bloß Sven mich genannt. Und mit dem bin ich durch."

„Wie Du selbst siehst, bist Du wirklich der allerletzte, der mir irgendwelche Ratschläge in Beziehungsangelegenheiten erteilen kann!" erwiderte ich auf sein Bekenntnis.

Carlo, oder Karl, ließ sich von meiner Kritik überhaupt nicht beeindrucken.

„Wenn ich es richtig mitbekommen habe", begann er wieder, „dann hast Du irgendwo Deine Klamotten liegenlassen und bist gestern nackt bei Aimee aufgetaucht."

„Er kann einfach nicht die Klappe halten", murmelte ich vor mich hin und blickte aus dem Seitenfenster, ohne ihn über seinen Irrtum aufzuklären.

„Muss ein cooler Auftritt gewesen sein", fuhr Karl fort. „Den hätte ich wirklich gern gesehen."

„Wage nicht mal, es Dir vorzustellen!" fuhr ich ihn gereizt an, wagte dabei aber nicht, meine Stimme zu erheben. Karl lachte amüsiert und erwiderte: „Du bist eh nicht mein Typ. Du bist mir viel zu gewalttätig!"

„Ha!" sagte ich, da ich nicht wirklich darüber lachen konnte. „Das sagt der Richtige!"

„Ich hab mich immerhin entschuldigt", erwiderte Karl mit einem leichten Vorwurf in der Stimme.

„Ach, und jetzt soll ich mich auch entschuldigen, oder was?" fragte ich sarkastisch. Karl schien den Unterton aber nicht herauszuhören, denn er antwortete: „Das wäre zumindest ein Anfang!"

„Ich will gar nichts mit Dir anfangen!" fuhr ich ihn so laut an, wie ich es gerade noch vertretbar fand, wenn ich nicht riskieren wollte, dass er wieder die Kontrolle über den Wagen verlor.

„Kein Grund, gleich pampig zu werden" schmollte Karl und ich sagte zu meinem Spiegelbild im Seitenfenster: „Das glaub' ich alles nicht!"

„Du hättest ja auch nicht gleich so grob werden müssen!" erklärte Karl jetzt seine Meinung, dass ich mich bei ihm entschuldigen sollte.

„Entschuldige bitte, dass ich Dich nicht mit Wattebäuschchen beworfen habe!" gab ich in Svens gespieltem, klischeeschwulem Säuselton zurück. Jetzt entging auch Karl meine Ironie nicht mehr, denn diesmal reagierte er mit einem beleidigten „Ha ha!"

Bevor er aber sonst noch was sagen konnte, fragte ich ungeduldig: „Sind wir bald da?"

„Wie war nochmal Deine Adresse?" fragte Karl boshaft. Ich sah ihn mit zusammengezogenen Augenbrauen an und sagte sie ihm noch einmal.

„Oooops", meinte er da mit hörbarer Schadenfreude. „Da bin ich wohl mal falsch abgebogen!"

„Hilfe", sagte ich leise und verzweifelt zu meinem Spiegelbild. „Ich werde von einem Schwulen entführt."

„Jetzt mach Dir nicht gleich in die Hose. Wir ..."

„In welche denn?" fuhr ich ihn ungeachtet seiner mangelnden Fahrtüchtigkeit an.

„Wir sind gleich da!"

Jetzt, wo er es sagte, erkannte auch ich die Straße, auf die ich vorher gar nicht geachtet hatte.

„Na Gott sei Dank!" sagte ich erleichtert.

Wenige Minuten später hielt er vor meinem Haus. Von Katrin war weit und breit noch nichts zu sehen. Weder wollte ich in meinem Aufzug vor meiner Haustür stehen, wenn ich dann nicht hinein kam, noch wollte ich so im Auto eines Schwulen gesehen werden.

„Denk dran, was ich Dir gesagt habe", sagte Karl eindringlich. Nein, diesen Ausdruck möchte ich bei ihm nicht anwenden. Er sagte es mit Nachdruck ... Das ist ja fast genauso schlimm. Ernst! Er sagte es sehr ernst: „Behandle Aimee gut. Ich kann die Kleine gut leiden. Sie hat im Gegensatz zu Dir keine Vorurteile."

„Vielleicht weiß sie noch nicht, wie schlecht die Welt ist", sagte ich nachdenklich und mehr zu mir selbst.

„Ich glaub eher, sie hat schon zuviel Leid erlebt", erwiderte Karl. Und seine Stimme hatte jetzt wieder den sanften Ton, der mir schon aufgefallen war, als er mit Aimee gesprochen hatte.

In dem Moment sah ich Katrins VW-Bus um die Ecke biegen. Vielleicht war ja Karl doch gar kein so übler Kerl.

„Danke fürs Heimfahren" sagte ich schnell, verkniff mir aber, ihm die Hand zum Abschied zu geben. Schnell sprang ich aus dem Auto und lief zu Katrins VW-Bus. Sie öffnete die Schiebetür und ich huschte schnell in die Sicherheit ihres Wagens.

„Und? Wie war die Nacht?" fragte sie mich freudestrahlend.

„Darüber reden wir noch!" antwortete ich drohend, während ich schon in meine Unterhose schlüpfte. Schnell zog ich mich fertig an. Dann lief ich mit Aimees Decke unter dem Arm in meine Wohnung. Ich stand mindestens zehn Minuten vor dem Badezimmerspiegel, sah mich an, beziehungsweise, durch mich hindurch und versuchte mir darüber klar zu werden, was ich jetzt tun sollte.

„Das liegt bei Dir!" hatte Aimee zu mir gesagt, als ich sie gefragt hatte, was jetzt weiter geschehen sollte.

Ich muss wieder zu ihr! Und zwar sofort. Nein, zuerst muss ich duschen.

Ich drehte die Dusche auf und stellte mich darunter. Erst nach ein paar Sekunden stellte ich fest, dass ich vergessen hatte, mich auszuziehen. Ich war seit gestern Abend mehr oder weniger nackt gewesen, hatte mich erst vor wenigen Minuten wieder angezogen und jetzt stand ich in meinem besten Anzug unter der Dusche. Eigentlich darf man so was gar niemandem erzählen. Aber ich war einfach so aufgedreht und euphorisch, dass ich noch immer nicht klar denken konnte. Vorher waren es meine Ängste, Zweifel und das nicht Verstehen- oder Akzeptierenwollen meiner eigenen Gefühle gewesen, die keinen klaren Gedanken zugelassen hatten. Jetzt war es meine neu entdeckte und akzeptierte Liebe, die mich in einen euphorischen Glückstaumel versetzte.

Was auch immer ich von Karl halten mochte, in einem hatte er recht gehabt: Ich musste Aimee gut behandeln. Ich durfte ihr niemals wehtun.

Ich zog mich unter der Dusche aus und warf meine nasse Kleidung in die Badewanne. Mein Penis hatte zum Glück wieder seinen Normalzustand angenommen. Wenn ich Aimees Liebe im Ganzen annehmen konnte, und ich war mir jetzt sicher, dass ich das konnte, dann würde ich es auch genießen können, wenn er nur durch die Kraft seiner Liebe und Begierde wieder aufstehen würde. Allein der Gedanke an Aimee, so wie ich sie in der vergangenen Nacht gesehen hatte, ganz nackt und dann nur mit einem kurzen T-Shirt bekleidet, belebte ihn bereits wieder.

„Du musst Dich noch ein wenig gedulden", sagte ich zu meinem eingeseiften kleinen Jace in meiner Hand. Es passte ihm zwar nicht, dass er den Druck, den er seit dem vergangenen Abend aufgebaut hatte, jetzt nicht loswerden durfte. Aber ich wollte jetzt einfach nicht selbst Hand an ihn legen, wenn ich doch etwas so wunderbares wie Aimee in Aussicht hatte.

Warum nur, fragte ich mich, hab ich es gestern Abend nicht sofort akzeptiert?

Die Antwort kam von ganz allein: Weil ich es nicht konnte, weil es nicht ehrlich von mir gewesen wäre, solange ich mich nicht von dem Ballast meiner Trauer und meiner Furcht befreit hatte und weil ich mit Aimee niemals auf unehrliche Weise zusammen sein wollte.

Zwanzig Minuten später war ich sauber, erfrischt und so ordentlich angezogen, wie es mir in meiner euphorischen Verwirrung möglich war. Ich suchte fast eine Viertelstunde meine Autoschlüssel, bevor ich auf den Gedanken kam, dass ich ihn in meinem nassen Anzug hatte, der noch in der Badewanne lag. Als ich den Schlüssel aus der Hosentasche zog, fand ich auch meine Gage wieder, einen aufgeweichten Hunderteuroschein. Das Geld konnte ich jetzt gut gebrauchen. Aber sein Zustand war nicht gerade so, wie er hätte sein sollen. Vorsichtig faltete ich das nasse, verwaschene Papier auseinander. Einen Föhn, mit dem ich es hätte trocknen können, besaß ich nicht. Also musste ich es in dem desolaten Zustand mitnehmen, in dem es sich befand.

Ein paar Minuten später saß ich in meinem alten Citroen und fuhr die Strecke zurück, die ich erst vor einer knappen Stunde gekommen war. Es tat gut, selbst am Steuer zu sitzen. Es war ein schöner Tag. Die Sonne schien. Und die Vögel zwitscherten ihr Lied. Als ich einen Blumenladen entdeckte, hielt ich an und ging hinein. Lange betrachtete ich mir die größten Sträuße und Gebinde. Als die Verkäuferin mir dann aber Beileid wünschte und mir auf meine Frage erklärte, dass ich mir Grabgestecke angesehen hatte, kaufte ich nur eine einzige rote Rose für Aimee.

Die Verkäuferin nahm den feuchten Geldschein mit spitzen Fingern entgegen und fragte mich pikiert, ob ich den selbst gemalt hätte.

„Nein", antwortete ich ungeduldig, da ich so schnell wie möglich zu Aimee zurück wollte. „Ich hatte ihn nur während des Duschens in der Tasche."

„Ach", meinte die Verkäuferin spitz, „Sie duschen wohl im Anzug?"

„Sie etwa nicht?" fragte ich entrüstet zurück. Da der Schein den Test im Geldscheinprüfer aber überstand, nahm die Verkäuferin ihn ohne weiteren Kommentar an und gab mir das Wechselgeld mit der Frage: „Soll ich es Ihnen erst einweichen, oder ..."

„Danke, ich nehme es auch so!" unterbrach ich sie und nahm es ihr aus der Hand. Schnell lief ich wieder zu meinem Auto, kehrte noch mal um und holte die Rose aus dem Laden. Dann fuhr ich mit wachsender Ungeduld weiter. Als ich vor Aimees WG stand, nahm ich schnell den Rückspiegel aus dem Aschenbecher, betrachtete mich darin kurz aber kritisch und stellte fest, dass ich vergessen hatte, mich zu rasieren. Aber das konnte ich jetzt nicht mehr ändern. Ich legte den Rückspiegel zurück in den Aschenbecher, atmete einmal tief durch, und stieg mit klopfendem Herzen und der Rose in meiner Hand aus. Die Haustür war offen. Ich läutete also direkt an der Wohnungstür. Und als sie sich öffnete, streckte ich sofort die Rose nach vorne. Dummerweise stand da aber nicht Aimee, sondern Sven. Und noch bevor ich die Rose wieder zurückziehen konnte, hatte er sie mir schon aus der Hand gerissen und schwuchtelte mich an: „Hach, das wäre doch nicht nötig gewesen."

Sofort griff ich wieder nach der Rose. Sven zog aber schnell seine Hand zurück und meinte in seinem unerträglichen Gesäusel weiter: „Na, na, na, das ist aber keine nette Art. Man nimmt doch keine verschenkte Rose nicht mehr zurück."

„Suchst Du Ärger?" fragte ich verärgert über die Frechheit und die Vergewaltigung der Sprache und durchbohrte Sven mit meinem Blick. Er verstand wohl, dass mir nicht nach Spaß zumute war und klatschte mir die Rose ins Gesicht. Das erste Blütenblatt segelte zu Boden und Sven säuselte: „Also gut, da hast Du sie wieder."

Als ich ihm die Rose abnahm und ihn dabei vernichtend anblickte, meinte er nur angetörnt: "Du bist ja ein echtes Tier!"

„Es ist besser, Du gehst mir jetzt aus dem Weg!" sagte ich heiser und so bedrohlich, dass ich selbst erschrak. Aber zumindest wirkte es, denn Sven huschte wie eine verängstigte Ratte in sein Zimmer zurück.

Was für ein Idiot, dachte ich mir, hob das Blütenblatt vom Boden auf und versuchte es wieder an der Rose zu befestigen, was sie aber ein weiteres Blütenblatt kostete.

„Mist aber auch!" fluchte ich vor mich hin. Ich atmete noch einmal tief durch und hob meine Hand, um an Aimees Zimmertür zu klopfen. In dem Moment kamen aber die anderen beiden Mädels, von denen ich am Vorabend mehr gehört, als gesehen hatte, aus dem Bad. Sie hatten beide jeweils nur ein Handtuch um ihre Hüften geschlungen. Anscheinend hatten sie gemeinsam geduscht, denn Haut und Haare glänzten noch feucht. Als sie mich entdeckten, hielten sie inne. Obwohl sie fast nackt waren, genierten sich keineswegs vor mir. Ganz im Gegenteil: Die Art, in der sie mich ansahen, ließ die Luft zwischen uns vor erotischer Spannung knistern. Unter anderen Umständen, wenn ich nicht bis über beide Ohren in Aimee verliebt gewesen wäre, hätte der Anblick dieser beiden Mädels, die sich lasziv und in der eindeutigen Absicht, mich zu provozieren, bzw. zu erregen, zu küssen begannen und deren Brüste sich dabei aneinander schmiegten, durchaus erregt.

Ja okay, zugegeben: Der Anblick erregte mich auch jetzt noch. Aber das kann ich erklären.

Erstens bin ich ein Mann. Und das allein würde als Erklärung schon ausreichen.

Und zweitens hatte sich seit dem letzten Abend so viel sexuelle Lust und Erregung in mir angestaut, dass der Druck mir bereits im Unterleib zu schmerzen begann, obwohl ich im Moment nicht einmal eine Erektion hatte. Das heißt … ja okay, ich muss mich auch in diesem Punkt korrigieren. Meine Erregung nahm eindeutig Gestalt in meiner Hose an.

Aber, und das möchte ich in aller Deutlichkeit betonen: Ich dachte bei dem Anblick der beiden fast nackten, sich küssenden und aneinanderschmiegenden Mädels trotzdem nur an Aimee. Der Anblick weckte nur das Bedürfnis in mir, Aimee in meinen Armen zu halten, sie zu küssen und ihre Haut auf meiner zu spüren. Ich wendete mich von den Mädels ab und klopfte an Aimees Tür.

„Sie ist nicht da", sagte eines der beiden Mädels, noch bevor die Zeit lang genug gewesen wäre, dass ich mich darüber hätte wundern können, keine Antwort aus Aimees Zimmer zu bekommen.

„Wisst ihr, wann sie wiederkommt?" fragte ich die beiden, die jetzt wenigstens aufgehört hatten, sich zu küssen. Die größere der beiden, eine etwa zwanzigjährige Blondine, mit enormen, runden und vollen Brüsten, kam zu mir und lehnte sich verführerisch neben Aimees Tür an die Wand, während sie mir antwortete: „Aimee ist sehr verschlossen. Sie erzählt uns nicht viel. Sie kam heute Morgen nur heim, hat geduscht und ist dann gleich wieder verschwunden."

„Aha", antwortete ich enttäuscht und bemühte mich auf der einen Seite, nicht auf die Brüste der Blondine zu starren und auf der anderen, die wachsende Beule in meiner Hose vor ihrem Blick und dem ihrer Freundin verborgen zu halten.

„Du kannst in unserem Zimmer auf sie warten!" bot die Blondine mir verführerisch an. Ich räusperte mich verlegen und erwiderte dankend: „Danke, aber ich warte liebe in Aimees Zimmer."

„Ja, ich weiß nicht so recht, ob Du so einfach in …", begann sie, ihre Zweifel daran zu äußern, ob ich einfach so Aimees Zimmer betreten dürfte. Das war ja auch sehr löblich, wie ich anerkennen muss. Ihre Freundin, eine kleine, dunkelhäutige Schönheit, deren Haut angenehm und erregend nach einem Gemisch aus Kokos und Sexualpheromonen roch, wie ich trotz mehrerer Meter Entfernung wahrzunehmen überzeugt war, dachte aber einen Schritt weiter und unterbrach die Blondine, indem sie sagte: „Ich denke, es ist in Ordnung, wenn er in ihrem Zimmer wartet. Du hast die beiden doch miteinander gesehen."

Ich sah das Mädchen, das noch sehr jung wirkte und dessen Formen weit weniger üppig waren, als die der Blondine oder selbst die von Aimee, dankbar an. Und sie schenkte mir dafür ein bezauberndes Lächeln, das durch den Kontrast ihrer schokoladenbraunen Haut zu ihren perlweißen Zähnen, umso strahlender wirkte. Aus dem Augenwinkel bemerkte ich, dass die Blondine ihrer Freundin eine komische Grimasse machte, mit der sie wohl die Kritik an der Vereitelung ihrer Pläne zum Ausdruck bringen wollte. Das schwarze Mädel musste daraufhin lachen und als ich mich wieder der Blondine zuwendete, nickte die bestätigend, aber sichtlich enttäuscht: „Baba hat Recht. Du kannst in Aimees Zimmer warten."

„Danke", erwiderte ich erleichtert und öffnete Aimees verzogene und daher nur mit Gewalt zu öffnende Tür. Ich war froh, nicht mehr der sexuellen Ausstrahlung der beiden Mädels ausgesetzt zu sein. Dafür, dass sie anscheinend Lesben waren, hatte mich die Blondine ganz schön eindeutig angemacht, wie ich fand. Und noch vor einem Tag hätte ich mich mit ziemlicher Sicherheit auf dieses Abenteuer eingelassen. Doch jetzt drehten sich alle meine Gedanken und Sehnsüchte nur um Aimee und ich hoffte nur, dass sie bald zurückkommen würde.

Die Rose in meiner Hand sah ziemlich elend aus und ließ die noch nicht ganz geöffnete Blüte, der bereits zwei Blütenblätter fehlten, lustlos hängen.

Ich sollte sie ins Wasser stellen, dachte ich mir. Aber nachdem ich keine Vase im Zimmer entdeckte und nicht in Aimees Schrank nachsehen wollte, konnte ich das nicht. Auf dem Schreibtisch stand die noch halbvolle Weinflasche vom Vorabend. Und in Ermangelung einer Alternative stellte ich die Rose in diese Flasche. Der Rotwein, so dachte ich mir, müsste der Rose bestimmt gut tun und das Rot ihrer schlaffen Blüte zum Strahlen bringen.

Eine Weile lief ich in dem kleinen Zimmer unruhig auf und ab. Aber je länger ich darüber nachdachte, was ich Aimee eigentlich sagen wollte oder sollte, umso unsicherer wurde ich mir wieder.

Liebt sie mich wirklich? fragte ich mich zweifelnd. Ich liebte sie! Darüber war ich mir jetzt absolutsicher sicher. Ich hatte es nur schaffen müssen, meine Zweifel und Ängste, die ich wie eine Mauer um mich herum aufgebaut hatte, zu überwinden, um das zu erkennen und auch zu akzeptieren. Der vergangene Abend und die Nacht waren ein einziges Auf und Ab meiner Gefühle gewesen. Mal liebte ich Aimee, dann konnte es diese Liebe aber wieder gar nicht geben. Jetzt wusste ich, dass es sie gab. So, wie ich Aimee als Kind geliebt hatte, so liebte ich sie noch immer. Es ist nicht die Liebe zu einem Kind oder zu einer Frau, es ist die Liebe, die man mit seinem Herzen schenkt. Früher war Aimee ein Kind gewesen und ich hatte auch nur ein Kind in ihr gesehen. Jetzt war sie eine Frau! Und auch, wenn ich mich an diesen Umstand erst noch gewöhnen musste, gab es doch keinen Grund mehr, dass ich ihn nicht hätte wahrnehmen und dass ich diese Veränderung an Aimee nicht auch hätte lieben dürfen.

Der Druck in meinen Hoden war fast unerträglich. Samenstau kann wirklich weh tun. Ich wollte ja nicht gleich über Aimee herfallen, wenn sie zurückkam, obwohl die Vorstellung durchaus reizvoll war. Aber bevor ich an Sex denken konnte, musste ich erst einmal wissen, wie es jetzt mit uns weitergehen würde. Ich hatte Aimees Decke nicht mit zurück gebracht. Und das hatte einen Grund. Ich wollte Aimee mit zu mir nehmen. Sie sollte nicht mehr in dieser WG voller Irrer wohnen. Wenn unsere Liebe eine Chance hatte, dann gab es keinen Grund, warum Aimee nicht bei mir wohnen sollte. Meine Wohnung war nicht groß, aber durchaus ausreichend für uns beide.

Aber was, wenn Aimees Liebe zu mir nicht echt ist? nagten meine Zweifel wieder in mir.

Was, wenn sie nur mit mir spielt oder sich dafür rächen will, dass ich sie vor drei Jahren so im Stich gelassen habe?

Wie soll ich klar denken, wenn mir die Eier weh tun?

Ich habe kein Recht, an Aimee zu zweifeln.

Ich glaub, ich geh mal kurz ins Bad. Es wäre ziemlich peinlich, wenn Aimee mich jetzt mit einer Erektion vorfindet, wo die Wirkung von Katrins Injektion längst verflogen ist. Wenn ich ihr dann noch erzähle, dass ich ihre beiden Mitbewohnerinnen halb nackt im Korridor getroffen habe, denkt sie ja sonst was von mir.

Ich hätte die beiden fragen sollen, ob ich sie fotografieren darf. Das hätte ich wirklich! Das kann ich ja machen, wenn ich wieder klar denken kann, wenn ich wieder mit dem Kopf denken kann. In meinem jetzigen Zustand könnte ich mich ihnen ja gar nicht zeigen.

Ob sie meine Erektion vorhin bemerkt haben? Das wäre schon peinlich.

Okay, ich gehe jetzt ins Bad. Ich muss diesem Zustand ein Ende bereiten.

Da die Rose einen guten Tropfen Wein doch nicht so zu schätzen wusste, wie ich angenommen hatte, und noch kläglicher als zuvor schon dreinblickte, nahm ich sie mitsamt der Weinflasche mit ins Bad, um den Wein mit Wasser zu ersetzen. Wie hätte ich denn auch wissen sollen, dass ausgerechnet die Rose, die ich für Aimee ausgesucht hatte, Abstinenzler war? Die Badezimmertür ging, wie anscheinend alle Türen in dieser Wohnung, nicht zum Versperren. Wie ich schon am letzten Abend festgestellt hatte, gab es nicht einmal einen Riegel oder wenigstens ein Besetzt-Schild. Ich musste also darauf hoffen und vertrauen, dass niemand ins Bad kam, solange ich mich darin aufhielt.

Ich stellte die Weinflasche mit der Rose auf den Badewannenrand und ließ die Hose runter.

„Okay Junior", sagte ich zu meinem erigierten Penis. „Du hattest Recht. Ich hätte Dir vorhin schon Erleichterung verschaffen sollen."

Und damit begann ich ihn zu massieren, während sich vor meinem geistigen Auge Aimee manifestierte, nackt, so wie sie am Abend zuvor mit mir durch die Straßen der Stadt gelaufen war. Oh, wie ich mich danach sehnte, sie zu berühren, ihre Haut auf meiner Haut und meinen Lippen zu spüren und wie sich Jace Junior nach ihrer Berührung und ihren Liebkosungen verzehrte. Das, was ich ihm bieten konnte, war nur ein schwacher Ersatz für das, was er sich erhofft hatte.

„Aufgehoben ist nicht Aufgeschoben!" versuchte ich ihn keuchend zu trösten, während meine Bewegungen immer schneller wurden. Ich spürte, wie ich mich langsam dem erlösenden Höhepunkt näherte.

Da geschah das Unvermeidliche, das ich hätte voraussehen müssen. Die Tür flog auf und ein bedrohlicher Schatten von den Ausmaßen eines überfressenen Babywals füllte den Rahmen aus. Sofort krümmte ich mich zusammen und versuchte damit sowohl meine Erektion, als auch meine jäh unterbrochene Beschäftigung vor den Blicken des Störenfrieds zu verbergen. Aber mir war selbst klar, dass es dafür schon zu spät war.

„Kommt mal schnell alle her!" kreischte das eklige Schneewittchen. „Das müsst ihr unbedingt sehen. Aimees Sexmodel wichst im Bad!"

Und als ob das nicht schon schlimm genug gewesen wäre, folgten sowohl die Giftschnecke Sven, als auch die beiden lesbischen Mädels, die mich, wie ich zugeben muss, in diesen peinlichen Zustand versetzt hatten, der frechen Aufforderung.

Mein Penis stand kurz vor einem Kollaps. Er war so kurz vor dem Orgasmus gewesen, dass er noch wie ein auf dem Trockenen liegender

Fisch zuckte, während Rebeccas Anblick seiner Erregung im selben Moment schon den Garaus machte.

Das ist sein Tod, dachte ich mir. Jetzt wird er nie wieder stehen.

Die Schmerzen wurden durch den nicht erreichten Orgasmus unerträglich. Nach der ersten Schrecksekunde und nachdem ich ausgerechnet hatte, dass ich zwei Schritte von der Tür entfernt war, die ich nicht mit runtergelassener Hose zurücklegen wollte, zog ich blitzschnell meine Hose nach oben, zwickte meine Eichel zur allgemeinen Erheiterung im Reißverschluss ein und humpelte so, wie ein perverser Quasimodo zur Tür, um sie vor den neugierigen Blicken der schadenfrohen WGler zuzuknallen.

Im Flur donnerte es und die Wände wackelten, nachdem die Tür krachend auf ein Hindernis gestoßen war. Ich hatte das Schneewittchen wohl zum zweiten Mal erlegt. Erschöpft und verzweifelt lehnte ich mich gegen die Tür. Die empfindliche Haut meiner Eichel wieder aus dem Reißverschluss zu befreien, war eine schwierige und schmerzhafte Angelegenheit. Die Geräusche aus dem Korridor ließen vermuten, dass die anderen drei WGler Rebecca in ihr Zimmer brachten. Nachdem dabei ziemlich viel gekichert wurde, glaubte ich, beruhigt annehmen zu dürfen, dass ihr nichts Ernsthaftes passiert war.

Als mein Penis endlich aus den Zähnen des Reißverschlusses befreit war, wollte ich zuerst versuchen, das fast vollendete Werk schnell noch zu Ende zu bringen, damit der Druck und die Schmerzen endlich wieder nachließen. Aber Jace Junior wollte ums Verrecken nicht mehr stehen. Der Schock durch Schneewittchens Anblick genau im Augenblick vor der Erlösung und die Anspannung durch das Wissen, dass die anderen noch hinter der Tür waren, an der ich lehnte, ließen keine Erektion mehr zu, so sehr ich auch an Junior rumrubbelte.

Ein zaghaftes Klopfen an der Tür ließ mich zusammenzucken und riss mich damit jäh aus meiner ebenso manischen, wie sinnlosen Bemühung.

„Ist alles in Ordnung bei Ihnen?" fragte eine besorgte Stimme, in der ich die des schwarzen Mädels Baba wieder erkannte. Und gleichzeitig glaubte ich auch ihren verführerischen und erregenden Geruch durch die Tür wahrzunehmen. Aber diesmal hatte er keine Wirkung mehr auf mich. Jace Junior schmollte!

Ich wagte nicht zu antworten. Mein Auftritt vor den Menschen, mit denen sich Aimee diese Wohnung teilte, war so demütigend und beschämend gewesen, dass jedes Wort, das ich jetzt sagen konnte, mich nur noch lächerlicher machen konnte. Vor Anstrengung und Anspannung keuchte ich noch immer schwer. Ich versuchte, meine Atmung zu beruhigen, während ich hoffte, dass Baba wieder verschwinden würde. Sie sagte aber mit unendlicher Zärtlichkeit in der Stimme: „Wenn sie was brauchen, ... ich bin das schwarze ..."

„Ich weiß, wer Du bist", antwortete ich, um die peinliche Situation abzukürzen.

„Okay!" erwiderte Baba darauf. „Sie wissen ja, wo ich bin."

Babas Schritte entfernten sich und ich hörte, wie sich ihre Zimmertür schloss. Ich verstaute meinen schlaffen Penis mit Überdruck wieder in meiner Hose und zog mich ordentlich an. Dann zog ich die Rose aus der Weinflasche und trank einen großen Schluck. Der Wein tat gut. Nach all der Aufregung hatte er eine beruhigende Wirkung. Und deswegen war er zu schade, um ihn einfach wegzukippen.

Vorsichtig spähte ich durch das Schlüsselloch, um mich davon zu überzeugen, dass wirklich niemand mehr im Gang auf mich wartete, um mich auszulachen. Und als ich diese Gewissheit erlangt hatte, ging ich schnell mit der Weinflasche in der einen und der Rose, die kaum noch in einem besseren Zustand als mein Penis war, in der anderen Hand zurück in Aimees Zimmer, wo ich wieder zu grübeln begann.

Wenn die anderen Aimee erzählen, wie ich mich grad daneben benommen habe, dann wird sie mich bestimmt ... Am besten erzähle und erkläre ich es ihr selbst gleich, wenn sie kommt.

Aber wenn sie doch nur mit mir gespielt hat?

Die Zweifel, die daher rührten, dass schon einmal eine Frau, Martina, Aimees Mutter, die ich über alles geliebt hatte und deren Liebe ich mir absolut sicher gewesen war, Schluss mit mir gemacht hatte, ohne mir wenigstens einen Grund dafür zu nennen, brannten in meinem Herzen. Aber plötzlich sagte ich mir:

Wenn ich an Aimee und ihrer Liebe zweifle, dann tue ich ihr Unrecht, dann ist das ein Mangel meines Vertrauens und damit auch meiner Liebe zu ihr! Also kann ich nicht an ihr zweifeln, weil ich sie über alles liebe!

Ich trank noch einen großen Schluck aus der Flasche. Und während ich geduldig auf Aimee wartete, trank ich nach und nach den Rest des Rotweins aus. Der Wein war weder besonders stark, noch war es besonders viel. Aber ich hatte nicht gefrühstückt, möglicherweise tatsächlich eine Gehirnerschütterung durch die von Rebecca ausgelösten Erdbeben, am Abend zuvor irgendetwas injiziert bekommen, von dem ich nicht wusste, was es war, wie weit die Substanz sich inzwischen wieder abgebaut hatte, und wie sie sich mit Alkohol vertrug, kaum geschlafen und stand außerdem unter ganz außergewöhnlicher Anspannung. Kurz: Der Wein stieg mir mehr zu Kopf, als er es gewöhnlich tat. Als ich mir dann aber bewusst wurde, dass ich leicht angetrunken war, überkam mich auch sofort das schlechte Gewissen. In dem Zustand konnte ich doch unmöglich Aimee unter die Augen treten. Also dachte ich mir, dass ich erst einmal zurück nach Hause fahren und dann gegen Abend einen neuen Versuch starten sollte, Aimee anzutreffen. Ich stand also auf, stellte die Rose zurück in die leere Flasche und wollte mich gerade vom Acker machen, als die Tür aufging. Aimee blieb überrascht stehen und sagte nur: „Jace!"

Aber ich sah nur, dass ihre Hand im selben Moment aus der Hand des jungen Mannes glitt, der an ihrer Seite stand.

Fortsetzung folgt ...

DIE CF... WAS FÜR 'NE PARTY?

KAPITEL 5

- MUSS MAN DENN ERST STERBEN, UM ZU LEBEN? -

Was bisher geschah:

Katrin, eine unbegabte Schülerin aus der Kunstakademie, in der ich gelegentlich Modell in Zeichenkursen stand, hatte mich als Model für eine Party engagiert. Erst nachdem ich einen Vertrag unterschrieben hatte, ohne ihn vorher gelesen zu haben, stellte sich heraus, dass es sich dabei um eine CFNM-Party handelte, auf der ich nackt und mit einer durch eine Injektion hervorgerufenen Erektion auftreten musste. Auf der Party entdeckte ich Aimee, die erwachsen gewordene Tochter meiner ehemaligen Lebensgefährtin Martina. Aimee gewann mich in einem Wettstreit gegen das übergewichtige Schneewittchen und nahm mich mit zu sich nach Hause. Nachdem ich bereits einige Differenzen mit Aimees WG-Mitbewohnern gehabt hatte, musste ich mich meinen eigenen Dämonen stellen. Aimee liebte mich. Aber mir war es nicht möglich, mir meine Liebe zu ihr einzugestehen, da ich glaubte, dass immer ihre Mutter zwischen uns stehen würde. Am Ende meiner physischen und psychischen Kräfte floh ich aus dem Haus und verlor kurz darauf das Bewusstsein.

Als ich wieder zu mir kam, lag ich in Aimees Schoß. Aimee kniete die ganze Nacht bei mir, während ich das Bewusstsein erneut verlor. Doch als ich am Morgen wieder zu mir kam, schien Aimee akzeptiert zu haben, dass ich sie nicht liebte. Alle Hoffnung und Lebensfreude war aus ihren Augen verschwunden. Und erst als ich sie in diesem Zustand sah, wurde mir bewusst, dass ich sie wirklich liebte und um nichts auf der Welt mehr verlieren wollte. Ich gestand ihr meine Liebe und brachte so das Leben in sie zurück. Carlo, der Freund von Aimees schwulem WG-Mitbewohner Sven brachte mich nach Hause, wo ich mich endlich ankleiden und frisch machen konnte. Und trotz neu erwachter Zweifel fuhr ich daraufhin sofort zurück in die WG, wo ich aber Aimee nicht antraf. Stattdessen geriet ich wieder mit ihren Mitbewohnern aneinander und machte mich vor diesen ziemlich lächerlich.

Als Aimee dann endlich auftauchte, tat sie das Hand in Hand mit einem jungen Mann.

Ich war mit einem Schlag wieder nüchtern.

„Aimee", sagte ich kalt, während ich die Tränen unterdrückte, die mir in die Augen steigen wollten. In diesem einen Moment, in dem ich Aimee an der Hand des jungen Mannes erblickte, erkannte ich, dass alles nur eine Lüge gewesen war. Aimee hatte wirklich nur mit mir gespielt. Und ich war dumm genug gewesen, auf sie hereinzufallen, so wie ich auf ihre Mutter hereingefallen war. Ich Idiot hatte mir selbst noch Vorwürfe gemacht und mich schuldig gefühlt, weil ich Zweifel an Aimees Liebe gehabt hatte. Dabei war sie nicht besser, als irgendeine andere Frau. Ihre Mutter hatte wenigstens den Anstand besessen, mit mir Schluss zu machen, als sie der Meinung gewesen war, dass unsere Beziehung, aus welchen Gründen auch immer, keinen Sinn mehr hatte. Aber Aimee hatte von Anfang an nur ein perfides Spiel mit mir getrieben. Na gut, sie hatte ihren Spaß gehabt. Aber den Triumph, mich jetzt leiden zu sehen, den gönnte ich ihr nicht. Mein Herz gefror in diesem Moment zu Eis.

Aimee deutete auf den jungen Mann und sagte: „Darf ich vorstellen, das ist ...“

„Lass es gut sein, Aimee", unterbrach ich sie und spürte, wie es mich vor meiner eigenen Kälte fröstelte. Aber die Kälte tat gut. Sie machte mich stark und tötete alle sentimentalen Gefühle in mir ab. Ich litt nicht einmal. Ich akzeptierte ganz einfach, dass mein Herz tot war, zu Eis erstarrt und zu keiner Regung mehr fähig.

„Ich wollte Dir nur Deine Decke zurückbringen", erklärte ich, während ich mich schon an ihr vorbeizuzwängen versuchte. Aimee schien ziemlich verwirrt zu sein. Zumindest gab sie sich so. Aber die Erklärung für ihre Verwirrung war dann doch eine ganz banale, mit der sie nicht einmal versuchte, die Situation zu erklären oder zu rechtfertigen. Sie fragte nur: „Und wo ist sie?“

Die Decke war bei mir zuhause. Ich hatte sie nicht zurückgebracht, weil ich Aimee aus dieser WG herausholen und zu mir hatte mitnehmen wollen.

„Ich hab sie zuhause vergessen", antwortete ich knapp, worauf Aimee wieder die Verwirrte spielte.

„Jace, was ist los?“ fragte sie mich, als ich schon fast durch die Tür war.

„Gar nichts. Was soll los sein?“

In dem Moment kam grad die Blondine von schräg gegenüber aus ihrem Zimmer.

„Hey", rief ich sie an und zog meine Karte aus der Tasche.

„Falls Du und Baba Interesse an einem Fotoshooting habt, dann meldet euch mal.“

Die Blondine nahm die Karte aus meiner Hand, warf einen triumphierenden Blick auf Aimee und antwortete: „Das machen wir bestimmt.“

Ich nickte ihr so freundlich zu, wie es mir in meiner gefühllosen Kälte möglich war und wendete mich der Tür zu.

Um die Wahrheit zu sagen, hatte ich in diesem Moment absolut kein Interesse daran, die Blondine, Baba oder sonst irgendjemanden zu fotografieren. Ich glaube, ich hatte sie nur deshalb gefragt, um Aimee zu demonstrieren, dass es mir gut ging. So gesehen hatte mein Zustand sogar etwas Positives, denn normalerweise fällt es mir sehr schwer, Mädels anzusprechen, um sie zu fragen, ob ich sie fotografieren darf. In meinem jetzigen Zustand völliger Gleichgültigkeit und innerer Kälte, berührte es mich nicht. Ich fürchtete nicht, abblitzen zu können, weil es mich nicht interessierte.

Aimee starrte mich fassungslos an. Aber ich war von einer solchen Eiseskälte erfüllt, dass es mir nicht einmal Genugtuung bereitete.

„Ich lass Dir Deine Decke vorbeibringen", sagte ich, als ich bereits die Klinke der Wohnungstür in der Hand hatte. Aimees Augen schimmerten feucht.

„Gut gespielt!" sagte ich ganz leise und bemerkte dabei, dass sich doch wieder so etwas wie Bitterkeit in meine Stimme schlich. Ich wendete mich um und ging. Da schrie Aimee mir mit wirklich glaubhafter Panik hinterher: „Alain ist mein Bruder."

Wäre ich dazu in der Lage gewesen, hätte ich lauthals gelacht. Aber diese Lüge war einfach zu dreist. Aimee hatte ihr Spiel also immer noch nicht aufgegeben. Sie glaubte anscheinend, dass sie mich schon so sehr um den Finger gewickelt hatte, dass ich ihr alles glauben würde. Nur vergaß sie dabei, dass ich vier Jahre lang mit ihrer Mutter liiert gewesen war, vier Jahre, in denen ich bei ihr Zuhause gelebt hatte. Es gab keinen Bruder. Es hatte nie einen gegeben. Aimee war immer allein gewesen.

Ich hatte genug von dieser Farce, lief aus dem Haus und beeilte mich, mein Auto zu erreichen. Ich wollte weg. Ich wollte allein sein. Doch Aimee kam mir hinterher gelaufen und holte mich ein, bevor ich meinen alten Citroen erreicht hatte. Sie klammerte sich an meinen Arm und flehte mich unter Tränen an: „Bitte Jace, geh nicht so!"

Ich versuchte, meinen Arm wieder zu befreien und erwiderte unbeeindruckt: „Du solltest Schauspielerin werden, Aimee!"

Es gelang mir nicht, meinen Arm aus Aimees Umklammerung zu ziehen, wenn ich keine Gewalt anwenden wollte. Und das wollte ich nicht. Ich war nicht sauer auf Aimee. Ich war nicht einmal traurig. Ich konnte gar nichts mehr fühlen und wollte nur noch weg.

„War das alles nur ein Spiel für Dich?" frage Aimee in ihrer beeindruckend dargebotenen Verzweiflung. „Oder glaubst Du, dass es das für mich war?"

„Lass mich los Aimee. Bitte erspare uns diese Szene."

„Glaubst Du wirklich, Alain ist mein Freund?"

„Es interessiert mich nicht, Aimee. Und jetzt lass es gut sein."

„Er **ist** mein Bruder! Alain hat bei unserem Vater gelebt!"

„Es reicht, Aimee!" schrie ich da mit dem Aufflackern einer zerstörerischen Leidenschaft und entriss Aimee gewaltsam meinen Arm. Aimee klammerte sich aber sofort wieder an mir fest und schluchzte: „Du musst mir glauben Jace. Bitte!"

Ich konnte es noch nie ertragen, Menschen, vor allem Menschen, die ich liebe, leiden zu sehen. Aber genauso wenig kann ich es ertragen, wenn man mir etwas vorspielt.

„Lass mich los, Aimee!" verlangte ich wieder mit eisiger Kälte. Und als Aimee meiner Bitte nicht nachkam, fuhr ich fort: „Zwing mich nicht, grob zu werden!"

Aimee schrie herzerweichend in ihrem Schluchzen auf. Ihre Vorstellung war Oskarreif, als sie vor lauter Weinen nur noch stockend sprechen konnte. „Wenn Du mir nicht glaubst, dann schlag mich doch! Na los, schlag mich, Jace!"

Ich ballte meine Fäuste. Aber ich hätte niemals eine Frau schlagen können und Aimee schon gar nicht. Noch einmal entriss ich ihr brutal meinen Arm. Aimee stürzte auf die Knie und ich nutzte die Gelegenheit, schnell in mein Auto einzusteigen. Ich hatte einfach nicht die Nerven, dieses Spiel noch länger mitzuspielen. Mit quietschenden Reifen fuhr ich los. Aber Aimee sprang mir vors Auto und ich blieb mit genauso quietschenden Reifen wieder stehen.

„Er ist mein Bruder!" wimmerte Aimee vor der Kühlerhaube und sank schluchzend wieder auf die Knie.

Der junge Mann, Alain oder wie auch immer er heißen mochte, kam aus dem Haus gelaufen. Er hob Aimee behutsam auf und sie weinte bitterlich an seiner Brust. Er sagte kein Wort, hielt sie nur und strich ihr zärtlich tröstend über die Haare. Das Eis in mir bekam einen Sprung. Ich erfuhr auf schmerzhafte Weise, dass ich doch noch fühlen konnte, denn der Anblick von Aimees Verzweiflung und Schmerz und von der Zärtlichkeit, die der junge Mann ihr schenkte, war wie ein Stich durch mein Herz.

Während er Aimee still tröstete, suchte der junge Mann den Blickkontakt zu mir. Ich hätte erwartet, Zorn und Hass in seinem Blick zu finden, konnte aber nur Traurigkeit und Enttäuschung entdecken. Behutsam zog er Aimee zur Seite und machte mir damit den Weg frei. Ohne zu zögern fuhr ich los. Aimee schrie mir verzweifelt hinterher und ich sah im Seitenspiegel, dass sie sich von dem jungen Mann losgerissen hatte und mir hinterher rannte. Dann bog ich ab.

Endlich allein!

Ziellos fuhr ich immer weiter. Ich wollte die Kälte in mir zurückgewinnen, war aber so aufgewühlt, dass ich mir eingestehen musste, dass mir das nicht mehr möglich war.

Ich war schon lange aus der Stadt raus und bog irgendwann in irgendeinen Feldweg ein. Der Weg führte in einen Wald und wurde immer schlechter befahrbar. Und schließlich ging es nicht mehr weiter. Ich stellte den Motor aus, brach zuerst weinend über dem Lenkrad zusammen und riss nach nur wenigen Sekunden die Fahrertür auf, um mich zu übergeben. Ich hatte das Gefühl, mir die Seele aus dem Leib zu kotzen, aber es war nur bittere Galle und der Wein, den ich auf nüchternen Magen getrunken hatte.

Aimee wusste, dass ich sie so gut kannte, wie mich selbst. Wir hatten vier Jahre miteinander verlebt, als ich der Lebensgefährte ihrer Mutter gewesen war. Es gab nichts, was ich nicht von ihr wusste. Aimee hatte über alles mit mir gesprochen und mir mehr anvertraut, als ihrer eigenen Mutter. Sie hatte selbst nicht gewusst, wer ihr Vater gewesen war. Und jetzt wollte sie mir plötzlich einen Bruder auftischen, der bei diesem Vater gelebt haben soll!? Nein, das war einfach zu dick.

Warum nur hat Katrin mich für diese Scheiß CFNM-Party engagiert? fragte ich mich.

Es wäre besser gewesen, ich hätte Aimee niemals wieder gesehen. Sie hat mir das Licht gezeigt, nur um mich dann wieder in die Dunkelheit zurück zu stoßen.

Aber das Gemeinste an ihrem heimtückischen Plan war, dass ich mich durch Aimees Tränen auch noch schuldig fühlte.

Warum zum Teufel fühle ich mich schuldig? **Sie** hat **mich** belogen und mir etwas vorgemacht. **Sie** hat mit **mir** gespielt. Wahrscheinlich lachen sie jetzt über mich oder machen ...

Warum tut es nur so weh?

Ich liebe Dich Aimee!

Nein, ... Nein! ... Doch!

Ich liebe Dich und ich werde Dich immer lieben!

Aber ich werde es Dir nie wieder sagen. Ich werde diese verdammte Liebe so tief in mir vergraben, bis sie irgendwann abstirbt. Niemand wird mich je wieder verletzen!

Ich wusste, dass ich mir etwas vormachte und hatte das Gefühl, keine Luft mehr zu bekommen. Ich setzte einen Meter zurück, um nicht in mein Erbrochenes zu treten und stieg aus, um ein paar Schritte zu gehen. Der Weg wurde immer schmaler, bis er nur noch ein dünner Trampelpfad war, auf dem man nicht einmal mehr zu zweit nebeneinander hätte gehen können. Aber das störte mich nicht. Ich war nicht zu zweit. Ich war allein, wie ich es seit drei Jahren immer gewesen war. Allein sein war gut, war es immer gewesen. Aber jetzt war es anders. Jetzt hatte ich Sehnsucht nach Aimee, die ich weinend in den Armen eines anderen Mannes zurückgelassen hatte.

Plötzlich kam ich an einen Abbruch, an dessen Kante der Trampelpfad weiterführte. Vorsichtig blickte ich über die Kante in die Tiefe. Es ging etwa zwanzig bis fünfundzwanzig Meter fast senkrecht hinunter. Mir schwindelte leicht. Aber als ich so in die Tiefe blickte, senkte sich ein tiefer

Frieden über mich und ich erkannte, dass dort unten das Ende aller Schmerzen lag. Niemand würde mir dort unten noch weh tun können.

Ich hielt mich nur am Stamm eines dünnen Baumes fest, als ich so über den Abgrund gebeugt dachte und fühlte. Es war ganz leicht, meine Hand von diesem Stamm zu lösen. Ich fiel wie in Zeitlupe. Die Welt und der Abgrund begannen sich zu drehen. Dann gab es ein kurzes Aufblitzen und ich ging ein in diesen wunderbaren Frieden, nach dem ich mich schon so lange gesehnt hatte.

Mein Leben zog nicht vor meinem geistigen Auge an mir vorüber. Und ich sah auch keinen Tunnel, an dessen Ende das strahlende Licht auf mich wartete. Es hörte einfach alles auf. Es war das Ende jeden Bewusstseins. Und das war auch gut so, denn könnte es einen größeren Frieden geben, als den, nichts mehr zu denken und nichts mehr zu fühlen, Zeit und Raum für immer hinter sich zu lassen?

Aber ich blieb nicht allein in diesem großen, unbekannten Nichts, aus dem sich auf unerklärliche Weise wieder ein Bewusstsein bildete. Aus der dunklen Unendlichkeit sah ich plötzlich schemenhaft etwas auf mich zukommen. Und als ich genauer hinsah, erkannte ich, dass es Aimee war.

„Was willst Du hier?" fragte ich verwirrt. „Gönnst Du mir nicht einmal hier meinen Frieden? Willst Du mich immer weiter quälen, bis in alle Ewigkeit?"

Aimee war nackt. Ihre Haare umwehten sie schwerelos, so als ob sie unter Wasser wäre. Sie sah mich mit großen, traurigen Augen an und fragte mich, anscheinend ebenso verwirrt wie ich: „Jace? Wieso bist Du hier? Du bist doch weggefahren."

Lange sahen wir uns nur schweigend an. Aimee war so unglaublich schön. Sie schien von innen zu leuchten. Die festen Rundungen ihrer Brüste hoben sich deutlich unter ihren schweren Atemzügen. Sie streckte mir ihre Hände entgegen und bat mich: „Bitte halt' mich, Jace."

Ich wollte es tun, doch ich konnte mich nicht bewegen. Ich schien nur ein körperloser Geist zu sein. Trotzdem konnte Aimee mich sehen. Und ich fragte mich, wie das möglich war. Ich erinnerte mich daran, wie ich vor ihrem Haus losgefahren war und wie ich im Seitenspiegel noch gesehen hatte, dass Aimee auf die Straße und mir hinterhergelaufen war. Aber jetzt, in meiner Erinnerung, sah ich im Spiegel noch etwas, das mir entgangen war, als ich noch hineingesehen hatte. Ich sah einen Lieferwagen aus einer Seitenstraße herausschießen, genau in dem Moment, als ich abgebogen war und meinen Blick vom Spiegel wieder auf die Straße gerichtet hatte. Der Fahrer hatte Aimee nicht sehen können. Warum nur hatte ich den Lieferwagen im Spiegel nicht wahrgenommen? Und was war geschehen, nachdem ich abgebogen war? Ich blickte Aimee entsetzt an, als ich glaubte, zu beginnen die Zusammenhänge zu begreifen.

Nein! Das darf nicht sein! klagte ich still und schickte ein Gebet zu einem Gott, an den zu glauben ich mir schon lange nicht mehr den Anschein zu geben versuchte.

Bitte lass sie leben!

Aimee sah mich noch immer flehend an und streckte mir ihre Hände entgegen. Aber auch sie kam nicht näher. Und schließlich begann sie sich vor meinen Augen aufzulösen. Und ich fiel zurück in das große Nichts. Doch ich fand keinen Frieden mehr. Die Sorge um Aimee war mir in das Nichts gefolgt und peinigte meine Seele bis aufs Blut.

Ich hatte keine Ahnung, wie lange ich in diesem Fegefeuer meiner Schuld gefangen gewesen war. Als ich mit einem Schrei aus diesem Vorhof der Hölle hochschreckte, blickte ich in das kalte Licht von Neonlampen an der Decke über mir. Die Schmerzen, die mit einem Mal da waren, sagten mir, dass ich wieder einen Körper hatte. Ich lag allein in einem abweisenden, kalten Raum und war angeschlossen an allerlei Kabel und Drähte. Es war nicht schwer zu erraten, dass ich in einem Krankenhaus war, auch wenn ich mir nicht erklären konnte, wie ich hierher gekommen war. Mühsam erhob ich mich. Ich hatte keine Zeit, um mir Gedanken über mich selbst und meinen Zustand zu machen. Ich musste wissen, was mit Aimee war. Ich musste wissen, ob ich nur geträumt hatte, oder ob ich sie wirklich auf der anderen Seite gesehen hatte.

Wenn es ihr gut geht, dann bleibe ich am Leben, versprach ich einem Gott, der mir ohnehin nicht zuhörte.

Aber wenn … wenn sie wirklich … Wenn Du das zugelassen hast, Du Bastard …

Draußen vor meiner Tür wurde es laut. Offenbar hatten irgendwelche Leute eine handfeste Auseinandersetzung.

„Das ist mir scheißegal", schrie einer den anderen an. „Ich muss zu ihm!"

Im nächsten Moment wurde die Tür aufgerissen und ich sah den jungen Mann, den Aimee Alain genannt und als ihren Bruder bezeichnet hatte, auftauchen. Ein Arzt oder Pfleger wollte ihn an der Schulter zurückhalten. Aber er schüttelte den Weißkittel ab und kam auf mich zugestürmt.

„Was ist mit Aimee?" fragte ich, bevor er etwas sagen konnte.

Die Antwort ließ mir das Blut in den Adern gefrieren.

„Sie liegt im Sterben!"

Ich erwartete einen Angriff des jungen Mannes und ich hätte mich nicht dagegen gewehrt, selbst wenn ich keine Schmerzen gehabt hätte. Aber er half mir beim Aufstehen und beim Lösen all meiner Kabel und fragte besorgt: „Kannst Du stehen?"

„Ich will zu ihr!" erwiderte ich fieberhaft aber tonlos. Meine eigenen Schmerzen spielten jetzt überhaupt keine Rolle. Ich zog mir die Nadel von der Infusion aus der Vene im Handrücken.

„Deswegen bin ich da!" sagte der junge Mann und stützte mich. Da ich aber fast wie eine Mumie verbunden war, kam ich kaum voran.

„Warte kurz", forderte der junge Mann mich auf und ließ mir so die Zeit, mich selbst zu betrachten. Mein rechtes Bein war komplett eingegipst, außerdem mein linker Knöchel und mein rechter Arm. Mein Kopf, meine Brust, sowie der nicht eingegipste Teil meines linken Beines waren verbunden. Ansonsten war ich nackt. Ich wickelte mir ein Laken um die Hüfte, so gut ich in meinem lädierten Zustand dazu in der Lage war. Dann kam auch schon der junge Mann mit einem Rollstuhl zurück.

„Der Arzt wird gleich mit Verstärkung da sein", sagte er und forderte mich auf: „Setz Dich!"

Seine vom Weinen geröteten Augen kamen mir seltsam vertraut vor. Aber ich dachte nicht darüber nach. Ich wollte nur zu Aimee. Wenn sie wirklich starb, dann wollte ich mit ihr sterben. Also gehorchte ich und setzte mich in den Rollstuhl. Und der junge Mann schob mich im Laufschritt durch die Gänge des Krankenhauses.

Bitte lieber Gott! begann ich wieder still zu beten. Aber der junge Mann riss mich aus meinem Gebet, bevor es wieder in ein Lästern umschlagen konnte.

„Ich heiße Alain Timothy Bond", stellte er sich vor.

Unter normalen Umständen, wenn ich nicht Todesangst um den einzigen Menschen auf dieser Welt, den ich liebte, ausgestanden hätte, hätte ich mir vermutlich gedacht: Kein Mensch heißt Alain Timothy Bond! So hörte ich aber kaum zu. Und es wäre mir auch egal gewesen, wenn er sich als der Weihnachtsmann vorgestellt hätte. Ich liebte Aimee wirklich. Ich liebte sie bis in den Wahnsinn, obwohl ich mich von ihr verlassen und verraten glaubte.

„Aimee ist meine Schwester!" fuhr Alain fort. Und ich war sogar zu erschöpft vor Sorge, um mich darüber zu ärgern. Dann erklärte er mir aber weiter, während er, mich schiebend, durch das Krankenhaus rannte: „Unsere Eltern haben sich nach Aimees Geburt getrennt. Ich war damals erst zwei Jahre alt und kann mich nicht mehr daran erinnern. Ich habe erst vor knapp zwei Jahren erfahren, wer meine Mutter ist. Nachdem sie auf keinen meiner Versuche, Kontakt mit ihr aufzunehmen, reagiert hat, und ich von Aimee erfahren habe, habe ich ihr einen Brief geschrieben und sie hat ..."

„Vor zwei Jahren erst?" unterbrach ich Alain jetzt.

„Ja", bestätigte er.

Oh mein Gott, wie hatte ich Aimee Unrecht getan. Wenn Alain, ihr Bruder, erst vor zwei Jahren Kontakt mit ihr aufgenommen hatte, dann hatte sie in der Zeit, in der ich mit ihrer Mutter liiert gewesen war, noch gar nichts von seiner Existenz gewusst. Martina selbst hatte niemals mit mir über Aimees Vater gesprochen. Das erklärte auch, dass sie nie ihren Sohn erwähnt hatte.

Eben wollte ich ungeduldig fragen, wie weit es noch zu Aimee war, da hielt Alain auch schon mit quietschenden Sohlen vor einer großen, weißen Schiebetür, auf der nur die Ziffer 3 stand.

„Die Ärzte sagen: Sie stirbt!" erklärte Alain mir außer Atem, während ich mich aus dem Rollstuhl erhob. „Aber ich sage: Sie hat ihren Lebenswillen verloren. Und der Einzige, der ihn ihr wiedergeben kann, bist Du!"

Alains Blick war anzusehen, dass er hoffte, Recht mit seiner Theorie zu haben. Er zog die Schiebetür auf und da lag sie. Sie war an keine Geräte angeschlossen und wirkte wie tot. Eine Schwester kam aufgeregt angelaufen und rief etwas von ‚Zutritt verboten'. Aber Alain fing sie ab und schloss die Tür hinter mir. Ich wusste, dass er dafür sorgen würde, dass ich mit Aimee alleine blieb. Aber ich dachte nicht darüber nach. Ich dachte nur an Aimee, ich sah nur Aimee.

Wie in Trance ging ich zu ihr und sah sie mit Tränen in den Augen an. Sie lag leblos in einem Bett. Ihr Gesicht wirkte bleich und eingefallen. Sie schien kaum noch zu atmen. Zugedeckt war sie nur mit einem dünnen Laken, durch das sich die Konturen ihres Körpers abzeichneten. Das Laken reichte ihr bis über die Brüste. Ihre Schultern waren nackt und ihre Arme lagen neben ihrem Körper auf dem Laken.

„Bitte vergib mir, Aimee", flüsterte ich heiser und nahm ihre kleine, kalte Hand in meine. Aimee rührte sich nicht und gab nicht das geringste Lebenszeichen von sich. Für einen Moment dachte ich sogar, dass sie schon tot wäre. Aber irgendwie, auch wenn ich nicht erklären kann wie, spürte ich doch, dass noch Leben in ihr war.

„Bitte vergib mir!" flehte ich weinend immer wieder und presste ihre Hand auf meine Lippen. Da ich selbst kaum aufrecht stehen konnte, setzte ich mich zuerst auf einen Hocker, der neben dem Bett stand, und dann, weil ich nicht so weit von Aimee entfernt sein wollte und sich in der Haltung etwas durch meine Brust zu bohren schien, auf die Bettkante. Ich streichelte so sanft, wie es mir mit meinen zitternden Fingern möglich war, über ihre bleichen Wangen. Dann beugte ich mich über sie. Meine heißen Tränen fielen auf ihr Gesicht. Aber sie zuckte mit keiner Wimper.

„Ich liebe Dich!" flüsterte ich und berührte ihre Lippen mit meinen. Sie waren so schrecklich kalt und reglos.

„Bitte komm zurück, Aimee!" wimmerte ich. Vor lauter Tränen konnte ich schon fast nichts mehr erkennen. Ich erkannte nur, dass Aimee sich nicht rührte. Kein Atemzug zeigte an, dass sie noch am Leben war. Aber sie war am Leben. Das wusste ich, das spürte ich. Noch war sie am Leben. Und wenn sie starb, dann würde ich im selben Moment auch sterben.

Müde, erschöpft und verzweifelt legte ich mich neben Aimee. Und da es kühl in dem Raum war, zog ich Aimees Laken auch über mich. Auch ihr Körper fühlte sich erschreckend kalt an. Behutsam schob ich meinen linken

Arm unter Aimees Nacken. Ich zog sie an mich und hielt sie, so gut es mir mit all dem Gips und den Verbänden möglich war, um sie warm zu halten.

„Es tut mir so leid, dass ich Dir nicht geglaubt habe", flüsterte ich in Aimees Ohr. "Ich hab es für unmöglich gehalten, dass Alain Dein Bruder sein könnte. Aber er hat es mir erklärt. Seine Erklärung war so simpel und so einleuchtend! Und außerdem hat er Deine Augen! Ich schäme mich so sehr dafür, dass ich so verblendet gewesen bin und ich weiß selbst nicht, wie Du mir jemals vergeben könntest. Aber wenn Du es kannst ... Bitte Aimee! ... Wenn Du es kannst, ... Aber Du musst mir nicht vergeben. Du musst nur wieder gesund werden, egal ob Du mich dann für den Rest Deines Lebens hasst. Wenn ich mein Leben für Deines geben kann, dann tue ich das mit Freuden. Es wäre nur ein kleines Opfer, weil ich sowieso sterben wollte. ... Bitte sag mir, was ich tun soll, Aimee! ... Bitte hilf mir. ... Ich weiß doch nicht, was ich tun soll, wenn Du mir nicht hilfst. ... Wenn Du nicht für mich leben willst, dann wenigstens für Deine Mutter! ... Und für Deinen Bruder, für Alain! ... Er hat mich zu Dir gebracht! ... Hab ich schon gesagt, dass er mir erzählt hat, dass er Dir geschrieben hat, weil Martina, Deine Mutter, ihm nicht auf seine Versuche, Kontakt mit ihr aufzunehmen, geantwortet hat? ... Ich weiß nicht einmal, wie er mich gefunden hat. ... Ich weiß nicht mal, wo wir hier überhaupt sind. ... Aimee? ... Aimee, kannst Du mich hören? ... Ich weiß, dass Du mich hören kannst! Irgendwo, tief in Dir drin hörst Du mich! Du hörst mich sogar, wenn ich nicht spreche. ... Nur ich kann Dich nicht hören. Du bist so kalt, ... so ... Bitte lebe Aimee! Bitte komm zurück! ... Ich kann ohne Dich nicht leben! ... Aimee! ... Aimee ... Warum kann ich Dich nicht erreichen? ... Es tut mir leid, dass ich Dir die Rose nicht gegeben habe. ... Ich hab sie ..."

Ich weiß nicht, was ich noch alles geredet habe. Irgendwann muss ich jedenfalls eingeschlafen oder ohnmächtig geworden sein. Ich hatte wirre Träume und ich kann mich noch daran erinnern, dass ich Aimee in meinen Träumen gesucht aber nicht gefunden habe.

Als ich wieder aufwachte, war ich erschöpfter, und hatte größere Schmerzen, als zuvor. Es bereitete mir sogar Schmerzen, die Augen zu öffnen. Aimee lag unverändert in meinen Armen.

Irgendwie fühlte sich das Bett feucht an. Und als ich mühsam den Kopf hob, um nach unten blicken zu können, sah ich, dass der Verband um meine Brust blutgetränkt war. Ich hatte keine Ahnung, was für Verletzungen ich bei meinem freiwilligen Sturz erlitten hatte. Aber offensichtlich war eine Wunde wieder aufgebrochen. Ich war zu schwach, um mich von dem Bett zu erheben. Und ich konnte auch nicht rufen. Aber ich hatte keine Furcht, zumindest nicht um mich selbst.

Wenn ich jetzt gehe, dachte ich und richtete meine Gedanken an Aimee, dann musst Du zurückkommen. Ich weiß, dass Du es kannst. Bitte lebe,

Aimee …

Und so glitt ich wieder hinüber auf die andere Seite. Meine Seele stieg aus meinem sterbenden Körper empor und ich sah Aimee in meinen Armen und uns beide in meinem Blut liegen, das das Laken rot gefärbt hatte, vom Bett tropfte und bereits eine große Lache am Boden bildete. Vor der Tür des Zimmers hielt Alain Wache. Auch ihn konnte ich von oben sehen, obwohl die Tür geschlossen war. Einige Ärzte redeten aufgeregt auf ihn ein. Aber er hielt seinen Posten, und verteidigte die Tür wie ein tapferer Soldat.

Ich stieg weiter nach oben, durch die Zimmerdecke und weiter bis durch das Dach des Krankenhauses, in dem ich gestorben war. Trotzdem konnte ich Aimee und mich noch immer in dem kleinen, kalten Zimmer liegen sehen. Alles, was den Blick auf uns normalerweise verdeckt hätte, war eigenartig transparent.

Obwohl ich die Angst um Aimee mit mir genommen hatte, spürte ich jetzt wieder diesen unendlichen Frieden, der mich erfüllte. Ich dachte mir noch, dass Aimee erschrecken würde, wenn sie in meinem Blut und neben meiner Leiche aufwachte. Dann löste ich aber meinen Blick von unseren leblosen Körpern und richtete ihn auf das gleißende Licht, auf das ich zusteuerte. Alles war plötzlich so leicht. All meine irdischen Ängste und Sorgen fielen von mir ab. Ich ließ sie zurück in meiner sterblichen Hülle in einem kleinen, kalten Krankenhauszimmer.

Das Licht war so unbeschreiblich hell. Es strahlte heller, als die Sonne und doch blendete es mich nicht. Ich blickte voller Hoffnung und Freude mit weit aufgerissenen Augen hinein. Endlich Frieden! dachte ich mir. Das heißt: Ich dachte eigentlich gar nichts. Ich spürte nur, wie dieser Friede mich durchströmte und erfüllte, bis ich selbst zu diesem Frieden wurde.

Schemenhaft konnte ich erkennen, wie mir etwas aus dem Licht entgegenkam. Und je näher es kam, umso deutlicher konnte ich es erkennen. Es war eine Gestalt, eine menschliche Gestalt, eine Frau, Aimee!

Sie kam mir so schwerelos entgegengeschwebt, wie in dem dunklen, unbekannten Nichts, in dem ich mich nach meinem Sprung in den Abgrund wiedergefunden hatte. Wir waren beide nackt. Und obwohl ich geglaubt hatte, alle irdischen Gefühle abgelegt zu haben, bemerkte ich doch ihre unvergleichliche, im wahrsten Sinne des Wortes, überirdische Schönheit und die absolute Harmonie ihres Gesichts und ihres Körpers. Und ich hatte das Bedürfnis, Aimee zu berühren, sie in meine Arme zu schließen und ihre Haut auf meiner zu spüren.

Wir waren zwei Seelen auf dem Weg durch die Unendlichkeit. Aber meine Seele bekam beim Anblick von Aimee eine Erektion.

Wir streckten unsere Hände nacheinander aus. Aber es schien so, als könnten wir uns in dieser Dimension nicht mehr berühren. Wir waren wie zwei gleichpolige Magnete, die sich nacheinander sehnten aber von einer unsichtbaren Kraft voneinander getrennt wurden.

Weder Aimee noch ich sprachen. Langsam glitten wir aneinander vorbei, ich weiter in das Licht und Aimee dorthin, woher ich gekommen war.

Aimee wird leben! dachte ich. Und dieser Gedanke erfüllte mich von Neuem mit einem unendlichen Glücksgefühl. Es war wie der Austausch zweier Geiseln, die sich auf halbem Wege begegneten. Gott oder der Teufel, oder wer auch immer sich meine Seele unter den Nagel reißen wollte, war auf mein Angebot eingegangen. Ich starb und dafür wurde Aimee zurück geschickt! Wenn schon mein Leben keinen Sinn gehabt hatte, so hatte ihn jetzt wenigstens mein Tod.

Ich war unendlich glücklich. Aber da hörte ich Aimees Stimme in meinem Kopf rufen: Du hast mich schon einmal im Stich gelassen, Jace. Wenn Du es jetzt wieder tust, werde ich Dich finden, selbst wenn ich dafür in die Hölle hinabsteigen muss!

Aimee war bereits weit hinter mir. Ich wollte mich zu ihr umwenden, konnte es aber nicht und glitt immer weiter in das Licht hinein, bis ich nichts mehr sehen konnte, außer das Licht selbst, in dem ich mich aufzulösen schien. Und mit mir löste sich das Bewusstsein auf, das mich bis hierher begleitet hatte. Ich war am Ziel!

Ende, aus, Game over!

…

Und dann schlug der Blitz in meine Brust ein und ich wurde aus meinem Frieden herausgerissen und durch Raum und Zeit zurückgeschleudert in meinen irdischen Körper, zurück in meine Schmerzen und in mein Blut, in dem ich lag.

Als ich schwach die Augen öffnete, konnte ich das Geschehen um mich herum nur undeutlich und verschwommen wahrnehmen. Es herrschte große Hektik. Tausende von Leuten schienen wie eine Horde Paviane um mich herumzuwuseln. Alle redeten durcheinander. Aber ich konnte kein Wort verstehen. Es war, als wenn die Stimmen rückwärts abgespult würden und, ebenso wie die Gestalten, durch eine Milchglasscheibe von mir getrennt wären. Aber plötzlich hörte ich ganz klar und deutlich Aimees Stimme.

„Du bist zurück!" flüsterte sie. Und während sie vor Freude weinte, beugte sie sich über mich und küsste mich. Eigenartigerweise konnte ich auch ihr Gesicht als einziges erkennen. Ich fühlte ihre warmen, weichen Lippen auf meinen und schmeckte das Salz ihrer Tränen.

Obwohl ich mich unendlich schwach fühlte, hob ich meine Hand und berührte sanft Aimees Wange. Ich war glücklich, dass sie noch lebte und ertrug deshalb alle meine eigenen Schmerzen gerne. Erschöpft schlief ich wieder ein.

Als ich wieder zu mir kam, fühlte ich mich nicht mehr ganz so schwach. Aber es fiel mir unendlich schwer, meine Augen zu öffnen. Also ließ ich sie noch geschlossen und konzentrierte mich auf die Geräusche, die erst langsam in mein Bewusstsein drangen.

Regelmäßige Piepsgeräusche, leises Pfeifen oder Zischen und noch leiseres Tropfen sagten mir, dass ich mich noch immer in einem Krankenhauszimmer befand. Ich war fast schmerzfrei. Deshalb nahm ich an, dass die Tropfen, die eintönig, einer nach dem anderen fielen, von einer Infusion stammten, die ein Schmerzmittel enthielt. Ich nahm meinen eigenen Atem und meinen regelmäßigen Herzschlag ganz bewusst und ungewöhnlich intensiv wahr. Und ich spürte auch, dass ich nicht allein im Zimmer war. Aber erst als ich eine Weile aufmerksam gelauscht hatte, konnte ich ein Geräusch, ein leises Rascheln wahrnehmen, das mein Gespür bestätigte. Kurz darauf wurde die Tür geöffnet. Irgendjemand kam mit Gummisohlen, die auf dem Boden quietschten, in den Raum, brachte einen kalten Luftzug mit und fragte mit einer markanten Männerstimme die bereits anwesende Person: „Und wie geht's unserem Prinzen?"

„Überraschend gut!" antwortete eine weibliche Stimme, in der eine Menge Rührung mitschwang. „Seine Verletzungen sind nicht lebensgefährlich, solange er sie sich nicht wieder aufreißt, um daran zu verbluten. Und die Transfusion hat er gut angenommen. Wie geht's seiner Prinzessin?"

„In dem Fall wohl eher seiner guten Fee!" antwortete die männliche Stimme.

Die weibliche Stimme seufzte und fragte gerührt: „Hast Du schon einmal erlebt, dass sich zwei gegenseitig zurückholen?"

„Genau genommen", antwortete die Männerstimme nüchtern, „haben wir ihn zurückgeholt!"

„Ohne ihr Blut hätte sein Herz nicht lange geschlagen!" widersprach die weibliche Stimme.

„Siehst Du:" bestätigte diesmal die männliche Stimme, „Das ist ein gutes Argument! Und das ist auch der einzige Punkt, in dem der Hauch des Übersinnlichen mitschwingt. Huh Huh Huh. Wir machen seit Ewigkeiten keine direkten Bluttransfusionen mehr. Und dann fehlen uns ausgerechnet Konserven mit seiner Blutgruppe und dieses Mädchen, das wenige Minuten zuvor selbst noch im Sterben gelegen hatte, ist die einzige passende Spenderin, die auch noch auf diese Transfusion besteht."

Wieder seufzte die weibliche Stimme und sagte schwärmerisch: „So romantisch wie Romeo und Julia!"

„Die beiden sind gestorben!" verdarb die männliche Stimme wieder die Rührseligkeit der weiblichen. Und erst jetzt antwortete er auf deren erste Frage: „Sie ist noch schwach, aber wach und sie besteht darauf, zu ihrem Prinzen zu dürfen!"

„Dann lass sie doch!" schlug die weibliche Stimme sanft vor. Die männliche, weit weniger sentimentale Stimme antwortete aber wieder in seiner kalten Sachlichkeit: „Die Vorschriften …"

Bis jetzt war ich nur stummer Zuhörer gewesen. Ich hatte mich noch gar nicht als ganzer Mensch gefühlt und deshalb auch nicht damit gerechnet, sprechen zu können, wo ich noch nicht einmal in der Lage gewesen war, meine Augen zu öffnen. Aber jetzt unterbrach ich die Männerstimme mit meiner Forderung: „Ich will zu ihr!"

„Das hast Du jetzt davon", sagte die Männerstimme, in der jetzt immerhin so etwas wie Humor mitschwang: „Jetzt fängt er auch noch an."

Mühsam öffnete ich die Augen und versuchte mich zu erheben, wurde aber an den Schultern sofort wieder aufs Bett gedrückt.

„Sie bleiben schön liegen", sagte der Arzt streng, aber nicht unsympathisch. „Ich bringe Ihnen Ihre Lebensretterin!"

Damit verließ er den Raum wieder. Und die Ärztin im Zimmer strahlte mich seufzend an wie ein Groupie sein Idol.

Vermutlich dauerte es keine zehn Minuten, aber mir kam es vor wie eine Ewigkeit, bis ein Klappern auf dem Gang mir die Rückkehr des Arztes ankündigte. Die Tür ging auf und er schob ein Bett, in dem Aimee lag, in mein Zimmer und neben mein Bett. Aimee lag ganz ruhig. Aber ihre Augen waren erfüllt von so viel Erleichterung, Glück und Liebe, dass mir sofort aus genau denselben Gefühlen heraus Tränen in die Augen stiegen.

„Ich sag es nur einmal:" sagte der Arzt im strengen Ton eines Schuldirektors. „Jeder bleibt in seinem Bett! Und um zehn Uhr ist Licht aus!"

Dann nahm er die Ärztin, die uns anscheinend gerne weiter beobachtet hätte, wie eine Schülerin ihr Chemieexperiment, am Arm und zog sie aus dem Zimmer.

Aimee und ich lagen still nebeneinander. Wir hatten unsere Gesichter einander zugewendet und sahen uns mit Tränen in den Augen nur an.

„Kannst Du mir vergeben, Aimee?" fragte ich schwach und mit unerträglicher Furcht vor ihrer Antwort. Aimee tastete mit ihrer Hand auf meine Bettkante und meine Hand tastete nach ihrer. Und als sie sich trafen, hielten wir uns ganz fest.

„Es war meine Schuld", entschuldigte sich Aimee. „Du konntest es ja nicht wissen. Mir war überhaupt nicht bewusst, wie es auf Dich wirken musste, mich mit Alain zu sehen. Ich hab es erst begriffen, als Du fort gefahren bist. Und dann kam ein Auto aus einer Seitenstraße. Und ich war froh, dass es mir meine Schmerzen genommen hat."

Zitternd drückte ich Aimees Hand und erwiderte: „Es tut mir so leid. Ich hätte Dir niemals misstrauen dürfen."

Trotz des Verbotes des Arztes rutschte Aimee auf mein Bett, schlüpfte unter meine Decke und schmiegte sich zärtlich und ganz vorsichtig an mich. Ich erzählte ihr, was ich getan hatte, nachdem ich bei ihr weggefahren war und dass ich sie in meinen Träumen gesehen hatte. Aber Aimee widersprach mir, indem sie sagte: „Du weißt, dass es keine Träume waren, Jace! Ich bin Dir wirklich begegnet, irgendwo zwischen Leben und Tod. Beim ersten Mal hast Du gesagt, dass ich Dich quäle. Ich dachte, Du hasst mich und wollte deswegen nicht mehr aufwachen. Dann bin ich immer weiter gewandert. Ich habe wunderschöne, grüne Wiesen gesehen und ich habe geglaubt, dort Frieden zu finden. Aber als ich schon dachte, den Faden, der mich an die Welt der Lebenden band, zertrennt zu haben, hörte ich Deine Stimme wieder. Und Du hast nicht gesagt, dass Du mich hasst, Du hast gesagt, dass Du mich liebst und …"

Aimee konnte nicht weitersprechen. Wir weinten beide vor Glück und hielten uns aneinander fest. Als Aimee sich wieder etwas beruhigt hatte, fuhr sie schniefend fort: „Ich bin Deiner Stimme entgegengelaufen. Aber als ich Dich endlich gefunden habe, sind wir einfach aneinander vorbei getrieben und waren nicht in der Lage, uns zu berühren. Du warst nackt und hattest eine Erektion! Ich hätte Dich so gerne berührt und Dich festgehalten. Aber ich konnte es nicht. Und als ich in meinem Körper wieder aufgewacht bin, lagst Du tot neben mir. Ich hab sofort Mund-zu-Mund-Beatmung versucht. Aber Du bist nicht aufgewacht. Da hab ich um Hilfe geschrieen."

Den Rest kannte ich aus dem Gespräch zwischen der Ärztin und dem Arzt, das ich mit angehört hatte: Die Ärzte hatten mich reanimiert. Und Aimee hatte ihr Blut für mich gegeben.

„Danke!" sagte ich, von ehrlicher und tiefer Dankbarkeit erfüllt. Aber Aimee schüttelte leicht den Kopf und fragte: „Wofür?"

Für mein Leben, wollte ich ihr erklären. Aber als ich dazu ansetzte, verschloss sie meine Lippen mit ihren. Diesmal wirkte ihre Mund-zu-Mund-Beatmung. Ihr Kuss erfüllte mich mit mehr Frieden und Glückseligkeit, als ich auf der anderen Seite gefunden hatte.

„Ich liebe Dich, Jace Leroy!" flüsterte sie, als sie ihre Lippen wieder von meinen gelöst hatte. Und ich tat etwas, was bis zu diesem Moment unvorstellbar für mich gewesen war. Ich sagte zu Aimee: „Ich kann mich im Moment leider nicht vor Dich hinknien, Aimee. Aber würdest Du … Könntest Du Dir vorstellen, … Ich meine: … Willst Du meine …?"

„Ja!" antwortete Aimee, bevor ich ihr meinen Antrag ganz gemacht hatte, brach von neuem in Tränen aus und küsste mich mit all ihrer Liebe immer und immer wieder.

In dem Moment ging die Tür auf. Der gestrenge Arzt erschien, baute sich drohend, mit in die Hüfte gestemmten Fäusten im Türrahmen auf und fragte drohend: „Was habe ich gesagt?"

„Er hat mir einen Antrag gemacht!" erwiderte Aimee, noch immer Freudentränen vergießend.

Hinter dem Arzt seufzte wieder die Ärztin, schlug die Hände vor ihrer Brust zusammen und begann ebenfalls zu weinen. Der Arzt sah die Ärztin streng an, schob sie aus der Tür und verschloss diese hinter sich wieder, ohne ein weiteres Wort an uns zu verschwenden.

Aimee wurde nach einer Woche aus dem Krankenhaus entlassen. Ich erst nach drei. Eigentlich hatte ich gewollt, dass Aimee sofort in meine Wohnung einzieht, als sie entlassen worden war. Aber sie hatte sich geweigert. Sie wollte meine Wohnung nur mit mir gemeinsam betreten. Und ich konnte das auch verstehen.

Solange Aimee noch mit mir im Krankenhaus gewesen war, hatte Alain uns täglich besucht. Er war bereits sehr unruhig gewesen, weil er einen Vertrag bei einer kanadischen Firma unterschrieben hatte und längst in Vancouver hätte sein müssen. Aber er weigerte sich, zu fliegen, bevor seine Schwester nicht aus dem Krankenhaus raus war. Ich war verständlicherweise nicht so wichtig für ihn. Aber das war in Ordnung. Nachdem er weg war, kam mich dafür jeden Tag Aimee besuchen. Und Aimee war sehr schnell berühmt-berüchtigt dafür, dass sie am Abend kaum aus dem Krankenhaus zu entfernen war. An die offiziellen Besuchszeiten musste sie sich ohnehin nicht halten. Aber am Abend wurde es fast zu einer öffentlichen Treibjagd, nachdem sie nachts dreimal in meinem Bett überrascht worden war. Aber Aimee fand immer wieder neue Verstecke, im Badezimmer, unter meinem Bett, im Schrank. Und einmal kam sie tatsächlich ganz frech im Schwesternkostüm und maß mir den Blutdruck (an einer völlig falschen Stelle), als die militante Krankenhauspatrouille wieder auf der Suche nach ihr war. Sie eskortierten sie bis vor die Tür und ich ließ sie durch mein Fenster wieder rein. Im Nachhinein betrachtet glaube ich, dass Aimee und ich für das Krankenhauspersonal ebenso erfrischend und belebend waren, wie sie für unsere Genesung. Sie waren uns nicht böse für die Streiche, die wir ihnen spielten, auch wenn sie es manchmal so aussehen lassen wollten. Ganz im Gegenteil: Sie lebten sichtlich auf und genossen die frische Brise, die mit uns durch die stickigen Gänge wehte.

Und dann wurde auch endlich ich entlassen. Meine Knochenbrüche waren weitestgehend verheilt, auch wenn ich noch für ein paar Tage ein Gipsbein hatte. Aimee hatte mein Auto aus dem Wald geholt, wo es noch immer gestanden hatte. Sie wollte mich vom Krankenhaus direkt zu mir nach Hause fahren. Aber jetzt bestand ich darauf, dass wir erst ihre Sachen aus der WG holten, damit Aimee endlich endgültig bei mir bleiben konnte. Und Aimee war dankbar für diesen Vorschlag.

„Ich bin so unendlich glücklich!" sagte sie, als sie vor der WG parkte. Und mir ging es ebenso. Ich hatte nach all den Jahren der Einsamkeit und der Orientierungslosigkeit endlich das Gefühl, in einen sicheren Hafen einzulaufen. Endlich bekam das Wort ‚Geborgenheit' einen Sinn für mich.

Im Flur begegneten wir der so unwahrscheinlich gut riechenden Baba.

„Wie geht es Ihnen?" fragte sie mich sofort, als sie mich erblickte. Und ich antwortete: „Danke, so gut, wie noch nie in meinem Leben!"

„Veronika hat versucht, Sie zu erreichen. Wegen den Bildern, die Sie von uns machen wollten."

Einen Moment zögerte ich. Aimee stand noch neben mir. Aber sie wusste sowohl, dass ich fotografierte, als auch, dass ich Aktfotos machte. Es wäre ein schlechter Zeitpunkt gewesen, jetzt mit Unwahrheiten zu beginnen. Aber für Unwahrheiten ist ohnehin immer ein schlechter Zeitpunkt. Bevor ich jedenfalls wusste, was ich Baba antworten sollte, tat es bereits Aimee an meiner Stelle, indem sie sagte: „Ab morgen ist er wieder zu erreichen!"

Babas verstehender Blick wanderte von mir zu Aimee und wieder zu mir. Sie nickte lächelnd und antwortete: „Danke. Wir melden uns bestimmt!"

Und damit verschwand sie in ihrem Zimmer. Aimee zog mich hinter sich her in ihr Zimmer und schloss die noch immer verzogene Tür hinter uns.

„Willst Du noch eine Nacht hier bei mir bleiben?" fragte sie mich und erklärte die Frage auch gleich, indem sie sagte: „Ich hatte mir nach der CFNM-Party so sehr gewünscht, die Nacht hier mit Dir zu verbringen. Ich weiß, dass es mein Fehler war, Dich so zu überrumpeln. Aber willst Du diese Nacht mit mir heute nachholen?"

Ich nahm Aimees wunderschönes und mich so unsicher anblickendes Gesicht ganz zärtlich in meine Hände, küsste ihre Stirn, ihre Nasenspitze und ihren Mund und antwortete: „Ich will alles, was Du willst!"

Wieder trafen sich unsere Lippen und wir küssten uns mit all unserer seit Wochen unterdrückten Leidenschaft. Aimee trug nur wieder ein T-Shirt über einem kurzen Jeansrock. Ich streifte ihr das Shirt über den Kopf und sah mir zum ersten Mal ganz offen und ungeniert ihre traumhaften, vollen, runden Brüste an, ohne dabei das Gefühl zu haben, etwas Unrechtes zu tun und meinen Blick sofort wieder von ihnen abwenden zu müssen. Ich sah, wie ein Schauer durch Aimees Körper lief und ihre kleinen, zarten Knospen sich erregt zusammenzogen. Mit vor Erregung zitternden Fingern tastete ich nach Aimees Brüsten, nahm sie behutsam in meine Hände und begann sie liebevoll zu massieren, während ich meine Lippen mit aller mir zur Verfügung stehenden Leidenschaft und Zärtlichkeit auf ihre kleinen Knospen presste. Aimee griff mir mit beiden Händen in die Haare und presste mein Gesicht fester zwischen ihre bebenden Brüste. Ich sog gierig den zarten, aber umso betörenderen Geruch von Aimees Haut in mich ein, während meine Lippen sich abwechselnd auf ihre beiden harten Knospen legten und mit gieriger Zärtlichkeit an ihnen sogen.

Aimee stöhnte leise und entzog sich schließlich mit einem unterdrückten

Schrei meinen Liebkosungen. Für einen Moment presste sie ihre Hände auf ihre Brüste und gestand mir: „Das ist so schön, dass es schon weh tut."

Dann öffnete sie fieberhaft die Knöpfe meines Hemdes, streifte es mir über die Schultern und begann auch meinen Körper zu küssen, meine Lippen, meinen Hals, meine Brust, meinen Bauch. Dann öffnete sie schnell Gürtel und Reißverschluss meiner Hose und riss sie mir mitsamt meiner Unterhose bis über die Knie herunter. Wegen dem Gips an meinem rechten Bein war es ein bisschen schwierig, aus der Hose rauszukommen. Aber Aimee schob mich auf ihre Couch und half mir dabei. Dann stieg sie über mich und setzte sich langsam auf meinen Schoß. Mein hoch aufgerichteter Jace Jr. spürte sofort, dass Aimee nichts unter ihrem Rock anhatte. Aimee nahm ihn behutsam in die Hand und rieb meine pralle Eichel an ihren warmen, weichen Schamlippen. Im Krankenhaus waren wir nie so weit gegangen. Dort hatten wir uns nur zärtlich und mit einer fast heiligen Scheu und meist auch nur unter dem Laken berührt.

„Ich bin noch Jungfrau!" flüsterte Aimee ganz leise und schien sich dabei unsicher zu sein, ob das für mich gut oder schlecht wäre. Für mich war es gut. Noch nie hatte eine Frau mir das Geschenk ihrer Jungfräulichkeit gemacht. Und dass es jetzt Aimee tat, war das schönste Geschenk, das ich mir nur vorstellen konnte.

Das Schellen an der Wohnungstür drang kaum zu unserem Bewusstsein durch. Aber ein paar Sekunden später klopfte es energisch an Aimees Tür und Sven säuselte in seiner unerträglichen Art: „Aimee Schätzchen, hier ist Besuch für Dich!"

Ausgerechnet jetzt. Aimee und ich waren noch immer beim Vorspiel.

„Das ist ja mal wieder typisch", sagte ich enttäuscht aber dennoch lächelnd, weil ich so unendlich glücklich war. Und Aimee erwiderte: „Ich mach schnell", schlüpfte in ihr T-Shirt und öffnete die Tür, hinter der ich nackt auf der Couch saß. Ich sah, wie sie erstarrte. Sie blickte zu mir und sagte tonlos und bleich: „Mama ist da!"

Fortsetzung folgt …

DIE CF... WAS FÜR 'NE PARTY?

KAPITEL 6

- WO DIE LIEBE BEGINNT, DA ENDET DIE ZEIT -

Was bisher geschah:

Auf einer CFNM-Party, zu der ich mich leichtsinnigerweise als Model verpflichtet hatte, begegnete ich Aimee, der erwachsen gewordenen Tochter meiner ehemaligen Lebensgefährtin Martina wieder. Aimee gewann mich in einem Wettstreit gegen das übergewichtige Schneewittchen und nahm mich mit zu sich nach Hause in ihr WG-Zimmer. Sie gestand mir ihre Liebe, die sie bereits vor drei Jahren, als ich noch mit ihrer Mutter liiert gewesen war, für mich empfunden hatte. Hin und her gerissen zwischen meinen Gefühlen und aufgerissenen Wunden flüchtete ich aus dem Haus und verlor das Bewusstsein. Aimee wachte die ganze Nacht bei mir. Doch als sie am Morgen akzeptiert zu haben schien, dass ich sie nicht liebte, wurde auch ich mir meiner Gefühle für sie bewusst und gestand ihr ebenfalls meine Liebe. Nachdem ich kurz zuhause gewesen war, und danach in Aimees Zimmer auf sie wartete, tauchte sie Hand in Hand mit einem jungen Mann auf. Die Situation schien eindeutig. Verletzt flüchtete ich in meinem Auto. Und als ich in einem Wald anhielt und ziellos umherspazierte, gelangte ich an eine Felsklippe und stürzte mich in meiner Verzweiflung in den Abgrund. Allerdings überlebte ich diesen Selbstmordversuch und erwachte in einem Krankenhaus, in dem sich auch Aimee befand, die von einem Lieferwagen angefahren worden war, als sie mir auf meiner Flucht vor ihr hinterher gerannt war. Der junge Mann, mit dem ich Aimee gesehen hatte, war ihr Bruder. Und er brachte mich in Aimees Krankenzimmer, weil die Ärzte sie bereits aufgegeben hatten. Von Schuldgefühlen gequält lag ich an Aimees Seite und verlor, aufgrund meines Blutverlustes wieder das Bewusstsein. Langsam glitt ich in eine Dimension zwischen Leben und Tod, in der mir Aimee begegnete. Doch sie kehrte in ihren irdischen Körper zurück, während ich zu verbluten drohte. Nur durch Aimees schnelles Handeln und ihre Bluttransfusion überlebte ich und machte Aimee einen Heiratsantrag. Doch als wir beide aus dem Krankenhaus entlassen waren und uns in Aimees WG-Zimmer gerade zum ersten Mal unserer körperlichen Liebe hingeben wollten, stand Aimees Mutter Martina vor der Tür.

Mir stockte der Atem. Vier Jahre lang war ich mit Martina liiert gewesen, bevor sie vor drei Jahren ohne irgendeine Begründung Schluss mit mir gemacht hatte. Martina war die Liebe meines Lebens gewesen und ich hatte die Trennung von ihr nie überwunden – bis ihre Tochter Aimee auf dieser CFNM-Party wieder in mein Leben getreten war, mir ihre Liebe gestanden hatte und daraufhin auch ich meine Liebe zu ihr entdeckt hatte.

Drei lange Jahre hatte ich mich jeden Tag danach gesehnt, Martina wieder zu sehen. Und jetzt war eine Situation eingetreten, die mir genau das unerträglich erscheinen ließ. Ich wusste in diesem Augenblick selbst nicht, was geschehen würde, wenn ich ihr plötzlich wieder gegenüberstünde. Jetzt, wo ich endlich wieder bereit gewesen war, mein so sehr verletztes Herz erneut zu verschenken und wo ich auch die einzige Frau gefunden hatte, die mein Herz wieder hatte erwecken und für sich gewinnen können, tauchte Martina auf – die einzige Frau, die meine Liebe zu Aimee in Frage stellen konnte.

Ich begann zu zittern und tastete fieberhaft nach meiner Hose, kam aber durch mein noch eingegipstes und damit steifes Bein nicht an sie heran und bedeckte mich schnell mit der Decke, die sich Aimee aus dem Krankenhaus mitgenommen hatte, weil ihre eigene Decke bei mir Zuhause auf sie wartete.

„Komme ich ungelegen, Schatz?" fragte Martina, marschierte dabei aber schon an Aimee vorbei ins Zimmer, erblickte mich und erstarrte im selben Moment.

„Ich brauche euch ja nicht vorstellen", sagte Aimee nervös und schloss die Tür, um ihren WG-Mitbewohnern zumindest keine Vorstellung zu bieten. Weder Martina, noch ich brachten ein Wort heraus. Der Moment, in dem ich sie erblickte, war ein kleines bisschen wie Sterben für mich. Tausende Erinnerungen schossen mir in diesem winzigen Bruchteil einer Sekunde durch den Kopf, Bilder von gemeinsam erlebten Momenten, ganz gewöhnliche Alltagssituationen wie gemeinsames Kochen, Kuscheln vor dem Fernseher an langen, gemütlichen Winterabenden, wie ich sie seither nicht mehr erlebt hatte, Nachmittage in ihrem Garten, an ihrem Gartentischchen unter dem Apfelbaum, unsere Spaziergänge, Autofahrten, die mir so vertrauten Straßen ihrer Stadt, der Supermarkt, in dem wir immer einkaufen waren, gemeinsames Baden bei Kerzenschein und romantischer Musik und natürlich auch unsere Nächte voller leidenschaftlicher Erotik, in der die Neugier nie geendet hatte.

Aber nein: Es war nicht wie Sterben. Ich war schließlich erst gestorben und weder mein ganzes Leben, noch einzelne Stationen daraus waren dabei an mir vorüber gezogen. Trotzdem kam es mir jetzt so vor. All diese Bilder und die damit verbundenen Gefühle, die ich längst vergessen, verarbeitet oder verdrängt zu haben glaubte, waren plötzlich wieder da.

Warum? fragte ich mich immer wieder. Warum hast Du mit mir Schluss gemacht? Was habe ich nur falsch gemacht? Und warum hast Du mir nicht gesagt, was es war, damit ich es hätte ändern können?

„Soll ich Euch beide allein lassen?" fragte Aimee mit zitternder Stimme.

„Ja" und „Nein" antworteten Martina und ich zur selben Zeit. Martina sagte „Ja", ich „Nein!"

Ich hatte den Schmerz in Aimees Stimme gehört und er war mir mitten in mein Herz gefahren. Ich hatte Aimee einmal enttäuscht, weil Martina mich enttäuscht hatte. Und ich wusste … Ich spürte, dass jetzt der wichtigste Moment meines Lebens gekommen war. Ganz unabhängig davon, ob Martina mich jemals wieder in ihr Leben lassen würde, musste ich mich jetzt entscheiden, musste mein Herz sich jetzt entscheiden, wen von beiden, Martina oder Aimee, ich liebte, mehr liebte, genug liebte, um der anderen auf ewig zu entsagen.

„Lass uns bitte allein, Liebes", bat Martina Aimee mit nur mühsam aufrecht erhaltener Selbstbeherrschung. Aimee senkte traurig ihre Augen und wollte ihrer Mutter gehorchen. Aber ich griff schnell nach ihrer Hand und bat sie eindringlich: „Bitte bleib, Aimee!"

Aimee hob dankbar ihren Blick und sah mich fragend, überrascht, unsicher und voller Liebe an. Ich drückte zärtlich ihre Hand und fuhr fort: „Es gibt nichts, was Du nicht hören dürftest!"

„**Das** …", begann Martina erbleichend, "Genau **das** ist der Grund dafür, dass ich unsere Beziehung vor drei Jahren beendet habe!"

Martina zitterte vor innerer Anspannung und ihre Augen erröteten schneller, als sie sich mit ihren gewaltsam zurückgehaltenen Tränen füllten. Aber ich verstand kein Wort von dem, was sie gesagt hatte. Und auch Aimee blickte fragend von ihrer Mutter zu mir, der ich nur verständnislos mit den Schultern zucken konnte, und wieder zu ihrer Mutter.

Es tat mir weh, Martina so leiden zu sehen und ich hätte sie gern in den Arm genommen, um sie zu trösten. Aber die inzwischen drei Jahre dicke Mauer, die mich davon abhielt, die hatte Martina selbst zwischen uns errichtet. Und ich sah mich nicht imstande, sie jetzt zu überwinden.

Martina suchte mehrere Minuten lang nach Worten oder danach, ihre Fassung wieder zu gewinnen.

„Was meinst Du, Mama?" fragte Aimee sanft und nahm Martina so liebevoll in die Arme, wie ich es mich nicht traute. Als Martina daraufhin für einen Moment die Augen schloss und sich von mir wegdrehte, um ihre Tränen zu verbergen, nutzte ich die Chance, schnell nach meiner Hose zu angeln, sie mir fieberhaft hochzuziehen und, ohne mir dabei etwas im Reißverschluss einzuzwicken, wie es mir schon einmal in einer ähnlichen Situation passiert war, zu schließen. Danach fühlte ich mich nicht mehr ganz so ausgeliefert und verletzlich. Vor mir standen die einzigen beiden Frauen, die ich, abgesehen von meiner Mutter, in meinem Leben wirklich geliebt hatte, beziehungsweise liebte.

Martina atmete ein paar Mal tief durch, befreite sich dann sanft, aber dennoch energisch aus Aimees Armen und forderte diese auf, indem sie neben mich auf die Couch deutete: „Setz Dich, Schatz!"

Aimee gehorchte ebenso verwirrt, wie neugierig. Martina stand uns eine Weile in Gedanken versunken gegenüber und sah uns an oder blickte ins Leere. Erst nach mehreren Minuten begann sie zu sprechen. Und sie stellte die hypothetische Frage: „Wie oft habe ich Euch beide so vertraut nebeneinander sitzen sehen?"

Weder Aimee noch ich beantworteten die Frage, weder sie noch ich wussten, was diese Frage oder ihre Beantwortung bezwecken sollte. Martina erwartete auch gar keine Antwort von uns. Sie atmete einmal tief durch und fuhr dann fort: „Ich hatte damals, vor drei Jahren, plötzlich die Vision, dass genau das passieren würde, dass ich irgendwann nach Hause kommen und euch beide nackt miteinander vorfinden würde."

„Das wäre niemals passiert!" erwiderte ich sofort.

„Damals", antwortete Martina, mit einem sich mühsam abgerungenen, bitteren Lächeln, darauf, „hattest Du, glaube ich, wirklich noch nicht bemerkt, dass Aimee langsam erwachsen wurde, dass ihr Körper sich entwickelte und dass sie Dich nicht mehr mit den Augen eines Kindes ansah."

„Das hast Du bemerkt?" fragte sofort Aimee und lief dabei so rot an, wie eine Tomate.

„Was denkst Du denn?" fragte Martina bitter. „Ich bin eine Frau. Und ich bin Deine Mutter!"

„Ich habe Dich über alles geliebt!" warf ich jetzt betroffen und in dem Bewusstsein, dass Martina mir Unrecht getan hatte, ein.

Martina sah mir traurig in die Augen und erwiderte: „Ja, ich weiß. Aber ich weiß auch, wie sehr Du die Schönheit und die Jugend vergötterst. Irgendwann hättest Du in Aimee kein Kind mehr gesehen. Und diesen Moment hätte ich niemals ertragen können."

„Du hast alles weggeworfen, was wir miteinander erlebt haben und was uns verbunden hat, aufgrund einer Feststellung, die ich irgendwann machen musste?" fragte ich ungläubig und verärgert.

„Aufgrund der Konsequenz daraus!" erklärte Martina und sah uns mit einem Blick an, der diese Konsequenz genau beschrieb.

„Das wäre niemals passiert!" erklärte ich energisch.

„Kannst Du das beschwören?"

„Ja! Solange Du mir Deine Liebe nicht entzogen hättest, hättest Du niemals einen Grund gehabt, an mir zu zweifeln. Du sagst: ich vergöttere die Schönheit und die Jugend und spielst dabei auf meine Bilder an. Aber Du hattest nie etwas gegen meinen Beruf und Du wusstest, dass Du für mich immer wunderschön gewesen bist und dass ich niemals die Jahre, sondern nur die Liebe in Dir gesehen habe."

Martina schwieg eine Weile betreten und fragte dann Aimee: „Und Du,

Liebes? Könntest Du das ebenfalls schwören?"

Aimee senkte beschämt ihren Blick und antwortete so leise, dass sie kaum noch zu hören war: „Nein. Es tut mir leid, Mama. Ich wollte weder Dir, noch Jace jemals wehtun. Aber ich habe ihn immer geliebt und war mir nicht bewusst, was ich hätte anrichten können, wenn …"

Aimee sprach nicht weiter. Ich biss mir auf die Lippen und wagte weder sie, noch Martina anzusehen.

Und was wird jetzt? fragte ich mich still. Aimee griff sofort verzweifelt nach meiner Hand und sah mich flehend an. Entweder schaffte sie es aber nicht, einen klaren Gedanken zu formulieren oder, was ich für wahrscheinlicher ansehe, ich konnte ihren Gedanken einfach wieder nicht lesen. Jedenfalls wusste ich nicht, was sie jetzt dachte. Ich fühlte es nur, führte ihre kleine Hand, trotz Martinas auf uns gerichteten Blick, an meine Lippen, küsste sie mit all der Liebe, die nur noch ihr gehörte und sagte ganz leise: „Ich liebe Dich, Aimee!"

„Ich wusste es!" begann Martina von neuem. „Ich wusste es bereits vor drei Jahren. Aber anscheinend hab selbst ich es zu spät bemerkt."

„Möchtest Du zu unserer Hochzeit kommen?" wendete ich mich jetzt unumwunden an Martina. Sie schnappte wie ein Fisch nach Luft und ich hatte kurz die Befürchtung, dass sie aus den Latschen kippen würde. Sie fing sich aber wieder halbwegs und fragte ungläubig und noch leicht schwankend: „**Du** willst Aimee heiraten?"

„Ja!"

„Du, der Du nicht an die Ehe glaubst und der die Ehe immer als das Ende jeder funktionierenden Beziehung bezeichnet hat, willst meine Tochter heiraten?"

„Ja!"

Martina starrte mich eine Weile ungläubig an und fragte dann Aimee: „Was hast Du mit Jace angestellt?"

Aimee drückte unauffällig meine Hand und antwortete nach kurzem Überlegen darauf: „Die lange Version ist zu kompliziert, um sie glaubhaft zu erzählen!"

„Die kurze tut es auch!" erwiderte die neugierig gewordene Martina begierig darauf und Aimee erklärte ihr ganz einfach: „Wir lieben uns!"

Martina zitterte wieder oder noch immer leicht. Zumindest fiel es mir jetzt wieder auf. Sie wendete sich der Tür zu und sagte mit einer Stimme, die ebenso sehr zitterte, wie sie selbst: „Ich gehe dann jetzt!"

Sie öffnete die Tür, sah uns noch einmal an und fragte Aimee: „Bist Du etwa schwanger?"

Aimee schüttelte lächelnd den Kopf, stand auf und antwortete: „Möchtest Du etwa Oma werden, Mama?"

Martina antwortete nicht. Sie schluckte verlegen und verschwand dann schweigend durch die Tür.

„Ich bin gleich wieder da!" sagte Aimee zu mir und folgte ihrer Mutter. Ich hörte, dass auch die Wohnungstür ging. Dann war es ruhig im Korridor.

Aimee kam erst nach einer knappen halben Stunde zurück.

„Und?" fragte ich ebenso neugierig wie besorgt. Ich hatte mich in der Zwischenzeit wieder angezogen. Aimee küsste mich ganz zärtlich und fragte, ebenfalls nicht ohne Besorgnis: „Bist Du in Ordnung Jace?"

„Mir geht's so gut, wie noch nie!" antwortete ich. Und Aimee fiel mir sofort glücklich um den Hals und flüsterte mir ins Ohr: „Ich hatte solche Angst, als Mama plötzlich vor der Tür stand, weil ich weiß, wie sehr Du sie liebst."

Ich erwiderte Aimees zärtlichen Kuss und erwiderte: „Drei Jahre lang hatte ich die Liebe zu Deiner Mutter in meinem Herzen begraben. Manchmal hab ich gedacht, ich wäre darüber weg. Aber ich war es nie. Jetzt endlich ist mein Herz befreit. Jetzt endlich weiß ich, dass ich ohne sie, nicht aber ohne Dich leben kann. Und deswegen möchte ich Dich jetzt noch einmal fragen:"

Ich kniete mich vor Aimee auf den Boden, was mit meinem Gipsbein nicht so einfach war, nahm ihre Hände in meine und frage sie: „Möchtest Du meine Frau werden Aimee?"

„Ja!"

„Möchtest Du mit mir bis ans Ende unserer Tage zusammenbleiben?"

„Und darüber hinaus! Bis in alle Ewigkeit!"

„Möchtest Du vor Gott oder den Göttern, vor den Menschen und der Welt ..."

„Ja, ja, ja!" unterbrach mich jetzt Aimee, half mir beim Aufstehen, fiel mir, vor Glück weinend, wieder um den Hals und küsste mich so innig, als wollte sie sich bereits in diesem Kuss bis in alle Ewigkeit mit mir vereinen. Dann fragte sie mich plötzlich: „Warum bist Du wieder angezogen?"

„Weil ich ..." antwortete ich, während ich sie glücklich und übermütig hochhob, mich einmal humpelnd mit ihr drehte und sie dann sanft auf ihrer Couch ablegte, „mich lieber wieder von Dir ausziehen lasse, als mich wieder nackt von irgendjemandem überraschen zu lassen, während ich auf Dich warte."

Aimee lächelte mich verliebt an und streichelte mir über die Wange, während ich vor der Couch kniete und mich über sie beugte. Ich küsste sie ganz zärtlich. Aimee schloss die Augen und schien unter meinen Lippen zu schmelzen. Langsam ließ ich meine Lippen weiter über Aimees Hals wandern. Aimee durchlief ein Schauer nach dem anderen und sie stöhnte leise. Ihre kleinen Knospen drückten sich deutlich durch den Stoff ihres T-Shirts. Es war ein wunderschöner, erregender Anblick.

So schön, dachte ich mir, so jung, so rein und so voller verführerischer und unverdorbener Erotik.

Lange betrachtete ich Aimee träumerisch. Ich wagte kaum, sie zu berühren, aus Angst davor, dass ich nicht zärtlich genug für sie sein könnte, dass mein Körper nicht in der Lage sein könnte, die Zärtlichkeit, die ich im Herzen trug, wiederzugeben. Ich fühlte mich plötzlich ungehobelt, plump und grobmotorisch, wie ein Kleinkind, das eine Blume mit der ganzen Faust ausrupft und sie zerquetscht, wenn es an ihr riechen will. Ich wollte Aimee niemals wehtun, niemals wieder!

„Du wirst mir nicht wehtun!" flüsterte Aimee und ich bemerkte, dass sie mir versonnen ins Gesicht blickte. Ganz sanft streichelte ich über ihre Wange und erwiderte: „Ich hab Dir schon viel zu sehr weh getan!"

„Und ich …" konterte Aimee, „bin Schuld daran, dass Mama Dich so sehr verletzt hat. Und damit habe ich die Lawine der gegenseitig zugefügten Schmerzen ausgelöst."

Ich wollte Aimee widersprechen. Aber sie schnitt mir das Wort ab, indem sie schnell sagte: „Ich weiß, dass Du mir niemals wehtun wolltest. Und jetzt sind wir hier! Wir beide! Und ich bin glücklich!"

„Das bin ich auch!" stimmte ich zu.

Aimee tastete behutsam nach meiner Hand und legte sie auf ihre Brust, während sie mich dabei unsicher beobachtete. Bei der Berührung atmete sie tief ein und schloss ihre Augen wieder. Durch den Stoff ihres T-Shirts spürte ich ihr leichtes Zittern. Ganz zärtlich streichelte ich über die vollen, festen und trotzdem weichen Rundungen und spürte die harten Knospen sich in meine Handflächen drücken.

Lange genoss ich nur dieses zärtliche Streicheln, ohne das Bedürfnis zu verspüren, mehr zu fordern oder zu geben. Ich gehöre nicht zu den Menschen, die alles wollen, und das auch noch sofort. Ich will mehr als alles! Aber ich will den ganzen Weg gehen und jeden Schritt davon genießen. Im Moment war ich glücklich, damit zu beginnen, Aimees Körper ganz behutsam zu erkunden, ihre Brüste unter meinen Händen zu spüren und die Erregung zu genießen, die sie durch meine Berührungen erzittern und schneller atmen ließ. Auch auf mich wirkte die Situation unendlich erregend, sowohl durch die sanfte Berührung, als auch durch Aimees Erregung, deren Schwingungen mich erfassten und mit sich rissen. Nur ganz langsam wurden meine Berührungen ungestümer und besitzergreifender. Nein: Besitzergreifung ist der falsche Ausdruck für das, was ich empfand. Ich nahm Aimees Brüste fester in meine Hände und drückte und massierte sie sanft und mit wachsender Leidenschaft. Ich war glücklich darüber, dass ich das durfte und genoss es, das Recht dazu von Aimee eingeräumt bekommen zu haben. Aber Besitz? Nein! Ich hätte Aimee niemals als meinen Besitz betrachtet. Ich hatte bereits überreagiert, als ich Aimee Hand in Hand mit Alain gesehen hatte. Und das hatte uns beide fast das Leben gekostet. Jetzt war ich nur noch Liebe und jetzt fühlte ich auch nur noch Liebe, die Liebe, die ich endlich geben konnte und die,

die ich bekam. Es war das vollkommene Glück!

Vorsichtig tastete ich unter Aimees T-Shirt. Ihr schlanker Bauch zuckte heftig als meine Fingerspitzen sanft über ihn nach oben wanderten, um wieder zu ihren Brüsten zu gelangen. Aimees Haut war so unglaublich zart. Meine Hände bewegten sich nur ganz langsam vorwärts, bis ich unter meinen Fingerspitzen die Ansätze von ihren wunderbaren Brüsten spürte. Sie fühlten sich unbeschreiblich gut an und es war ein kleines bisschen quälend, sie unter dem T-Shirt noch nicht sehen zu können, während meine Hände sie schon zärtlich eroberten. Als ich es schließlich nicht mehr aushielt, streifte ich Aimee das T-Shirt langsam nach oben. Zentimeter um Zentimeter legte ich von ihrer Haut frei, zuerst ihren schlanken, heftig atmenden Bauch, ihren Rippenbogen und schließlich schob ich den Saum des T-Shirts über ihre Brüste. Die Reibung des Stoffes schien ihre kleinen Knospen noch mehr zu erregen. Als sie endlich unter dem Stoff hervorschnellten, streckten sich mir die beiden zarten Gebilde ebenso schüchtern wie herausfordernd entgegen. Ich konnte nicht anders, als meine Lippen auf diese wunderschönen, verführerischen Knospen zu pressen, die Aimees traumhafte Brüste krönten. Aimee setzte sich schnell auf und ließ sich von mir ihr T-Shirt über den Kopf ziehen, bevor sie sich wieder zurücklegte, mir dabei in die Haare griff, meinen Kopf mit nach unten zog und wieder sanft auf ihre Brüste drückte. Ebenso gierig, wie zärtlich, ebenso leidenschaftlich wie behutsam, nahm ich Aimees Brüste in meine Hände und küsste sie immer wieder. Ich verlor mich im Rausch dieser erregenden Küsse. Der Geruch von Aimees zarter Haut berauschte mich ebenso sehr, wie das Gefühl ihrer kleinen, harten Knospen auf und zwischen meinen Lippen. Ich wünschte mir, das Gefühl dieser Berührung würde niemals enden.

Aimee überließ sich vollkommen meinen Liebkosungen. Sie schloss die Augen, krallte sich in die Decke auf der Couch und stöhnte leise. Es gelang ihr nicht, ruhig liegen zu bleiben. Als sie so heftig zitterte, dass ich schon das Gefühl hatte, Aimees Erregung würde ihre Kräfte übersteigen und deshalb innehielt, bat sie mich aber sofort: „Bitte hör nicht auf, Jace!"

Also fuhr ich fort in meinen Küssen und meine Lippen liebkosten Aimees noch so unerfahrene kleine Knospen unaufhörlich weiter. Alle Gedanken endeten. Ich spürte nicht einmal mehr mein Bein, das ich wegen des Gipses ziemlich unbequem abspreizen musste. Ich nahm nur noch die zarte Haut von Aimees traumhaften Brüsten mit ihren kleinen, harten Knospen auf meinen Lippen wahr und ließ mich verführen und davontragen von ihrem so berauschenden Duft, der mir zu Kopf stieg und mich auf eine mir bisher unbekannte Art erregte. Es war keine gewöhnliche, körperliche Erregung, sondern sie fand in meinem Kopf, in meinem Herzen und in meiner Seele statt. Meinen eigenen Körper blendete ich, abgesehen von meinem Geruchssinn und vom Tastsinn meiner Lippen für lange Zeit komplett aus. Erst als ich meine Position ein wenig veränderte, indem ich mein Gewicht verlagerte, drang in mein Bewusstsein, dass ich einen Krampf im Bein hatte, der eines deutlicheren Stellungswechsels bedurfte, um das Bein zu entlasten. Und erst, als ich mich vom Boden erhob und zwischen Aimees Schenkel auf die Couch kroch, um das Bein vernünftig ausstrecken zu können, merkte ich, dass auch mein Körper auf die zarten Reize von Aimees Brüsten reagiert hatte. In meinem Hosenbein versuchte sich mein Penis vergebens aufzurichten, was ihm in meiner vorherigen Position nicht möglich gewesen war. Jetzt griff ich schnell in meine Hose und sortierte meine so unbemerkt entstandene Erektion.

Vor meinem Sturz in den Abgrund hatte ich unerträgliche Schmerzen erlitten, weil meine anhaltende Erregung keine Erlösung gefunden hatte, weil der Druck, der sich so lange in meinen Lenden angestaut hatte, einfach kein Ventil gefunden hatte, um sich wieder abzubauen. Im Krankenhaus hatte mein Körper diesen Stau wieder absorbiert. Erst nachdem Aimee aus dem Krankenhaus entlassen worden war und mich täglich besucht hatte, war nach und nach wieder dieses erotische Prickeln entstanden, das mir mehr als einmal eine peinliche Erektion beschert hatte. Aber wir hatten niemals Sex gehabt. Niemals hatte ein Orgasmus eine Erlösung gebracht. Und jetzt spürte ich plötzlich wieder, wie groß mein eigener Druck inzwischen war. Und ich fürchtete, dass Aimee meinen Penis nur ansehen müsste, um ihn zum Explodieren zu bringen. Also beschloss ich, meinen eigenen Körper im Moment weiter zu ignorieren und mich darauf zu konzentrieren, Aimee weiter zu verwöhnen.

Ich beugte mich über sie, küsste zärtlich ihre Lippen, ihren Hals und wieder ihre Brüste. Und dann wanderten meine Lippen langsam tiefer über die samtige Haut von Aimees schlankem Bauch, bis zum Saum ihres kurzen Jeansrockes. Ich rutschte weiter nach unten und küsste ganz zärtlich die Innenseiten von Aimees Schenkeln. Aimee zuckte bei jedem Kuss zusammen. Langsam wanderten meine Lippen nach oben, während sie abwechselnd Aimees rechten und linken Schenkel küssten. Auf diese Weise schob ich meinen Kopf Zentimeter um Zentimeter, Kuss um Kuss weiter unter Aimees Rock. Ganz langsam näherte ich mich ihrer winzigen Spalte, aus der die leicht geöffneten, zarten Hautfalten ihrer kleinen, rosigen Schamlippen hervorblitzten. Ich genoss diesen Anblick im Halbdunkel unter Aimees Rock. Je näher ich diesem Ort der Verheißung kam, desto stärker bebte Aimees Körper. Und als meine Lippen schon fast am Ziel waren, hielt ich noch einmal inne. Meine Augen sogen sich an diesem wunderschönen Anblick fest. Und als die Spannung schon kaum noch zu ertragen war, legten sich meine Lippen ganz sanft auf Aimees warme, weiche und so unendlich verführerische, Schamlippen.

Aimee bäumte sich im selben Moment mit einem unterdrückten Schrei auf. Und als ich ihr Becken wieder sanft auf die Couch drückte, ohne meine

Lippen von ihren jungfräulichen Schamlippen zu lösen, begann sie zuckend mit den Beinen zu strampeln. Immer wieder versuchte sie, sich gegen meinen Widerstand aufzubäumen. Dann packte sie plötzlich ihren Rocksaum und zog ihren Rock bis zum Bauch nach oben, so dass mein Kuss nicht mehr unter ihm verborgen blieb. Meine Lippen liebkosten ganz sanft Aimees zarte Hautfältchen. Aimee war sauber und gepflegt. Der zarte Geruch, den sie verströmte, war dezent und unbeschreiblich verführerisch. Er stieg mir sofort zu Kopf. So wie ich mich vorher darin verloren hatte, Aimees Brüste zu küssen, verlor ich mich jetzt darin, meine Lippen nur ganz sachte auf ihren winzigen Schamlippen liegen zu haben, sie zu fühlen und ihren Geruch in mich aufzunehmen.

So gut hatte nicht einmal der Tod mit seinem unendlichen Frieden sich angefühlt. Und von keiner anderen Frau, die ich bisher in meinem Leben gekannt hatte, hatte ich mich so sehr und so angenehm berauscht gefühlt, wie von Aimee. Nicht einmal von Martina.

Es gab also einen Himmel! Und es gab ihn sogar hier auf der Erde!

Ich vergaß alles um uns herum, lebte nur noch für diesen einen, nicht enden wollenden, zärtlichen, intimen Kuss. Aimees Beben, ihre heftigen Zuckungen und ihr unkontrolliertes Strampeln gingen über in ganz sanfte Wellen der Lust, die sich nur durch ein andauerndes, leichtes Zittern äußerten. Als ich irgendwann wieder meine Augen öffnete, und an Aimees Körper nach oben blickte, sah ich, dass Tränen aus ihren Augen rannen. Besorgt hielt ich inne. Meine Lippen lösten sich von Aimees Körper und ich wollte sie fragen, ob alles in Ordnung wäre. Aber da setzte bereits Aimee an, etwas zu sagen. Sie schaffte es aber nicht, zu sprechen, nahm deshalb meinen Kopf behutsam in ihre zitternden Hände und drückte ihn sanft wieder nach unten, bis meine Lippen wieder ihre Schamlippen berührten. Also fuhr ich fort in meinem zärtlichen Kuss und Aimee verfiel wieder in ihre sanfte Ekstase. Die Zeit hörte auf, für und zu existieren. Aimees Zustand blieb unverändert. Weder erreichte sie einen Höhepunkt, noch verlor sie die Lust an meinem Kuss. Und auch ich konnte weder genug davon bekommen, sie auf meinen Lippen zu spüren und zu riechen, noch wollte ich meine Aktivitäten steigern. Ich öffnete nicht einmal meinen Mund, um über die kleine, geschwollene Knospe ihrer Klitoris zu lecken. In diesem Moment wollte ich nichts weiter, als diesen Kuss genießen. Und das tat ich, bis Aimee irgendwann zu zittern aufhörte und ganz ruhig wurde. Und ich küsste und liebkoste sie mit meinen Lippen weiter, bis Aimee plötzlich zusammenzuckte und wieder in ihren vorigen Zustand verfiel. Sie zitterte und bebte immer weiter. Irgendwann streichelte sie mir zärtlich durch die Haare. Und dann wurde sie wieder ruhig. Und ich küsste sie weiter, bis sie wieder zusammenzuckte. Ich war wie in Trance und konnte meine Lippen nicht von Aimees zarter Haut lösen. Aber als sie diesmal wieder erwachte, gestand sie mir mit zitternder Stimme: „Ich kann nicht mehr Jace! ... Bitte ..."

Es fiel mir schwer, meinen inzwischen so lange anhaltenden Kuss zu beenden. Ich wollte Aimees weiche Schamlippen immer weiter auf meinen Lippen spüren, wollte ihren Geruch immer weiter in mich einsaugen. Aber Aimee bat mich so eindringlich, wie es ihr mit ihrer schwachen Stimme möglich war: „Bitte Jace. Wenn Du nicht aufhörst, überlebe ich es nicht."

Noch einmal drückte ich meine Lippen ein klein wenig fester auf Aimees Schamlippen, dann richtete ich mich ein wenig auf. Dabei stellte ich fest, dass mein Nacken verspannt war und ich einen Krampf im Kiefer hatte. Aimees Augen waren mit einem unbeschreiblichen Ausdruck auf mich gerichtet.

„Was hast Du gemacht?" fragte sie mich noch immer so schwach, dass sie nicht einmal ihren Kopf heben konnte.

„Ich hab Dich nur geküsst!" antwortete ich und befürchtete plötzlich, dass Aimee enttäuscht wäre, weil sie keinen Orgasmus erlebt hatte. Aimee zitterte immer noch, obwohl ich sie nicht mehr küsste. Aus ihren Augen kullerten wieder heiße Tränen, als sie mich bat: „Bitte halt mich, Jace."

Schnell drückte ich noch einen liebevollen Kuss auf Aimees so zarte und weiche Schamlippen, bevor ich mich ganz erhob. Jetzt spürte ich, dass mir wirklich alles weh tat und ich fragte mich, wie lange mein Kuss, der mich die Welt hatte vergessen lassen, denn gedauert hatte. Auch meine Erektion, von der ich in meinem Trancezustand nichts mehr wahrgenommen hatte, stand noch in meiner Hose und meine Hoden schmerzten vor Überdruck. Ich stand auf, hob Aimee von der Couch hoch und trug sie auf meinen Armen. Da ich mich mit meinem Gipsbein nicht gut bewegen konnte, blieb ich mit Aimee auf meinen Armen einfach vor der Couch stehen. Aimee schlang ihre Arme um meinen Nacken und vergrub ihr Gesicht in meinem Hals, während draußen die Sonne unterging.

„Ich liebe Dich, Aimee!" flüsterte ich und küsste ihre Stirn. Langsam hob sie ihren Kopf, bis sie mir in die Augen sehen konnte und erwiderte bestätigend aber noch immer schwach: „Das musst Du wohl, nachdem was Du mit mir angestellt hast!"

„Was hab ich denn mit Dir angestellt?" fragte ich verwundert und mit aufkommenden Schuldgefühlen. Aimee küsste zärtlich meine Lippen und antwortete: „Du hast mir wohl den zärtlichsten, intensivsten, erregendsten und längsten intimen Kuss gegeben, den je ein Mann einer Frau gegeben hat!"

„Ich hab doch nur ..." wollte ich widersprechen. Aber da fragte Aimee mich schon: „Weißt Du, wie spät es ist?"

Ich verstand die Frage nicht und antwortete deshalb einfach nur: „Die Sonne geht grad unter."

„Und weißt du auch, welcher Tag heute ist?" fragte Aimee weiter.

„Hm?" Ich verstand auch diese Frage nicht, erinnerte mich aber daran, dass Dienstag war. Ich war an dem Tag schließlich aus dem Krankenhaus entlassen worden. Bevor ich das Ergebnis meiner Überlegung aber in Worte fassen konnte, deutete Aimee auf ihren Radiowecker, der auch eine Kalenderfunktion hatte und sagte: „Es ist Donnerstag!"

„Donnerstag?" wiederholte ich ungläubig. „Das ist unmöglich."

„Unmöglich ist nur, dass ich schon wieder auf meinen Füßen stehen könnte", erwiderte Aimee. „Aber heute ist Donnerstag!"

Vorsichtig ließ ich mich auf die Couch herab, indem ich mein Gipsbein nach vorne ausstreckte und das Gewicht ganz auf das linke Bein verlagerte. Fieberhaft überlegte ich, wie ich zwei Tage hatte verpassen können.

„Ich liebe Dich so sehr!" flüsterte ich Aimee noch einmal zu, nachdem ich es aufgegeben hatte, eine Erklärung zu finden.

„Und ich liebe Dich, mein wunderschöner Jace", erwiderte Aimee. „Ich hatte mir schon so lange und so sehr gewünscht, dass Du mich berühren und küssen würdest. Aber das, was Du gemacht hast ... Ich wusste nicht, was Liebe ist, was körperliche Liebe ist, ich hatte keine Ahnung von Lust und Ekstase. ... Aber das, was ich durch Dich erlebt habe, das hat mit Sicherheit noch keine Frau dieser Welt erlebt!"

„Ich ..." Ich wollte Aimee erklären, dass ich gar nichts gemacht hatte, dass ich mich selbst nur in ihren so betörenden Bann hatte ziehen lassen, dass ich es selbst nur genossen hatte, sie auf meinen Lippen zu spüren und mich an ihrem Geruch zu berauschen. Aber ich wusste nicht, wie ich all das auch nur annähernd verständlich hätte formulieren sollen. Also wiederholte ich nur noch einmal: „Ich liebe Dich so unendlich, Aimee!"

Aimee saß mit nackten Brüsten und bis zum Bauch hochgeschobenem Rock auf meinem Schoß. Jace Jr. pochte jetzt wie verrückt in meiner Hose unter Aimees Po.

„Scheint so, als fühlt sich da jemand vernachlässigt!" meine Aimee lächelnd und tastete unter sich. Aber kaum hatten ihre Fingerspitzen meinen überreizten Penis durch den Stoff meiner Hose berührt, da entlud er sich auch schon mit einer solchen Heftigkeit in diese, dass ich Aimee fast von meinem Schoß hätte fallen lassen.

„Tut mir leid", sagte ich beschämt, als ich wieder halbwegs Luft bekam. „Das war jetzt einfach zuviel für ihn."

Aimee lächelte mich zärtlich und verliebt an, während sie Jace Jr. noch sanft durch die Hose unter ihrem Po streichelte und erwiderte: „Das muss Dir nicht leid tun, mein Schatz."

Und dann küsste sie mich wieder ganz zart und innig.

„Ich möchte Dich auch so zärtlich verwöhnen, wie Du mich", flüsterte sie, als unsere Lippen sich wieder trennten. Bei der Vorstellung schwoll mein Penis sofort wieder an und ich erwiderte: „Ich freue mich darauf, mein Engel!"

Es tat gut, meine Gefühle, meine Liebe und meine Wünsche vor mir selbst und auch vor Aimee eingestehen zu können. Ich war so unendlich glücklich, wie ich es mir niemals hätte träumen lassen.

Plötzlich bekam ich Hunger, was ja auch kein Wunder war, nach den zwei verpassten Tagen. Und ich fragte Aimee: „Hast Du Hunger?"

Aimee überlegte einen Augenblick, bevor sie antwortete: „Nur auf Dich!"

„Also ich könnte jetzt irgendetwas zum Essen vertragen!" erwiderte ich. „Oder ich muss weiter an Dir naschen!"

Und damit beugte ich mich bereits über Aimees Brüste und schenkte ihren kleinen Knospen sanfte Küsse, während meine Hand zwischen ihre Schenkel tastete. Aimee zuckte heftig zusammen und flehte mich lachend an: „Nein, bitte Jace. Ich kann wirklich nicht mehr. Jace? Nein, nein,... ja! Mmmm!"

Aber plötzlich schloss sie schnell ihre Schenkel und bedeckte ihre Brüste mit den Händen.

„Einverstanden", sagte sie, schwer atmend, „essen wir was."

„Ich bin ganz zufrieden mit dem, was ich hier habe!" erwiderte ich sanft.

Aimee streichelte mir zärtlich über die Wange und sagte: „Es ist so unerträglich schön, dass es schon weh tut, Jace. Du müsstest mich fesseln, um weiterzumachen."

„Ist das ein Angebot?" fragte ich neugierig. Und zu meiner Überraschung antwortete Aimee: „Ja! Ich will wissen, wie intensiv dieses Gefühl noch werden kann. Aber im Moment überlebe ich einfach nicht mehr davon. Lass uns was essen."

Ich lege Aimee behutsam wieder auf die Couch. Sie versuchte aufzustehen, schaffte es aber nicht und sagte lächelnd, aber dennoch etwas besorgt: „Ich kann nicht aufstehen, mein Liebling. Ein zwei Tage dauernder Orgasmus war wohl doch ein bisschen viel für mich."

Auch ich machte mir jetzt ernsthafte Sorgen um Aimee, überlegte fieberhaft, was ich tun konnte, um ihr zu helfen und fragte sie schließlich: „Soll ich Dich ins Krankenhaus fahren, mein Engel?"

Aimee lachte erschöpft und antwortete: „Die hätten schön was zu lachen über uns, wenn wir ihnen die Ursache meines Erschöpfungszustandes erklären würden."

„Aber ich mache mir Sorgen!" erwiderte ich, da ich wirklich Angst um Aimee bekam und mir vorzuwerfen begann, während der letzten beiden Tage nur an mich gedacht zu haben.

„Das musst Du nicht", sagte Aimee und streichelte mir matt über die Wange. „Ich muss mich nur ein bisschen ausruhen."

Es fiel ihr sogar schwer, ihre Hand zu heben, um mich zu streicheln. Das hatte ich wirklich nicht beabsichtigt.

„Wenn Du möchtest", schlug Aimee vor, kannst Du aus meinem Fach im Kühlschrank was zum Essen holen. Du musst mich dann halt füttern."

„Wie, wo …?" begann ich. Ich war wegen meiner Besorgnis sehr nervös und stotterte ziemlich unbeholfen. Aber da lächelte Aimee mich ermutigend und so bezaubernd an, dass ich weiche Knie bekam und erklärte mir: „Mein Name steht an meinem Fach. Nimm einfach raus, was Du möchtest."

„Ja, mach ich", erwiderte ich und wollte schon in die Gemeinschaftsküche laufen, um nachzusehen, was zu Essen da war. Da hielt mich Aimee noch mal auf und meinte lächelnd: „Aber vorher solltest Du vielleicht erst Deine Hose auswaschen."

Ich blickte an mir nach unten und sah den auffälligen und peinlichen Fleck, der durch meinen so unkontrollierten und heftigen Orgasmus entstanden war. Also küsste ich Aimee schnell, nahm mir ihr Badetuch von der Stuhllehne und sagte: „Ich bin gleich wieder da. Lauf nicht weg, mein Schatz!"

„Ich rühr mich nicht von der Stelle!" versprach Aimee und ich huschte schnell ins Badezimmer, zog mich aus, wusch Hose und Unterhose im Waschbecken aus und machte mich dann selbst noch frisch. Am liebsten hätte ich geduscht. Aber davon hielt mich mein lästiges Gipsbein ab.

Zwei ganze Tage, grübelte ich vor mich hin, während ich nackt vor dem Waschbecken stand, mich wusch und mir die Zähne putzte. Genau genommen sogar drei Tage und zwei Nächte: Von Dienstagvormittag bis Donnerstagabend. Das kann gar nicht sein! Oder doch?

Während ich so in meine Gedanken vertieft war, drang mit einiger Verzögerung ein Geräusch bis in mein Bewusstsein durch. Ich wandte mich um und sah Baba in der offenen Tür stehen, die mich aufmerksam und, wie ich den Eindruck hatte, sehr wohlwollend musterte.

„Baba!" sagte ich auf der einen Seite erschrocken, auf der anderen vorwurfsvoll, weil sie mich so überrascht hatte, und hielt schnell Aimees Badetuch vor mich. Baba lachte verschmitzt und, wie ich mir eingestehen musste, obwohl ich bis über beide Ohren in Aimee verliebt war, sehr verführerisch. Sie huschte schnell ins Bad und schloss die Tür hinter sich.

„Ich hab versucht, Sie zu erreichen", sagte sie, bevor ich protestieren konnte.

„Mich?" fragte ich verwundert. Baba nickte und antwortete: „Natürlich Sie. Wen denn sonst?"

Woher sollte ich das denn wissen? Ich kannte sie doch gar nicht und wusste also auch nicht, wen sie kannte und erreichen wollte. Also zuckte ich ziemlich dumm mit den Schultern, was mir wieder so ein bezauberndes Lächeln einbrachte.

„Wegen den Fotos!" erklärte mir Baba. „Aimee hatte doch gemeint, wir könnten Sie seit gestern wieder erreichen."

Seit gestern, dachte ich mir. Es ist also wirklich wahr.

Zu Baba sagte ich aber: „Können wir darüber reden, wenn ich wieder angezogen bin?"

„Ist schon komisch, dass Sie fast immer nackt sind, wenn ich sie sehe", erwiderte Baba nachdenklich.

Und ich erwiderte darauf wieder: „Ist schon komisch, dass man sich hier nicht mal ungestört im Bad waschen kann, ohne dass jemand reinplatzt!"

„Ja, Sie haben Recht", gestand Baba lachend und kam einen Schritt auf mich zu. Gleichzeitig wich ich einen Schritt zurück. Aber ich merkte, wie mir Babas betörender Geruch in die Nase stieg. Unwillkürlich verglich ich ihn mit Aimees zartem Geruch, der mich tatsächlich für mehrere Tage in eine Art Trance versetzt hatte. Das mag oberflächlich und vielleicht sogar chauvinistisch klingen (was man heute halt so unter Chauvinismus versteht), ist es aber ganz und gar nicht. Ich liebte – und das tue ich immer noch – Aimee über alles! Aber es gibt einfach Reize, denen kann man sich nicht entziehen. Ein ganz einfaches Beispiel: Als Fan eines Sportlers oder einer Mannschaft wird man als Sportsmann doch auch immer die sportlichen Leistungen anderer Sportler und Mannschaften anerkennen. Wenn man das nicht kann oder tut, ist man zumindest selbst kein Sportsmann und, was noch schlimmer ist, man ist verblendet von einem Idol, das letztendlich nichts mehr dazu beitragen muss, dieses Idol zu sein. Blinder Fanatismus war noch nie zu etwas gut! Zugegeben: Auch die Liebe ist blind, so wie es Justitia sein sollte, es aber zumindest im korrupten deutschen Rechtssystem nicht ist! Aber sie (die Liebe, nicht Justitia) gründet sich trotzdem immer auf irgendetwas. Wenn es nicht die Schönheit ist, dann vielleicht das Geld oder, wie in ganz wenigen Ausnahmefällen: Das Herz und die Seele!

Sooo ….? Was wollte ich jetzt eigentlich schreiben? Entschuldigung! Ich bin mal wieder etwas abgedriftet. Was ich eigentlich sagen wollte ist, dass ich, auch wenn ich verliebt bin, andere Reize wahrnehme, ohne das zu verleugnen. Wie sollte ich auch als Fotograf, der überwiegend Aktfotos macht, in diesem Beruf weiterarbeiten, wenn ich mir selbst, oder anderen gegenüber nicht mehr eingestehen dürfte, dass mir die Weiblichkeit und ihre Anmut, ihre Schönheit und ihre erotische Ausstrahlung gefallen? Es wäre nicht ehrlich und ich müsste mich durch diese Verleugnung meines Schönheitsempfindens für jedes gute Foto, das ich mache, rechtfertigen und entschuldigen. Zugegeben: Ich kann keine Gerüche fotografieren. Aber das ist auch nicht der Punkt. Der Punkt ist die Ehrlichkeit! Und ich habe immer versucht, ehrlich zu sein.

Baba roch nach purer Erotik! Das hatte ich schon festgestellt, bevor ich mir aus Liebeskummer … Okay, lassen wir das. Das Thema möchte ich jetzt nicht wieder anschneiden. Baba sah auch verdammt gut aus, klein, zierlich und zartbitter – zumindest von der Hautfarbe her. Und zu diesem faszinierenden Anblick kam eben noch dieser verführerische Geruch ihres Körpers. Ich glaube, ihr Geruch war nicht einmal stärker oder ausgeprägter, als der irgendeines anderen gepflegten Menschen. Aber irgendetwas an ihm erreichte mich bereits aus ungewöhnlich großer Entfernung und legte bei mir sämtliche Synapsen lahm, oder regte sie an, oder was auch immer. Ich registrierte Babas Schönheit ebenso wie ihren Geruch. Aber auch wenn ich sie so schön und begehrenswert fand, dass sogar Jace Jr. sich neugierig unter Aimees Badetuch erheben wollte, um einen Blick auf sie zu erhaschen, blieb mein Herz doch völlig unberührt. Es war nur sehr eigenartig und verwirrend, dass ich genau zu der Zeit, in der ich mein Herz verlor oder verschenkte, noch einem anderen Menschen begegnete, auf den meine Sinne derart ansprachen. Im Vergleich zu Baba (Aimee will ich in einen solchen Vergleich gar nicht mit einbeziehen) war Veronika, die optisch eine absolute Sexbombe war, absolut Luft für mich. Ich konnte mir vorstellen, schöne und auch sehr erotische Fotos von ihr zu machen. Wenn ich durch den Sucher meiner Kamera blicke, dann sehe ich die Frauen, die ich fotografiere, ohnehin immer mit den Augen eines Liebenden an. Aber bei Baba musste ich dennoch eingestehen, dass sie mehr an sich hatte, als ich es rein mit meinem künstlerischen Empfinden erklären konnte. Und das verunsicherte mich, obwohl mein Herz allein Aimee gehörte. Aimees Badetuch hätte ich inzwischen jedenfalls loslassen können und es wäre trotzdem nicht auf den Boden gefallen.

„Ich wollte Sie nur fragen, ob Sie nur Fotos von Veronika und mir zusammen machen wollen, oder auch von uns alleine?" fragte Baba, während sie mir beängstigend nahe kam, weil ich bereits am Badewannenrand stand und nicht mehr weiter zurückweichen konnte.

„Naja", antwortete ich nervös und klammerte mich an Aimees Badetuch. „Ich hätte Euch schon gerne gefragt, ob ich Fotos mit Euch beiden zusammen machen darf, weil ihr ja, so wie es scheint, keine Berührungsängste habt."

„Sehen Sie, genau das meine ich …", erwiderte Baba. Aber weil die Situation schon absurd genug war, platzte ich genervt dazwischen: „Jetzt hör endlich auf, mich zu siezen, Baba. Und sag mir, was Du willst!"

Baba lacht wieder ganz bezaubernd. Und das sage ich, obwohl ich das Gefühl hatte, dass sie mich auslachte.

„Bitte nicht böse sein", bat sie lachend und fragte mich darauf: „Wie heißen Sie – Du denn eigentlich?"

„Jace und Jace Jr.!" antwortete ich und schämte mich im selben Moment, in dem ich es sagte bereits in Grund und Boden. Baba sah mich zuerst fragend und dann zunehmend amüsiert an. Aber bevor sie etwas auf meinen Ausrutscher sagen konnte, verbesserte ich mich bereits.

„Jace Leroy, Himmelherrgottnochmal!"

Erst jetzt lachte Baba richtig los. Und ich rief still Aimee zu Hilfe: Hilfe!

„Ist Himmelherrgottnochmal Dein Nachname oder ein zweiter Vorname?" fragte Baba, während sie sich vergeblich bemühte, ihr Lachen zu unterdrücken.

„Ha ha!" sagte ich ärgerlich oder eingeschnappt. Das weiß ich nicht mehr so genau. Auf jeden Fall prustete Baba von neuem los und ich sah vor meinem geistigen Auge schon den Rest der WG-Bewohner neugierig in der Tür erscheinen, um der Ursache dieses Gelächters nachzugehen.

„Es tut mir leid, Himmelherrgottnochmal", prustete Baba. Es wäre leichter für mich gewesen, wenn ihr Lachen nicht so ansteckend gewesen wäre. Auf jeden Fall musste ich mit einstimmen. Und da sah mich Baba plötzlich so fasziniert, bewundernd und herzlich an, dass mir vor Unsicherheit und Nervosität mein Lachen wieder verging. Baba streckte mir ihre Hand entgegen. Und da sie Aimees Badetuch, das meine einzige Bedeckung war, dabei näher kam, als es notwendig gewesen wäre, wie ich fand, schlug ich sofort ein, um ihre Hand davon abzuhalten, noch näher zu kommen, wobei ich natürlich mit der rechten Hand das Badetuch loslassen musste. In der linken hatte ich es aber gar nicht und so schnellte das Badetuch plötzlich wie von einer Feder hochkatapultiert nach oben und hing über meinem peinlichen Junior, wie über einer Wäscheleine.

„Baba!" stellte sich jetzt auch Baba vor, während ihr Blick eine eindeutige Richtung einnahm.

Und es kam, wie es kommen musste. Die Tür flog auf. Und in meinem panischen Versuch, mit der linken Hand das Badetuch zu greifen, um es festzuhalten und meine Erektion zu verbergen, brachte ich das Badetuch zum Absturz, stand nackt da und versuchte dann auch noch reflexartig, mich mit meiner rechten Hand zu bedecken, während die linke dem Badetuch hinterher angelte. Damit legte ich Babas Hand, die ich noch immer in meiner hielt, auf meinen erigierten Penis. Baba packte zu und meinte lächelnd: „Fühlt sich gut an!"

Und ich blickte verzweifelt zur Tür und sah darin das abstoßende Schneewittchen stehen. Und hinter ihr kam gerade Aimee auf schwachen Beinen aus ihrem Zimmer …

Fortsetzung folgt …

DIE CF... WAS FÜR 'NE PARTY?

KAPITEL 7

- BABA IM BAD -

Was bisher geschah:

Auf einer CFNM-Party, bei der ich den Nude-Male-Part übernommen hatte, begegnete ich Aimee, der erwachsen gewordenen Tochter meiner ehemaligen Lebensgefährtin Martina wieder. Aimee beanspruchte mich für sich und nahm mich mit in ihr WG-Zimmer. Sie gestand mir Ihre Liebe. Und schließlich erkannte ich, dass auch ich sie liebte. Als ich sie dann jedoch Hand in Hand mit Alain sah, glaubte ich mich von Aimee getäuscht und stürzte mich in meiner Verzweiflung in einen Abgrund. Ich erwachte in einem Krankenhaus, in das auch Aimee eingeliefert worden war, nachdem sie bei dem Versuch, mir zu folgen, von einem Auto angefahren worden war. Alain stellte sich als Aimees Bruder heraus. Er brachte mich zu ihr und auf wundersame Weise konnten wir uns so gegenseitig das Leben retten. Doch kaum aus dem Krankenhaus entlassen, stand plötzlich Martina, von der ich mich nie ganz hatte lösen können, vor der Tür. Ich spürte, dass mein Herz sich jetzt entscheiden musste. Und es entschied sich für Aimee. Aus unserer ersten Liebesnacht wurden mehr als zwei Tage, ohne dass wir uns erklären konnten, wo die Zeit geblieben war. Doch als ich dann allein im Badezimmer der WG nackt vor dem Waschbecken stand, tauchte plötzlich Baba, das hübsche schwarze Mädchen auf, das ich gerne mit seiner Freundin Veronika fotografiert hätte. Ich bedeckte mich zwar schnell mit einem Badetuch, verlor dieses aber ungeschickterweise, als ich Baba die Hand gab. Als dann plötzlich die Tür aufflog und auch noch das übergewichtige Schneewittchen im Bad auftauchte, legte ich in dem panischen Versuch, mich schnell wieder zu bedecken, Babas Hand auf meinen dummerweise auch noch erigierten Penis. Und im Hintergrund kam eben Aimee aus ihrem Zimmer.

Okay, das war's, dachte ich mir. Ich hatte die Situation, als ich Aimee Hand in Hand mit Alain gesehen hatte, bereits als eindeutig gewertet. Jetzt stand ich nackt im Badezimmer und Baba hielt Jace Jr. in ihrer kleinen, schwarzen Hand, was dem ungeschickten Tölpel auch noch ganz offensichtlich gefiel. Hätte er nicht wenigstens so tun können, als wenn er ein Rassist wäre? Wie sollte ich diese Situation denn erklären?

Ähm Schatz, ... es ist nicht das, wonach es aussieht!?

Aimee blieb wie angewurzelt stehen, als sie mich in meiner peinlichen

Situation entdeckte. Wahrscheinlich deckte Schneewabbelchen ja sogar das meiste ab, da es den Türrahmen fast ausfüllte. Aber das machte es nicht besser. Ich wollte ja gar nichts vor Aimee verheimlichen oder verbergen. Ich hätte mir nur gewünscht, niemals in eine so dumme Situation geraten zu sein, die sich glaubwürdig einfach nicht erklären ließ.

In meiner Verzweiflung und Verwirrung, dachte ich nicht einmal daran, Baba meinen erigierten Penis wieder zu entziehen. Und Baba fand an diesem Zustand ganz offensichtlich mehr Gefallen, als es mir in dieser Situation angebracht erschien, denn sie massierte meinen Penis auch noch, was mir wiederum nicht gerade dabei half, mich zu konzentrieren.

Kurz gesagt, ich blickte ziemlich dumm aus der Wäsche, ... Ähm: Blöder Vergleich. Ich hatte ja gar keine an. Ich guckte also ziemlich dumm aus meinem Gipsbein und hätte mich gerne so klein gemacht, um mich ganz darin verstecken zu können. Nur Jace Jr. hatte ganz eindeutig noch nichts von Rückzugstaktik gehört, denn er wuchs in Babas Hand weiter an.

Meine Augen suchten verzweifelt Aimees Blick. Aimee sagte kein Wort. Sie sah mich nur mit einem so unbeschreiblichen, überraschten Ausdruck an, dass es fast drollig gewirkt hätte, wenn ich in dem Moment in der Lage gewesen wäre, Drolligkeit in ihrem Blick mit der Situation in Einklang zu bringen, was ich aber nicht konnte.

Baba schien sich von der Situation überhaupt nicht beeindrucken zu lassen. Denn sie hörte nicht auf, Jace Jr. zu massieren und schnurrte auch noch verführerisch: „Das fühlt sich gut an, Himmelherrgottnochmal!"

Ich blickte verwirrt von Aimee zu Baba und von Baba zu Jace Jr. in Babas Hand. Noch immer ziemlich neben mir dachte ich mir nur: Kein Wunder, dass ich mich nicht konzentrieren kann! Und als ich noch fieberhaft überlegte, was jetzt am angebrachtesten wäre und der Gedanke, dass ich Baba meinen Penis entziehen sollte, gerade begann, Gestalt anzunehmen, schrie Rebecca, das fette Schneewittchen schon so laut, dass es nicht nur die WG-Mitbewohner, sondern das ganze Haus hören musste: „Kommt alle her. Das müsst Ihr unbedingt sehen. Baba holt Aimees Freund einen runter!"

Eigentlich hätte Jace Junior in diesem Augenblick in sich zusammenfallen müssen, da mir das gesamte Blut meines Körpers, das ja fast zur Hälfte von Aimee stammte, in den Kopf schoss. Da ich nicht in den Spiegel gesehen habe, kann ich es natürlich nicht beschwören. Aber ich bin mir sicher, dass ich in diesem Moment aus den Ohren geraucht habe. Mir wurde schwindelig und ich dachte nur, dass ich das in Junior gestaute Blut dringend zum Überleben bräuchte. Aber der vergnügungssüchtige kleine Bastard gab nichts her. Ich wollte nach Luft japsen, kam aber nicht einmal dazu, weil auf Rebeccas Ruf auch noch Veronika und Swen in den Korridor gestürzt kamen. Sofort ließ Baba meinen Penis los, was ich erleichtert zur Kenntnis, er ihr aber übel nahm.

„Du blöde, kleine Schlampe", schrie Veronika schon vom Gang aus. „Du wusstest genau, dass ich ihn haben wollte!"

In der selben Sekunde wollte sie schon Rebecca zur Seite schubsen, um sich an ihr vorbei ins Bad zu zwängen. Aber Rebecca stand wie ein Felsen (wenn auch wie ein schwabbeliger). Veronika prallte von ihr ab und fiel um wie eine Barbiepuppe.

„Ich dachte, ihr beiden seid schwul!" sagte ich in meiner Verwirrung zu Baba. Die schaute mich verständnislos an. Aber im Korridor säuselte darauf sofort Swen, der Veronika nicht etwa auffing, sondern ihr tänzerisch auswich, und zusah, wie sie auf den Boden knallte: „Ich bin schawul!"

Und er war auch noch stolz darauf! Kein Wunder also, dass er es so eilig hatte, das Badezimmer zu erreichen, wo ihn doch auch sein Lover Carlo erst vor kurzem verlassen hatte. Ausnahmsweise hatte auch ich mal eine gute Idee. Ich bückte mich, um Aimees Badetuch aufzuheben und mich damit schnellstmöglich wieder zu bedecken. Aber anscheinend hatte Baba zur selben Zeit die selbe Idee, denn sie bückte sich auch zur selben Zeit und wir stießen so fest mit den Köpfen zusammen, dass ich Sterne sah und wir beide rückwärts umkippten. Ich fiel in die Badewanne und Baba fiel gegen das Schneewittchen, das sie aber sofort mit einem eher unmusikalischen „Bäh!" von sich stieß, worauf Baba zu mir in die Wanne flog. Nicht genug, dass mir bereits der Schädel brummte: Nein, Baba griff bei ihrem Versuch, sich irgendwo abzustützen auch noch so unglücklich zu, und zwar mit aller Kraft, mit ihrem ganzen Gewicht und mit dem Schwung, mit dem Rebecca sie von sich katapultiert hatte, dass mir nicht nur die Luft wegblieb, sondern ich auch noch zusammenklappte, wie ein Schnappmesser. Mein Gipsbein traf Baba am Hinterkopf, wodurch sie vollends auf mir zu liegen kam. Und bei dem Versuch, sie abzufangen, bekam ich nur den dünnen Stoff ihrer Bluse zu fassen. Diese zerriss oder löste sich in Luft auf. Das ist im Nachhinein schwer zu rekapitulieren. Auf jeden Fall hatte Baba keine Bluse mehr an, als sie auf mir lag. Und als ich in meiner Panik Baba sofort von mir und aus der Wanne schieben wollte, griff ich natürlich genau da hin, wohin ich eigentlich gar nicht greifen wollte. Ich drückte sie mit beiden Händen hoch und hatte dabei natürlich genau ihre kleinen, festen Brüste in meinen Händen. Als mir das auf halber Höhe bewusst wurde, hielt ich verstört inne. Loslassen konnte ich Baba nicht, sonst wäre sie sofort auf mich zurück geplumpst. Aber hier vor den Augen von Aimee, die noch immer mit einem nicht zu beschreibenden Ausdruck in ihrer Tür lehnte und an Rebecca vorbei blickte, so gut ihr das eben möglich war, Babas Brüste in meinen Händen zu halten trug sicher nichts dazu bei, meine Situation zu verbessern. Wo Swen und die umgefallene Sexbombe Veronika abgeblieben waren, konnte ich aus meiner Position nicht sehen. Ich hatte nur einen kurzen, panischen Blick auf Aimee geworfen und konzentrierte mich sofort wieder auf Baba, die ich irgendwie und möglichst elegant loswerden musste.

„Kannst Du aufstehen, wenn ich Dich loslasse?" fragte ich das kleine schwarze Mädchen, dessen Brüste in meinen Händen lagen und sich besser anfühlten, als ich es wahrhaben wollte, und dessen Geruch mir aus dieser nicht vorhandenen Distanz fast die Sinne raubte.

Und nur, um das endlich mal erwähnt zu haben: Aimees Geruch war zwar weitaus schwächer und dezenter als der von Baba. Aber ich war ihm vollkommen verfallen, so wie ich Aimee überhaupt verfallen war. Babas Geruch erreichte auf eine andere Weise (fragt mich bloß nicht, wie!), fast das Gleiche. Aber auch, wenn der Geruch ihrer Haut mir offensichtlicher oder bewusster zu Kopf stieg und verheerender wirkte, als bei allen anderen Frauen, die ich kannte (außer Aimee!), hätte ich Aimees zarten Duft trotzdem jederzeit dem ihren vorgezogen.

Baba schien durch unsere gegenseitige Kopfnuss noch ebenso belämmert zu sein, wie ich. Sie wirkte fast wie betrunken, als sie auf meine Frage antwortete: „Ja, ich muss nur mein Knie …"

Aua! Sie kann doch nicht einfach ihr Knie anziehen, wenn sie auf mir in der Badewanne liegt.

„Ooops!" sagte sie schuldbewusst. Aber unter ihrer dunklen Hautfarbe konnte ich noch nicht einmal erkennen, ob sie wenigstens auch errötete, wie es sich gehört, wenn man als Dame versehentlich einem Mann in die Eier tritt. Ich musste meine Hände von Babas Brüsten nehmen, um nach unten greifen und mir einen eigenen schmerzenden Körperteil halten zu können. Aber das, was ich damit wieder auslöste, das hätte ich vorhersehen müssen. Baba kippte vornüber. Und wieder stießen wir mit unseren Stirnen zusammen, um die Beulen, die langsam am Entstehen waren, wieder zurück in unsere Köpfe zu drücken, was natürlich so nicht funktionierte. Es tat mehr weh, als beim ersten Mal und die Beulen wurden dafür doppelt so groß.

„Jetzt lass mich endlich vorbei, Du fettes Walross!" geiferte Veronika irgendwo hinter Rebecca. Aber darum kümmerte ich mich nicht weiter. Ich fragte mich nur, woher denn plötzlich all die Wespen kamen, die meinen Kopf umschwirrten, als hätte mir jemand ein Wespennest an den Kopf geworfen.

„Aua!" jammerte Baba, die flach auf mir in der Wanne lag. Aber wem sagte sie das? Dann versuchte sie sich benommen etwas aufzurichten und erklärte mir: „Ich versuch's noch mal!"

Unwillkürlich kniff ich meine Schenkel zusammen, um edle Körperteile zu schützen. Aber damit klemmte ich auch Babas Schenkel ein und sie erklärte mir mit einem schmerzhaften Lächeln: „Du wirst mich schon loslassen müssen, Himmelherrgottnochmal, wenn ich aufstehen soll."

„Ich heiße Junior!" platzte ich da raus, weil mir ihr ewiges ‚Himmelherrgottnochmal' den letzten Nerv raubte. Da fing Aimee, die immer noch in ihrer Tür stand und uns fasziniert beobachtete, so herzhaft zu lachen an, dass mir auch noch die allerletzten Nerven durchbrannten. Trotzdem erkannte ich meinen Fauxpas und korrigierte mich gereizt: „Ich heiße Jace, Himm…"

Nein, ich sprach es nicht aus. Ich gab Babas zwischen meinen Schenkeln gefangenes Knie frei, griff nach unten, um sie einfach aus der Wanne raus zu heben und steckte mit meinem Daumen plötzlich irgendwo fest. Baba gab ein vor allem überraschtes „Mmmm!" von sich, in das sich aber auch eine leise Spur von Schmerz zu mischen schien. Und während in mein Bewusstsein die Wärme, die leichte Feuchtigkeit und die meinen Daumen umhüllende, pulsierende Enge drang, meinte Baba schon: „Ein bisschen zärtlicher hätte ich mir das erste Mal schon vorgestellt!"

Entsetzt blickte ich nach unten und stellte fest, dass Baba nackt war. Ihre Bluse, die sich auf so wundersame Weise aufgelöst hatte, musste wohl ein Kleid gewesen sein. Und mein Daumen steckte komplett in ihrer kleinen, schwarzen Scheide.

„Ach du Scheiße!" stotterte ich im Flüsterton zu mir selbst, bevor ich mich an Baba wandte und verstört „Entschuldigung!" murmelte.

„Jetzt ist es schon okay!", erwiderte Baba, die plötzlich sehr entspannt wirkte. „Es war nur ein bissen plötzlich und unerwartet."

„Und unbeabsichtigt!" vervollständigte ich die Aufzählung.

„Jetzt mach endlich die Tür zu, Schneewittchen", forderte Aimee noch immer lachend Rebecca auf.

„Ich will das aber sehen!" schnaubte das Schneegewichtchen pampig und mit einem Hauch von Schadenfreude.

„Jetzt schieb endlich Deinen fetten Arsch zur Seite!" fauchte Veronika. „Ich mach die kleine Niggerfotze …"

Sie konnte den Satz nicht beenden, worüber ich sehr froh war, denn ich war wirklich entsetzt über ihre derbe und beleidigende Ausdrucksweise. Den ‚fetten Arsch' von Rebecca ließ ich mir ja noch eingehen. Den Ausdruck hätte ich selbst noch unterschrieben! Aber die Bezeichnung, die sie für Baba gebraucht hatte, katapultierte sie für mich sofort in die Schublade der Menschen, mit denen ich nichts zu tun haben wollte. Ein Shooting mit Veronika hatte sich für mich damit jedenfalls erledigt.

Den Grund, der sie davon abhielt, ihren Satz zu beenden, konnte ich nicht sehen. Aber ich hörte das deutliche Geräusch einer platzenden Melone und gleich darauf ein Poltern auf dem Fußboden.

„Hach, da liegt sie schon wieder!" säuselte Swen. „Und weit und breit kein Mann, der sie besteigen möchte. Ist das nicht traurig?"

„Halt die Klappe Swen!" nuschelte Veronika drohend.

„Ja ja, ich bin ja schon mucksmäuschenstill. Soll ich Dir mein Riechfläschchen … Aua! Warum trittst Du denn nach mir, wie eine Stute nach dem …"

„Halt die Klappe!"

„Das tut aber weh, Du Pöse, Du."

„Nur zu Deiner Information: Swen ist schwul!" raunte mir Baba erklärend zu. „Veronika und ich sind Mädchen!"

Das war ja nicht zu übersehen. Aber während ich noch überlegte, was ich mit dieser Information anfangen sollte, fuhr sie schon fort: „Wenn wir es wären, dann wären wir lesbisch. Das sind wir aber nicht. Veronika ist nur ein bisschen bi!"

„Hä?" fragte ich, da ich in dem Moment nicht kapierte, dass sie auf meinen Versprecher von vorher anspielte. Und dann fragte ich gleich weiter: „Kannst Du jetzt vielleicht trotzdem endlich aufstehen?"

„Rebecca, mach die Tür zu!" befahl Aimee jetzt energischer.

„Nein, mach ich nicht!"

„Willst Du Dich mit mir anlegen?"

Es dauerte noch eine Sekunde, dann knallte Rebecca die Tür so fest zu, dass sie den Türgriff abriss. Anscheinend hatte sie sich an den Schwitzkasten erinnert, in den Aimee sie auf der CFNM-Party genommen hatte und wollte sich nicht noch einmal so blamieren. Der Türgriff im Bad knallte auf die Fliesen. Und bei jedem Knall, zuerst von der Tür und dann vom Griff, zuckten Baba und ich zusammen. In Babas Schrecken mischte sich aber auch noch ein erregendes Stöhnen. Und als es endlich ruhig im Zimmer war und ich mich wieder zu entspannen begann, merkte ich, dass sich meine Finger in Babas kleinen, schwarzen Hintern gekrallt hatten, und das, wo mein Daumen noch in ihrer engen Scheide steckte, die jetzt deutlich zu zucken begann. Sofort lockerte ich meinen Griff und forderte Baba am Ende meiner Nerven auf: „Jetzt steh bitte endlich auf!"

Da klopfte es sachte an der Tür und Aimees Stimme forderte Baba ganz sanft auf: „Baba, würdest Du bitte Jace in mein Zimmer bringen. Ich befürchte, so überfordert, wie er gerade ist, wird er die richtige Tür nicht finden."

Eigenartigerweise konnte ich in Aimees Stimme weder einen Vorwurf, noch Zorn oder Schmerz hören. Und ich dachte mir in diesem Moment nur: Ich liebe Dich Aimee!

Und wie als Antwort darauf glaubte ich Aimees Stimme in meinem Kopf sagen zu hören: Und ich liebe Dich Jace, mit all Deiner liebenswerten Unbeholfenheit!

„Ich bin nicht unbeholfen!" rief ich verwirrt durch die Tür, worauf Baba mich sofort aufklärte: „Sie sagte ‚überfordert' und nicht ‚unbeholfen'!" Und dann wendete sie sich ebenfalls zur Tür und antwortete auf Aimees Frage: „Ich bring ihn Dir Aimee!"

Dann war es ruhig im Korridor und Baba und ich konnten von neuem versuchen, uns zu entwirren. Jetzt, wo wir keine ungebetenen Zuschauer mehr hatten, die mich noch nervöser machten, als es Baba alleine schon tat,

112

musste das doch irgendwie zu schaffen sein.

„Ich versuche mal, aufzustehen", sagte Baba und stützte sich mit beiden Händen auf den Badewannenrand. Irgendwie war ihr linkes Bein davor aber unter mein Gipsbein geraten, wodurch sie jetzt festklemmte.

„Aua, nein, so geht es nicht", meinte sie plötzlich und ließ sich auf meinen Körper zurückfallen. Ich spürte, wie sich ihre kleinen Brüste wieder an meine Brust schmiegten und wie Jace Junior zwischen unseren beiden Körpern ebenso pulsierte, wie Babas enge Scheide um meinen Daumen. So verkeilt, wie wir in der engen Wanne waren, konnte ich nicht einmal meine Hand zurückziehen, um den Daumen wieder aus ihr rauszubekommen.

Ich versuchte vorsichtig, mein eingegipstes Bein ein wenig anzuheben, damit Baba ihr Bein darunter hervorziehen konnte. Und als das geschafft war, gelang es ihr mit meiner Unterstützung auch, sich auf ihre Knie zu erheben, ohne mir dabei wieder irgendwohin zu treten. Jetzt begann Baba aber zu zittern. Sie presste ihre Schenkel zusammen und klemmte meine Hand, mit der ich ihren Hintern angehoben hatte, zwischen ihnen fest.

„Mmmm ..." stöhnte sie leise, machte mir aber den Vorwurf: „Wenn Du das machst, komme ich nie aus der Wanne raus!"

„Ich mache doch gar nichts!" verteidigte ich mich.

„Du hast Deinen Finger bewegt."

„Hab ich nicht!"

„Und außerdem fühlt es sich gut an, wenn Du meinen Po in Deiner Hand hältst."

„Kann ich meine Hand jetzt trotzdem wieder zurück haben?"

Ich versuchte meine Hand zwischen Babas zusammengepressten Schenkeln hervorzuziehen, um endlich auch meinen Daumen aus ihr herauszubekommen. Aber bei dem Versuch, presste sie sie nur noch fester zusammen und kippte nach vorne, so dass ihre kleinen, flachen Brüste mein Gesicht streiften.

„Du hast es schon wieder gemacht!" behauptete Baba vorwurfsvoll.

„Was denn?" fragte ich verzweifelt und blickte hypnotisiert auf Babas fast schwarze Knospen, die ich direkt vor meinen Augen hatte.

„Du hast Deinen Finger bewegt."

„Ich versuche, ihn herauszuziehen, Himmelherrgottnochmal!"

„Ja dann mach das doch, Himmelherrgottnochmal!"

„Du lässt mich ja nicht los!"

„Ich kann doch nichts dafür, wenn Du Dich ständig bewegst. Meinst Du, ich bin völlig empfindungslos?"

„Natürlich bist Du empfindungslos, sonst hättest Du Mitleid."

„Jetzt hört sich aber alles auf", empörte sich Baba, während sie ihr Gewicht verlagerte und mir dabei eine ihrer kleinen harten Knospen auf meine zusammengepressten Lippen presste. „Ich habe immerhin genug Mitleid, um Dich bei Aimee abzuliefern, damit Du Dich auf dem Weg zu ihr nicht verläufst. … Jetzt fällt Dir nichts mehr ein, was?"

Ich war dumm genug, auf diese Frage antworten zu wollen, öffnete den Mund um ihr zu widersprechen und hatte natürlich im selben Augenblick ihre erregte, schwarze Brustwarze im Mund.

„Mmmmm …" versuchte ich zu antworten, was soviel heißen sollte, wie „Danke, ich finde den Weg auch allein!"

Baba stöhnte wieder auf und presste ihre zitternde, kleine Brust noch fester auf meine geöffneten Lippen. Ich spürte ihre kleine Knospe auf meiner Zunge und stellte zu meinem Entsetzen fest, dass Baba ebenso gut schmeckte, wie sie roch.

Aimee, Hilfe, stieß ich einen stummen Schrei aus. Und Aimees Antwort kam prompt: Da musst Du alleine durch, mein Schatz!

Ja, aber ich bin doch nicht allein!

„Mmmm …" versuchte ich wieder zu sprechen, was aber keinen anderen Effekt hatte, als den, dass ich mich an Babas Brust festsaugte. Wenn sie nur nicht so gut geschmeckt und gerochen und sich angefühlt hätte.

Männer! meldete sich da wieder Aimee in meinem Kopf. Und Mmmm… antwortete ich darauf, weil es mir nicht mal mehr in meinen Gedanken möglich war, mich deutlicher zu artikulieren, was alles, was Aimee mit dem Wort ‚Männer' ausdrücken wollte, dummerweise auch noch zu bestätigen schien.

Ich konnte mit meinem Kopf nicht weiter zurückweichen, da er bereits am Badewannenrand lag. Ich konnte meine Hand nicht zwischen Babas Schenkeln und damit meinen Daumen auch nicht aus ihrer Scheide hervorziehen. Ich konnte auch nicht einfach aufstehen und Baba hochheben, um sie dann außerhalb der Wanne einfach fallen zu lassen, weil mein eingegipstes Bein am unteren Badewannenrand auflag. Der einzige, der sich freute, während ich noch gegen meine Panikattacke kämpfte, war Jace Junior, der schon so hart wie mein Gipsbein war und daran zu arbeiten schien, auch dessen Größe zu erreichen. Und genau da packte Baba wieder zu, als sie schwankend vor Erregung nach einem Halt tastete. Ihre kleine Faust schloss sich zuckend um meine Eichel. Und ob ich wollte oder nicht (Ich wollte natürlich nicht!), es erregte mich. Durch diese Erregung begann natürlich auch ich zu zittern. Und dieses Zittern breitete sich unbewusst und ungewollt bis in meine Fingerspitzen aus, wodurch Baba nur noch mehr stöhnte und noch fester zupackte. Obwohl ich mit allem wehrte, was mir noch an Bewusstsein und eigenem Willen verblieben war, musste ich mir doch zu meinem Entsetzen eingestehen, dass Baba und ich uns auf diese Weise gegenseitig immer mehr erregten und Jace Jr. langsam aber sicher auf einen Orgasmus zusteuerte. Er war zwar erst in diesen Genuss gekommen, kurz bevor ich ins Bad gegangen war, aber das war durch meine angestaute Erregung und Überreizung fast ohne Aimees aktives Zutun geschehen. Und davor hatte ich ihn einfach schon zu lange vernachlässigt, als dass er sich jetzt gegen diese unfreiwillige und (wie ich zugeben muss) unglaubwürdige Aktion gewehrt hätte, so wie es mein Verstand tun wollte. Aber plötzlich bäumte sich Baba auf. Meine Lippen lösten sich schmatzend von ihrer süßen Brust und Baba stellte in überraschtem und vorwurfsvollem Ton fest, obwohl sie kaum in der Lage war, zu sprechen: „Du hast an meinem Nippel gesaugt!?"

„Nein!" verteidigte ich mich sofort. „Ich hab nur versucht zu atmen! Und ich bin froh, endlich wieder Luft zu bekommen.

„Ich hätte nicht gedacht, dass Du die Situation so ausnutzen würdest!" fuhr Baba in ihrer Strafpredigt fort, kippte dabei aber am ganzen Körper bebend nach vorne und umklammerte in ihrem sich anbahnenden Orgasmus mit beiden Händen meinen Kopf, wodurch mein Gesicht zwischen ihre kleinen Brüste gepresst wurde und ich dem betörenden Geruch ihrer zarten Haut wehrlos ausgeliefert war. Das einzig Positive an der aktuellen Entwicklung der Situation war, dass sie dabei Jace Jr. hatte loslassen müssen. Ich hätte mir nur gewünscht, dass ich auch meinen Daumen endlich aus Baba hätte befreien können. Aber meine Hand lag in meinem Schoß und Baba saß mit ihrem ganzen Gewicht darauf. Ich spürte das konvulsive Pulsieren, mit dem ihre enge Scheide meinen Daumen umschloss und das Zittern ihrer strammen Pobacken in meinem Schoß und auf Junior. Aber als Baba sich in ihrem Beben ein klein wenig auf ihre Knie erhob, zog ich meine Hand und damit auch meinen Daumen sofort zurück. Als er aus ihr heraus glitt, schrie Baba leise auf und blickte mich entsetzt an.

„Was hab ich denn jetzt schon wieder gemacht?" fragte ich, bevor Baba mir wieder irgendetwas vorwerfen konnte. Aber sie schüttelte nur den Kopf, sank, noch immer am ganzen Körper zitternd, auf mich zurück und lag so auf meiner Brust.

„Du hast gar nichts gemacht, Jace!" bestätigte sie jetzt fast flüsternd, während sich ihr kleiner, zarter Körper langsam beruhigte. „Ich war nur …"

Sie brach ihre Erklärung ab und setzte erst nach mehreren Sekunden leise und verlegen von neuem an: „Ich hätte nur fast einen Orgasmus erreicht, wenn Du nicht … wenn Du deinen Finger nicht einen Augenblick zu früh herausgezogen hättest."

„Da hatten wir wohl beide grad noch mal Glück!" erwiderte ich, obwohl ich mir in dem Moment selbst nicht sicher war, ob ich das wirklich auch meinte.

„Ja, das hatten wir wohl!" bestätigte Baba halb verlegen, halb enttäuscht und richtete sich jetzt vollends auf, wobei sie sich, wie aus Versehen, noch einmal an Jace Jr. klammerte, der meine Worte jedenfalls nicht billigte und deutlich demonstrierte, dass er ebenfalls noch nicht fertig war.

„Oh, entschuldige bitte!" sagte Baba verlegen, um die Unabsichtlichkeit dieses Griffes zu unterstreichen und ließ auch sofort wieder los. Ich unterstützte Baba so gut ich konnte und peinlich darauf achtend, sie nicht unsittlich zu berühren, als sie sich ganz erhob und aus der Wanne stieg. Vor der Wanne lagen die zerfetzten Überreste ihres Kleides. Sie hob sie auf und meinte enttäuscht: „Kaputt, Himmelherrgottnochmal."

„Ich bezahl es Dir!" versprach ich sofort schuldbewusst, da ich ihr das Kleid ja unglücklicherweise vom Leib gerissen hatte. Aber Baba wehrte sofort ab, indem sie sagte: „Nein, so hab ich das doch nicht gemeint."

Und damit warf sie das Kleid in den Mülleimer unter dem Waschbecken und reichte mir die Hände, um mir beim Aufstehen zu helfen, was mit dem Gipsbein wirklich nicht ganz einfach war. Dass Jace Jr., der noch immer provokant in der Gegend stand, an Babas Körper stieß, als ich aus der Wanne humpelte, konnte ich wirklich nicht verhindern.

„Entschuldigung!" sagte ich sofort verlegen. Ich fühlte mich von Babas Geruch, von ihrer Nacktheit und Nähe wie in einen angenehmen Rausch versetzt. Aber ich machte mir Vorwürfe, weil ich an Aimee dachte, die in ihrem Zimmer auf mich wartete und sich wahrscheinlich die schlimmsten Szenarien ausmalte, die kaum schlimmer sein konnten, als das, was wirklich passiert war. Ich hob ihr Badetuch vom Boden auf und wollte es mir sofort um die Hüfte wickeln. Da aber Baba jetzt auch nackt war, hielt ich es als Gentleman für angebracht, ihr das Badetuch zu reichen.

„Hier!" sagte ich und hielt es ihr hin. Und als sie mich fragend anblickte, erklärte ich: „Damit Du Dich bedecken kannst."

Baba nahm das Badetuch verwundert aus meiner Hand, sah mich aber noch mehrere Sekunden lang fasziniert an, bevor sie Anstalten machte, es in irgendeiner Weise zu benutzen. Dann meinte sie verträumt: „Ich hätte nicht gedacht, dass es so was wie Dich noch gibt."

„Ähm, …ja …" erwiderte ich verlegen und sagte dann schnell: „Ich geh dann mal besser und griff nach dem Türgriff, ohne mich nach der Tür umzusehen. Erst als ich ins Leere griff, drehte ich mich zur Tür und erinnerte mich bei ihrem Anblick daran, dass die Klinke auf den Boden gefallen war. Ich hob sie auf und wollte sie in die Tür stecken, stellte dabei aber fest, dass der Vierkantstift fehlte. Er musste wohl am Gegenstück auf der anderen Seite stecken. Aber als ich durch das Loch blickte, erkannte ich zu meinem Erstaunen, dass dieses Gegenstück fehlte. Mit der Klinke in der Hand drehte ich mich verwirrt zu Baba um, die sich das Badetuch inzwischen um die Hüfte geschlungen hatte.

„Ähm, …"stotterte ich, blickte von Baba zu der Türklinke in meiner Hand und wieder zu Baba.

„Ich dachte, Du machst das mehr oben rum", stotterte ich weiter, während ich verlegen auf ihre Brüste starrte, die mir jetzt, wo sie das Badetuch um ihre Hüfte geschlungen hatte, noch mehr ins Auge sprangen, als zuvor.

„Jetzt ist es doch sowieso schon egal", meinte Baba aber. „Du hast schließlich schon weitaus mehr gemacht, als sie nur mit Deinen Augen zu verschlingen!"

„Können wir das nicht einfach vergessen?" bat ich Baba verlegen. Baba schüttelte aber lächelnd den Kopf und antwortete darauf: „Ganz sicher nicht. Das werde ich noch meinen Enkeln erzählen."

Ich räusperte mich, um meine Verlegenheit zu überspielen, zeigte Baba die Türklinke und stammelte: „Die Tür ist kaputt."

„Oh!" meinte Baba überrascht, deutete dann aber auf meine Kleidung, die ich vollständig vergessen gehabt hatte, weil ich mich die ganze Zeit nur um Aimees Badetuch gekümmert hatte, seit ich in diese peinliche Situation geraten war.

„Willst Du Dich nicht erst einmal anziehen?" fragte sie mich fürsorglich und ich antwortete nur: „Natürlich", so als ob ich das schon die ganze Zeit vorgehabt hätte. Ich war froh, Jace Jr. endlich wegpacken und ihn damit Babas Blicken, die wie ein erregendes Feuer auf ihm brannten, entziehen zu können.

„So, und wie kommen wir jetzt aus dem Bad raus?" fragte ich mit etwas mehr Selbstbewusstsein, als ich wieder bekleidet war. Da pochte Baba schon mit ihrer Faust an die Tür und rief „Halloho!"

Mir wäre es lieber gewesen, wir wären ohne fremde Hilfe wieder aus dem Bad gekommen. Aber gut, das war jetzt auch schon egal. In dieser WG schien ich ohnehin dazu verdammt zu sein, mich lächerlich zu machen und mit tödlicher Sicherheit jedes Fettnäpfchen aufzuspüren, um kopfüber hinein zu plumpsen. Da konnte ich mich auch noch aus dem Badezimmer befreien lassen, in dem ich unfreiwillig mit der noch immer halbnackten Baba gefangen war.

Kaum hatte Baba aber geklopft und gerufen, da ging nebenan, aus der Richtung von Rebeccas Zimmer so laute Musik an, dass die Wände wackelten. Diesen Höllenlärm mit Klopfen oder Rufen so zu übertönen, dass die WG-Bewohner uns in ihren Zimmern gehört hätten, war so gut wie aussichtslos.

„Das macht die doch absichtlich!" stellte ich empört fest und Baba bestätigte meine Feststellung sofort, indem sie nickte, sich die Ohren zuhielt und sagte: „Natürlich macht sie das absichtlich."

Bei dem Krach konnte ich mich nicht einmal so konzentrieren, dass ich auf den Gedanken gekommen wäre, zu versuchen Aimee mit meinen Gedanken zu erreichen. Ich wünschte mir nur, dass ich jetzt bei ihr gewesen wäre und sie in meinen Armen gehalten hätte.

„Träumst Du von Aimee?" fragte mich da Baba, während sie sich die Hände wieder von den Ohren nahm, um eine mögliche Antwort von mir hören zu können.

„Ja", nickte ich und bemerkte Babas weichen, fast zärtlichen Blick. Sie kam mir wieder verdächtig nah, was mich nervös nach Luft schnappen ließ, legte mir ihre kleine, dunkle Hand auf den Arm und sagte beruhigend: „Mach Dir ihretwegen keine Sorgen. Sie liebt Dich!"

Ich wusste nicht, woher Baba diese Weisheit nahm. Sie hatte Aimee und mich noch nicht viel miteinander gesehen. Und nach diesem Vorfall hatte Aimee auf jeden Fall guten Grund, ihre Liebe zu mir noch einmal zu überdenken. Ich wollte endlich zu ihr, wollte ihr erklären, wie leid es mir tat und sie bitten, mir zu glauben und zu verzeihen. Aber ich kam aus diesem verdammten Badezimmer nicht heraus. Hätte ich nicht mehrere gerade erst verheilte Knochenbrüche und das Gipsbein, das darauf hindeutete, dass mein Bein noch nicht verheilt war, gehabt, dann hätte ich mich wahrscheinlich einfach gegen die Tür geworfen. Aber nachdem die Tür nach innen aufging, wäre das vermutlich auch die falsche Taktik gewesen.

„Warte bloß, wenn Du da aus dem Bad wieder raus kommst, Babamäuschen. Dann wirst Du mich kennenlernen!" fauchte plötzlich Veronika durch die Tür, indem sie Rebeccas Musik überschrie.

„Veronika!" antwortete sofort Baba, durch die Tür zurückrufend. „Kannst Du uns bitte die Tür aufmachen?"

Baba und ich warteten darauf, dass die Tür sich jetzt öffnen würde, oder zumindest auf eine Antwort. Aber nichts geschah.

„Veronika?" rief Baba noch mal durch die Tür. Aber abgesehen von dem Höllenlärm, der aus Rebeccas Zimmer brüllte, rührte sich nichts.

„Sie ist wohl schon wieder in Euer Zimmer gegangen?!" meinte ich skeptisch.

„Wegen den Bildern, die Du von uns machen wolltest …" wandte sich Baba plötzlich unsicher an mich. „Ich nehme an, von mir möchtest Du jetzt keine mehr machen?"

Ich blickte sie nachdenklich an. Baba war wunderschön. Aber nach dem peinlichen Vorfall von eben, der mich immer noch befürchten ließ, Aimee verloren zu haben, hielt ich es tatsächlich für besser, keine Fotos von ihr zu machen. Also nickte ich nur stumm. Baba senkte traurig ihren Blick und erwiderte darauf so leise, dass ich sie bei dem Lärm kaum noch hören konnte: „Ich verstehe das!"

„Gut!" erwiderte ich. Auf der einen Seite fühlte ich mich dabei zwar ziemlich mies. Aber wenn sie es verstand, dann war es doch auch gut. Ich polterte mit meiner Faust wieder an die Tür, um Rebeccas Lärm zu übertönen. Aber nichts rührte sich.

„Weißt Du, was ich Dich ursprünglich fragen wollte, als ich Dich hier im Bad angetroffen habe?" fragte mich Baba. Ich schüttelte den Kopf und Baba erklärte mir: „Ich wollte Dich nur fragen, ob Du auch Bilder von Veronika und mir einzeln machen würdest und ob es schlimm wäre, wenn Du keine von uns gemeinsam machen würdest."

Zwar hatte ich das Shooting mit den beiden ohnehin schon

abgeschrieben. Aber Babas Frage machte mich doch neugierig. Deshalb fragte ich sie: „Warum hättest Du denn keine Bilder mit ihr zusammen machen wollen?"

„Du hast sie doch vorhin gehört", antwortete Baba traurig und verletzt. Und als sie fortfuhr, sah ich, wie sich ihre dunklen Augen mit Tränen füllten: „Sie sagt immer öfter solche Sachen zu mir. Ich geh weg von ihr, sobald ich irgendwo eine Bleibe finde."

Dicke Tränen kullerten über Babas Wangen. Es tat mir weh, sie weinen zu sehen. Behutsam legte ich meine Arme um sie, drückte sie an mich und ließ sie an meiner Schulter weinen. Schluchzend und schniefend sagte sie ganz leise: „Danke!"

„Wofür?" fragte ich ebenso leise und strich ihr tröstend über ihre glänzenden, schwarzen Haare, die ihr in vielen dünnen Zöpfen, in die bunte Glasperlen eingeflochten waren, bis über die Schultern hingen. Dabei fiel mir wieder Babas Erklärung ein, dass Veronika und sie Mädchen und damit nicht schwul wären. Und da ich nicht umhin konnte, mir Gedanken über sie zu machen, fragte ich sie, während ich sie noch sanft in meinen Armen hielt und über ihre Haare strich: „Du sagtest vorhin: Veronika ist bi?"

„Ja."

Ich wunderte mich darüber, dass Baba dabei nicht auch von sich gesprochen hatte und fragte sie deshalb: „Und was ist mit Dir?"

Babas Schleusen öffneten sich von neuem und ich spürte ihre heißen Tränen, die durch den Stoff meines Hemdes drangen und auf meiner Haut brannten. Erst nach einer ganzen Weile antwortete sie so leise, dass ich mich anstrengen musste, sie bei Schneewittchens Krachmusik überhaupt noch zu hören: „Ich gehöre nirgendwo hin."

In dem Moment öffnete sich lautlos, oder zumindest so leise, dass man es bei dem Krawall nicht hören konnte die Tür. Und als ich meinen Blick hob, sah ich Aimee darin stehen und Baba und mich überrascht ansehen. Vor Schreck darüber, schon wieder in so einer verfänglichen Situation von ihr überrascht worden zu sein, setzte mein Herz einige Schläge lang aus. Sofort wollte ich Baba von mir schieben und irgendetwas zu meiner Verteidigung sagen. Aber Aimee sah Baba nur mitleidig an und legte schnell ihren Finger auf die Lippen um mir zu bedeuten, nichts zu sagen. Dann deutete sie auf ihr Zimmer und verschwand wieder leise, indem sie die Tür nur anlehnte. Ich hielt es nicht mehr aus. Ich musste jetzt unbedingt mit Aimee sprechen. Also sagte ich leise zu Baba: „Die Tür ist auf, Baba. Wir können aus dem Bad raus."

Baba löste sich noch immer schniefend von mir und fragte mich verwundert: „Wer …?"

„Aimee!" antwortete ich, bevor sie die Frage fertig formuliert hatte. Baba schniefte noch einmal und fragte mich dann: „Hast Du vielleicht ein Taschentuch?"

Ich schüttelte den Kopf, riss aber schnell ein paar Blätter Klopapier ab und reichte sie ihr.

„Hier, nimm das", sagte ich. Baba nahm das Papier, schnäuzte sich hinein, wusch sich schnell das Gesicht ab und sagte schuldbewusst, als sie mich dann wieder ansah: „Ich hab Dir Dein Hemd vollgeheult."

„Das macht nichts!" versicherte ich ihr und erklärte daraufhin: „Ich muss jetzt zu Aimee."

Da ich mir aber ein wenig Sorgen um Baba machte, fragte ich sie noch: „Kommst Du klar, Baba?"

„Natürlich!" versicherte sie mir und versuchte sogar zu lächeln. „Mach Dir keine Gedanken."

Das machte ich aber und fühlte mich deswegen nicht wohl dabei, sie zu der so bösartigen Veronika zurückzuschicken. Dabei machte ich mir aber selbst so große Sorgen wegen Aimee, wegen dem, was sie jetzt von mir dachte und wegen dem, was sie deshalb vielleicht tat. Ich hatte Angst vor den Konsequenzen dieser unglücklichen Kette von Missgeschicken, die ich mich einfach nicht in der Lage sah, glaubwürdig zu erklären. Außerdem hatte ich auch ein schlechtes Gewissen, weil ich vor mir selbst nicht leugnen konnte, dass mein Körper trotz meiner absoluten Liebe zu Aimee so deutlich und heftig auf Baba reagiert hatte, auf ihren Anblick, ihren Geruch und auf die Berührung ihrer Haut. Und dafür schämte ich mich.

„Ich bring Dich erst zu Aimee!" sagte Baba fürsorglich und nahm mich an der Hand, wie man ein kleines Kind an der Hand nehmen würde. Eigentlich wollte ich erwidern, dass ich den Weg wirklich allein finden würde. Aber in meiner Panik, dass Aimee Baba und mich jetzt auch noch so Hand in Hand sehen könnte, fragte ich nur nervös: „Kannst Du Dir nicht wenigstens das Badetuch endlich obenrum wickeln?"

Baba sah mich skeptisch an und antwortete: „Wenn Du meinst, dass das besser ist!"

Und damit löste sie bereits den Knoten im Badetuch und öffnete es, so dass sie wieder ganz nackt vor mir stand. Ich spürte, wie ich bei dem Anblick weiche Knie bekam. Baba wickelte sich das Tuch jetzt um ihre süßen, kleinen Brüste. Da das Badetuch aber nicht besonders breit war, blieben ihre winzige, aber umso verführerischere Spalte und ihr kleiner, fester Po unbedeckt. Baba sah mich fragend an. Schweiß trat mir auf die Stirn, ich musste nervös schlucken und mich dazu zwingen, ihren Geruch zu ignorieren, was mir aber nicht gelang.

„Du hast Recht!" sagte ich nach einem verlegenen Räuspern. „Anders war es besser."

Nachdem Baba sich das Badetuch wieder um die Hüfte gewickelt hatte, nahm sie wieder meine Hand und forderte mich auf: „Komm mit!"

Als wir das Badezimmer verließen, bemerkte ich, dass anstatt der Türklinke ein Löffelstiel in der Öffnung steckte. Das hinterhältige

Schneewittchen hatte also ganz offensichtlich die Türklinke mit dem Vierkantstift extra mitgenommen, damit Baba und ich im Badezimmer eingesperrt bleiben mussten. Und die Musik hatte sie dann so laut gedreht, damit uns niemand hören sollte. Zornig schlug ich mit der Faust ein paar Mal so fest an ihre Tür, dass der Putz von den Wänden rieselte.

Baba zog mich hinter sich her bis zu Aimees Tür. Aber ich schwöre, ich hätte die richtige Tür auch allein wieder gefunden. Sie klopfte zaghaft. Aimee öffnete und lächelte Baba dankbar an.

Und sie sagte sogar: „Danke!"

Baba senkte aber verlegen ihren Blick und bat Aimee: „Bitte verzeih mir."

Damit löste sie das Badetuch von ihrer Hüfte und reichte es Aimee. Es machte mich nervös, dass Baba damit wieder vollkommen nackt neben mir stand. Schnell schob ich mich an Aimee vorbei in ihr Zimmer und versteckte mich hinter der Tür, bis Baba weg war. Die beiden Mädchen wechselten noch ein paar Worte, von denen ich aber nichts mitbekam, dann schloss Aimee die Tür, blieb mir gegenüber stehen und sah mich mit einem eigenartig verträumten Ausdruck an.

Meine Verlegenheit schnürte mir den Hals zu. Ich wusste, dass jeder Erklärungs- oder Rechtfertigungsversuch alles nur noch schlimmer gemacht hätte.

„Ich hab den Fleck aus meiner Hose rausgewaschen!" stotterte ich, um überhaupt etwas zu sagen. Aimee blickte auf die entsprechende Stelle. Ich hatte den Eindruck, dass sie ihre Selbstbeherrschung nur noch schwer aufrechterhalten konnte, folgte ihrem Blick und erkannte sofort die Ursache dieser unterdrückten Reaktion. Der Fleck war aus der Hose raus. Aber dafür zeichnete sich an der Stelle nur allzu deutlich meine Erektion ab. Ich wollte schnell irgendetwas zu meiner Verteidigung sagen, öffnete bereits den Mund, brachte aber aus den bereits erwähnten Gründen kein Wort hervor.

Endlich verstummte Rebeccas Krachmusik. Aber die damit eintretende Stille ließ die herrschende Spannung bis zum Zerreißen ansteigen. Da fragte mich Aimee plötzlich ganz sanft: „Hab ich Dir eigentlich schon gesagt, wie sehr ich Dich liebe, mein Engel?"

Mit dieser Frage hätte ich in dem Moment am allerwenigsten gerechnet. Ich sah Aimee nur verwundert an und wusste noch nicht einmal, ob ich mich jetzt erleichtert fühlen sollte. Aber da fiel sie mir bereits um den Hals, küsste mich mit all ihrer Liebe und sagte: „Ich kann einfach nicht länger mit ansehen, wie Du leidest."

„Aber …" stotterte ich, weil ich mich wirklich schuldig fühlte. Aimee legte mir aber sofort ihre zarten Finger auf die Lippen, schüttelte den Kopf und sagte: „Kein Aber! Ich frage Dich nicht einmal, ob Du mich liebst, weil ich Deine Liebe spüre. Du bist mein Engel, Jace!"

Sie nahm meine Hand in ihre beiden kleinen Hände, hob sie an die Lippen und küsste sie. Aber dann sah sie mir plötzlich in die Augen und fragte mich verwundert: „Ist das Babas Geruch?"

Oh verdammt! Babas Geruch musste noch überall an meinem Körper haften. Aber meinen Daumen hatte ich sogar in Babas kleiner, schwarzer Scheide stecken gehabt. Warum nur hatte ich nicht daran gedacht, mir die Hände zu waschen? Ich nickte stumm, da leugnen ohnehin keinen Zweck gehabt hätte und ich Aimee auch niemals angelogen hätte. Aimee hatte meine Hand nicht losgelassen und küsste sie nach meinem stummen Geständnis noch einmal ganz zärtlich.

„Ich liebe Dich so sehr!" flüsterte ich, nahm jetzt endlich auch Aimee in meine Arme und küsste sie mit all meiner unsterblichen Liebe. Aber genau in dem Moment, in dem unsere Lippen sich trafen, ging im Zimmer von Veronika und Baba ein lautes Gezeter los. Unwillkürlich hielten Aimee und ich in unserem Kuss inne, sahen uns an und lauschten dem nicht zu überhörenden Streit. Zu hören war dabei nur Veronikas Stimme, die immer wieder Ausdrücke, wie ‚Niggerfotze' und ähnliches gebrauchte. Und am Schluss schrie sie mit sich überschlagender Stimme vom Korridor ins Treppenhaus: „Hau bloß ab, Du schwarze Sau!"

Dann wurde die Wohnungstür zugeknallt.

Ich merkte, wie ich innerlich zu zittern begann und bemerkte, dass auch Aimee erbleichte. Es war klar, dass Veronika Baba rausgeworfen hatte. Aber schlimmer als das waren ihre verletzenden Beleidigungen. Während ich selbst noch wie gelähmt war von dieser Bösartigkeit, für die ich mich auch noch verantwortlich fühlte, fragte Aimee mich schon: „Worauf wartest Du?"

Ich verstand nicht, was sie meinte und sah sie fragend an. Da gab sie mir schnell einen zärtlichen Kuss und forderte mich auf: „Geh ihr schon nach!"

Ich war mir noch immer nicht sicher, ob ich Aimees Aufforderung wirklich nachkommen sollte und zögerte deshalb verwirrt. Aber da erklärte mir Aimee bereits sehr eindringlich: „Du und ich, wir beide wissen, was in solchen Situationen passieren kann! Du darfst Baba jetzt nicht im Stich lassen!"

Warum ich? fragte ich mich, obwohl ich Aimee tief in mir drin bereits Recht gab. Ich war der Grund für diesen Streit gewesen. Und auch, wenn Baba mir erzählt hatte, dass sie ohnehin aus dem gemeinsamen Zimmer mit Veronika ausziehen wollte, war die Art und Weise, in der sie von dieser jetzt auf die Straße gesetzt worden war, schon demütigend genug gewesen, dass sich jemand, der keinen anderen Halt hatte, etwas antun konnte. Und selbst, wenn Baba das nicht vorhatte, konnte sie jetzt sehr leicht unter die Räder kommen.

Ich erwiderte Aimees Kuss und humpelte so schnell los, wie es mir mit meinem Gipsbein möglich war. Im Flur stand noch Veronika, die sich sofort, als sie mich sah in Pose warf und verführerisch hauchte: „Wegen den Fotos, Jace ...“

„Vergiss es!“ antwortete ich, ohne stehen zu bleiben und rannte aus der Wohnung. Vor dem Haus lag eine Sporttasche, die wohl Baba gehören musste. Aber von ihr selbst war keine Spur zu sehen.

Fortsetzung folgt ...

DIE CF... WAS FÜR 'NE PARTY?

KAPITEL 8

- (K)EIN PLATZ FÜR BABA -

Was bisher geschah:

Als Nude-Male-Part auf einer CFNM-Party begegnete ich Aimee, der achtzehnjährigen Tochter meiner ehemaligen Lebensgefährtin Martina wieder. Aimee nahm mich mit in ihr WG-Zimmer und gestand mir ihre Liebe, wodurch auch ich mir eingestehen musste, dass ich sie ebenfalls liebte. Als ich sie dann jedoch Hand in Hand mit Alain sah, fühlte ich mich von ihr getäuscht und versuchte, mir das Leben zu nehmen. Ich erwachte in einem Krankenhaus wieder, in dem auch Aimee inzwischen um ihr Leben kämpfte. Alain, der sich als Aimees Bruder herausstellte, brachte mich zu ihr und auf wundersame Weise gelang es Aimee und mir, uns gegenseitig das Leben zu retten. Kaum aus dem Krankenhaus entlassen, tauchte Martina auf, der wir unsere Liebe eingestanden.

Nach einer ersten Liebesnacht, die sich auf unerklärliche Weise über mehr als zwei Tage ausgedehnt hatte, traf ich im Badezimmer der WG auf die kleine, schwarze Baba, die sich mit Veronika ein Zimmer teilte. Baba und ich wurden von den übrigen WG-Bewohnern in einer verfänglichen Situation überrascht, die zu erklären uns nicht möglich war und aus der zu befreien uns fast noch unmöglicher wurde. Als Folge davon setzte Veronika Baba auf die Straße. Und Aimee, die mich genug liebte, um mir keine Vorwürfe zu machen, schickte mich Baba, an deren Situation ich immerhin nicht ganz unschuldig war, hinterher. Doch als ich auf die Straße lief, fand ich nur Babas Tasche. Von ihr selbst fehlte jede Spur.

Ich hob die Tasche auf und blickte mich fieberhaft um.

„Baba!" rief ich besorgt in die Nacht. Und als Baba sich weder blicken ließ, noch antwortete, humpelte ich mitten auf die um diese Zeit menschenleere Straße und rief noch einmal und lauter: „Baba!"

Doch auch dieser Ruf blieb unbeantwortet. Aimee kam ebenfalls nach draußen und fragte mich sorgenvoll: „Hast Du sie nicht gefunden?"

Ich schüttelte verzweifelt den Kopf. Wenn Baba etwas zustoßen würde, hätte ich mir das niemals verzeihen können.

„Baba!" rief jetzt auch Aimee und rannte die Straße entlang, was mir mit meinem Gipsbein nur erheblich langsamer möglich gewesen wäre. Ich humpelte in die andere Richtung und rief immer wieder Babas Namen. Doch Baba blieb verschwunden. Zitternd vor Sorge und Selbstvorwürfen lief ich nach meiner erfolglosen Suche zurück in die WG und platzte, ohne vorher anzuklopfen in Veronikas Zimmer. Veronika lag auf ihrem Bett und hatte Kopfhörer auf den Ohren. Ihr war durch nichts anzumerken, dass sie sich wegen der Trennung von Baba schlecht fühlte, oder dass sie sich wegen all dem, was sie Baba an Beleidigungen und Kränkungen an den Kopf geworfen hatte, Vorwürfe gemacht hätte.

Als sie mich erblickte, nahm sie die Kopfhörer ab und sagte erstaunt: „Jace!"

Sie schien mein Erscheinen irgendwie falsch zu deuten, denn sie fuhr sich sofort verführerisch durch die Haare und sagte nach der ersten Überraschung, mich zu sehen: „Ich wusste, dass Du früher oder später zu mir kommst!"

Ohne darauf einzugehen, hob ich die Sporttasche, die ich vor der Tür gefunden hatte, hoch und fragte: „Ist das Babas Tasche?"

„Ja", antwortete Veronika. „Aber was soll ..."

„Sie ist verschwunden!" unterbrach ich die Frage, die sie gerade hatte stellen wollen.

„Natürlich ist sie verschwunden!" erwiderte Veronika mit einem gehässigen Lächeln. „Ich hab die kleine Niggerfo..."

„Wenn Du das Wort noch einmal aussprichst", unterbrach ich sie angewidert, „dann vergesse ich, dass Du eine Frau bist."

Veronika sah mich einen Moment lang überrascht an. Aber obwohl ich vor Zorn meine Fäuste geballt hatte, sagte sie frech: „Niggerfotze!"

Ich hätte sie in dem Moment wirklich am liebsten geschlagen. Aber trotz meiner Drohung und obwohl ich vor Zorn zitterte, konnte ich es nicht. So ein mieses Dreckstück sie auch war, sie war trotzdem eine Frau. Veronika sah mich triumphierend an, als ich mit hochrotem Kopf, aber unfähig, ihre Beleidigungen zu unterbinden, wie angewurzelt in ihrer Tür stehen blieb. Und dann lachte sie mich aus vollem Hals aus.

„Ich wusste, dass Du es nicht kannst!" spottete sie. In dem Moment zwängte sich Aimee an mir vorbei in Veronikas Zimmer, sagte so kalt, dass mir ein Schauer über den Rücken lief: „Aber ich kann es!" und knockte Veronika mit einem Kinnhaken aus, der einem Profiboxer alle Ehre gemacht hätte. Veronika kippte wie ein nasser Sack zurück auf ihr Bett und blieb bewusstlos liegen. Aimee fühlte kurz ihren Hals, stellte zufrieden fest „Die schläft erst einmal", nahm mich an der Hand und sagte „Baba ist in meinem Zimmer", während sie mich schon hinter sich her über den Flur in ihr Zimmer zog.

Baba saß zusammengekauert mit verweinten Augen auf Aimees Couch. Sie hatte nur einen zerschlissenen Trainingsanzug an. Es tat mir im Herzen weh, sie so, wie ein Häufchen Elend zu sehen. Aber ich wusste nicht, was ich tun sollte und blickte ratlos Aimee an. Die setzte sich sofort zu Baba und nahm sie tröstend in die Arme. Ich wollte mich lautlos aus dem Zimmer schleichen, um Baba ungestört Aimees Trost zu überlassen. Aber Aimee bat mich sanft: „Bitte bleib, Jace!"

Ich wandte mich wieder zu ihr um und zuckte unsicher und fragend mit den Schultern. Da fragte mich Aimee: „Gilt Dein Angebot noch, mich bei Dir wohnen zu lassen, Jace?"

„Natürlich!" antwortete ich verwundert, da ich weder verstand, wie sie daran zweifeln konnte, noch wie sie ausgerechnet jetzt darauf kam.

„Dann möchte ich Dich bitten", fuhr Aimee fort, „dass wir gleich fahren."

Natürlich! dachte ich mir und fragte mich, warum ich nicht selbst auf diesen Gedanken gekommen war, den ich in Aimees Bitte zu erkennen glaubte und auch sofort aussprach: „Dann könnte Baba Dein Zimmer hier haben!"

Aimee erwiderte darauf aber sofort in vorwurfsvollem Ton: „Jace!"

„Was denn?" fragte ich unschuldig.

„Wir können Baba nicht hier lassen, wo Veronika …"

„Ist schon in Ordnung", schaltete sich jetzt Baba ein, während sie ihre Tränen mit dem Ärmel ihres Trainingsanzugs trocknete und sich sanft von Aimee losmachte.

Die Gedanken ratterten durch meinen Kopf. Aimee sah mich bittend an und Baba nahm ihre Sporttasche, die fast leer zu sein schien und wandte sich zum Gehen.

„Baba warte!" platzte ich da heraus. Baba sah mich an und ich glaubte, einen Hoffnungsschimmer in ihren dunklen, verweinten Augen aufblitzen zu sehen. Sogar ihre Tränen schienen aus reinen Pheromonen zu bestehen. Ich hatte das Gefühl, Babas Geruch wie ein Schwamm aufzusaugen und das machte mir irgendwie Angst, weil ich Aimee so unendlich liebte, dass ich diese intensive Reaktion auf Baba weder erklären noch vor mir selbst rechtfertigen konnte.

„Du kommst erst mal mit zu uns, bis Du eine bessere Bleibe gefunden hast!" erklärte ich trotz meiner Ängste und Zweifel sehr bestimmt. Aimee nickte mir dankbar lächelnd zu und Baba hauchte nur ganz leise „Danke", während sie beschämt ihre Augen senkte.

Aimee hatte ihren Koffer und ihre Laptoptasche schon gepackt und holte nur noch aus dem Kühlschrank in der Küche ihre Vorräte. Baba besaß nichts, als das, was sie auf dem Leib trug und was sie in ihrer Tasche hatte, was mir ein sehr schlechtes Gewissen wegen des Kleides bereitete, das ich ihr versehentlich zerrissen hatte. Anscheinend war es ihr einziges Kleid gewesen. Ich nahm mir vor, ihr den Verlust auf jeden Fall zu ersetzen.

Beim Verlassen des Hauses warf Aimee noch ihre Kündigung in den

Briefkasten des Vermieters. Baba musste das nicht machen, da das Zimmer, in dem sie mit Veronika gewohnt hatte, auf deren Namen gelaufen war. Dann verschwanden wir, ohne uns von den übrigen WG-Bewohnern zu verabschieden.

Da ich mit meinem Gipsbein nicht Auto fahren konnte, musste Aimee fahren. Ich lotste sie durch die Stadt zu mir nach Hause. Aber die Fahrt war fast unerträglich für mich. Auf kleinstem Raum Aimee neben mir und Baba hinter mir zu wissen und den sich vermischenden Gerüchen ihrer beiden Körper, denen ich so hoffnungslos verfallen war, völlig wehrlos ausgeliefert zu sein, überstieg meine Selbstbeherrschung bei weitem. Verkrampft hatte ich die Hände in meinem Schoß, um die deutliche Beule in meiner Hose zu bedecken. Aber Aimee blickte ein paar Mal lächelnd auf meine Hände und legte dann auch noch ihre rechte Hand darauf. Zweimal lotste ich sie falsch, da meine Konzentration sich kaum noch auf die Straße richten konnte. Und als wir kurz nach Mitternacht endlich doch noch bei mir ankamen, klopfte mein Herz vor Nervosität, weil ich nicht wusste, wie es Aimee bei mir gefallen würde und wie ich selbst mit der neuen Situation umgehen sollte. Ich hatte nur eine kleine Zweizimmerwohnung; Wohnzimmer, Schlafzimmer, Küche und Bad. Mit das Beste an der Wohnung war der Balkon, der sich über die gesamte Breite von Wohn- und Schlafzimmer hinzog. Für mich alleine hatte es gereicht. Aber wenn wir jetzt vorübergehend zu dritt hier wohnen sollten, fürchtete ich, dass es vielleicht doch ein wenig eng werden würde.

„Da wären wir!" sagte ich nervös, als ich die Tür aufschloss und Aimee und Baba an mir vorbei eintreten ließ. Ich führte sie ins Wohnzimmer und bat sie, Platz zu nehmen. Eigentlich war ich todmüde, da ich während der letzten beiden Nächte nicht geschlafen hatte. Aber durch die Entwicklung der Dinge und die daraus entstandenen neuen Umstände, war ich so aufgekratzt, dass an Schlaf ohnehin erst einmal nicht zu denken war.

„Tja, da wären wir!" sagte ich noch einmal, mehr zu mir selbst, als zu Aimee und Baba, die auf meinem Sofa saßen. Aimee lächelte mich verliebt an und Baba hielt verlegen ihren Blick gesenkt.

„Habt ihr Hunger?" fragte ich, in dem unbeholfenen Versuch, Konversation zu machen und in Erinnerung daran, dass ich selbst etwas hatte essen wollen, bevor ich mit Baba im Badezimmer der WG in diese peinliche Situation geraten war.

„Können wir bitte erst reden?" fragte Baba mit nicht zu übersehender Nervosität.

„Worüber denn?" fragte ich zurück. Aber bevor Baba antworten konnte, machte Aimee den Vorschlag: „Wir können uns doch während des Essens unterhalten. Einverstanden?"

„Einverstanden!" antwortete Baba und ich begab mich in die Küche, um zu sehen, was ich überhaupt an Vorräten zuhause hatte. Aimee folgte mir mit ihren Lebensmitteln aus der WG-Küche. Wir räumten sie auf und bereiteten ein paar belegte Brote. Aber als wir damit zurück ins Wohnzimmer kamen, war Baba bereits auf dem Sofa eingeschlafen. Unsicher blickte ich Aimee an und sie flüsterte sanft: „Lass sie schlafen."

Ich nickte, holte aus dem Schlafzimmer eine Decke und deckte Baba damit behutsam zu. Dann setzte ich mich mit Aimee auf den Balkon. Und dort aßen wir bei Kerzenschein und einem Glas Wein. Normalerweise esse ich so spät in der Nacht gar nichts mehr. Aber nach drei Tagen ohne Essen hatten sowohl Aimee, als auch ich einen Riesenkohldampf. Trotzdem, oder vielleicht auch genau deswegen, konnten wir beide gar nicht viel essen. Und am Wein nippten wir beide nur. Wir saßen aber lange eng umschlungen beisammen, genossen die milde Sommernacht und lauschten dem Zirpen der Grillen.

„Es ist schön hier bei Dir!" flüsterte Aimee leise, so wie wir uns überhaupt nur flüsternd unterhielten, um Baba im Wohnzimmer hinter uns nicht zu wecken.

„Ja", antwortete ich. „Es ist ganz okay."

Es war halt eine kleine Mietswohnung im ersten Stock eines dreistöckigen Hauses in einer reinen Wohngegend mit sehr viel parkähnlichem Grün zwischen den einzelnen Wohnblocks. Ich wohnte hier seit drei Jahren, seit Martina unsere Beziehung beendet hatte und ich in diese Stadt gezogen war.

Aimee schmiegte sich an mich. Es tat gut, ihren Körper, ihren Atem und ihren Herzschlag zu spüren. Ich hatte die Hoffnung, dieses Gefühl der Geborgenheit und Zusammengehörigkeit noch einmal erleben zu dürfen, schon vor Jahren begraben, bevor ich in diese Wohnung eingezogen war, um genau zu sein.

„Es freut mich, dass es Dir gefällt!" korrigierte ich glücklich mein vorheriges ‚Es ist ganz okay' und küsste Aimee zärtlich auf die Haare. Aimee hob ihr Gesicht und sah mich verliebt an. Dann trafen sich unsere Lippen, zu einem langen, innigen Kuss. Aimees Lippen fühlten sich so unendlich weich und dabei gleichzeitig auch fest an. Sie waren wie alles an Aimee, weiblich weich und trotzdem straff. Unser Kuss schmeckte wie die Liebe selbst. So sanft und zärtlich er begonnen hatte, wurde er, je länger wir ihn auskosteten, immer leidenschaftlicher. Aus unserem liebevollen Streicheln wurde ein ungestümes Umarmen. Unsere Hände suchten fieberhaft den Weg unter die Kleidung des anderen. Wir wollten unsere Haut spüren, wollten uns berühren, ertasten und gegenseitig erforschen. Ohne dass unsere Lippen sich voneinander lösten, befreiten wir uns gegenseitig von unserer Kleidung. Da war er wieder, der zarte Duft von Aimees Haut, pur und angeregt durch die belebende Nachtluft. Ich spürte, wie er mir in die Nase stieg und mich trunken machte. Unsere Lippen trennten sich, und gierig presste ich meine sofort auf Aimees wunderschöne, volle Brüste und deren kleine, harte Knospen, die sich mir so fordernd entgegenstreckten. Gleichzeitig tastete Aimee aber bereits nach meinem hochaufgerichteten Jace Junior, der sich nach ihren Berührungen und Liebkosungen verzehrte. Zärtlich schloss sie ihre kleine Faust um ihn und begann ihn sanft zu massieren. Doch je mehr sich ihre eigene Erregung steigerte, umso fester wurde ihr Griff.

Plötzlich zuckte sie vor meinen Küssen zurück und flüsterte lächelnd, während ein Schauer ihren Körper durchlief: „Wenn ich Dich jetzt weitermachen lasse, gehst Du wieder leer aus, mein Herz, weil ich mich dann wieder vollkommen in Deinen Küssen verliere."

„Ich gehe bei Dir nie leer aus!" widersprach ich sofort und schnappte mit gierigen Lippen sofort wieder nach ihren verführerischen, kleinen Knospen."

Aimee zuckte erregt zusammen, umschlang meinen Kopf mit ihren Händen und durchwühlte mit aufwallender Leidenschaft meine Haare, während sie mein Gesicht dabei zwischen ihre Brüste presste. Wie hätte ich leer ausgehen können, wenn ich die zarte Haut von Aimees Brüsten auf meinen Lippen spüren durfte, während ihr berauschender Geruch mir die Sinne raubte?

„Heute bist Du dran", flüsterte Aimee mit zitternder Stimme. „Heute möchte ich Dich verwöhnen!"

„Aber das tust Du doch!" erwiderte ich zwischen zwei Küssen zwischen ihre Brüste. Und nur einen Augenblick später gab Aimee ihren Widerstand auf und ergab sich meinen Küssen. Behutsam legte ich sie auf meine Liege, beugte mich über sie und genoss nur noch das Gefühl, Aimees Brüste mit meinen Lippen zu liebkosen und im Geruch ihrer Haut zu baden. Es fühlte sich so unbeschreiblich gut an! Ich weiß nicht, wie lange ich dieses zärtliche Spiel genossen hatte, dieses Spiel, das auf keinen Höhepunkt ausgerichtet war, sondern nur auf die Zärtlichkeit selbst. Irgendwann müssen Aimee und ich eingeschlafen sein.

Als ich erwachte, lag ich zwischen Aimees Schenkeln und mein Gesicht ruhte noch immer auf ihren zarten, weichen Brüsten. Ich fühlte Aimees Finger, die mir zärtlich durch die Haare strichen. Und als ich blinzelnd meine Augen öffnete, sah ich, dass die Sonne schon hoch am Himmel stand.

„Guten Morgen mein Engel", flüsterte Aimee ganz zärtlich. Ich rieb mein Gesicht sanft an den weichen Rundungen ihrer Brüste, küsste sie und erwiderte ebenfalls flüsternd: „Guten Morgen mein Schatz!"

Aimee schnurrte wie eine Katze und hauchte: „Du stachelst!"

Natürlich stachelte ich. Ich hatte mich seit Tagen nicht rasiert. Sofort hob ich mein Gesicht von ihren Brüsten und bat sie: „Oh, entschuldige bitte!"

Aber Aimee nahm mein Gesicht sofort in ihre Hände und drückte es sanft wieder auf ihre Brüste.

„Ich mag das!" schnurrte sie erregt. „Es fühlt sich gut an!"

Das tat es auch für mich. Es fiel mir schwer, mich von Aimees Brüsten wieder zu trennen, aber nach einer Weile meinte sie noch immer schnurrend und mit einem leichten Zittern in der Stimme: „Wir sollten langsam aufstehen. Baba ist auch schon auf."

Baba! Die hatte ich ja vollkommen vergessen gehabt. Es hatte gut getan, mich nach dem peinlichen Vorfall im Badezimmer der WG endlich wieder mit Aimee ganz allein zu wissen, oder zu fühlen. Auf dem Balkon waren wir es während der Nacht auch gewesen. Aber gleich nebenan hatte Baba geschlafen, für die ich mich irgendwie verantwortlich fühlte.

Aimee hatte Recht. Wir mussten aufstehen. Wir mussten ein paar Dinge klären; vor allem, wie es jetzt mit Baba weitergehen sollte. Schnell gab ich Aimee einen zärtlichen Kuss, bevor wir unsere, am Boden des Balkons verstreute Wäsche zusammenklaubten. Aimee warf einen mitleidigen Blick auf Jace Jr., der noch halb erigiert, mit fast seiner ganzen Größe nach unten baumelte.

„Armer Junior", sagte sie bedauernd, während sie ihre kleine Hand schon nach ihm ausstreckte. „Er ist schon wieder leer ausgegangen."

Schnell nahm ich Aimees Hand in meine, da ich wusste, dass Junior bei der kleinsten Berührung von ihr wie ein Springteufel nach oben geschnellt wäre. Und dann wäre es wieder peinlich geworden, an Baba vorbei ins Bad zu kommen.

„Ich hab Dir doch gesagt: Ich gehe niemals leer aus!" versicherte ich Aimee und führte ihre Hand an meine Lippen.

Nur mit unserer Unterwäsche bekleidet huschten wir schnell durch das Wohnzimmer, in dem Baba auf dem Sofa saß und geduldig wartete.

„Guten Morgen Baba", wünschten sowohl Aimee, als auch ich.

„Guten Morgen", erwiderte Baba schüchterner, als sie mir am letzten Abend erschienen war. Unwillkürlich blieb ich stehen. Ich war froh, dass ich mit dem Knäuel meiner restlichen Kleidung meine Beule in der Unterhose vor Babas Blick verbergen konnte.

„Hast Du gut geschlafen?" fragte ich, da ich sie jetzt, wo sie einmal da war, auch nicht einfach übergehen oder ignorieren konnte.

„Ja danke!" erwiderte sie schüchtern lächelnd. Ich bemerkte auf ihrer Stirn die Beule, die durch unseren Zusammenstoß entstanden war, und fühlte bei dem Anblick meine eigene, die ich völlig vergessen hatte. Unwillkürlich tastete ich nach meiner Stirn.

Autsch, dachte ich mir, als ich die schmerzende Deformation unter meinen Fingern fühlte und fragte Baba besorgt: „Tut's noch weh?"

Baba schüttelte den Kopf. Und ich fragte sie weiter: „Warst Du schon im Bad?"

„Ich wollte alleine nicht in Deiner Wohnung rumlaufen."

„Dann komm mit. Ich zeig Euch alles."

Kaum hatte ich es ausgesprochen, da bereute ich es schon wieder, denn ich war ja noch nicht einmal angezogen. Aber Baba, die wenigstens mit ihrem Trainingsanzug bekleidet war, stand sofort vom Sofa auf. Und da konnte ich meine Einladung natürlich nicht mehr zurück nehmen.

Wenn man meine Wohnung betrat, stand man in einem kurzen Korridor, der zwei Türen auf der rechten Seite, eine auf der linken und eine am Ende, gegenüber der Wohnungstür hatte. Die erste Tür rechts führte in mein Bad, die zweite in die Küche. Auf der linken Seite war die Schlafzimmertür und am Ende des Korridors ging es ins Wohnzimmer, von dem aus man auch auf den Balkon gelangte, der sich über die ganze linke Seite meiner Wohnung hinzog.

Ich zeigte Aimee und Baba alles und bat sie danach, vor ihnen ins Bad zu dürfen, damit ich beim Bäcker Brötchen für ein Frühstück holen konnte, während die beiden sich frisch machten.

Als ich vom Bäcker zurückkam, brachte ich die Post mit rauf, die seit Wochen meinen Briefkasten verstopfte. Mit einiger Besorgnis sah ich sie durch. Die Miete war fällig, die Rechnung vom Ju-Jutsu-Verein war da, außerdem hatte ich drei Termine in der Kunsthochschule unentschuldigt verpasst und sie drohten mir jetzt an, mich rauszuwerfen, wenn das noch mal vorkommt. Fieberhaft blätterte ich in meinem Kalender und stellte fest, dass ich genau an diesem Tag wieder einen Termin hatte. Gleichzeitig musste ich aber auch ins Krankenhaus, wo mir endlich mein Gips abgemacht werden sollte. Auf der einen Seite brauchte ich das Geld. Auf der anderen Seite war es unmöglich, mit einem Gipsbein Modell zu stehen und irgendwelche knienden oder sitzenden Posen einzunehmen. Insofern hätte es nicht einmal Sinn gemacht, meinen Termin im Krankenhaus zu verschieben.

Ich erklärte Aimee und Baba während des Frühstücks meine Misere. Da fragte Baba: „Könnte Dich nicht jemand als Modell vertreten?"

Fieberhaft überlegte ich, musste dann aber eingestehen: „Ich wüste niemanden, der das machen würde."

„Könnte ich Dich nicht vertreten?" fragte Baba mich da. Ich sah sie nachdenklich an und stellte die Gegenfrage: „Hast Du schon einmal Modell gestanden?"

Baba senkte verlegen ihren Blick und schüttelte den Kopf. Aber als Aimee mich mit dem Ellenbogen anstupste und mich ermutigend ansah, fragte ich Baba weiter: „Und würdest Du es Dir zutrauen?"

„Ich glaube schon!" kam da ihre zaghafte Antwort.

„Heute ist eine Doppelstunde", begann ich zu erklären, „also eineinhalb Stunden. Normalerweise sind die Posen zwischen fünf und zwanzig Minuten. Bei Doppelstunden kommt es aber auch oft vor, dass man eine Pose fünfundvierzig Minuten oder noch länger halten muss, damit die

Schüler eben nicht nur schnelle Skizzen machen, sondern auch mal Bilder detailliert ausarbeiten."

„Das würde ich bestimmt schaffen!" erklärte Baba und sah mich bittend an. Ich nickte und erwiderte: „Ich rufe in der Akademie an. Hoffentlich ist es in Ordnung, dass ich mich vertreten lasse."

Also erhob ich mich vom Frühstückstisch, den wir auf dem Balkon gedeckt hatten und humpelte in den Flur, wo mein Telefon stand. Ich erklärte im Sekretariat der Akademie, dass ich im Krankenhaus gelegen hatte, deshalb nicht in der Lage gewesen war, die verpassten Termine abzusagen und fragte, ob es in Ordnung wäre, wenn ich mich heute von einem hübschen weiblichen Model vertreten lassen würde. Zum Glück stand dem nichts im Wege. Man war zufrieden, dass ich mein Fehlen erklärt und für heute selbstständig einen Ersatz besorgt hatte.

„Schade, dass ich die Stunde nicht besuchen kann", meinte Aimee enttäuscht, als ich Baba und ihr mitteilte, dass Baba für mich einspringen durfte. Ich blickte sie überrascht und fragend an und da erklärte sie mir: „Ich muss Dich doch ins Krankenhaus fahren!"

Das hatte ich mit meiner stummen Frage aber nicht gemeint. Und als ich sie noch immer fragend anblickte, erklärte sie weiter: „Ich will doch auf die Akademie! Bisher ist meine Bewerbung nur noch nicht durch."

Aha! dachte ich mir. Jetzt endlich verstand ich, was Aimee beim Aktzeichnen wollte.

Baba fragte Aimee ungläubig: „Hättest Du mich zeichnen wollen?"

„Warum nicht?" erwiderte Aimee. Baba zuckte mit ihren Schultern und antwortete unsicher: „Weil ich …" Sie warf mir einen verlegenen Blick zu und setzte von neuem an: „Wegen gestern Abend!"

Aimee lächelte nachsichtig und erwiderte: „Ihr beiden wart gestern richtig süß. Und wenn ich nicht glauben würde, dass ihr trotz allem Spaß hattet, hättet ihr mir sogar leid getan."

Baba und ich saßen so verlegen da, wie zwei beim Stehlen erwischte Kinder. Wir wagten beide nicht zu leugnen, dass wir tatsächlich Spaß gehabt hatten. Und Spaß war für das, was wir empfunden hatten, noch eine absolute Untertreibung. Aber Aimee half uns auch wieder aus unserer Verlegenheit heraus, indem sie erklärte: „Trotzdem weiß ich, dass ihr eigentlich nichts dafür könnt."

Ich hätte diese Feststellung ja auf sich beruhen lassen. Baba fragte aber neugierig: „Woher willst Du das wissen?"

„Weil ich Jace schon so lange kenne und weil ich manchmal glaube, dass ich ihn besser kenne, als er sich selbst", antwortete Aimee. Ich sah sie verwundert an, schaffte es aber nicht, die Fragen, die mir auf der Seele brannten, in Worte zu fassen. Aimee erwiderte meinen Blick. Sie schien mir bis auf den Grund meiner Seele zu blicken und aus all dem darin herrschenden Chaos die wichtigste Frage herauszufiltern.

„Ich hab Dich schon immer geliebt!" flüsterte sie ganz leise und zärtlich!

Baba räusperte sich verlegen und durchbrach damit den Zauber, der Aimees und meinen Blick miteinander verschmelzen ließ.

„Entschuldigung!" sagte sie leise. Aimee nahm aber behutsam Babas Hand und erwiderte: „Es gibt nichts, wofür Du Dich entschuldigen musst, Baba!"

Baba wollte darauf ebenfalls etwas erwidern. Aber Aimee fuhr ganz sanft fort: „Ihr beiden habt mir nicht leid getan, als ihr zusammen im Bad wart. Aber es tut mir wirklich leid, was Veronika danach getan und gesagt hat!"

„Mir auch!" stimmte ich sofort zu und erklärte: „Ich hätte niemals gedacht, dass Veronika so mies zu Dir sein könnte. Ich dachte, ihr beiden wärt …"

„Veronika war schon immer so, seit ich sie kenne", unterbrach mich Baba. „Sie wollte mit mir nur ein exotisches Anhängsel haben, mit dem sie angeben konnte. Aber sie hat es nie ertragen, wenn sie mal nicht selbst im Mittelpunkt gestanden hat."

Ich nahm Babas zweite Hand und drückte sie sanft.

„Manchmal", erzählte Baba weiter, „war sie ja auch ganz lieb. Und sie konnte auch sehr zärtlich sein. Aber sie hat so oft versucht, mich zu verletzen, dass die Zärtlichkeiten immer weniger Bedeutung für mich hatten und am Ende auch nur noch bitter geschmeckt haben. Das neulich im Flur, als wir Dir begegnet sind, das war ja nur für Dich inszeniert. Veronika wollte Dich scharf machen. Sie hat gemeint, dass sie Dich Aimee in weniger als einer Woche ausspannen könnte."

„Nicht in einer Million Jahre!" erwiderte ich angewidert. Veronika hatte mir an diesem Tag im Flur optisch wirklich gut gefallen. Und ich hätte sie wirklich gerne vor meiner Kamera gehabt. Doch jetzt, wo ich ihren Charakter kennen gelernt hatte, widerte sie mich nur noch an. Aber selbst wenn sie eine Heilige gewesen wäre, hätte sie mich niemals Aimee ausspannen können, denn ich liebte Aimee so sehr, wie ein Mann nur eine Frau lieben kann.

„Das hab ich ihr auch gesagt!" meinte Baba lächelnd. Und dann fragte sie mich: „Du hast mich gestern gefragt, ob ich bi bin. Willst Du das immer noch wissen?"

Ich warf einen verlegenen Blick auf Aimee und antwortete: „Du hattest geantwortet, dass Du nirgendwo hingehörst."

„Ja", nickte Baba, „das ist auch so. Als Kind wurde ich jahrelang von meinem Vater missbraucht. Ich glaubte, ich könnte niemals wieder einen Mann berühren oder seine Berührung ertragen. Und so hab ich Schutz und Zärtlichkeit bei Frauen gesucht. Aber von Frauen wie Veronika, denen es egal ist, wie weh sie einem tun, bekommt man weder vom einen, noch vom anderen sehr viel."

„Das wusste ich nicht!" stotterte ich verlegen, drückte behutsam noch einmal Babas Hand und bat sie: „Bitte verzeih mir, Baba. Ich wollte Dir gestern wirklich nicht zu nahe treten."

„Das bist Du nicht!" versicherte sie mir, wendete sich dann an Aimee und gestand ihr: „Jace ist der erste Mann, der etwas in mir berührt hat. Ich weiß nicht, wie und warum. Aber ich möchte, dass Du das weißt! Ich will ihn Dir nicht wegnehmen und ich will auch Eure Beziehung nicht durch meine Gefühle oder Anwesenheit belasten. Deswegen werde ich heute nach dem Zeichnen nicht mehr hierher zurückkommen!"

Mein Herz klopfte laut bei diesem Geständnis, das Baba nicht einmal mir selbst, sondern Aimee gemacht hatte. Aimee versuchte zu lächeln. Aber ich sah und spürte, wie schwer es ihr fiel. Dann antwortete sie: „Ich hatte Angst davor, dass Du so was sagen würdest. Aber ich bin Dir unendlich dankbar dafür, dass Du es getan hast. Ich hab gespürt, dass da gestern irgendetwas zwischen euch passiert ist. Aber wie könnte ich Dir vorwerfen, dass der Mann, den ich über alles liebe, auch in Dir etwas berührt? Und wie könnte ich Dir vorwerfen", wandte sie sich jetzt an mich, „dass Du auf Baba reagierst, deren Geruch sogar mir zu Kopf steigt und bei der sogar ich weiche Knie bekomme, obwohl ich noch nie etwas mit einer Frau hatte?"

Aimee ließ Babas Hand los, erhob sich und ging wortlos hinein. Ich wechselte einen kurzen, skeptischen Blick mit Baba und folgte dann Aimee, die ins Schlafzimmer gegangen war und sich dort aufs Bett geworfen hatte.

„Es tut mir leid!" sagte ich sanft, legte mich neben Aimee und schlang zärtlich meine Arme um sie. Aimee wendete mir ihr Gesicht zu und ich sah in ihren wunderschönen, haselnussbraunen Augen Tränen schimmern. Trotzdem lächelte sie mich tapfer an und versicherte mir: „Das muss es nicht, mein Engel."

„Doch, das muss es!" widersprach ich ihr und küsste ihr zärtlich die Tränen von den Wangen. „Ich möchte Dich glücklich machen und nicht traurig. Ich möchte, dass Du lachst und nicht, dass Du weinst!"

„Weinen und Lachen liegen so dicht beieinander!" erklärte mir Aimee verliebt. „Ich bin so glücklich, wenn Du glücklich bist!"

„Aber ich bin nicht glücklich, wenn ich Dich zum Weinen bringe", erwiderte ich besorgt und versuchte zu erklären: „Das was gestern passiert ist, …"

„Du musst mir nichts erklären, mein Schatz. Ich war doch die ganze Zeit bei Dir, in Deinem Kopf und in Deinem Herzen. Ich selbst hab Dir doch gesagt, dass Du da alleine durch musst."

„Und ich hab Dir darauf geantwortet, dass ich nicht alleine bin!"

„Ich liebe Dich so sehr! Und ich weiß, dass Du mich liebst! Könnte eine Frau ein größeres Glück erleben?"

„Ja", erwiderte ich schuldbewusst, „wenn ich sie nicht zum Weinen bringen würde!"

Aimee schniefte kurz, setzte sich dann ruckartig auf und schlang ihre Arme um meinen Nacken. Sie gab mir einen zärtlichen Kuss und fragte mich dann: „Würde ich Dich wirklich lieben, wenn ich nicht um Dich weinen könnte?"

„Jede Träne spült ein kleines bisschen Liebe davon", erwiderte ich melancholisch, „bis keine Liebe mehr übrig ist."

„Das klingt schön!" meinte Aimee darauf verträumt. „Es ist schon fast poetisch."

Ich schüttelte aber den Kopf und widersprach: „Nein, es ist nur traurig!"

Aimee bettete meinen Kopf sanft in ihren Schoß und sagte ganz leise: „Als Du mit Mama zusammen warst, da hat es für Dich nur noch sie gegeben. Mich kann ich nicht rechnen, weil Du in mir nur ein Kind gesehen hast. Trotzdem warst Du mit mir so glücklich, wie ich es mit Dir war. Du konntest mit mir glücklich sein und mich lieben, weil ich ein Kind war. Deine Liebe zu mir war die Liebe zu einem Kind, völlig frei von erotischen Gedanken. Deswegen hattest Du kein schlechtes Gewissen Mama gegenüber. Aber Deine Liebe war da. Sie war echt. Ich weiß, dass man auf verschiedene Weise lieben kann, ..."

„Aber ich liebe Baba nicht!"

„Trotzdem ist da etwas! Ich will wieder mit Dir durch die Wälder streifen, Jace! Ich will wieder mit Dir auf Bäume klettern. Und jetzt will ich Dich so lieben dürfen, wie ich es früher nicht durfte."

„Das darfst Du!" warf ich an dieser Stelle ein. Aimee schien es aber nicht zu hören oder zu beachten, denn sie fuhr fort, ohne darauf zu reagieren: „Ich bin nicht Mama, Jace! Ich weiß, dass man Gefühle nicht steuern kann. Und ich werde Dich niemals aufgeben, weder aus Angst, dass Du in einem anderen Mädchen auch eine Frau sehen könntest, noch aus der Tatsache heraus, dass Baba irgendetwas an sich hat, das sogar ich wahrnehmen kann. Ich bitte Dich nur um eines: Teile auch Deine Gefühle für Baba mit mir."

Ich wollte irgendetwas erwidern. Aber Aimee erklärte mir weiter: „Was auch immer Baba für Dich empfindet, oder Du für sie; Ich bin da, mein Engel und mit mir meine Liebe!"

„Trotzdem hast Du geweint!" erwiderte ich und fühlte mich noch immer schuldig. Aimee küsste mich noch einmal und sagte: „Ich hab Dir doch gesagt, dass Weinen und Lachen ganz nah beieinander liegen!"

Dann forderte sie mich plötzlich auf: „Komm mit!"

Sie zog mich hinter sich her zurück auf den Balkon. Der war inzwischen leer. Baba hatte den Frühstückstisch abgeräumt und wusch das Geschirr in der Küche ab. Dahin zog Aimee mich jetzt. Ich hatte keine Ahnung, was sie vorhatte. Aber als wir Baba in der Küche vorfanden, fragte sie sie: „Würdest Du mir erlauben, Dich zu zeichnen, Baba?"

Baba sah Aimee verwundert an und erwiderte verunsichert: „Ich dachte,

Du wolltest, dass ich gehe."

„Solange Du kein Zuhause hast, gehst Du nirgendwo hin", erwiderte Aimee sehr resolut und wiederholte ihre Frage noch einmal: „Also: Wenn Du noch eine Weile hier bist, darf ich Dich dann zeichnen?"

Baba blickte mich unsicher fragend an. Und ich sagte schließlich: „Du bist hier willkommen, Baba!"

Darauf wendete sich Baba wieder an Aimee und antwortete: „Ich glaube, es ist doch besser, wenn ich wieder gehe. Aber Du darfst mich trotzdem gerne zeichnen. Ich melde mich dann bei Dir, wenn ich weiß, wo Du mich erreichen kannst."

„Baba, bitte bleib!" bat ich sie jetzt, da ich mir wirklich Sorgen um sie machte und mir selbst Vorwürfe gemacht hätte, wenn ich sie einfach wieder auf die Straße geschickt hätte. Und mehr, um mich selbst davon zu überzeugen, versprach ich: „Irgendwie kriegen wir das alles schon geregelt!"

Baba wurde sehr nachdenklich und erwiderte darauf: „Ich denk darüber nach!"

Zufällig fiel mein Blick auf die Küchenuhr und ich stellte zu meinem Schrecken fest: „Oh verdammt, schon so spät. Wir müssen los, sonst kommst Du zu spät in den Kurs."

Schnell liefen wir zum Auto. Ich lotste Aimee zur Kunstakademie. Dort begleiteten wir Baba noch bis zum Zeichensaal. Ich stellte sie dem Dozenten vor, der schon ungeduldig wartete. Der Dozent gab Baba den Personalbogen, den sie ausfüllen musste und ging voraus in den Saal, in dem die Studenten schon warteten.

„So, jetzt wird's ernst!" meinte ich, versuchte Baba aber sofort Mut zu machen, indem ich aufmunternd sagte: „Es wird schon gut gehen. Beim ersten Mal ist es halt immer ein bisschen komisch!"

Baba lächelte mich sichtlich nervös an und fragte mich nach einem kurzen Blick auf den Personalbogen: „Was soll ich da denn rein schreiben? Ich hab ja gar keine Adresse."

„Dann gibst Du einfach meine an und schreibst ‚bei Leroy' dazu", antwortete ich nach kurzem Überlegen. Ich diktierte Baba schnell meine Adresse und wünschte ihr: „Toi toi toi!"

„Viel Glück, Baba!" wünschte auch Aimee und küsste Baba auf die Wange. Dann verschwand Baba im Zeichensaal. Es war ein komisches Gefühl sie dort an meiner Stelle zu wissen und irgendwie hätte ich mir selbst gewünscht, dieser Stunde als Schüler beiwohnen zu können.

„Wir müssen weiter ins Krankenhaus!" drängte Aimee und nahm liebevoll meine Hand.

Ich freute mich darauf, den Gips endlich wieder loszuwerden und ließ mich von Aimee auch noch zu diesem Termin fahren. Unterwegs erzählte sie mir, dass sie Baba während der letzten Nacht im Keller gefunden hatte. Baba war zuerst verzweifelt auf die Straße gelaufen, war dann aber, nachdem sie nichts und niemanden hatte, wohin sie sich hätte wenden können, wieder ins Haus zurückgelaufen, ohne an ihre Tasche zu denken und hatte sich weinend im Keller verkrochen.

„Verstehst Du jetzt, dass wir sie nicht so einfach gehen lassen dürfen?" fragte Aimee mich voller Mitgefühl. „Wir beide sind im Moment wahrscheinlich die einzigen Menschen, die sie hat."

Ich nickte stumm. Ich fühlte ebenfalls die Verantwortung, die ich für Baba übernommen hatte.

Aber die Situation machte mir wegen der nicht zu leugnenden Gefühle, die da irgendwo und irgendwie mitschwangen, einfach Angst.

Im Krankenhaus musste ich trotz Termin lange warten. Als ich meinen Gips dann endlich los war, war Babas erstes Aktzeichnen auch schon vorbei.

„Wir hätten mit Baba ausmachen sollen, dass wir sie in der Akademie wieder abholen", meinte Aimee besorgt, als wir wieder zum Auto liefen. Ich sprang übermütig herum und genoss es, meinen Bewegungsdrang endlich wieder ausleben zu können. Doch auch ich teilte Aimees Sorge. Baba hatte noch nicht zugesagt gehabt, dass sie wieder zu uns zurückkommen würde. Und jetzt verpassten wir das Ende ihrer Zeichenstunde. Also beeilten wir uns und hofften, Baba in der Akademie noch anzutreffen. Aber sie war schon weg.

Im Zeichensaal traf ich nur noch den Dozenten an.

„Ah, Leroy!" rief er mir sofort zu, als ich durch die Tür blickte. Und ich fragte als Antwort nur: „Ist Baba schon weg?"

„Ja, sie ist gleich nach der Stunde los!"

„Danke", erwiderte ich und wollte mich mit Aimee schon wieder zum Gehen umwenden. Da fragte er mich aber noch: „War es ihr erstes Aktzeichnen?"

„Ja."

„Dachte ich's mir doch."

„Wieso?" fragte ich leicht besorgt.

„Naja, das Mädel war noch ein bisschen verkrampft. Aber ich denke, das gibt sich nach ein paar Mal. Die Schüler waren jedenfalls begeistert von ihr."

Das kann ich mir vorstellen! dachte ich mir. Und in dem Moment fragte Aimee den Dozenten: „Kann man hier auch mitzeichnen, wenn man noch nicht an der Akademie studiert?"

Der Dozent musterte Aimee mit einem bewundernden Blick und antwortete mit der Gegenfrage: „Sie wollen hier studieren?"

„Ich hab mich schon beworben!"

„Ich fürchte, vorerst haben Sie keine guten Chancen, angenommen zu werden. Soweit ich weiß, sind schon alle Plätze für die nächsten Jahre vergeben."

Es war Aimee anzusehen, wie ihre Hoffnungen zerbrachen. Ich nahm sie zärtlich in den Arm, was der Dozent mit einem eifersüchtigen Blick honorierte.

„Es ist doch überall das Gleiche", stellte ich bitter fest. „Es läuft alles nur noch über Beziehungen."

Der Dozent widersprach mir nicht. Er räusperte sich nur verlegen und meinte dann, an Aimee gewandt: „Zweimal in der Woche gibt es Abends freies Aktzeichnen. Also wenn das mit Ihrem Studienplatz nicht klappt, können Sie zumindest weiter an sich arbeiten. Da müssen Sie nur einen Beitrag für das Modell bezahlen."

„Danke", sagte Aimee leise und bat mich dann: „Bitte lass uns gehen, Jace."

Ich küsste Aimee tröstend auf die Stirn und wollte mich wieder mit ihr abwenden. Da hielt mich der Dozent aber noch einmal zurück.

„Ach Leroy", sagte er schnell, „bevor ich es vergesse: Man ist an mich mit der Frage herangetreten, ob Baba und Sie eventuell gemeinsam Akt stehen könnten?"

„Wer?" fragte ich verwundert.

„Schüler! Und ich muss zugeben, die Vorstellung ist sehr reizvoll. Ich weiß zwar nicht, ob ich es im normalen Unterricht durchbringen kann. Aber an den freien Stunden wäre es auf jeden Fall machbar."

Ich wusste nicht, was ich darauf antworten sollte. Jetzt, wo wir erfahren hatten, dass Aimee wohl nicht an der Akademie angenommen werden würde, hatte ich gar keine Lust mehr, selbst noch Modell hier zu stehen. Außerdem wusste ich auch gar nicht, wo Baba war und ob sie überhaupt Interesse daran hätte, selbst noch öfter Modell zu stehen und noch dazu mit mir. Das einzige, was ich wusste, war, dass ich nicht nackt mit Baba posieren könnte, ohne dabei eine Erektion zu bekommen. Während ich noch grübelte, wendete sich der Dozent an Aimee und fragte sie: „Vielleicht wäre das ja auch etwas für Sie?"

„Für mich?" fragte Aimee verlegen. Und jetzt war ich derjenige, der dem Dozenten einen eifersüchtigen Blick dafür zuwarf, dass er Aimee ganz offensichtlich nackt sehen wollte. Gleichzeitig spürte ich aber einen leichten Druck von Aimees kleiner Hand und erinnerte mich an ihren Großmut vom Morgen. Und da fragte mich selbst, wie ich irgendjemandem übel nehmen könnte, Aimee, die schönste aller Frauen, ebenfalls nackt sehen und sogar zeichnen zu wollen. Aimees Liebe zu mir war so groß, dass sie mich, wenn ich sie richtig verstanden hatte, sogar mit Baba teilen wollte. Wie konnte ich da so engherzig sein, ihre Schönheit nur für mich beanspruchen zu wollen? All diese Gedanken schossen mir im Bruchteil einer Sekunde durch den Kopf. Und schließlich spuckte mein Gehirn als Antwort auf die Frage nach dem Grund meiner Eifersucht die Angst aus, die Angst, die ich davor hatte, Aimee wieder zu verlieren.

Du wirst mich nie verlieren! hörte ich da Aimees Stimme in meinem Kopf. Und als ich in das lebendige Braun, ihrer leicht exotischen Augen blickte, die mich mit einem eigenartigen Glanz anstrahlten, fuhr sie weiter stumm fort, so dass der Dozent es nicht hören konnte: Ich hab immer nur Dich geliebt, mein Engel!

Zu dem Dozenten sagte sie aber: „Ich denke drüber nach."

„Die Listen für die Modelle fürs nächste Quartal liegen im Sekretariat aus", wendete der Dozent, dessen Namen ich mir einfach nie merken konnte, wie ich an dieser Stelle einmal erwähnen muss, sich jetzt wieder an mich. „Und wegen den Paarterminen würde ich dann noch auf sie zukommen, Leroy."

Wir verabschiedeten uns und gingen als erstes ins Sekretariat, wo Aimee jetzt offiziell erfuhr, dass ihre Bewerbung zur Aufnahme an der Akademie leider nicht berücksichtigt werden konnte. Sie bekam ihre Bewerbungsmappe zurück und eigentlich wollte ich danach sofort gehen, aber Aimee bat mich, mich doch in die Listen fürs Aktzeichnen einzutragen.

„Du musst es machen, wenn das im Moment Deine einzige Einnahmequelle ist", sagte sie eindringlich und erklärte weiter: „Die Schüler können doch nichts dafür, wie das Auswahlverfahren hier läuft."

„Da bin ich mir nicht so sicher", widersprach ich aber, „Sie sind diejenigen, die die Studienplätze bekommen haben!"

„Aber die Kunst ist Dein Leben, Chase. Lass Dir das nicht nehmen."

„Nur weil ich nicht weiß, wie ich im Moment meine Rechnungen bezahlen soll", erwiderte ich und trug mich in die Listen ein.

Auf dem Weg zurück zum Auto versuchte Aimee mich zu trösten, indem sie sagte: „Mach Dir keine Gedanken wegen mir. Ich wusste ja von Anfang an, dass es schwierig ist, einen Studienplatz in der Kunstakademie zu bekommen. Ich hätte nur so gehofft, dass …"

Aimee seufzte. Ich nahm sie zärtlich in meine Arme, küsste sie und versprach ihr: „Irgendwie schaffen wir das schon."

Und dann fragte ich sie: „Darf ich Deine Mappe ansehen?"

„Natürlich", antwortete Aimee. Aber zuerst sollten wir zu Dir nach Hause fahren und sehen, ob Baba da ist.

„Es heißt nicht **zu mir** nach Hause", widersprach ich lächelnd. „Es heißt: Nach Hause!"

Aimee schlang verliebt ihre Arme um meinen Hals und küsste mich. Übermütig hob ich sie hoch und trug sie bis zum Wagen.

„Frau Leroy!" flüsterte ich ihr liebevoll ins Ohr. Dabei hatte ich weder Ahnung, wie ich die Hochzeit bezahlen sollte, noch was ich dafür alles tun musste.

Aimee küsste mich ganz zärtlich und flüsterte: „Frau Leroy, das klingt gut!"

Dann blickte sie mir aber plötzlich sehr nachdenklich und ernst in die Augen und flüsterte noch eine Spur leiser: „Aber ich kann Dich nicht heiraten, Jace!"

Fortsetzung folgt …

DIE CF... WAS FÜR 'NE PARTY?

KAPITEL 9

- NOCH EINMAL CFNM -

Was bisher geschah:

Aimee, die erwachsen gewordene Tochter meiner ehemaligen Lebensgefährtin Martina gewann mich auf einer CFNM-Party, auf der ich als ‚Nude Male' aufgetreten war. Sie nahm mich mit in ihr WG-Zimmer, wo sie mir eingestand, dass sie mich liebte und wo auch ich erkannte, dass ich sie als Frau und nicht mehr als Kind liebte.

Nach einigen Missverständnissen, die uns beiden fast das Leben gekostet hätten, das wir uns aber auf wundersame Weise gegenseitig retten konnten, machte ich Aimee einen Heiratsantrag, den sie freudig annahm.

Doch dann geriet ich in eine dumme Situation mit Baba, dem hübschen, schwarzen und so außergewöhnlich gut riechendem Mädchen, das sich mit Veronika ein Zimmer in Aimees WG teilte. Veronika setzte Baba daraufhin auf die Straße. Und ich nahm Baba auf Aimees Zuspruch auch noch mit in meine kleine Zwei-Zimmer-Wohnung, in die ich Aimee gebeten hatte, einzuziehen. Baba vertrat mich als Modell beim Aktzeichnen, während ich einen Termin im Krankenhaus hatte, um mir einen Gips entfernen zu lassen. Doch als ich mit Aimee Baba nach der Zeichenstunde wieder abholen wollte, war die bereits verschwunden. Aimee erfuhr bei dieser Gelegenheit, dass ihre Bewerbung um einen Studienplatz an der Kunstakademie nicht berücksichtigt werden konnte. Und als ich mit Aimee dann wieder auf dem Weg zum Wagen war, eröffnete sie mir plötzlich, dass sie mich nicht heiraten konnte, obwohl sie mir erst wenige Augenblicke zuvor ihre Liebe geschworen hatte!

Ungläubig starrte ich Aimee an. Ich trug sie noch immer auf meinen Armen, war auf der einen Seite nicht in der Lage, sie abzusetzen, weil ich mich von dieser Nachricht wie gelähmt fühlte, hatte auf der anderen Seite aber Angst, sie fallen zu lassen, weil ich durch eben diese Nachricht, die mich auf der einen Seite lähmte, auf der anderen Seite so aufgeregt oder erregt war, dass ich zu zittern begann.

„Warum nicht?" stotterte ich, während ich spürte, wie mir die Worte den Hals zuschnürten.

„Wegen Baba!" antwortete Aimee ganz sanft aber dennoch sehr bestimmt.

„Ich liebe nur Dich!" versicherte ich Aimee und versuchte verzweifelt die Tränen niederzukämpfen, die mir in die Augen steigen wollten. Aimee klammerte sich an mich, küsste mein Gesicht und erwiderte mit ebenfalls aufsteigenden Tränen: „Ich weiß, mein Engel! Und ich liebe nur Dich! Aber trotzdem sind da Gefühle, ... sehr starke Gefühle, die Baba nicht leugnet, die Du nicht leugnest und die sogar ich spüren kann. Ich würde Dich auf der Stelle heiraten, Jace, ..."

„Dann lass es uns tun, Aimee. Jetzt!"

„Man kann keine Ehe zu dritt führen, mein Engel."

„Ich will nur Dich Aimee! Ich leugne nichts. Aber ..."

„Wenn wir beide uns nicht wieder begegnet wären", unterbrach mich Aimee, „was hättest Du dann für Baba empfunden? Was würdest Du für sie empfinden, wenn Dein Herz frei wäre?"

„Das ist eine hypothetische Frage!" wehrte ich ab. „Mein Herz ist nicht frei und wird es für den Rest meines Lebens und aller kommenden Leben nicht mehr sein. Ich liebe nur Dich Aimee! Ich will mit Dir alt werden und sterben. Und wenn ich wiedergeboren werde, dann werde ich nach Dir suchen, bis ich Dich wieder gefunden habe, egal in welcher Gestalt wir beide dann wieder auf dieser Erde oder sonst irgendwo in diesem oder einem anderen Universum ins Leben zurückgeschickt werden!"

„Ich liebe Deine poetische Ader mein Engel!" erwiderte Aimee und küsste ganz zärtlich meine Lippen. „Aber Baba hat Dir ebenfalls ihre Liebe gestanden!"

„Das hat sie nicht!" widersprach ich energisch. "Sie hat Dir irgendetwas gestanden! Aber von Liebe war da kein Wort."

„Sie liebt Dich, Jace!"

„Und wenn es so wäre, ..."

„Es ist so!"

„Aber dafür kann ich doch nichts. Aimee bitte: Lass uns Baba einfach vergessen. Sie wollte doch nach dem Aktzeichnen ohnehin nicht mehr zu uns zurückkommen. Lass uns gemeinsam ein neues Leben beginnen, nur wir beide. Wir können von hier weggehen, irgendwohin, wo wir ganz neu anfangen können, wo es niemanden gibt, außer Dir und mir."

„Baba hat noch ihre Tasche bei Dir stehen."

„Wenn sie sie haben will, kann sie sie ja abholen! Aimee: Wenn ich Dir nicht mehr begegnet wäre, dann hätte ich auch Baba niemals kennen gelernt. Ich wäre niemals in so eine verzwickte Situation mit ihr geraten, hätte niemals ihren Geruch wahrgenommen, hätte niemals auf sie reagieren können und auch Baba hätte sich niemals einreden können, dass sie etwas für mich empfinden würde. Wir können doch nicht, nur weil wir anderen Menschen begegnen, die auch in irgendeiner Weise eine Wirkung auf uns haben, auf unser eigenes Glück verzichten."

„Ich will doch gar nicht darauf verzichten, mein Engel! Ich will durch dieses Leben und durch alle künftigen mit Dir gehen. Aber ich will auch nicht die Menschen, denen wir auf unserem Weg durchs Leben begegnen, und die Gefühle, die wir für sie und sie für uns hegen, leugnen. Ich werde keinen Menschen jemals so lieben wie Dich, Jace! Aber trotzdem oder auch deswegen erkenne ich eine Liebe, die einen von uns oder uns beide betrifft! Baba liebt Dich! Du reagierst sehr stark auf Baba, weißt aber mit Deinen Gefühlen nicht umzugehen, weil Du mich liebst! Stimmt das soweit?"

„Ich weiß nicht?" stammelte ich verwirrt. Und Aimee fuhr fort: „Ich hab Dir und Baba heut Morgen schon gesagt, dass ich Babas Geruch auch auf sehr ungewöhnliche Weise wahrnehme und dass ich bei ihrem Anblick weiche Knie bekomme. Ich habe noch nie so auf eine Frau reagiert und habe irgendwie das Gefühl, sie durch Deine Augen zu sehen und mehr noch: Sie überhaupt mit Deinen Sinnen wahrzunehmen. Jace, ich spüre selbst körperlich, was Du für Baba empfindest!"

Meine Verwirrung nahm immer mehr zu und ich gelangte zu der Erkenntnis, dass ich, seit Aimee wieder in mein Leben getreten war, so verwirrt war, wie noch nie zuvor in meinem Leben. Aimee sah mir so liebevoll in die Augen, dass ich spürte, wie ihre Liebe mich durchströmte, als sie mir schließlich sagte: „Ich glaube, Jace, dass Baba irgendwie zu uns gehört. Vielleicht mehr zu Dir, als zu mir. Aber sie gehört dazu. Das darfst Du nicht leugnen."

Ich schwieg lange Zeit, während sich alles in meinem Kopf drehte. Ich nahm nicht einmal bewusst wahr, dass ich Aimee noch immer auf meinen Armen trug. Ich nahm nur wahr, dass sie da war, dass unsere Körper sich aneinanderschmiegten, dass Aimees Atem mein Gesicht streichelte, während die Welt um mich herum oder auch die Gedanken in meinem Kopf im Chaos versanken. Als ich aus all dem Chaos schließlich einen Gedanken herausfiltern konnte, fragte ich schließlich: „Und deswegen willst Du mich nicht heiraten?"

„Würdest Du mich jemals belügen, mein Engel?" stellte Aimee die Gegenfrage. Und ich antwortete: „Niemals!"

„Und würdest Du dann vor Gott und der Welt schwören, dass Du nichts für Baba empfindest, dass Du sie nicht liebst und auch keine erotischen Gedanken an sie hast?"

„Ich schwöre Dir, dass ich Dir immer treu sein werde!"

„Abgelehnt!" erwiderte Aimee sanft.

„Was heißt: Abgelehnt?"

„Das heißt, dass ich keine Opfer von Dir annehme."

„Das ist kein Opfer, weil ich Dich liebe!"

„Es würde zu einem Opfer werden, sobald Du Dir darüber klar wirst, dass das, was Du für Baba empfindest, eine Bedeutung hat."

„Woher willst Du das denn wissen?"

„Ich weiß es, weil ich Dich liebe!"

Das macht doch alles keinen Sinn! dachte ich verwirrt. Aber da hörte ich schon Aimees Antwort in meinem Kopf: *Oh doch, das tut es, mein Engel!*

Und dann fragte sie mich plötzlich wieder laut, aber dabei trotzdem ganz leise: „Warum ist denn plötzlich das Heiraten für Dich so wichtig?"

Ich konnte die Frage gar nicht so einfach beantworten. Aber schließlich sagte ich doch: „Weil ich Dich so sehr liebe, wie ich mir niemals hätte vorstellen können, jemals zu lieben und weil ich einmal in meinem Leben etwas richtig machen möchte!"

„Dann schwöre ich Dir hier und jetzt, dass ich für immer Deine Frau sein werde, Jace Leroy!"

Dieses Hier und Jetzt war der Parkplatz vor der Kunstakademie. Ich trug Aimee noch immer auf meinen Armen. Aber ich spürte ihr Gewicht nicht und drehte mich einmal mit ihr, um diesen Moment und alles, was uns umgab, in mich aufzunehmen. Dann sah ich Aimee ganz tief in ihre haselnussbraunen Augen und erwiderte auf ihren Schwur: „Und ich schwöre Dir, dass ich von heute bis in alle Ewigkeit Dein Mann bin, Aimee!"

Ganz langsam näherten sich unsere Lippen und dann küssten wir uns so innig und voller Liebe, dass alle meine Ängste und Zweifel sich (zumindest für diesen Moment) auflösten. Trotzdem flüsterte ich nach diesem Kuss ein wenig betrübt: „So hätte ich mir unsere Hochzeit nicht vorgestellt! Ich hab nicht mal Ringe besorgt."

„Ich hab Deinen Ring von der Party wieder gefunden. Er lag am nächsten Tag noch an der Stelle, wo ich ihn fallengelassen hatte", erwiderte Aimee verschmitzt lächelnd. Ich sah sie skeptisch an und meinte mit gemischten Gefühlen bei der Erinnerung an die CFNM-Party und den Cockring, den ich dabei hatte tragen müssen: „Ich dachte eigentlich an andere Ringe!"

Aimee küsste mich noch einmal voller Liebe und sagte dann: „Ich brauche keinen Ring, Jace, ich brauche keine Kirche und keine Zeremonie. Ich brauche nur Dich! Stell Dir doch nur mal unsere Hochzeit vor. Wen hätten wir denn eingeladen?"

Ich überlegte kurz. Aber mir fiel beim besten Willen niemand ein. Ich hatte keine Familie und niemanden, den ich als Freund bezeichnet hätte. Also antwortete ich: „Martina!"

„Mama hat schon zu mir gesagt, dass sie nicht kommen würde!"

„Deinen Vater!"

„Mein Vater will mit mir genauso wenig zu tun haben, wie Mama mit Alain."

„Alain!"

„Er wäre der einzige, der kommen und sich für uns freuen würde, wenn er nicht in Kanada wäre."

„Naja", meinte ich. „Es wäre nicht die große Feier. Aber darauf kommt es schließlich nicht an."

„Ja, das stimmt", gab Aimee mir Recht. „Wichtig ist nur, dass wir uns lieben!"

Als wir schließlich im Wagen saßen und zurück nach Hause fuhren, grübelte ich noch immer über das vorangegangene Gespräch und seine Bedeutung für mein zukünftiges Leben nach. Ich dachte ganz bewusst an Baba und ließ die Empfindungen, die ich dabei hatte, ebenso bewusst zu. Ich konnte nicht leugnen, wie sehr Baba mich faszinierte. Allein die Erinnerung an den Geruch ihrer Haut verursachte mir ein erregendes Prickeln. Und die Erinnerung daran, wie ich ihre zierliche, kleine Gestalt nackt gesehen hatte, wie wir völlig verklemmt (in jeder nur möglichen Auslegung des Wortes!) in der Wanne gelegen hatten, wie sich ihre Haut auf meiner angefühlt hatte, wie ihre warme, leise Stimme geklungen und ‚Himmelherrgottnochmal' zu mir gesagt hatte, wie schön sie war und wie ihre dunklen Augen mich angesehen hatten, ließ mein Herz deutlich schneller schlagen. Trotzdem dachte ich mir, dass ich Baba nicht liebte, dass es nur eine Faszination war, die ich ausblenden konnte, sobald Baba nicht in meiner Nähe war.

„Wenn Baba nicht zurückkommt …" wollte ich einen neuen Versuch bei Aimee starten. Aber sie wartete den Vorschlag, den ich machen wollte, nicht einmal ab, sondern vervollständigte den von mir begonnenen Satz sofort mit dem Argument: „… dann sollten wir uns Sorgen um sie machen, weil sie niemanden außer uns hat!"

Das Schlimme war, dass Aimee Recht hatte. Ich machte mir ja bereits jetzt Sorgen, weil ich nicht wusste, wohin Baba nach dem Aktzeichnen gegangen war. Und wenn sie nicht zurück zu mir nach Hause kommen würde, dann würde die Ungewissheit sicher unerträglich werden.

„Siehst Du", meinte Aimee, die jetzt, wo ich selbst wieder fahren konnte, auf dem Beifahrersitz neben mir saß und anscheinend meine Gedanken las. „Du kannst nicht aus Deiner Haut raus, mein Engel. Du wirst Dir immer Gedanken und Sorgen um die Menschen machen, die Dir etwas bedeuten. Und deswegen liebe ich Dich so sehr!"

Ich sah Aimee nachdenklich an, während ich mich fragte, was sie eigentlich an mir fand oder in mir sah. Womit hatte ich diesen Engel und seine Liebe überhaupt verdient?

„Du solltest lieber auf die Straße schauen!" meinte sie da ganz sanft und das keinen Augenblick zu früh, da ich eben im Begriff stand, über eine rote Ampel zu fahren, was ich erst durch Aimees Warnung registrierte. Ich trat sofort auf die Bremse und hielt mit quietschenden Reifen.

„Puh!" machte ich erleichtert, als der Wagen stand und wendete mich dann wieder Aimee zu.

„Ich wünschte, ich könnte mit Worten ausdrücken, wie sehr ich Dich liebe, Aimee!" sagte ich mit klopfendem Herzen, beugte mich zu ihr und küsste sie ganz zärtlich und innig, bis ein Hupkonzert hinter uns mich darauf aufmerksam machte, dass die Ampel wieder grün war.

Baba wartete nicht vor meiner Wohnung, wie Aimee und ich es gehofft hatten.

Im Briefkasten war Post von der Bank und von der Hausverwaltung, was mich mit neuen Befürchtungen und Sorgen belastete. Trotzdem trug ich Aimee nach unserem gegenseitigen, inoffiziellen Eheversprechen ganz romantisch über die Schwelle meiner Wohnung und flüsterte ihr verliebt ins Ohr: „Willkommen in Deinem neuen Zuhause, mein Engel!"

Wir küssten uns lange und zärtlich. Und ich verdrängte die unangenehme Post, die ich eigentlich hätte lesen sollen, vollkommen. Erst als Aimees und meine Lippen sich wieder trennten und Aimee mich darauf aufmerksam machte, dass mein Anrufbeantworter blinkte, fiel mir auch wieder die Post ein. Ich öffnete die Couverts und las die unangenehmen Schreiben. Mein Konto war überzogen, die letzte Miete war deshalb zurückgebucht worden, die neue stand bereits an und mir wurde die Kündigung angedroht.

„Es tut mir leid, mein Engel", entschuldigte ich mich bei Aimee. „Ich hätte Dir gern ein bisschen mehr das Gefühl von Sicherheit vermittelt."

„Ich muss Dir auch noch etwas gestehen", erwiderte Aimee darauf sehr verlegen und gestand mir nun ihrerseits: „Ich muss noch drei Monatsmieten in der WG bezahlen, weil ich keine Kündigungsfrist eingehalten habe. Und Mama hat gesagt, dass sie mich nicht mehr weiter unterstützt, wenn ich mit Dir zusammenbleibe."

Diese Neuigkeiten waren nicht gerade dazu angetan, Aimees und meine Liebe zu unterstützen. Aber unsere Liebe brauchte keine Unterstützung von irgendjemandem. Sie war da, zog ihre Kraft nur aus sich selbst und machte uns stark.

„Wir schaffen das!" versprach ich Aimee und war auch überzeugt davon, dieses Versprechen wahr werden lassen zu können.

Aimee fiel mir glücklich um den Hals, küsste mich und bestätigte voller Überzeugung: „Das werden wir, mein Engel!"

Ich drückte auf den Knopf meines Anrufbeantworters, auf dem ja schon eine Nachricht sein konnte, die uns einen Ausweg aus unserem finanziellen Engpass bot. Das war aber leider nicht der Fall. Als das Band anlief, war zuerst ein paar Sekunden lang Schweigen. Aimee und ich sahen uns fragend an. Aber da ertönte ganz leise Babas zarte Stimme aus dem Apparat: „Jace?" fragte sie so leise, dass wir uns anstrengen mussten, um sie überhaupt verstehen zu können. „Hier ist Baba. ... Ich, ... ich wollte nur sagen, ... dass, ... dass ich Zeit zum Nachdenken brauche. ... Ich ... ich ... Danke für das Angebot, bei Euch wohnen zu dürfen. Aber ..."

An dieser Stelle brach die Nachricht ab. Aber Baba hatte wohl ein zweites mal angerufen, denn in der nächsten Aufnahme fuhr sie fort: „Ich würde meine Tasche gerne erst mal bei Euch lassen. … Wenn ich, …wenn ich weiß, wo … wohin… Ich melde mich dann wieder bei Euch. … Danke … für alles!"

Danach hatte sie aufgelegt. Irgendwie betrübte diese Nachricht uns mehr, als die Geldsorgen, die wir hatten. Und darüber wunderte ich mich sehr. Baba hatte sich gemeldet. Sie hatte uns erklärt, dass sie Zeit bräuchte. Es war also nicht so, dass sie einfach spurlos verschwunden war und wir uns deswegen Sorgen um sie hätten machen müssen. Sie brauchte Zeit und sie wollte sich wieder melden. Aber warum vermisste ich sie dann plötzlich? Aimee war da und Aimee war alles, was ich mir wünschte, alles was ich liebte, begehrte und vergötterte. Sie war alles, wonach ich mich sehnte! Und dennoch …

Aimee nahm mich zärtlich in die Arme und sagte ganz sanft: „Ob Du's glaubst, oder nicht: Ich vermisse sie auch!"

Wir setzten uns auf den Balkon und überlegten, was wir jetzt weiter tun sollten. Aber trotz der Notwendigkeit, eine Lösung zu finden, wie wir möglichst schnell genug Geld verdienen konnten, um die offenen Rechnungen zu begleichen, drifteten unsere Gedanken immer wieder zu Baba ab.

„Es ist schon komisch", meinte Aimee. „Seit fast drei Monaten lebe ich jetzt Tür an Tür mit Baba. Wir hatten so gut wie keine Berührungspunkte. Aber das lag wahrscheinlich vor allem daran, dass Veronika und ich uns nicht riechen konnten. Seit ich Baba gestern mit Dir im Bad gesehen habe, sehe ich sie plötzlich mit ganz anderen Augen. Plötzlich ist es so, als wäre sie ein Teil von Dir. Und deswegen fehlt sie mir!"

Ich schwieg zu Aimees Worten, weil ich nicht wusste, was ich dazu sagen sollte. Aber ich dachte lange darüber nach. Auch Aimee schwieg eine lange Weile, während der sie sich zärtlich an mich schmiegte. Ich liebte und genoss diese Innigkeit und vergaß völlig die Geldsorgen, die ich eigentlich hatte, bis Aimee schließlich irgendwann meinte: „Ich hätte eine Idee, wie wir zumindest das Geld für eine Miete auftreiben könnten."

Ich blickte Aimee fragend an und sie erklärte mir deutlich verlegen ihre Idee mit dem einen Wort: „CFNM-Party!"

Ich glaube, mein fragender Ausdruck verwandelte sich bei der Vorstellung, mich noch einmal für so eine Party zur Verfügung zu stellen, in einen ziemlich gequälten. Und Aimee entschuldigte sich auch sofort für diese Idee, indem sie sagte: „Es tut mir leid. Blöde Idee!"

„Hundert Euro würden auch nicht für die Miete reichen!" meinte ich deprimiert. Aber Aimee erwiderte darauf: „Ich könnte bestimmt mehr rausschlagen. Aber Du hast Recht: Es ist keine gute Idee."

Wieder schwiegen wir eine lange Zeit, während der meine Gedanken wie ein kaputtes Uhrwerk in meinem Kopf ratterten. Und schließlich fragte ich Aimee: „Würdest Du mich den Furien wirklich zum Fraß vorwerfen?"

Aimee lächelte sanft über meine Ausdrucksweise und antwortete: „Ich wäre ja dabei, um auf Dich aufzupassen."

„Aber Du könntest mich kaum für Dich beanspruchen, wenn Du mich selbst mitbringst, sonst würden die anderen Mädels sich wahrscheinlich um die Gage betrogen fühlen."

„Stimmt!" gestand Aimee ein und meinte niedergeschlagen: „In dem Fall müsstest Du die ganze Party durchstehen."

„Und was würde das bedeuten?" fragte ich mit einigem Unbehagen weiter.

„Naja", meinte Aimee. „Du müsstest während der ganzen Zeit nackt bleiben. Du müsstest Dich von den Mädels berühren lassen. Meistens lassen sich die Männer von den Mädels einen blasen. Aber da können sie sich möglicherweise selbst aussuchen, wen sie dafür gerne hätten."

„Also könnte ich auch Dich wählen!"

„Natürlich!"

„Und wenn mich ein anderes Mädel für sich beanspruchen würde?"

„Bisher ist das noch nie vorgekommen. Dass ich Dich für mich beansprucht habe, war die absolute Ausnahme."

„Also gut", meinte ich nach einer Weile angestrengten Nachdenkens. „Versuche Dein Glück."

„Willst Du das wirklich?" fragte Aimee überrascht und ich antwortete darauf: „Ich will vor allem mit Dir zusammen sein, ohne dabei Angst haben zu müssen, dass wir aus der Wohnung fliegen, in die ich Dich eben erst eingeladen habe."

Aimee gab mir einen liebevollen Kuss und fragte mich dann: „Kann ich Dein Telefon benutzen?"

„Du kannst alles benutzen!" erwiderte ich. „Alles, was mir gehört, gehört auch Dir, mein Engel!"

„Danke!" flüsterte Aimee ganz zärtlich, küsste noch einmal sanft meine Lippen und ging dann hinein, während ich auf dem Balkon wartete und mir Aimees Bewerbungsmappe durchsah. Überrascht stellte ich fest, dass mehrere ihrer Zeichnungen, Gemälde und Skizzen mich darstellten. Und ich war auf ihren Bildern besser getroffen, als auf allen Bildern, die ich bisher von Schülern der Kunstakademie zu sehen bekommen hatte, obwohl ich für Aimee niemals Modell gestanden hatte und sie mich deswegen aus dem Gedächtnis gezeichnet haben musste. Aimee verstand es auf ganz einzigartige Weise, ihre Bilder lebendig erscheinen zu lassen. Ich war absolut begeistert von ihrem Talent und ärgerte mich deshalb noch einmal darüber, dass sie von der Kunstakademie nicht angenommen worden war, wo sie doch ganz offensichtlich erheblich talentierter war, als sämtliche Studenten und sogar die Dozenten. Es war mir unbegreiflich, dass man so ein Talent nicht fordern und fördern wollte.

Am meisten überraschte und faszinierte mich eine Zeichnung, die

Aimee und mich darstellte. Darauf lag ich nackt am Ufer eines Sees und Aimee winkte mir aus dem Wasser zu. Ich erinnerte mich an die Szene. Als ich noch mit Martina liiert gewesen war, waren Aimee und ich bei einem unserer Streifzüge durch die Wälder auf diesen wunderschönen, verborgenen Waldsee gestoßen. Und weil wir bereits seit Stunden unterwegs gewesen waren, hatten wir uns ein erfrischendes Bad gegönnt.

Wie konnte ich damals nur übersehen, wie schön Aimee war? fragte ich mich verwundert, bei dieser Erinnerung. Auf der Zeichnung ragte Aimees nackter Oberkörper aus dem Wasser. Ihre Brüste waren noch etwas flacher, als sie es jetzt waren. Ich hatte Aimee damals überhaupt nicht als Frau wahrgenommen. Sie war nur die Tochter von Martina gewesen und ich hatte sie wie meine eigene Tochter geliebt. Jace Junior war auf der Zeichnung völlig entspannt. Aber jetzt, wo ich mich an diese Begebenheit erinnerte, wo ich glaubte, Aimees Lachen und das Platschen des Wassers wieder zu hören, während ich in Aimees Zeichnung eintauchte, wie in eine ganz eigene Welt, da reagierte Junior plötzlich. Er sehnte sich ebenso wie ich selbst an diesen See zurück, zurück zu der Unbeschwertheit dieser Zeit und zu dem Anblick, den Aimees gerade erst erwachender Körper geboten hatte.

Während ich noch so in meine Erinnerungen versunken war, kam Aimee wieder auf den Balkon. Sie lächelte, als sie die Beule in meiner Hose sah und ich fragte sie sofort: „Wie konnte ich diesen Anblick damals nur ignorieren?"

Aimee nahm die Zeichnung aus meiner Hand und legte sie auf den Tisch. Dann kniete sie sich zwischen meine Schenkel und öffnete ganz langsam meinen Gürtel, während sie antwortete: „Ich hatte damals so sehr gehofft, dass Du mich als Frau wahrnimmst. Ich wollte, dass Du mich ansiehst. Aber Du hast nur durch mich durch gesehen."

Aimee zog den Reißverschluss meiner Hose auf.

„Leg Dich auf die Liege!" forderte sie mich sanft auf. Und als ich von dem Stuhl aufstand, um ihren Wunsch zu erfüllen, zog sie mir schon die Hose samt Unterhose bis über die Knie. Jace Junior schnellte nach oben und streifte Aimees Gesicht. Allein diese flüchtige Berührung war schon unendlich erregend. Aimee half mir aus meiner Kleidung und schob mich dann, als ich nackt vor ihr stand, ganz zärtlich auf die Liege. Eigentlich hatte ich sie ja fragen wollen, ob sie am Telefon etwas erreicht hatte. Aber jetzt war das plötzlich nicht mehr wichtig. Ich überließ mich einfach Aimees Zärtlichkeiten. Auch sie schlüpfte schnell aus ihrer Kleidung und kroch dann zwischen meine Schenkel, an deren Innenseiten sie mit den Fingerspitzen ganz langsam nach oben strich. Jace Jr. zuckte vor Erregung, während Aimees Finger sich ihm auf diese Weise unendlich langsam näherten. Die Langsamkeit war fast unerträglich. Ich begann schon vor Erregung zu zittern, noch bevor Aimee Junior überhaupt berührte. Und dann erreichten ihre Fingerspitzen ihn endlich. Sie schienen ihn nur zufällig zu streifen. Aber diese sanften Berührungen wiederholten sich, wurden gezielter und intensiver. Und schließlich nahm Aimee ihn in ihre kleine Hand, bog ihn behutsam zu sich nach unten und legte ihre Lippen ganz sanft auf meine pralle Eichel. Unendlich langsam und zärtlich liebkoste sie mit ihren Lippen so meine Eichel, während sie meinen Geruch so intensiv in sich einsog, wie ich den ihren eingesogen hatte.

„Das hab ich mir so sehr gewünscht", flüsterte Aimee, ohne ihre Lippen von meiner Eichel zu lösen. Ich wollte meine Augen schließen, konnte meinen Blick aber nicht von Aimees wunderschönem Gesicht und der Zärtlichkeit lösen, mit der sie Junior liebkoste und verwöhnte. Ihre Lippen so sanft auf seiner prallen Spitze zu spüren, war ein intensiveres und erregenderes Gefühl, als jeder Geschlechtsverkehr, den ich in meinem Leben bisher gehabt hatte. Ich hatte das Gefühl, als würde ich jeden Moment zum Höhepunkt kommen. Ich zitterte am ganzen Körper. Aber der Höhepunkt stellte sich nicht ein, obwohl die Erregung kaum noch auszuhalten war. Ich hatte vorher nicht gewusst, wie weit sich meine Erregung überhaupt steigern kann.

„Du fühlst Dich so gut an", flüsterte Aimee wieder. „Ich mag die glatte Haut Deiner Eichel und ich mag Deinen Geruch!"

Selbst wenn ich es gewollt hätte, wäre ich nicht in der Lage gewesen, darauf etwas zu erwidern. Bisher hatte Aimee mit mir genau das Gleiche gemacht, was ich mit ihr gemacht hatte. Sie hatte mich nur ganz sanft mit ihren Lippen liebkost. Doch jetzt fing sie an, mit Junior ganz zärtlich über ihr Gesicht zu streicheln. Die sanfte Reibung war fast zuviel für ihn. Aimee schmiegte ihre Wange an ihn, küsste ihn wieder und streichelte mit meiner Eichel und sich nur ganz langsam steigerndem Druck wieder über ihr Gesicht.

Ich weiß nicht, wie lange Aimee mich so verwöhnte. Irgendwann läutete das Telefon. Wir ließen es läuten. Aber der Anrufer wollte anscheinend nicht auf den Anrufbeantworter sprechen, denn er rief immer wieder an. Und nach seinem fünften oder sechsten Versuch sagte Aimee schließlich: „Das ist Katrin. Sie wollte zurückrufen."

Ich war noch immer nicht in der Lage zu sprechen. Und konnte deshalb nichts darauf erwidern. Nach zwei weiteren Versuchen des Anrufers, jemand an den Apparat zu bekommen, meinte Aimee schließlich: „Ich sollte rangehen, mein Engel!"

Zumindest schaffte ich es, zu nicken. Aimee gab mir noch einen ganz langen und innigen Kuss auf meine Eichel und lief dann schnell, aber ebenfalls leicht zitternd in die Wohnung. Endlich hörte das penetrante Läuten auf. Jace Junior lag pulsierend und bebend auf meinem Bauch und ich fragte mich nur, wie er es so lange hatte durchstehen können, so knapp vor dem Orgasmus zu stehen, ohne ihn zu erreichen. Gerade als ich registrierte, dass die Sonne inzwischen so weit gewandert war, dass sie schon hinter dem nächsten Häuserblock versank, kam Aimee wieder auf den Balkon.

„Wir müssen los, mein Engel!" sagte sie liebevoll, während sie sich auf die Kante der Liege setzte, Junior noch einmal in ihre Hand nahm und ihm noch einen sanften Kuss gab. Dann erklärte sie mir: „Ich hab vierhundertfünfzig Euro rausgeholt. Aber wir müssen schon in einer Stunde dort sein."

Damit, dass die CFNM-Party noch am selben Tag stattfinden würde, hatte ich überhaupt nicht gerechnet. Aber vierhundertfünfzig Euro waren genug für eine Miete und damit ein gutes Argument, um mich dazu zu bewegen, den Versuch zu wagen, aufzustehen. Mit zitternden Knien und einem noch immer wie wild zuckenden Penis, erhob ich mich mit Aimees Hilfe von der Liege.

„Wie soll ich das jetzt durchstehen?" fragte ich besorgt. Aber Aimee meinte tröstend: „Bis wir dort sind, hat er sich sicher wieder beruhigt."

Wir duschten schnell gemeinsam, was zu Juniors Beruhigung absolut nichts beitrug. Ich war nicht in der Lage, meine Augen von Aimees schlankem und geschmeidigem Körper abzuwenden. Und die Berührungen, während wir uns gegenseitig einseiften, taten das Übrige, um das Maß meiner Erregung weit oberhalb des Erträglichen zu halten. Wenn ich jetzt einen Orgasmus bekommen hätte, dann wäre der mit Sicherheit so intensiv gewesen, dass Junior danach eine ganze Woche nicht mehr gestanden wäre, dachte ich mir. Also versuchte ich mich auf etwas anderes zu konzentrieren, was mir aber nicht gelang.

Ich bat Aimee zu fahren, da mir noch immer die Knie zitterten, schloss während der Fahrt die Augen und atmete ganz tief durch, wodurch mir aber nur wieder der zarte Geruch von Aimees frisch geduschtem Körper in die Nase stieg, was meine Erregung nur wieder von Neuem anheizte. Aber zumindest hatte ich durch diesen Zustand gar keine Zeit, mir wegen der CFNM-Party selbst irgendwelche Gedanken oder Sorgen zu machen. Plötzlich waren wir da. Und erst jetzt spürte ich, wie die Nervosität in mir hochkroch. Aimee parkte neben Katrins altem VW-Bus. Und die klopfte sofort an meine Scheibe.

„Hi Jack", grüßte sie mich hämisch, als ich die Tür öffnete. „Dich hätte ich hier ja gar nicht mehr erwartet."

Ich machte mir gar nicht die Mühe, zu antworten. Katrin nahm mich sofort am Arm und zog mich in ihren Bus.

„Komm schon, beeil Dich!" drängte sie, hielt mir den verdammten Vertrag unter die Nase und sagte: „Hier unterschreib. Du kennst das ja."

Ich erinnerte mich daran, dass ich Katrin hatte erwürgen wollen, nachdem sie mich beim ersten Mal mit dem Vertrag so überrumpelt hatte. Aber jetzt wusste ich ja, worauf ich mich einließ. Ich unterschrieb also, ohne mich mit dem Lesen des Vertrags aufzuhalten. Aimee wollte auch mit in den Bus steigen. Aber Katrin sagte zu ihr: „Tut mir leid, Schätzchen. Hier ist die Künstlergarderobe. Du kannst Jack ja drin wieder sehen. Aber denk dran: Du darfst ihn heute nicht für Dich beanspruchen!"

Aimee und ich warfen uns einen bangen Blick zu. Plötzlich hatte ich ein ganz schlechtes Gefühl.

„Hast Du seinen Cockring wieder mitgebracht?" fragte Katrin dann noch Aimee. Ich mochte ihren energischen Tonfall gar nicht und hätte das Ganze am liebsten sofort wieder abgeblasen. Aber ich hatte ja den Vertrag schon unterschrieben. Aimee nickte. Ich sah, wie angespannt und bleich sie plötzlich wirkte. Sie holte den Ring mit der dranhängenden Kette aus dem Auto und reichte ihn Katrin. Und diese zog daraufhin die Schiebetür ihres Busses ohne ein weiteres Wort vor Aimees Nase zu. Mein Unbehagen nahm immer weiter zu.

„Na los, hopp, raus aus den Klamotten!" drängte mich Katrin. Und widerwillig gehorchte ich.

Als ich die Hose runterließ, konnte ich sehen, wie es sie riss.

„Bah!" stieß sie vor Überraschung beim Anblick meines erigierten Penis aus. „Na der freut sich aber schon!"

Ha ha, dachte ich mir und fragte mich nur, warum Junior in dieser Stresssituation noch nicht in sich zusammengefallen war. Da zückte Katrin aber schon ihre kleine Spritze und sagte nicht ohne Schadenfreude: „Damit Dein Kleiner auch so groß bleibt, Jack! Du kennst das ja schon."

Ich zuckte vor der Spritze zurück. Aber da man in einem VW-Bus nicht sehr weit zurückweichen kann, konnte ich Katrin nicht entkommen. Sie packte mit gekonntem Griff meinen Penis, schnurrte „Er fühlt sich immer noch verdammt gut an" und rammte mir die Nadel der Spritze unbarmherzig in die Eichel. Wahrscheinlich, weil ich es diesmal bewusst mitbekommen und Angst davor gehabt hatte, möglicherweise aber auch, weil Katrin brutaler war, als beim ersten Mal, tat es diesmal mehr weh.

Autsch! dachte ich mir, hütete mich aber, mir auch nur das Geringste anmerken zu lassen. Trotzdem fragte mich Katrin: „Hat es etwa weh getan? Oder warum verziehst Du die Mundwinkel so?"

Okay, ich hatte mir wohl also doch etwas anmerken lassen. Als Katrin die Nadel wieder aus meiner prallen Eichel zog, schoss sofort eine haarfeine Blutfontäne aus dem Einstichloch und benetzte Katrins Kleid.

„Scheiße!" fluchte sie und drückte schnell ein Tuch auf meine von der Spritze brennende Eichel. Nach wenigen Minuten hörte es auf zu bluten. Katrin packte wieder meinen harten Penis und versuchte, mir den Cockring anzulegen, was ihr aber nicht gelang.

„Scheiße", fluchte sie noch einmal und fragte mich überrascht: „Ist der seit dem letzten Mal gewachsen?"

Ich zuckte nur mit den Schultern, da ich keine Lust hatte, Katrin zu erklären, was ich ohnehin nicht in Worte hätte fassen können. Junior war tatsächlich größer, als bei meiner ersten CFNM-Party. Damals hatte Katrin mir hier in ihrem Bus erst durch ihre Berührung eine Erektion verschafft. Jetzt war ich seit Stunden erregt. Junior war prall wie ein Schlauchboot und hart wie ein Baumstamm. Er war definitiv größer und eigentlich überraschte es mich, dass Katrin überhaupt fragen musste.

„Naja, macht nichts", sagte sie da und ich gewann bereits die Hoffnung, dass die Peinlichkeit eines Cock- oder Penisringes mir durch die Unmöglichkeit, ihn mir anzulegen, erspart bleiben würde. Aber ich hatte Katrins voraussichtiges Planungstalent unterschätzt. Sie öffnete eine Klappe ihres Einbauschranks und holte eine noch eingeschweißte Schachtel daraus hervor, der sie nach hastigem Aufreißen einen anderen Ring entnahm, der aber auf den ersten Blick schon als noch kleiner als der erste zu erkennen war. Ich schmunzelte schon vor heimlicher Schadenfreude darüber, dass der erst recht nicht passen würde, während Katrin mir erklärte: „Die kluge Frau denkt ja mit. Ich hatte damit gerechnet, dass Aimee den anderen Ring nicht mitbringen würde und hab noch schnell einen besorgt."

Und dann kam der unangenehme Teil an Katrins Voraussicht, denn sie erklärte weiter: „Der hier hat ein verschließbares Scharnier."

Und während sich meine eben genossene Schadenfreude bei diesen Worten in einen leichten Schock verwandelte, fragte sie auch noch begeistert: „Cool, oder?"

Sie legte mir den fast schon unangenehm eng sitzenden Ring um Penis und Hoden und verschloss ihn mit einem kleinen Vorhängeschloss. Dann klinkte sie die Kette aus dem anderen Ring aus und in das Scharnier des neuen Rings ein.

„So, und jetzt los!" drängte mich Katrin und öffnete die Schiebetür, um mich an der Kette wieder hinter sich her in die Wirtschaft zu führen. Ich verlangte aber erst noch meine Gage und räumte meine Kleidung in mein eigenes Auto, damit Katrin mir nicht wieder damit davonfahren konnte. Aimee wartete immer noch vor dem VW-Bus. Sie sah mich betrübt an, als ich ihr das Geld und die Autoschlüssel gab, wünschte mir „Viel Glück, mein Engel!" und küsste mich ganz zärtlich.

Aber Katrin unterband den Kuss mit einem heftigen Ruck an der Kette und sagte streng zu Aimee: „Keine Sondervergünstigungen, Schätzchen. Jetzt gehört Jack uns allen!"

Aimee hielt es für das beste, die anderen nach Möglichkeit gar nicht merken zu lassen, dass wir zusammengehörten. Und ich teilte diese Ansicht. Wenn die Mädels nicht wussten, dass Aimee und ich ein Paar waren, dann würde sich auch keine von ihnen dazu veranlasst fühlen, irgendetwas nur deswegen zu tun, um Aimee damit zu provozieren oder zu demütigen.

Katrin zog mich wie ein Zirkusdirektor seinen dressierten Bären hinter sich her über die Straße. Heute stand bereits ein ganzer Pulk Mädels ungeduldig wartend vor der Tür. Am liebsten hätte ich mich umgewandt und mit Aimee schleunigst die Flucht ergriffen. Aber jetzt war ich da und musste eben durch. Da ich jetzt aber, im Gegensatz zu meinem ersten CFNM-Einsatz, kein Single mehr war und mich einzig noch nach Aimees Berührung sehnte, fiel es mir diesmal noch viel schwerer, mir vorzustellen, dass es ein interessanter Abend werden könnte. Da hatte ich mich jahrelang danach gesehnt, endlich wieder ein erotisches Prickeln fühlen zu können und ein ebenso prickelndes, erotisches Abenteuer zu erleben, und jetzt, wo ich in der Situation war, dass ich wirklich etwas ausgefallenes tat und mit vielen Mädels auf einmal einfach Spaß hätte haben können, da fühlte ich mich, gelinde ausgedrückt, absolut fehl am Platz.

Die Mädels vor der Tür kreischten wie hysterische Groupies beim Konzert eines Rockstars. Und Katrin griff diesmal nicht ein, als sie bereits vor der Tür wie ausgehungerte Hyänen über mich herfielen. Ich hätte nicht gedacht, jemals so viele Hände auf einmal auf meinem Körper und vor allem an meinem Penis zu spüren. Meine durch die Injektion noch angeheizte Erregung hätte sich am liebsten schon jetzt mitten unter die Mädels ergossen. Durch das vorangegangene, ausgiebige und so unendlich zärtliche Liebesspiel von Aimee befand ich mich noch immer in diesem Zustand, als wenn ich kurz vor dem Orgasmus stehen würde. Aber mir war klar, dass es jetzt einer sehr intensiven, physikalischen Behandlung bedurft hätte, um diesen Punkt zu überwinden und tatsächlich zum Höhepunkt zu gelangen.

Katrin führte mich durch die dichtgedrängten Reihen der Mädels in den Saal. Ich sah auf den ersten Blick dass diesmal erheblich mehr weibliches Publikum anwesend war, als beim ersten Mal und fragte mich, vor Nervosität innerlich zitternd, was ich hier eigentlich tat. Ich war ja noch nicht einmal unter normalen Umständen ein Partytyp. Und jetzt war ich eigentlich dafür engagiert, die Ladies zu unterhalten und ihnen etwas für ihr Geld zu bieten. Nur was?

Katrin sprang wieder auf einen Tisch und zog mich an der Kette unsanft hinter sich her. Mit einer großen Geste brachte sie die Anwesenden zum schweigen und pries mich wieder als ihre Überraschung für den Abend an. Mir war es ganz lieb, dass sie Aimee dabei nicht erwähnte.

„Heute", rief Katrin in die Menge, „wird Jack uns hoffentlich länger erhalten bleiben. Seht euch diesen Schwanz an …"

Und damit nahm sie meinen hochaufgerichteten Penis in ihre Hand und riss und zerrte an ihm rum, als wollte sie ihn mir ausreißen, worauf ein lautes, begeistertes Gegröle und Gepfeife einsetzte.

„Jack ist noch ein bisschen schüchtern", fuhr Katrin fort, ohne meinen Penis loszulassen. „Aber sein Schwanz wartet schon sehnsüchtig auf eure Hände und Lippen und was ihr sonst noch habt. Fahrt eure Krallen aus Mädels, denn bei Jack könnt ihr ruhig fester zupacken."

Ich sah Katrin perplex über diese Ankündigung an. Und da demonstrierte sie selbst schon ihre Worte, indem sie meine Eichel mit ihren Fingerspitzen packte und mir ihre Nägel ins Fleisch bohrte. Ich konnte nicht leugnen, dass es sich irgendwie gut anfühlte, obwohl ich durch den unerwarteten, aber trotzdem erregenden Schmerz zusammenzuckte.

„Macht mit ihm, was immer ihr wollt!" rief Katrin weiter in die Menge. „Nur macht ihn nicht kaputt."

Ich blickte sie entsetzt an und da erklärte sie mir leise und unschuldig lächelnd: „Heute ist es ein bisschen anders. Du hast ja den Vertrag gelesen!"

„Nein, hab ich nicht!" krächzte ich heiser und Katrin erklärte mir noch immer mit derselben Unschuldsmiene: „Die Mädels wollen heute mal ihre dominante Seite ausleben."

Sie erklärte mir nicht, was das genau bedeutete. Aber das musste sie auch nicht.

Prinzipiell hatte ich auch gar nichts gegen solche Spielarten. Mit Martina hatte ich auch alles Mögliche ausprobiert. Aber Martina und ich hatten uns geliebt. Da war es leicht gewesen, sich dem anderen anzuvertrauen. Hier war ich umgeben von fremden Frauen, von denen ich nichts wusste und eigentlich auch nichts wissen wollte. Ich hatte keine Ahnung, was für Fantasien diese Frauen hatten und was sie darunter verstanden, ihre dominante Seite auszuleben.

Katrin warf das Ende der Kette in die Menge und im nächsten Moment wurde ich mit einem heftigen Ruck vom Tisch gezogen. Ich konnte in dem Gedränge nicht einmal sehen, wer die Kette gefangen hatte und folgte nur dem unnachgiebigen Zug. Auf der einen Seite hätte ich jetzt gern gewusst, wo Aimee war. Aber auf der anderen Seite war ich ganz froh, dass sie sich im Hintergrund hielt. Als ich der Kette aus dem Gedränge in den freien Platz um den Stützpfosten in der Mitte des Saales folgte, sah ich mich einer recht hübschen, jungen Frau gegenüber, die mich verführerisch lächelnd an der Kette langsam an sich ran zog. Ich war ja schon erleichtert, dass sie ein recht einnehmendes Gesicht hatte und hoffte nur, dass ihre dominante Seite nicht allzu extrem ausfallen würde. Aber als ich schon ganz dicht vor ihr stand und sie ihre Hand nach meinem stoisch erigierten Penis ausstreckte, kam plötzlich eine gewaltige, graue Masse von der Seite und überrollte die junge Frau wie eine Lokomotive, oder besser gesagt, wie eine Schneelawine. Es war das Schneewittchen. Die beiden stürzten und rollten über den Boden. Und da die Hübsche von den beiden die Kette nicht losließ, wurde ich auf schmerzhafte Weise mit in dieses Knäuel hineingezogen, bis wir alle drei in die Kette eingeschnürt waren.

„Ich beanspruche ihn für mich!" schrie das hässliche Schneewalzchen, unter dem ich halb begraben lag, mit Donnerstimme in den Saal.

„Nicht schon wieder!" protestierte Katrin gereizt, während sie sich ihren Weg durch die Menge bahnte.

Aber der Schneeberg unter dem ich verschüttet war und nach Luft japste, bestand darauf: „Is ja vielleicht nich üblich, aber wie Du beim letzten Mal selbst gemeint hast, trotzdem erlaubt."

Katrin schnaubte genervt und sah mich böse an.

„Warum musst Du eigentlich immer Ärger machen, Jack?" fragte sie mich vorwurfsvoll. Und ohne meine empörte Antwort abzuwarten, forderte sie den Schneeklops auf: „Steh erst mal auf, wenn Du ihn nicht zerquetschen willst."

„Geht nicht!" jammerte Schneewittchen, während sie wie wild an der Kette riss, mit der wir aneinandergefesselt waren. Ich wollte schreien, weil ich das Gefühl hatte, dass mir bei ihrem Rettungsversuch wichtige Körperteile auf sehr schmerzhafte Weise abhanden kämen. Bevor ich aber genug Luft in der Lunge hatte, um schreien zu können, schrie das hübsche Mädel, das auch irgendwo unter Rebecca/Schneewittchen zerquetscht wurde, vor Schmerz auf. Und nach ihrem Schmerzensschrei, der Rebecca immerhin in ihrem rabiaten Rettungsversuch, den sie ohne Rücksicht auf Verluste unternommen hatte, hemmte, schrie das hübsche Mädel weiter: „Spinnst Du, Du blöde, fette Kuh?"

Unter anderen Umständen hätte ich diese Ausdrucksweise sicherlich verurteilt. Aber in der Position, in der ich mich befand, dachte ich mir nur: *Genau!*

In dem Moment drängte sich Aimee zwischen den Mädels, die uns amüsiert umringten, durch und sagte verärgert: „Jetzt reicht's aber!"

Sie griff beherzt nach der Kette und befreite uns davon, ohne am falschen (also meinem!) Ende zu ziehen. Zusammen mit Katrin und zwei anderen Mädels zog Aimee Rebecca auf die Füße. Und dann wurde auch dem anderen Mädel und mir aufgeholfen. Aimee und ich verständigten uns durch einen kurzen, stummen Blick, dass wir auch weiterhin so tun sollten, als würden wir uns nicht kennen und nichts bedeuten.

Da aber Rebecca, kaum dass sie wieder auf ihren fetten Beinen stand, noch einmal mit kreischender und sich überschlagender Stimme wiederholte: „Ich beanspruche ihn für mich!" antwortete Aimee, ohne erst Katrins obligatorische Frage, ob irgendjemand Schneewittchens Anspruch anfechten würde, abzuwarten: „Und ich fechte Deinen Anspruch an!"

„Du", erwiderte darauf Katrin und zeigte mit ihrem nackten Finger auf die angezogene Aimee, „hast hier gar nichts anzufechten!"

„Ich hab nur versprochen, Jack nicht selbst zu beanspruchen", widersprach Aimee und blieb dabei so sehr in ihrer vereinbarten Rolle, dass sie mich sogar Jack nannte. Aber Katrin schüttelte überheblich lächelnd den Kopf und sagte dann so, dass ihr anzuhören war, dass sie keinen weiteren Widerspruch mehr duldete: „Einen anderen Anspruch anzufechten ist das Gleiche, wie den Anspruch zu erheben. Deine Anfechtung ist abgelehnt, Aimee!"

Von Panik erfasst sahen Aimee und ich uns an. Aber da meldete sich plötzlich eine andere Stimme aus der Menge: „Ich will ihn haben!"

Und als wir uns überrascht der neuen Anwärterin auf meinen Besitz zuwandten, erkannten wir in ihr zu unserem Entsetzen Veronika.

Katrin klatschte in die Hände und rief so laut, dass sie alle anderen mit ihrer Stimme zum Schweigen brachte: „Na, das scheint ja doch noch ein unterhaltsamer Abend zu werden."

Die Mädels antworteten darauf mit lautem Gejubel und Katrin stieg wieder auf einen Tisch und fuhr fort: „Diesmal machen wir den Wettstreit um Jack aber nicht so einfach, wie beim letzten Mal. Bindet ihn an den Pfosten!"

Die mich umringenden Mädels packten mich an den Armen und fesselten meine Handgelenke hinter dem Pfosten zusammen. Aimee wollte einschreiten. Aber auf Katrins Geheiß wurde sie ebenfalls gepackt, nackt ausgezogen und mir gegenüber so auf einen Stuhl gefesselt, dass sie sich nicht mehr bewegen konnte. Sie war so unglaublich schön, wie sie mir so hilflos und voller Verzweiflung in die Augen sah. Ich sah, wie sich ihr traumhafter Busen schwer hob und senkte, während die Kette an meinem Cockring ganz stramm an den Pfosten gebunden wurde.

„Soooo", meinte Katrin zufrieden, als das erledigt war. „Die Regeln sind einfach. Diejenige von den Kontrahentinnen, die Jack zum Abspritzen bringt, und zwar nach dem Motto des heutigen Abends, die bekommt ihn!"

Bis jetzt hatte ich es noch gar nicht wirklich registriert gehabt, da ich meinen Blick fasziniert auf Aimee gerichtet gehabt hatte. Aber jetzt drang es doch langsam in mein Bewusstsein durch, dass das Wabbelwittchen Rebecca und Veronika gegeneinander antraten und dass diejenige von beiden, die mir (nach dem Motto des Abends) einen Orgasmus verschaffte, mich für sich beanspruchen durfte. Dass meine Erektion diesmal in sich zusammenfallen würde, hielt ich im Zustand meiner so intensiven, angestauten Erregung, trotz des Ekels, den ich für die beiden Gegnerinnen, die sich um mich stritten, für ausgeschlossen, noch dazu, wo ich meine Augen nicht von Aimees nacktem und gefesseltem Körper abwenden konnte.

Es tut mir so leid, mein Engel! hörte ich Aimees Stimme in meinem Kopf. *Ich hätte Dich niemals zu dieser Party überreden dürfen.*

Ich spürte, wie die Übelkeit in meinem Hals hochkroch. Trotzdem antwortete ich Aimee in meinen Gedanken: *Es ist nicht Deine Schuld, mein Engel.*

Wenn jemand Schuld hatte, dann war ich es selbst, weil ich nicht in der Lage war, mit einem regelmäßigen Einkommen meine Rechnungen zu begleichen. Aber diese Einsicht half mir jetzt herzlich wenig. Veronika war optisch die vollkommene Sexbombe, ein schönes Gesicht, lange, blonde Haare, ein wirklich großer, fester Busen, von dem ich sogar der Meinung war, dass er echt war, eine schmale Taille und unendlich lange Beine. Trotzdem verachtete ich sie als Mensch mehr, als Rebecca, vor der es mich einfach nur grauste. Und eine dieser beiden Ekelpakete würde mich jetzt nicht nur auf eine Weise befriedigen, die ich alleine nur noch Aimee zugestand, sondern konnte dann auch noch von mir verlangen, dass ich ihr auf jede erdenkliche Weise zu Willen war.

Plötzlich fragte Rebecca: „Können wir ihn auch teilen?"

„Natürlich!" antwortete Katrin. „Aber dann will ich eine richtig geile Show sehen!"

„Die sollst Du haben!" erwiderte Veronika. Das Publikum kreischte vor Begeisterung und Vorfreude auf das zu erwartende Spektakel und Veronika und Rebecca kamen mit Blicken auf mich zu, in denen sich die grausamen Phantasien widerspiegelten, die sie jetzt an mir ausleben wollten.

Mir war so unendlich schlecht. Aber es gab weder etwas, das ich tun konnte, um diesem grausamen Schicksal zu entgehen, noch konnte und durfte Aimee heute eingreifen, um mir beizustehen.

Fortsetzung folgt ...

DIE CF... WAS FÜR 'NE PARTY?

KAPITEL 10

- BABAS RÜCKKEHR -

Was bisher geschah:

Aimee, die wunderschöne Tochter meiner ehemaligen Lebensgefährtin Martina, hatte mich auf einer CFNM-Party in einem Wettstreit gegen das übergewichtige Schneewittchen gewonnen und mit zu sich nach Hause in ihr WG-Zimmer genommen. Sie gestand mir ihre Liebe und schließlich erkannte ich, dass auch ich sie liebte. Nach einigen Missverständnissen, die uns bis an den Rand des Todes geführt hatten, fanden wir letztendlich wieder zusammen. Allerdings geriet ich dann in eine verfängliche und überaus peinliche Situation mit Baba dem hübschen, schwarzen und so unglaublich gut riechenden Mädchen, das sich in der WG ein Zimmer mit Veronika teilte. Veronika warf Baba daraufhin raus, worauf ich Baba, gemeinsam mit Aimee, mit in meine kleine Zwei-Zimmer-Wohnung nahm.

Nachdem Baba mich als Aktmodell in der Kunstakademie vertreten hatte, kehrte sie nicht mehr in meine Wohnung zurück.

Da ich einige Zeit im Krankenhaus verbracht und während dieser Zeit nichts verdient hatte, stellte ich plötzlich fest, dass ich pleite war und sogar meine Wohnung zu verlieren drohte. Aimee machte den Vorschlag, dass ich noch einmal als Nude Male auf einer CFNM-Party auftreten könnte. Und da es die einzige Möglichkeit war, wie ich schnell zu etwas Geld kommen konnte, willigte ich ein. Doch diesmal forderte das abstoßende Schneewittchen mich für sich. Aimee hatte zuvor einwilligen müssen, mich diesmal nicht zu beanspruchen und konnte mir deshalb nicht beistehen. Schließlich gesellte sich auch noch die bösartige Veronika an Schneewittchens Seite. Und gemeinsam wollten sie den Anwesenden eine ,richtig geile Show' bieten.

Veronika trug ein extrem knappes Lacklederkorsett, aus dem ihre üppigen Brüste provokant hervorquollen, und dazu einen kurzen Rock aus dem gleichen Material. Der Rock war so kurz, dass er nicht einmal ihren ganzen Po bedeckte. Elegante Netzstrümpfe und schwarzglänzende High-Heels vervollständigten ihr Outfit, das zwar ihre weiblichen Formen perfekt betonte, dabei aber verdächtig an eine Domina erinnerte. Und als sie langsam, mit lasziver Eleganz auf mich zukam, bemerkte ich zu meinem Entsetzen, dass sie tatsächlich eine Gerte in der Hand hielt. Neben ihr schwabbelte das hässliche Dreizentnerwittchen im lässigen Schlabberoutfit schnaufend auf mich zu. Zwei Frauen, die weniger gemeinsam hatten, als diese beiden, waren kaum vorstellbar. Man hätte sie fast für ein Komikerduo halten können, so absurd war der Kontrast zwischen ihnen. Aber trotz der Diskrepanz in ihrem Erscheinungsbild hatten sie ein gemeinsames Ziel, das Veronika, als sie vor mir stand so ausdrückte: „Du wirst uns anwinseln, dass wir aufhören!"

Dann wendete sie sich an Aimee, die mir nackt und gefesselt gegenübersaß und dazu verurteilt war, dem Schauspiel auf diese Weise hilflos beizuwohnen, und rief ihr gehässig zu: „Wenn wir mit ihm fertig sind, wird sein Schwanz so grün und blau sein, dass er noch Wochen an uns denken wird!"

Und um zu demonstrieren, dass sie das auch wirklich so meinte, zog sie mir ihre Gerte ohne Vorwarnung so fest über meine pralle Eichel, dass ich das Gefühl hatte, sie würde zerplatzen, wie eine reife Tomate, die mit einem Baseballschläger bearbeitet wird. Ich zuckte vor Schmerz zusammen und mir blieb erstmal die Luft weg. Aber ich verkniff mir auch den kleinsten Laut. Den Triumph, mich schreien zu hören, vergönnte ich Veronika absolut nicht.

Die anwesenden Mädels jubelten und pfiffen und Rebecca rief sofort voller Euphorie: „Jetzt ich, jetzt ich!"

Aber noch während sie überlegte, was sie mit Jace Junior, der durch das zuvor unbeendete Liebesspiel mit Aimee und eine Injektion von Katrin hart und aufrecht stand, wie ein Laternenpfahl, anstellen könnte, ertönte plötzlich eine zaghafte Stimme, die in dem Begeisterungssturm der Menge kaum zu hören war: „Ich fechte den Anspruch von den beiden an!"

„Ich fechte den Anspruch von Veronika und Rebecca an, Himmelherrgottnochmal!" rief die Stimme noch einmal energischer und schaffte es damit endlich, wahrgenommen zu werden. Als sich die allgemeine Aufmerksamkeit daraufhin der Tür zuwendete, sah ich zu meiner großen Überraschung Baba durch die Reihen der Mädels auf mich zukommen.

„Baba!" sagte ich erstaunt und wusste nicht, ob ich durch ihr Erscheinen Hoffnung bekommen oder ob ich ihr davon abraten sollte, sich mit Veronika und Schneewittchen anzulegen.

„Was will denn die kleine Niggerfotze hier?" schrie Veronika aufgebracht ihre ehemalige Freundin an. Ich zerrte an meinen Fesseln, um diesem bösartigen Drecksstück Einhalt zu gebieten und bemerkte, dass sich auch Aimee in ihren Fesseln aufbäumte. Aber bevor Baba auf diese Beleidigung reagieren konnte oder Aimee und ich uns befreien konnten, fuhr schon Katrin dazwischen und schnauzte Veronika an: „So was wollen wir hier nicht hören, Veronika!"

„Aber die kleine Niggerfo …" begann Veronika trotzig. Weiter kam sie allerdings nicht. Ich sprengte meine Fessel, packte sie am Arm und schleuderte sie zu Boden. Folgen konnte ich ihr nicht, da ich noch immer mit dem Cockring an den Balken gekettet war.

„Wenn Du ein Problem mit dem Mädel hast …“, fuhr Katrin die am Boden Liegende an, wendete sich dann an Baba und fragte sie: „Wie heißt Du denn?“

„Baba!“ antwortete Baba.

Bevor Katrin, wieder an Veronika gewandt, fortfahren konnte, sprang diese zornig wieder auf die Füße und zog mir zum zweiten Mal und diesmal mit aller Gewalt ihre Gerte über meine Eichel, so dass diesmal wirklich die Haut aufplatzte und mein Blut spritzte. Der Schmerz trieb mir die Tränen in die Augen. Aber ich unterdrückte trotzdem jeden Laut. Ich sah, wie Aimee den Stuhl, an den sie gefesselt war, zertrümmerte. Aber noch bevor sie sich ganz befreit hatte, entriss Baba Veronika die Gerte und zog sie ihr über das Gesicht.

„Fass nie wieder Jace an!“ fauchte Baba wie ein Panther Veronika an. Veronika taumelte mit einem Schmerzensschrei, aber nicht nur vor Schmerz, sondern auch von plötzlicher, panischer Furcht erfasst, vor Baba zurück. Aber sie taumelte gegen die nackte Aimee, die sich inzwischen ihrer Fesseln entledigt hatte. Aimee packte Veronika bei der Schulter, drehte sie zu sich um und schlug sie, wie schon einmal, mit der Schlagkraft eines Meteoriten bewusstlos.

„Okay Mädels“, schrie Katrin in den Tumult und versuchte, das beginnende Chaos zu übertönen. „Die Party ist vorbei. Veronika hat leider die Grenzen überschritten!“

Das fette Schneewittchen stand nur verwirrt da und begriff anscheinend gar nicht, was um sie herum vor sich ging, während Aimee und Baba, die noch immer ihren alten, zerschlissenen Trainingsanzug trug, gemeinsam die Kette des Cockringes, den ich tragen musste, von dem Balken lösten, an den ich damit fixiert war.

„Es tut mir leid, Jack!“ sagte Katrin besorgt, während ich mich auf einen Stuhl setzte und Baba mir eine Serviette reichte, die ich auf meine pralle Eichel drückte, aus der noch immer das Blut spritzte. Aimee kniete sich zitternd vor Aufregung, Wut und Sorge neben mich, nahm mir die Serviette aus der Hand und presste sie auf die noch blutende Wunde.

„Wo sind die Schlüssel?“ fragte sie Katrin mit bebender Stimme. Die fingerte sie nervös aus ihrer Tasche und reichte sie ihr. Da Aimee mit ihrer kleinen Faust aber noch immer meine Eichel umschlossen hielt und die Serviette darauf presste, reichte sie den Schlüssel an Baba weiter. Baba nahm ihn wortlos, kniete sich zwischen meine Schenkel und öffnete das Schloss des Cockrings. Es tat gut, dass der unangenehme Druck dadurch endlich nachließ. Aber meine Erektion bildete sich trotzdem nicht zurück. Ich wusste ja bereits von meiner ersten CFNM-Party, dass die Wirkung der

Injektion ziemlich lange anhielt.

„Kannst Du gehen?" fragte Aimee mich besorgt. Ich nickte, nahm Aimee die blutgetränkte Serviette aus der Hand und presste sie selbst wieder auf meine Eichel.

So hatte ich mir diesen Auftritt wirklich nicht vorgestellt.

„Kannst Du Jace bitte nach draußen bringen?" fragte Aimee Baba. Die nickte und antwortete: „Natürlich!"

Dann wendete Baba sich an mich und bot mir an: „Du kannst Dich auf meiner Schulter aufstützen."

Und während Aimee ihre Kleidung zusammensuchte, die die anderen Mädels ihr vom Leib gerissen hatten, ging ich mit Baba voraus zum Wagen.

„Danke für Deine Hilfe!" sagte ich zu ihr, während ich so, nackt und blutend mit Baba über die Straße lief.

„Du hast mich doch verteidigt!" widersprach Baba und ich merkte, wie mir trotz der Schmerzen und der peinlichen Situation Babas Geruch in die Nase stieg und meine schmerzende Erektion dadurch sogar noch weiter anschwoll. Aimee holte uns beim Wagen ein. Sie hatte sich nicht einmal die Zeit genommen, sich selbst erst wieder anzuziehen, sondern kam nackt und mit einem Bündel unter dem Arm, das aus ihrer Kleidung und noch einigen Servietten bestand, hinter uns her gelaufen. Kaum hatte sie uns erreicht, fiel sie mir schluchzend um den Hals und bat mich unter Tränen: „Bitte verzeih mir, mein Engel!"

Da meine Hände blutig waren, konnte ich sie nicht einmal halten. Ich nahm sie zwar in einen Arm, war dabei aber sorgfältig darauf bedacht, sie nicht mit meiner Hand zu berühren. Mit der anderen Hand, in der ich die Serviette hielt, hatte ich noch immer ganz fest meine Eichel umschlossen. Und das war auch notwendig, weil der Druck in ihr schlagartig weiter anstieg, als ich Aimees Körper an mich gepresst fühlte.

„Schhhhh …" machte ich leise, um Aimee wieder zu beruhigen und sagte ganz sanft: „Ist schon gut, mein Schatz. Es ist nicht Deine Schuld. Und es ist ja auch gar nichts passiert. Das sieht schlimmer aus, als es ist."

Davon war ich auch wirklich überzeugt. Dass es so stark blutete, lag ja nur daran, dass sich meine Erektion nicht zurückbilden konnte und das Blut immer weiter in meinen Penis schoss.

Es dauerte eine Weile, bis Aimee sich wieder beruhigte. Baba stand zuerst verlegen daneben, sagte dann aber leise: „Ich geh dann mal wieder!"

„Warte, warte, warte!" platzte ich da heraus. Und Aimee nahm ihr Gesicht von meiner Schulter, wischte sich schnell die Tränen aus den Augen und fragte Baba noch immer schluchzend, aber mit einem hörbaren Vorwurf in der Stimme: „Wo willst Du denn hin?"

Baba zuckte mit den Schultern und erwiderte leise: „Weiß nicht."

„Warum willst Du nicht mit zu uns kommen?" fragte ich sie sanft. Ich sah, dass auch Babas dunkle Augen feucht schimmerten, als sie antwortete:

„Ich will Euch nicht stören."

„Das tust Du nicht!" versicherte ihr Aimee, suchte aus ihrem Kleiderbündel die Autoschlüssel raus und sperrte die Beifahrertür auf.

„Setz Dich!" forderte sie mich auf. Aber ich erwiderte: „Ich gehe lieber nach hinten."

Das tat ich auch. Ohne mich anzuziehen legte ich mich mit einer frischen Serviette auf die Rückbank. Baba setzte sich auf den Beifahrersitz und Aimee fuhr. Auch sie hatte sich nicht angezogen.

„Hoffentlich werden wir nicht von der Polizei angehalten", meinte Baba unsicher. Aber Aimee, die sich inzwischen wieder etwas beruhigt hatte, meinte lächelnd: „Stimmt: Du solltest Dich auch ausziehen, damit wir nicht so auffallen."

Baba zog sich natürlich nicht aus. Sie wendete sich während der Fahrt zu mir um und fragte mich besorgt: „Geht's Dir gut, Jace?"

„Dank Deines Einschreitens: Ja", antwortete ich. Aber Baba meinte schuldbewusst: „Wenn ich nicht aufgetaucht wäre, dann hätte Veronika gar nicht so durchgedreht."

„Wie bist Du überhaupt zu der Party gekommen?" fragte Aimee. Und Baba erklärte: „Ich hatte noch was in Veronikas Zimmer vergessen. Als ich es abholen wollte, war sie grad mit Rebecca in der Küche und sie haben über die Party und Jace gesprochen. Ich hab mir gedacht, dass sie ihm Ärger machen wollen und bin deswegen auch gekommen."

„Und das keinen Augenblick zu früh", meinte ich dankbar.

„Wenn ich es richtig verstanden habe", meinte Baba zaghaft, „dann hätte ich, wenn ich gegen Veronika und Rebecca gewonnen hätte, auch irgendetwas mit Dir machen müssen!"

„Ähm, … ja", gestand ich zögernd. Baba biss sich nur verlegen auf die Lippen und nickte, erwiderte aber nichts mehr darauf.

Da es bereits Nacht war, als wir bei mir, oder besser ausgedrückt, bei uns zuhause ankamen, zogen Aimee und ich uns nicht einmal jetzt an, sondern huschten im Schutz der Dunkelheit nackt ins Haus und in die Wohnung. Als erstes ging ich ins Bad und versorgte meine Wunde. Es war nur eine kleine Platzwunde. Und da ich während der ganzen Fahrt die Serviette darauf gepresst hatte, hatte sie sich inzwischen trotz des Drucks in meiner Eichel, die durch Katrins Injektion noch immer prall wie eine überreife Tomate war, geschlossen. Also stieg ich unter die Dusche, um mir das Blut vom Körper zu waschen. Aimee kam auch ins Bad und sie zog Baba hinter sich her.

„Stören wir?" fragte sie, während sie bereits zu mir unter die Dusche stieg. Und da ich nicht antwortete, forderte sie auch gleich Baba auf: „Na komm schon Baba, zieh Dich aus."

Baba warf mir einen fragenden Blick zu. Ich zuckte unsicher mit den Schultern. Aber Aimee fuhr fort, ohne auf unsere Reaktionen zu achten:

„Na, Du kannst wohl schlecht im Trainingsanzug duschen."

„Du kannst ruhig rein", lud ich jetzt Baba unter die Dusche ein. „Ich muss eh raus, sonst fängt es wieder zum Bluten an."

Ich küsste Aimee ganz zärtlich, stieg aus der Dusche und trocknete mich ab, während Baba noch immer unschlüssig da stand. Es pulsierte nicht nur meine Erektion wie wild. Aimee und Baba wieder gemeinsam so dicht bei mir zu haben, ließ mein Herz wie wild rasen. Nur wusste ich nicht damit umzugehen.

Mit dem Badetuch um meine Hüfte legte ich mich am Balkon auf meine Liege und genoss die milde Luft der lauen Sommernacht. Nach einigen Minuten hörte ich, wie im Wohnzimmer leise Musik anging. Dann kam Aimee zu mir auf den Balkon. Sie hatte sich nicht abgetrocknet. Auf ihrem jungen, straffen Körper glitzerten die Wassertropfen im Sternenlicht wie tausende, kleine Diamanten.

„Du bist wunderschön!" flüsterte ich. Aimee beugte sich über mich und streifte meine Lippen mit den kleinen, harten Knospen ihrer vollen Brüste, über die sich eine leichte Gänsehaut hinzog.

„Darf Baba auch auf den Balkon kommen?" fragte sie mich sanft. Und ich erwiderte: „Natürlich. Solange sie hier ist, soll sie sich auch wie Zuhause fühlen!"

„Baba!" rief Aimee leise ins Wohnzimmer und winkte das kleine, zierliche schwarze Mädchen zu uns auf den Balkon. Baba war ebenfalls frisch geduscht. Sie hatte sich ein kleineres Handtuch um die Hüfte gebunden und bedeckte ihre kleinen, straffen Brüste schamhaft mit den Händen.

Da wären wir also, dachte ich mir verlegen.

Und „Da wären wir also!" sprach Aimee aus, was ich dachte, während sie mich verliebt anlächelte. Ich setzte mich auf, aus Höflichkeit und um die Erektion unter meinem Badetuch zu verdecken, obwohl ich ja gar nichts für sie konnte.

„Setzt euch!" forderte ich die beiden auf. Und nachdem sich Aimee neben mich und Baba auf einen Stuhl gesetzt hatten, zündete ich die Kerze auf dem Tisch an und fragte: „Wollt ihr was trinken?"

„Gerne!" antwortete Aimee und Baba nickte nur bestätigend, nachdem ich sie fragend angesehen hatte. Also ging ich, meine Beule im Badetuch so gut wie möglich verbergend, ins Wohnzimmer und holte eine Flasche Wein und drei Gläser. Als ich wieder nach draußen kam, saß Baba bei Aimee auf der Liege, schien sich dabei aber nicht sonderlich wohl zu fühlen. Auch Aimee wirkte nervös, versuchte aber, es sich nicht anmerken zu lassen. Ich setzte mich auf den Stuhl, auf dem eben noch Baba gesessen hatte, entkorkte die Weinflasche und goss uns ein. Um Aimee und Baba die Weingläser aber reichen zu können, musste ich wieder aufstehen. Mit den Gläsern in der Hand konnte ich meine Erektion aber nicht verbergen. Also tat ich einfach so, als wenn nichts wäre und reichte den beiden ihre Gläser.

„Ist Dir nicht kalt?" fragte ich nervös Aimee, deren nackter, feuchter Körper meinen Blick magisch anzog. Als Baba nach dem Weinglas griff, entblößte sie damit auch eine ihrer Brüste. Ich nahm ganz deutlich die Düfte der Körper von Aimee und Baba wahr, schluckte nervös und spürte, wie mir heiß wurde.

„Nein!" antwortete Aimee ganz sanft. „Ich liebe solche Sommernächte!"

„Ich auch!" erwiderte ich, während ich mich schnell zurück auf meinen Stuhl fallen ließ. Dabei klappte aber leider mein Badetuch auf und Jace Junior schnellte aus dem entstandenen Spalt hervor. Sofort bedeckte ich mich wieder, merkte dabei aber, dass sowohl Aimees, als auch Babas Blick auf Junior gerichtet waren.

„Auf euch beide!" sagte ich nervös, während ich mein Glas hob. Um mit den beiden anstoßen zu können, musste ich aber wieder aufstehen. Also hielt ich krampfhaft mein Badetuch mit der einen Hand fest, während ich in der anderen das Weinglas hielt, mit dem ich mit den Mädchen anstieß.

„Auf euch beide!" sagten auch Aimee und Baba. Die Gläser klirrten leise und dann tranken wir.

Ich war nervös und wusste nicht, wie dieser Abend jetzt weiter verlaufen sollte. Auch Baba hielt ihren Blick verlegen gesenkt und selbst Aimee, die irgendwie die treibende Kraft dieser Zwangs-, Zweck- oder was auch immer für einer Gemeinschaft bildete, schien nicht wirklich zu wissen, wie sie das peinliche Schweigen beenden sollte. Nachdem sie einige Minuten lang ebenfalls geschwiegen und ihren Blick wie eine stumme Aufforderung zwischen Baba und mir hin- und herschweifen lassen hatte, platzte sie plötzlich heraus: „Ihr müsst schon ein bisschen mithelfen!"

„Wie denn?" fragte Baba ganz leise und verunsichert und nahm mir damit das Wort aus dem Mund. Aimee wurde ganz ernst und nachdenklich und antwortete erst, nachdem sie sich die Antwort gründlich überlegt hatte: „Indem ihr euch selbst gegenüber ehrlich seid!"

Baba und ich sahen Aimee fragend an. Aber ich vermute, dass Baba den Sinn von Aimees Worten in Wahrheit genauso gut verstand, wie ich es tat. Nur konnte ich mir das selbst nicht eingestehen.

„Seht nicht mich an", forderte Aimee uns auf. „Seht Euch an!"

Baba und ich sahen uns so schüchtern und verlegen an, wie zwei Kinder, die die Liebe zueinander fühlen, dieses Gefühl aber fürchten, weil sie es nicht begreifen können und weil sie auch die Schmerzen nicht begreifen, die es ihnen bereitet. Wir waren keine Kinder mehr, obwohl Baba noch fast so wirkte. Wir waren erwachsene Menschen mit mehr oder weniger Lebenserfahrung.

Bevor Aimee wieder in mein Leben geplatzt war, war ich überzeugt davon gewesen, dass es in Wahrheit gar keine Liebe gab, dass die Liebe nur Lug und Trug oder eine Illusion war, in die man sich für eine Weile flüchten konnte, bevor man den Trick dahinter durchschaute. Ich hatte in meinem Leben geliebt. Ich hatte es zumindest geglaubt. Aber die Illusion war zerplatzt wie eine Seifenblase. Und seitdem war ich überzeugter Fatalist gewesen. Sex war okay gewesen, Erotik war okay gewesen, selbst Romantik hatte ich noch gelten lassen, obwohl ich sie nicht mehr wirklich erlebt hatte, seit Martina unsere Beziehung beendet hatte. Aber sobald das Wort ,Liebe' ins Spiel gekommen war, war das ganze, aus Lügen und schönen, aber falschen Worten bestehende Kartenhaus in sich zusammengefallen. Ich war überzeugt gewesen, dass Liebe nicht mehr Bedeutung hätte, als eine spontane Laune, die in der nächsten Sekunde schon wieder vergessen war. Und das hatte nichts anderes geheißen, als dass es die Liebe nicht gab.

Und dann war plötzlich Aimee wie ein Wirbelsturm in meine kleine, dunkle Welt voller Zweifel und Verachtung für die dummen Menschen, die der Liebe huldigten, gefahren, hatte die muffigen Schleier, mit denen ich die Fenster meines Herzens verhängt gehabt hatte, um das trügerische Licht der Liebe auszuschließen, heruntergerissen, und mit einer frischen Brise die Mauer aus Resignation und Zynismus, hinter der sich meine Einsamkeit verborgen hatte, niedergerissen. Und ihr strahlendes Licht hatte mich durchflutet und mit einer Liebe erfüllt, die ich bis zu diesem Moment geleugnet hatte.

Wie sollte ich jetzt, wo ich die absolute, die eine, die wahre und reine Liebe gefunden hatte, diese Liebe teilen? Ich empfand etwas für Baba. Das konnte ich nicht leugnen. Aber wenn ich das, was ich für sie empfand, mit Liebe gleichgesetzt hätte, dann wäre das gleichzeitig der Beweis für mich gewesen, dass es die wahre Liebe nicht gab, dann wäre meine Liebe nichts wert gewesen, wäre nichts, als Lug und Trug und eine Illusion gewesen, die ich vor mir selbst nicht hätte aufrecht erhalten können. Und dann wäre ich endgültig und für alle Ewigkeit zum Fatalist geworden, zum Schwarzmaler und zynischen Unheilspropheten.

Aimee und ich hatten uns auf dem Parkplatz der Kunstakademie geschworen, dass wir uns Mann und Frau wären. Aber zu diesem Schwur war es nur gekommen, weil Aimee mich wegen Baba nicht mehr offiziell heiraten wollte. Mir drehte sich der Kopf.

Wenn Baba nur nicht so gut riechen würde! dachte ich mir verzweifelt. Wie soll ein vernünftiger, logisch und sachlich denkender Mann einen klaren Gedanken fassen, wenn ihm zwei Wesen gegenübersitzen, deren Düfte ihn schon einzeln um den Verstand bringen können, und die in Kombination miteinander die Wirkung eines Flächenbrandes biblischen Ausmaßes entwickeln? Ich ...

In China werden die getragenen Slips von Schülerinnen eingeschweißt und in Automaten verkauft!

Hä? Was? Wer war das?

Ich blickte, verwirrt über diesen Gedanken, der nicht von mir stammte, auf und sah in die Gesichter der beiden mir gegenübersitzenden Mädchen. Ich erkannte Aimees Stimme, wenn ich sie in meinem Kopf hörte (auch wenn das absurd klingt), aber das war nicht Aimees Stimme gewesen. Baba sah mir groß in die Augen und ich hörte ihre stumme Antwort: Ich!

„Ich mag keine getragenen Slips von irgendjemandem, Himmelherrgottnochmal!" sagte ich verärgert über die Unterbrechung meiner Gedanken.

Sowohl Baba, als auch Aimee schwiegen andächtig zu meiner begründeten Zurechtweisung. Aber noch während ich versuchte, an dem Punkt meiner Gedankengänge, an dem ich aus ihnen herausgerissen worden war, wieder anzuknüpfen, hörte ich Aimees Stimme in meinem Kopf fragen: Ist Dir nichts aufgefallen, mein Engel?

Mir fällt nur auf, dass es unmöglich ist, mich zu konzentrieren, wenn ich ständig unterbrochen werde, erwiderte ich, ohne es zu schaffen, meine Gedanken ärgerlich klingen zu lassen (wie auch immer der Klang von Gedanken ist).

Willst Du Dir wirklich einreden, dass es nur Babas Geruch ist, der Dich verwirrt?

Natürlich! nahm ich diesen Gedanken dankbar auf. Es ist eine chemische Reaktion in meinem Gehirn. Ein Psychoanalytiker könnte das …

Du bist sooo doof!

Überrascht, empört und auch etwas verletzt blickte ich Aimee an. Aber sie strahlte mich nur so sanft und mit so viel Liebe an, dass meine Seele durch ihre Augen von ihr aufgesogen zu werden schien und mit ihrer Seele verschmolz. Ich hörte auf zu denken und fühlte mich in Aimees Blick so schwerelos, als wäre ich geschwebt.

Darf ich was sagen? hörte ich da wieder Baba fragen und fand es absurd, in einem Gedanken zu fragen, ob man etwas sagen darf. Aber während ich noch wie betrunken über diese Absurdität grübelte, die wie eine Wolke an mir vorüber zog, fragte plötzlich Baba: „Warum können wir unsere Gedanken hören, wenn Du nur einen chemischen Psycho…Anal…Fuzzi im Kopf hast?"

Scheiße, was für Zeug hat mir Katrin denn heute gespritzt? fragte ich mich, da ich mich irgendwie wie bekifft fühlte.

„Es ist nicht die Spritze!" sagte Aimee ganz sanft, kniete sich vor mir auf den Boden und schmiegte sich an meine Beine. Ihren Körper so an mich gepresst zu fühlen, tat unendlich gut und holte mich auch irgendwie wieder in die Realität zurück. Und plötzlich begriff ich, dass nicht nur Aimee und ich eine telepathische Verbindung miteinander hatten, sondern dass Baba in diese Verbindung mit einbezogen war. Ich begriff es nicht wirklich. Aber ich musste zugeben, dass es so war.

Was ist Liebe? fragte ich mich. Auf der einen Seite war ich jetzt ganz klar. Auf der anderen aber immer noch vollkommen verwirrt. Ich sah von Aimee zu Baba, die ihren Blick erwartungsvoll auf mich gerichtet hatte. Ich zog Aimee auf meinen Schoß. Und dann begann ich, an Baba gewandt, zu erzählen.

„Ich kenne Aimee, seit sie elf war", begann ich. „Ich habe sie schon als Kind geliebt. Ich habe mit ihr gelebt, habe sie immer um mich gehabt, war ständig mit ihr zusammen. Wir kannten unsere Geheimnisse und haben uns blind vertraut. Aber erst jetzt, wo wir uns nach drei Jahren wieder begegnet sind, habe ich erkannt, dass ich sie als Frau ebenfalls liebe. Dich kenne ich nicht, Baba! Ich weiß nichts von Dir. Ich weiß nur, dass mein Körper auf Dich reagiert, dass auch meine Gedanken immer wieder nach Dir suchen und dass es hier", dabei legte ich meine freie Hand auf mein Herz, „weh tut, wenn ich an Dich denke. Aber ich kann nicht begreifen, warum das so ist. Ich habe das Gefühl, meine Liebe zu Aimee zu verraten, wenn ich meine Gedanken an Dich und meine Gefühle für Dich zulasse. Deswegen kann ich Dich nicht lieben!"

Baba schwieg nach meinen Worten eine Weile mit gesenkten Augen. Dann hob sie ihren Blick wieder, sah mich an und fragte zaghaft: „Was willst Du denn von mir wissen?"

„Alles!" erwiderte ich ganz sanft, ohne mir dabei bewusst zu werden, dass ich damit mein Interesse an Baba und meine Gedanken und Gefühle für sie doch irgendwie eingestand und zuließ.

„Geboren wurde ich Ghana", begann Baba. „Aber ich kam bereits als Baby nach Deutschland. Seit ich zehn oder elf war, hatte mein Vater mich … Das hab ich euch ja schon erzählt. Meine Mutter hat dazu geschwiegen. Sie hat geweint. Aber sie hat nicht gewagt, sich gegen meinen Vater aufzulehnen. An meinem fünfzehnten Geburtstag hat mein Vater Freunde oder Kollegen mit nach Hause gebracht. Sie waren zu siebt und mein Vater hat … Sie haben mich einer nach dem anderen, …"

Bis hierher hatte Baba sich tapfer gehalten, während sie erzählt hatte. Aber jetzt brachen doch ihre Schleusen und die Tränen liefen über ihr schönes, ebenmäßiges Gesicht. Aimee sprang sofort von meinem Schoß, setzte sich wieder zu Baba und nahm sie schützend in ihre Arme. Ich hätte Baba am liebsten selbst in meine Arme genommen und sie getröstet. Aber ich war mir sicher, dass die Berührung eines Mannes das allerletzte wäre, was Baba jetzt ertragen konnte. Ich beobachtete schweigend und mit einem beklemmenden Schuldgefühl dafür, dass ich ein Mann war, wie Aimee Baba sanft in ihren Armen wiegte. Baba hatte ihr Gesicht auf Aimees Brüsten liegen und ich sah, wie sich glänzende Bahnen von Tränen über diese ihren Weg nach unten suchten und schließlich in Aimees Schoß verschwanden. Wenn der Grund für Babas Tränen nicht so grausam und schmerzhaft gewesen wäre, dass es mir selbst im Herzen wehtat, hätte ich diesen Anblick von Aimee und Baba als sehr erregend empfunden und durchaus genossen.

Für meine anhaltende Erektion konnte ich nichts. Aber ich schämte mich in dieser Situation trotzdem für sie.

Aimee strich Baba ganz sanft über die Haare und den nackten, schmalen Rücken. Und langsam wurde Baba wieder ruhig. Sie löste sich verunsichert aus Aimees Armen und stammelte verlegen: „Entschuldigung."

Dann schenkte sie Aimee einen dankbaren Blick und flüsterte: „Und Danke!"

„Wofür denn?" antwortete Aimee ebenfalls im Flüsterton und wischte Baba ganz sanft eine Träne von der Wange. Da entdeckte Baba die glitzernden Linien ihrer Tränen auf Aimees Brüsten. Auf Aimees linker Brustwarze, auf dieser wunderschönen, kleinen, zarten Knospe, die sich zusammengezogen hatte und verführerisch abstand, hatte sich ein Tropfen von Babas Tränen gebildet. Er glitzerte und funkelte wie ein winziger Diamant im schwachen Licht der flackernden Kerze. Ganz langsam, zögernd und unsicher näherten sich Babas fein geschwungene, volle und sinnliche Lippen dieser Knospe, die bereits bei der Annäherung von Babas Lippen vor Erregung zu zittern begannen. Fasziniert beobachtete ich, wie der Tränentropfen an Aimees Knospe im Takt ihrer Erregung tanzte und erwartete gebannt den Augenblick, in dem er heruntertropfen und auf Aimees Schenkel in Millionen glitzernder Kristalle zerspringen würde. Aber bevor er herunterfiel, legten sich Babas Lippen ganz sanft und liebevoll auf Aimees Knospe und tranken den Tropfen. Aimee stöhnte leise auf und presste ihre Brust bei Babas Berührung unwillkürlich fester auf deren Lippen.

Ich glaubte, selbst im Moment dieser zärtlichen und so unglaublich erregenden Vereinigung von Babas Lippen mit Aimees Knospe einen Orgasmus zu erreichen. Die Düfte der beiden sich berührenden Körper, von denen Babas Tränen verdunsteten, stiegen mir wieder zu Kopf. Trotzdem wurde ich mir bewusst, dass ich störte. Mit einer vor Verlangen schmerzenden Erregung stand ich lautlos auf und ging leise ins Bad.

Wie gerne wäre ich jetzt an Babas Stelle, dachte ich mir, während vor Erregung und mir bisher unbekannten Empfindungen mein Herz raste.

Wie gerne würde ich Aimees Brüste mit meinen Lippen liebkosen und Babas Tränen von ihnen trinken. Und wie gerne würde ich auch Babas Lippen auf meinem Körper …

Ich wischte mir verstört über die Augen. Meine Erektion tat weh. Ich öffnete den Knoten in meinem Badetuch und bemerkte, dass wieder Blut aus der kleinen Platzwunde an meiner noch immer prallen und jetzt noch härter gewordenen Eichel sickerte und dass sich darunter ein Bluterguss gebildet hatte. Ich hätte mich in dem Moment gern selbst befriedigt, um den unerträglichen Druck meiner Erregung loszuwerden und wieder einen klaren Kopf zu bekommen. Aber die kleine, eigentlich lächerliche, aber durch den Druck wieder blutende Wunde, hinderte mich daran. Ich hielt

Junior ins Waschbecken und ließ kaltes Wasser über ihn laufen. Und dann umwickelte ich meine Eichel mit Klopapier und klebte es mit Pflaster fest.

Was für eine lächerliche, kleine Mumie Du bist, dachte ich mir sarkastisch, als ich Jace Junior dann so betrachtete.

Da öffnete sich lautlos die Tür und Baba erschien im Türrahmen. Ich schwang mir sofort mein Badetuch um die Hüfte, um den absurden Anblick von dem Juniorkrüppel vor ihr zu verbergen. Baba trug noch immer nur das kleine Handtuch um die Hüfte. Sie bedeckte ihre winzigen Brüste jetzt nicht, um sie vor meinen Blicken zu verbergen und ich fragte mich, mit wieder ansteigender Nervosität, warum sie das tat, oder eben nicht tat. Selbst wenn ich nicht bemerkt hätte, wie sich die Tür geöffnet hatte, hätte ich den zarten, noch von Babas Tränen geschwängerten Geruch ihrer Haut sofort wahrgenommen. Vor Nervosität und Erregung begann ich zu zittern. Aber ich brachte kein Wort heraus.

„Aimee hat mich gebeten, nach Dir zu sehen", sagte Baba ganz leise und ebenfalls nervös.

„Ich bin schon okay", erwiderte ich und versuchte sogar zu lächeln. Das gelang mir aber glaube ich nicht.

Baba kam einen Schritt auf mich zu. Ich spürte, wie das Herz in meiner Brust wieder zu rasen begann und die Mumie wie ein Berserker gegen die Wände meines Badetuches anstürmte, um es niederzureißen. Das Ende davon war, dass mein Herz stehen blieb (zumindest fühlte es sich so an) und die Juniormumie sich unter dem Badetuch wie ein Schlossgespenst unter einem Leinentuch erhob. Baba ließ sich von diesem Spuk aber nicht erschrecken, sondern lächelte sogar darüber und fragte mich mit grausamer Unschuldsmiene: „Tut es wieder weh?"

Natürlich tut es weh, Himmelherrgottnochmal! dachte ich mir am Ende meiner Selbstbeherrschung, schüttele aber tapfer den Kopf und antwortete „M m", was soviel wie ‚nein' bedeuten sollte. Und bevor Baba mich noch weiter in Verlegenheit (oder um den Verstand) bringen konnte, fragte ich schnell: „Und Du? Bist Du wieder okay?"

Baba nickte und antwortete: „Ja, danke."

Dann setzte sie sich auf den Badewannenrand, überlegte einen Augenblick und bat mich mit hörbarer Unsicherheit in der Stimme: „Bitte setz Dich einen Moment."

Penibel darauf achtend, dass mein Badetuch nicht auseinanderklappte, setzte ich mich ihr gegenüber auf den Klodeckel und wartete gespannt auf das, was sie mir sagen wollte. Baba senkte ihren scheuen Blick ängstlich in meine Augen. Ich merkte, dass mein Herz doch nicht stand. Als ich spürte, wie ich in Babas Augen versank, wollte ich in Gedanken schon wieder Aimee zu Hilfe rufen. Aber ich weiß nicht, ob ich mich nur an ihre Worte aus der WG erinnerte, oder ob sie mit ihrer stummen Antwort meinem Hilferuf zuvor kam: Ich hörte in dem Augenblick bevor ich meinen

Hilferuf absenden konnte, bereits ihr: Da musst Du alleine durch, mein Engel!

„Ich möchte mich nur für das von eben auf dem Balkon entschuldigen!" stammelte Baba. „Ich hätte Aimee nicht einfach so berühren dürfen."

„Warum entschuldigst Du Dich dafür bei mir?" fragte ich verwirrt, fuhr aber schon fort, bevor ich Baba Zeit für eine Antwort auf die Frage gelassen hatte: „Und Aimee hat Dich ja in ihre Arme genommen. Sie hätte Dir schon gesagt, wenn Du etwas gemacht hättest, was sie nicht mag."

„Ja, aber sie ist Deine Frau!" redete sich Baba weiter Schuldgefühle ein. Mir fiel auf, dass sie Frau und nicht Freundin sagte. Ich ging aber darauf nicht ein und erwiderte: „Aimee ist nicht mein Eigentum, Baba! Sie entscheidet selbst, was sie mag und was nicht. Ich würde sie gegen jedes Unrecht verteidigen und gegen alles, was ihr jemand gegen ihren Willen antun will. Aber wenn ihr jemand etwas gibt, was ihr gut tut und was sie sichtlich genießt, dann kann ich mich nur für sie freuen."

In dem Moment, in dem ich es sagte, war ich wirklich überzeugt davon, dass ich es auch so meinte. Als ich danach aber darüber nachdachte, wurde mir bewusst, dass ich mit diesem Jemand nur Baba gemeint hatte. Die Vorstellung, dass ein anderer Mann Aimee berühren und dass sie das auch genießen würde, blieb sehr schmerzhaft für mich. Trotzdem schwor ich mir, zu dem, was ich eben zu Baba gesagt hatte, auch in einem solchen Fall zu stehen.

Baba lächelte mich scheu an und erwiderte darauf: „Das ist genau dasselbe, was auch Aimee gesagt hat."

Und nach einer kurzen Pause, während der ich mich nur wieder darüber wunderte, wie tief ich in Babas dunkle Augen eintauchte, atmete sie ein paar Mal tief durch und fragte mich dann, was ihr sichtlich und hörbar schwer fiel: „Glaubst Du auch, dass wir zusammengehören?"

Ich wusste nicht, was ich auf diese Frage antworten sollte. Und noch während ich nach Worten suchte, fragte Baba weiter: „Glaubst Du auch, dass es eine Verbindung zwischen Aimee, Dir und mir gibt, die unsere Gefühle füreinander erklären und rechtfertigen würde?"

Ich wusste noch immer nicht, was ich auf diese Frage antworten sollte. Ein ‚Ja' wäre mir selbst so erschienen, als wenn ich mir meine Wahrheiten so zurechtbiegen würde, wie ich sie gerade für passend erachtete. Vor mir selbst zuzugeben, dass ich nicht nur Aimee, sondern auch Baba liebte, wäre nach dem aktuellen Stand meiner Überlegungen damit gleichzusetzen gewesen, dass ich in Wahrheit keine von ihnen wirklich liebte und dass es demnach gar keine Liebe gab.

Warum muss nur alles immer so kompliziert sein? fragte ich mich und hatte Angst, durch die Beantwortung von Babas Frage, ganz egal, wie meine Antwort ausfallen würde, alles zu verlieren.

„Ich …" begann ich stotternd, schüttelte aber schließlich meinen Kopf.

Ich konnte mir selbst nichts vormachen, konnte mich nicht selbst belügen, auch wenn ich mir nichts so sehr gewünscht hätte, wie Aimee und Baba gleichermaßen lieben zu dürfen und von ihnen geliebt zu werden.

Baba senkte traurig ihren Kopf und flüsterte ebenso traurig: „Ich hab Aimee gesagt, dass Du nur sie liebst. Aber sie hat es mir nicht geglaubt."

„Weinst Du?" fragte ich besorgt, als ich das unterdrückte Zucken ihrer schmalen Schultern bemerkte. Ich wollte nicht, dass Baba weinte. Sie hatte schon so viel geweint, da sollte sie nicht auch noch meinetwegen weinen. Und außerdem tat es mir weh, sie weinen zu sehen.

„Nein!" antwortete Baba und hob auch sofort ihren Kopf um mich anzulächeln. Aber das Lächeln konnte über das Glänzen in ihren Augen nicht hinwegtäuschen.

Warum tut es nur so weh? fragte ich mich verzweifelt und fühlte mich schuldig und schlecht.

„Es war irgendwie lustig im Bad in der WG", meinte Baba da und gab sich den Anschein, fröhlich oder unbekümmert zu sein. Ich spürte aber, dass sie es nicht war. Trotzdem antwortete ich, selbst über die dumme Situation lächelnd, in die wir beide geraten waren: „Ja, das war es!"

Bei dem Gedanken daran, wie wir unfreiwillig ineinander verschlungen in der Badewanne gelegen hatten, wurde aber auch wieder die Erinnerung an die Berührung unserer Körper in mir lebendig. Und der Druck in meiner Eichel schmerzte mich durch diesen neuen Erregungsschub mehr, als Veronikas Gerte es getan hatte. Ich brauchte dringend eine Erleichterung, wenn Junior mir nicht wie ein zerplatzender Luftballon um die Ohren fliegen sollte. Aber das ging nicht, weil Baba mit im Bad war und weil Jace Junior in seinem Mumienkostüm ohnehin schon ein lädierter Luftballon war, der bei jedem kleinsten Lufthauch platzen musste.

Es war so bezaubernd, wie Du immer ‚Himmelherrgottnochmal' gesagt hast, dachte ich mir und hörte gleich darauf Babas Antwort in meinem Kopf: Und es war so schön, Dich in mir zu spüren!

„Hast Du das grad wirklich gesagt, ... gedacht?" fragte ich verwirrt, weil ich dachte, dass meine Fantasie mir einen Streich gespielt hatte.

„Was meinst Du?" fragte Baba schüchtern.

„Dass es ..." begann ich verlegen, wagte aber nicht, den Satz zu vollenden.

„Dass es schön war, Dich in mir zu spüren?" fragte Baba. Und nachdem ich nicht antwortete, beantwortete sie meine vorherige Frage auch gleich: „Ja, das hab ich gesagt, ... gedacht!"

Ich blickte verträumt in Babas Gesicht, versuchte darin zu lesen und ihre Gedanken- und Gefühlswelt zu begreifen. Ich wollte sie verstehen, wollte wissen, wie sie über die Misshandlungen ihres Vaters hinweggekommen war und wie sie die Übergriffe seiner Freunde verarbeitet hatte, bzw. ob sie sie verarbeitet hatte.

„Nein!" sagte Baba ernst und traurig. „Ich bin nie darüber hinweggekommen. Ich hab Dir ja erzählt, dass ich nirgendwo mehr hin gehöre."

Baba tat mir unendlich Leid. Ich hätte gern irgendwie wieder gut gemacht, was an ihr verbrochen worden war, um ihr diese Last und diese Schmerzen zu nehmen. Aber ich wusste, dass ich das nicht konnte. Ich war zu nichts zu gebrauchen. Ich konnte nicht mal ein kleines Mädchen trösten, das verletzt worden war. Ich war ein Taugenichts mit einer lächerlichen und peinlichen Erektion und schämte mich wieder dafür, ein Mann zu sein.

„Es ist doch nicht Deine Schuld, Jace!" sagte Baba ganz sanft, beugte sich zu mir und nahm zärtlich aber unsicher meine Hand. „Ich hab Dir doch gesagt, dass Du der erste Mann bist, bei dem ich etwas empfinde!"

Ich sah Baba tief bewegt und verwirrt in die Augen.

„Du bist der einzige Mann!" flüsterte Baba fast tonlos.

„Wenn ich das doch nur auch von Dir sagen könnte!" flüsterte ich ebenso leise zurück. In diesem Moment hätte ich sie wirklich am liebsten in meine Arme genommen, an mich gedrückt und für den Rest meines Lebens mit all der Liebe beschenkt, die ihr bisher versagt geblieben war. Aber ich konnte Aimee und meine Liebe zu ihr nicht verleugnen, nicht für eine Sekunde.

„Und wenn Baba und ich die einzigen wären?" erklang da die sanfte Stimme von Aimee von der Tür her. Baba und ich zuckten zusammen. Wir hatten beide Aimee nicht kommen hören, die, noch immer nackt, im Türrahmen lehnte und uns beide nachdenklich und verträumt anblickte.

„Ich wünschte, ich könnte Dir meine Liebe zu Dir begreiflich machen", erwiderte ich sehr ernst, aber dennoch beklommen.

Da stand Baba vom Badewannenrand auf und klaubte ihre noch im Bad liegende Kleidung zusammen.

„Ich geh dann mal besser!" sagte sie leise und traurig. Aber so wollte ich sie nicht gehen lassen.

„Warte Baba", sagte ich und griff nach ihrem Trainingsanzug. „So kannst Du nicht mehr rumlaufen. Den schmeiß ich erst mal in die Waschmaschine. Und morgen kauf ich Dir ein neues Kleid!"

Für ein neues Kleid hätte der Rest von dem Geld, das ich von meiner ersten CFNM-Party noch übrig hatte, sicher noch gereicht, zumindest, wenn es nicht gerade das teuerste gewesen wäre.

„Ich hab Dir schon gesagt, dass Du mir das Kleid nicht ersetzen musst", erwiderte Baba. „Ich mochte es sowieso nicht. Es war von Veronika."

„Trotzdem brauchst Du was zum Anziehen!" bestand ich darauf. Aber Baba ließ ihren Trainingsanzug nicht los und bat mich schließlich: „Bitte lass los, Jace."

Ich gehorchte, wenn auch ungern. Baba verließ mit ihrem Bündel das Bad. Ich sah, wie sich ihre und Aimees Hand ganz flüchtig berührten, als

175

Baba an Aimee vorbeiging.

Aimee sah mich lange, traurig und mit einem leichten Vorwurf im Blick an.

„Was?" fragte ich verstört, da ich nicht verstand, dass sie mir schweigend vorwarf, meine Liebe zu ihr mit keinen anderen Frauen teilen zu wollen.

Baba war im Wohnzimmer schnell in ihren Trainingsanzug geschlüpft und schlich jetzt ohne ein weiteres Wort hinter Aimee vorbei zur Wohnungstür.

„Baba, warte!" rief ich ihr nach. Aber im nächsten Moment hörte ich, wie die Tür ins Schloss fiel.

Aimee kam zu mir, nahm mein Gesicht in ihre kleinen Hände und küsste mich ganz zärtlich. Aber als unsere Lippen sich wieder trennten, sah ich Tränen in ihren Augen schimmern.

„Mein lieber, wunderbarer, dummer Engel", sagte sie leise. „Du kannst akzeptieren, dass ich Baba liebe und dass Baba mich liebt. Aber Du kannst die Liebe zwischen euch beiden nicht akzeptieren. Warum bist Du zu Dir härter, als zu mir?"

„Weil, … ich, …" stotterte ich. Ich hatte nicht die Absicht gehabt, hart zu mir selbst zu sein. Ich wollte Aimee doch nur treu sein und meine Liebe zu ihr nicht verraten.

„Ich liebe Dich so sehr!" flüsterte Aimee weiter. Und ich sah, wie eine Träne aus ihrem rechten Auge quoll und über ihre Wange lief. Sofort wollte ich sie tröstend in die Arme nehmen. Aber Aimee streckte mir abwehrend ihre Arme entgegen und hielt mich zurück.

„Ich liebe Dich so sehr", flüsterte sie noch einmal. „Ich werde für immer Deine Frau sein! Aber jetzt muss ich mich um Baba kümmern. Bitte sei mir nicht böse, mein Engel."

Und damit drehte sie sich um und verschwand im Schlafzimmer. Ich ging ihr verwirrt hinterher und sah zu, wie sie hastig in ihr leichtes Sommerkleid schlüpfte. Dann sah sie mir noch einmal tief in die Augen, küsste mich und lief wortlos aus der Wohnung, während ich noch perplex in der Schlafzimmertür stand.

Und jetzt? fragte ich mich verwirrt. Aimee liebte mich. Sie war meine Frau. Aber sie war gegangen. Ich wartete die ganze Nacht. Aber Aimee kam nicht zurück. Und ich musste mir während dieser bangen Stunden des Wartens auch wieder eingestehen, dass ich mir nicht nur Sorgen um Aimee machte, sondern auch um Baba. Ich spürte, dass ich sie alle beide vermisste und in mir wuchsen die Selbstvorwürfe, dass ich Baba einfach so hatte gehen lassen. Und trotzdem wusste ich nicht, was ich hätte machen sollen, oder wie ich es richtig hätte machen sollen. Erst gegen Morgen fiel ich in einen unruhigen Schlaf, aus dem mich dann aber schon um neun die Klingel riss.

Sofort sprang ich von der Liege, auf der ich am Balkon geschlafen hatte, auf, lief zur Tür und riss sie, noch immer nur mit meinem Badetuch bekleidet, auf.

„Guten Morgen!" grüßten mich zwei ältere Herren. „Wir möchten gerne über Jesus mit Ihnen sprechen."

„Hier ist er nicht!" antwortete ich verärgert und knallte die Tür wieder zu.

Aimee und Baba waren weg. Sie waren gegangen und ich war allein.

Fortsetzung folgt …

DIE CF... WAS FÜR 'NE PARTY?
KAPITEL 11

- MÉNAGE À TROIS -

Was bisher geschah:

Aimee, die wunderschöne Tochter meiner ehemaligen Lebensgefährtin Martina, hatte mich auf einer CFNM-Party gewonnen und mit in ihr WG-Zimmer genommen. Sie gestand mir ihre Liebe und auch ich wurde mir bewusst, dass aus dem Mädchen eine Frau geworden war, die ich als solche ebenfalls liebte.

Nach einigen dramatischen Verwicklungen und Verwirrungen geriet ich unfreiwilligerweise in eine gleichwohl peinliche, wie auch verfängliche Situation mit Baba, der hübschen, und so unglaublich gut riechenden, schwarzen WG-Mitbewohnerin von Aimee. Und obwohl ich Aimee über alles liebte, konnte ich doch nicht leugnen, dass Baba eine unbeschreibliche Anziehungskraft auf mich ausübte, der es mir nur mit Mühe gelang, mich zu entziehen. Obwohl Aimee und ich uns unsere Liebe geschworen und uns versprochen hatten, einander Mann und Frau zu sein, glaubte Aimee daran, dass Baba und mich ebenfalls Liebe verband und versuchte mich davon zu überzeugen, dass Baba, ebenso wie sie selbst, zu mir gehörte. Diesen Gedanken konnte ich aber nicht mit meiner Vorstellung von Liebe vereinbaren. Als ich auf einer weiteren CFNM-Party als Nude Male auftrat, erschien Baba gerade noch rechtzeitig, um mich vor Veronika und Rebecca, zwei weiteren Mitbewohnerinnen aus der WG, die nicht gut auf mich zu sprechen waren, zu beschützen.

Mit Aimee und Baba fuhr ich wieder zu mir nach Hause. Aber obwohl Baba mir noch einmal ihre Gefühle für mich beteuerte, war ich nicht in der Lage, meine Liebe zu Aimee dadurch in Frage zu stellen, dass ich vor mir selbst eingestanden hätte, Baba ebenfalls zu lieben.

Baba verließ meine Wohnung. Aimee folgte ihr. Und ich blieb allein zurück und verlebte eine Nacht voller Ängste, Sorgen und Selbstvorwürfen.

Wo waren nur Aimee und Baba? Warum meldeten sie sich nicht? Jace Junior hatte sich über Nacht entspannt. Durch den langen Überdruck vom Vortag und -abend hatte ich noch Schmerzen in den Hoden. Aber die ignorierte ich. Ich befreite Junior von dem mit Blut angekrusteten Klopapier und machte mich frisch. Dann fuhr ich zu der WG, in der Aimee und Baba gewohnt hatten. Ich war froh, dass Swen öffnete und nicht Veronika oder Rebecca. Aber Swen sagte mir auch nur säuselnd, dass Aimee und Baba hier nicht mehr aufgetaucht waren. Einen anderen Anhaltspunkt hatte ich nicht. Ich wusste nicht, wo die beiden Mädchen, die ich liebte, abgeblieben sein konnten. Mit vor Sorge und Selbstvorwürfen laut pochendem Herzen fuhr ich zurück zu meiner Wohnung. Aber die Hoffnung, dass die beiden inzwischen zurückgekommen wären, erfüllte sich nicht. Also wartete ich wieder.

Zweimal klingelte an diesem Tag das Telefon. In der Hoffnung, dass es Aimee und/oder Baba wären, ging ich jedes Mal sofort ran. Beim ersten Mal war es irgendeine eine Umfrage und beim zweiten Mal war es Karl, der schwule Ex-Freund von Swen aus der WG. Ich hatte weder Lust, an einer Umfrage teilzunehmen, noch mich mit irgendeinem Schwulen zu unterhalten und legte jedes Mal sofort auf, ohne mich überhaupt zu melden.

Ich konnte an diesem Tag nichts machen, weder schreiben, noch Bilder bearbeiten. Ich trainierte nicht, aß nichts und trank nichts. Ich saß nur im Halbdunkel meines Wohnzimmers zusammengekauert auf dem Sofa und starrte die leere Wand an. Und dann kam wieder die Nacht, diese lange, endlose Nacht, die mir keinen Schlaf schenkte.

Am nächsten Morgen saß ich noch immer auf meinem Sofa. Ich hatte mich seit dem letzten Anruf am Vortag nicht von der Stelle gerührt. Wozu auch?

In Gedanken versuchte ich meine Gedanken, meine Gefühle und meine Situation in Worte zu fassen. Und das war jetzt (ausnahmsweise) kein Schreibfehler. Ich versuchte wirklich in Gedanken auch meine Gedanken in Worte zu fassen (so doof das auch klingt)! Das ist so, als wenn ich Aimee oder Baba, oder alle beide nackt vor mir gesehen und (sinngemäß) gedacht hätte: Äh, boah, geil! Da aber ‚Äh, boah, geil' nicht meine gewöhnliche Ausdrucksweise ist, hätte ich mir Gedanken darüber machen müssen, wie ich die Gedanken, die ich jetzt einfach mal als ‚Äh, boah, geil' bezeichnet habe, in vernünftige Worte … Na, ist ja auch egal. Herausgekommen bei meinen mühseligen Versuchen, bzw. bei meiner mühseligen Suche nach Worten ist so was, wie ein Gedicht, ein zugegeben ziemlich naives Gedicht, das aber meine Situation nicht ganz unpassend beschrieb. Und das ging ungefähr so:

Wenn ich Baba seh',
dann liebe ich Aimee.
Doch ist Aimee da,
liebe ich Baba!

Wie ich mich auch entscheide,
ich liebe alle beide.
Doch ich hab mich entschieden
und bin alleine geblieben.

Sie sind beide gegangen,
doch mein Herz ist gefangen.
Sie haben's mit sich genommen.
Ich kann's nicht wieder bekommen.

Ich vermisse sie so sehr,
kann nicht schlafen, nicht essen.
Was immer ich tue,
ich kann sie nicht vergessen.

Mein Leben hat keinen Sinn,
weil ich so einsam bin.

Ist ja schon gut: Ich sagte ja: Es ist naiv. Und über Metrik will ich jetzt auch nichts hören. Mir ging's wirklich schei… Mir ging's wirklich nicht gut! Okay?

An diesem Tag hätte ich wieder einen Termin als Aktmodell in der Kunstakademie gehabt. Aber ich war nicht in der Lage, dorthin zu gehen. Ich war nicht einmal in der Lage, in der Akademie anzurufen, um mich abzumelden. Ich blieb einfach auf meinem Sofa sitzen und registrierte, wie die Zeit verging. Sie verging quälend langsam. Aber was machte das schon?

Als meine Stunde in der Kunstakademie begann, klingelte ein paar Mal das Telefon. Ich ging nicht ran. Und nach dem dritten Klingeln schleppte ich mich mühsam zum Telefon und legte den Hörer neben die Gabel. Ich wollte niemand mehr hören. Ich wollte niemanden sehen und mit niemandem sprechen. Ich wollte nur noch allein sein. Ich war so unendlich müde, so ausgebrannt und leer. Ich war allein.

Ich starrte immer weiter in die Wand und wartete darauf, dass mein Blick ein Loch durch diese Wand brennen oder fressen würde. Aber nicht einmal das passierte. Gar nichts passierte. Es klingelte nicht einmal mehr das Telefon, was aber möglicherweise daran lag, dass ich den Hörer daneben gelegt hatte. Um ihn wieder auf die Gabel zu legen, war ich zu müde. Also saß ich weiter nur da und starrte Löcher in die Wand (oder versuchte es zumindest).

Als ich am späten Abend dann gerade dabei war einzunicken, läutete die

Klingel so laut wie ein Nebelhorn, das mir jemand ins Ohr bohrte. Eine Minute lang versuchte ich es zu ignorieren. Während der zweiten Minute stülpte ich mir ein Polster über die Ohren. In der dritten Minute sprang ich genervt auf, griff in Gedanken nach dem Baseballschläger, den ich in Wahrheit nicht besaß, und stapfte mordlüstern zur Tür. Doch als ich sie aufriss, um dem Störenfried zumindest gedanklich eins mit dem Baseballschläger überzubraten, stand ich Aimee gegenüber. Mein Herz setzte vor Freude und Erleichterung einen Takt lang aus. Und dann lag Aimee auch schon in meinem Armen. Wir weinten beide und küssten uns immer wieder, so als wären wir Verdurstende und unsere Küsse wären die letzten Tropfen Wasser, die uns noch am Leben halten konnten.

Aimee fand zuerst die Sprache wieder. Sie sagte noch immer weinend und mit bebender Stimme: „Wir hatten so viel Angst um Dich, weil Du nicht ans Telefon gegangen bist."

„Und ich hatte so viel Angst um Euch!" gestand ich, ohne mir bewusst zu sein, ‚Euch' und nicht ‚Dich' gesagt zu haben. Aber die Minuten, Stunden und Tage; die Zeit, die ich mit Bangen verbracht hatte und mit der Angst, weder Aimee, noch Baba je wieder zu sehen, hatte mir schmerzlich bewusst gemacht, dass Aimee mich wirklich besser kannte, als ich mich selbst. Ich wollte nicht mehr ohne Baba sein. Ich vermisste sie und es tat weh, sie nicht in meiner Nähe zu wissen. Deshalb fragte ich mit nicht wenig Sorge, weil Aimee allein zu mir zurückgekommen war: „Wo ist Baba?"

„Bei Carlo", antwortete Aimee und küsste mich von neuem. Aber ich löste meine Lippen mit Bestürzung wieder von ihren und fragte fassungslos: „Bei Carlo? Bei Karl, dem Schwulen?"

„Ja!" antwortete Aimee so, als wenn es die normalste Sache der Welt wäre, dass ein Mädchen, das mir erst vor wenigen Tagen gesagt hatte, dass ich ‚der einzige Mann' wäre, jetzt mit einem Schwulen, oder Ex-Schwulen zusammen war.

„Jetzt sind nur noch Du und ich da!" flüsterte Aimee verliebt und traf auch gleich die Feststellung: „Das ist doch das, was Du wolltest!"

Ja, das stimmte. Es war genau das, was ich gewollt hatte. Ich hatte meine eigene Liebe zu Aimee eifersüchtig vor Baba beschützen wollen, weil ich nicht daran glauben konnte, dass Liebe ehrlich wäre, wenn man sie teilt.

Ich drückte Aimee schweigend an mich und küsste sie ganz zärtlich mit all meiner Liebe. Ich versuchte, den Schmerz, Baba bei einem anderen Mann zu wissen, zu unterdrücken. Aber es gelang mir nicht.

„Komm erst mal rein", flüsterte ich sanft, aber mit einem flauen Gefühl in der Magengegend. Ich wollte Aimee auf den Balkon führen. Aber als wir durch das Wohnzimmer gingen, blieb sie vor dem Sofa stehen und fragte mich mit einem Blick auf die zerwühlte Decke: „Wie lange hast Du hier gesessen, mein Engel?"

„Was für einen Tag haben wir denn?" stellte ich die Gegenfrage, da mir mein Zeitgefühl während meiner Grübelei vollkommen abhanden gekommen war.

Aimee nahm ganz zärtlich mein Gesicht in ihre kleinen, feingliedrigen Hände und küsste mich so sanft und liebevoll, dass durch diesen Kuss von neuem meine Tränen zu fließen begannen.

„Komm raus an die Luft!" forderte mich jetzt Aimee auf und zog mich hinter sich her auf den Balkon. Wir kuschelten uns ganz eng aneinander auf meine Liege und ich fühlte, wie langsam wieder Leben in meinen Körper und in meine Seele zurückfloss.

Obwohl wir beide bekleidet waren, spürte ich Aimees Körper ganz deutlich durch die uns voneinander trennenden Stoffe unserer Kleidung. Jace Junior sprang sofort auf wie ein umgefallenes Stehaufmännchen, obwohl meine Erleichterung darüber, Aimee wieder bei mir zu haben und meine Schuldgefühle dafür, Baba in die Arme eines anderen Mannes getrieben zu haben, im Moment gar keine erotische Stimmung bei mir aufkommen ließ. Trotzdem wurde ich mir in genau diesem Moment bewusst, dass wir bei aller erotischer Anziehungskraft, trotz all unserer uns gegenseitig geschenkten Zärtlichkeiten und Berührungen und trotz meiner permanenten Erregung in ihrer Nähe, noch keinen Sex gehabt hatten, der mir einmal einen erlösenden Orgasmus beschert hätte. Ich war nur einmal bei einer Berührung von Aimee gekommen. Da ich dabei aber meine Hose getragen hatte, war der Schuss auch im wahrsten Sinne des Wortes in die Hose gegangen. Das war gewesen, bevor ich im Badezimmer der WG in diese peinliche Situation mit Baba geraten war. Insofern wunderte ich mich jetzt auch gar nicht mehr darüber, dass Junior sich sofort auch wieder zu Wort meldete, um nach Erlösung von dem schmerzenden Überdruck zu betteln, der dabei aber nur noch unerträglicher wurde.

Ich versuchte zwar, meine pochende Erektion zu ignorieren, aber Aimee, die natürlich spürte, was sich da zwischen unseren Körpern wie ein Rumpelstilzchen gebärdete, öffnete behutsam den Reißverschluss meiner Hose, während ich ihr erzählte, dass ich in der WG nach ihnen gefragt und dann voller Ängste und Selbstvorwürfe auf ihre Rückkehr gewartet hatte.

„Ich hatte solche Angst, dass Du nicht mehr zu mir zurückkommst", schloss ich meinen Bericht und schaffte es dabei sogar wieder, nur ‚Du' und nicht ‚Ihr' zu sagen.

Aimee begann Junior sanft zu massieren. Aber ich nahm behutsam ihre Hand und bat sie: „Bitte nicht. Ich hab seit …"

Ja, wie lange war das jetzt eigentlich her? Ich schüttelte verwirrt den Kopf und setzte noch einmal an: „Ich habe nicht geduscht, seit ihr von hier weg seid."

Aimee akzeptierte, dass ich ihre Zärtlichkeiten nicht so richtig genießen konnte, wenn ich mich selbst nicht sauber fühlte, ließ ihre Hand nur sanft auf Junior liegen, der mit meiner Zimperlichkeit so gar nicht einverstanden war, und erzählte mir nun ihrerseits: „Baba wusste nicht, wohin sie sollte, als sie von Dir weg ist. Sie stand noch weinend vor dem Haus, als ich ihr hinterher gelaufen bin."

Ich hatte sofort einen Kloß aus Schuldgefühlen im Hals, als Aimee so begann und hätte gern gesagt, dass es mir leid tat, dass ich Baba so hatte gehen lassen. Aber ich schwieg und hörte auch weiterhin schweigend Aimee zu.

„Ich hab Baba gebeten, wieder mit hoch zu kommen", fuhr Aimee fort. „Aber Baba hat gemeint, sie will Dir und auch mir nicht weiter zur Last fallen. Um sie in ihrem Zustand aber nicht allein zu lassen, hab ich sie begleitet. Weder Baba, noch ich wussten, an wen sie sich hätte wenden können. Nur dass wir nicht mehr in die WG zurückkehren würden, das wussten wir beide. Zufällig sind wir Carlo begegnet …"

Mir fiel ein, dass Carlo, bzw. Karl mich angerufen hatte, dass ich aber sofort aufgelegt hatte, weil ich keine Lust gehabt hatte, mit ihm zu sprechen.

„Carlo hat uns eingeladen und erlaubt, bei ihm zu übernachten."

Mein Magen und mein Herz krampften sich zusammen, als Aimee das sagte. Ich war mir sicher, dass Aimee nichts mit Karl gehabt hatte. Dafür kannte ich sie viel zu gut. Und außerdem vertraute ich ihr blind. Aber was war mit Baba? Ich wusste nicht, wie Baba reagieren würde, nachdem sie von einem Mann abgewiesen worden war, für den sie, wie sie mir gestanden hatte, etwas empfand. Wie dieses Übernachten bei Karl ausgesehen hatte, erklärte Aimee auch nicht näher. Sie fuhr dann nur fort: „Heute bin ich mit Baba zur Kunsthochschule gefahren. Ich dachte, es wäre eine gute Idee, Dich dort zu überraschen. Ich wollte selbst gern zeichnen und hab darauf spekuliert, dass Baba und Du vielleicht gemeinsam Modell stehen würdet, wenn ihr schon beide da wart. Baba wollte das eigentlich nicht …"

Aha, dachte ich mir, wegen Karl!

Und bei dem Gedanken krampfte sich erneut alles in mir zusammen.

„Sie hat gemeint, es wäre nicht richtig, Dich in diese Verlegenheit zu bringen, wo Du sie doch nicht leiden kannst."

So ein Quatsch! Jetzt, wo sie plötzlich merkt, dass sie auf Schwule steht, schiebt sie auf einmal so was wie ein Verantwortungsbewusstsein mir gegenüber vor.

„Kann ich weitererzählen?" fragte Aimee und sah mich mit einem nicht zu deutenden Blick an.

„Ja natürlich", erwiderte ich und versuchte den Kloß, der mir im Hals steckte, hinunterzuschlucken.

„Wir haben uns große Sorgen um Dich gemacht, weil Du nicht gekommen bist und auch telefonisch nicht zu erreichen warst. Der Dozent hat schon gemeint, dass Du jetzt gar nicht mehr kommen bräuchtest. Aber da hat Baba sofort gesagt, dass sie Dich wieder vertreten würde, weil Du verhindert wärst. Damit war er zufrieden. Und er hat sie auch gleich gefragt, wie es denn mit einem gemeinsamen Modellstehen von euch beiden aussehen würde. Baba hat geantwortet, dass ihr noch nicht darüber gesprochen habt, hat dann aber einfach vorgeschlagen, dass ich heute ja mitmachen könnte. Und da haben wir Dich halt gemeinsam vertreten."

Die Vorstellung, Aimee und Baba gemeinsam nackt Modell stehen zu sehen, ließ sofort Jace Junior noch weiter anschwellen.

"Aber die Sorge um Dich war so schlimm, dass wir die Stunde kaum durchstehen konnten. Es tut mir so Leid, mein Engel, dass ich Dich allein gelassen habe. Aber ich konnte Baba nicht so gehen lassen."

"Ich weiß", erwiderte ich und küsste Aimee ganz sanft. Es tat so unendlich gut, sie in meinen Armen zu halten. Aber gleichzeitig tat es auch so schrecklich weh, dass Baba nicht mehr da war. Ich hätte das Aimee gerne gesagt. Aber ich wusste nicht, wie ich es hätte ausdrücken sollen. Wieder überlegte ich, was die Liebe war und ich fragte mich, ob meine Liebe jetzt wirklich falsch und unaufrichtig war, weil ich mir eingestehen musste, dass Baba tatsächlich auch einen Platz in meinem Herzen erobert hatte.

Ich liebte Aimee. Ich liebte sie mit jeder Faser meines Körpers, mit jedem Schlag meines Herzens und mit jedem Gedanken. Aber trotzdem vermisste ich Baba. Und es tat weh.

"Warum mit Karl?" platzte es da aus mir heraus, obwohl es völlig gleich gewesen wäre, ob Baba bei Karl oder sonst irgendeinem Mann war. Es tat einfach weh, dass sie sich so schnell umbesonnen hatte und dass sie die Gefühle, die sie vorgegeben hatte, für mich zu haben, so schnell an einen anderen Mann weiter verschenkte.

"Wie, warum mit Karl?" fragte Aimee.

"Naja, er ist doch ... andersrum!" druckste ich herum.

Aimee lächelte mich mitleidig an und meinte: "Menschen können sich ändern!"

"Aber warum ausgerechnet jetzt?"

Aimee ließ mich noch einige Augenblicke leiden. Dann fragte sie mich: "Was glaubst Du denn, was Baba bei Carlo macht?"

"Ich glaube gar nichts!" antwortete ich, weil ich keine Lust hatte, es mir auch noch auszumalen.

"Mein armer kleiner Engel!" sagte da Aimee ganz sanft. Ich sah sie fragend an. Und da fragte sie mich: "Willst Du nicht endlich ehrlich zu Dir selbst sein?"

Wozu denn? fragte ich mich. Jetzt ist es doch eh zu spät.

Zu Aimee sagte ich aber: "Wer sagt, dass ich nicht ehrlich bin?"

Da legte Aimee als Antwort ihre kleine Hand auf mein Herz. Ich verstand, was sie meinte, versuchte mich aber noch immer dagegen zu wehren. Da ich es aber nicht schaffte, ihr zu widersprechen, schwieg ich einfach. Ich schwieg und dachte nach über Aimee und mich und über das

Gefühlschaos, das in mir herrschte.

„Warum bist Du heute nicht zu Deinem Termin gegangen?" fragte mich da Aimee.

„Mir ging's nicht gut."

„Und warum hast Du nicht abgesagt oder bist wenigstens ans Telefon gegangen?"

Lange sah ich Aimee traurig an und gestand ihr schließlich: „Ich hab mir Sorgen gemacht. Und ich hatte Angst, dass Du nicht wieder kommst."

„Vertraust Du mir noch immer nicht, mein Engel?" fragte da Aimee. Und ich hörte, dass eine leise Traurigkeit in ihrer Stimme mitschwang. Wieder fühlte ich mich schuldig. Und das spiegelte sich wohl auch in dem Blick wider, den ich Aimee schenkte. Wir waren gemeinsam schon über den Rand des Lebens hinausgetreten. Und ich hatte gedacht, dass es nichts mehr geben könnte, was mich an Aimee zweifeln lassen würde. Und doch musste ich jetzt erkennen und eingestehen, dass ich daran gezweifelt hatte, dass sie zu mir zurückkommen würde.

Wie viele Tode muss man sterben, um die Schatten des eigenen Lebens zu überwinden? fragte ich mich. Ich sah Aimee an, dass sie meinen Gedanken verstanden hatte. Lange blickte ich ihr fragend in die Augen. Dann antwortete sie auf meine stumme Frage: „Nicht einen! Du musst nur das Risiko eingehen, zu vertrauen."

„Und wie soll ich das, wenn ich mir selbst nicht vertrauen kann?" fragte ich traurig zurück.

„Aber das kannst Du doch!" versuchte Aimee mich zu trösten und fragte mich: „Wenn alles nur schwarz oder weiß wäre: Wo wolltest Du sein?"

„Im Licht natürlich!" antwortete ich sofort und ohne nachzudenken.

„Aber wenn nur Licht da wäre, ohne Schatten", erklärte mir Aimee, „dann gäbe es keine Schönheit, dann gäbe es nichts, was Konturen hätte, es wäre alles nur weiß!"

„Und in der Dunkelheit wäre alles nur schwarz", erwiderte ich zynisch und merkte zu spät, dass ich Aimees Argumentation damit nur unterstützte, denn sie erwiderte sofort darauf: „Es ist nicht alles Licht, mein Engel, genauso wie nicht alles Dunkelheit ist. Wir brauchen Licht und Schatten, um leben zu können und um das Schöne sehen zu können."

Ich verstand nicht, was Aimee mir eigentlich sagen wollte und versuchte das mit einem intellektuellen Stirnrunzeln deutlich zu machen. Aimee lächelte mich sanft an und fuhr fort: „Du hast so viel Angst davor, etwas Falsches zu tun, dass Du Dein Herz vor Deinen eigenen Gefühlen verschließt."

„Nein, das ist nicht wahr!" widersprach ich energisch. „Ich liebe Dich Aimee! Wenn ich irgendetwas weiß: Dann das!"

„Und weil Du mich liebst, glaubst Du, für andere Menschen nichts mehr empfinden zu dürfen!"

Jetzt war ich wieder an dem Punkt, an dem ich immer wieder erkannte, dass ich mich ständig nur im Kreis drehte.

„Baba!" sagte ich, um Aimee zu zeigen, dass ich selbstverständlich verstand, wovon sie sprach.

Und „Baba!" bestätigte sogleich auch Aimee. Als ich danach wieder in Schweigen verfiel, weil ich mich nicht noch einmal um mich selbst drehen wollte (vor allem nicht vor Zeugen), fragte sie mich: „Wie viele Menschen bist Du bereit, unglücklich zu machen, um vor Dir selbst als Guter zu gelten?"

„Ist meine Liebe zu Dir so wenig wert?" stellte ich die Gegenfrage und argumentierte auf ihre Frage: „Man kann es nicht allen Menschen Recht machen!"

„Deine Liebe ist das Wertvollste, was ich besitze, mein Engel!" versicherte mir Aimee, erklärte aber weiter: „Deshalb sollte sie auch nicht auf einer Lüge aufgebaut sein."

Sofort wollte ich gegen diese Unterstellung protestieren. Aimee legte mir aber sanft ihre Finger auf die Lippen und erklärte weiter: „Du hast natürlich Recht: Man kann es nicht allen Menschen Recht machen! Aber wenn Du Dich selbst belügst, weil Du glaubst, das unserer Liebe schuldig zu sein, dann beruht unsere Liebe nicht auf Wahrheit!"

Irgendwie war ich Aimees Argumentation nicht gewachsen. Ich sah ihr nur verwirrt in die Augen, konnte aber kein plausibles Gegenargument finden.

„Und was soll ich Deiner Meinung nach jetzt machen?" fragte ich Aimee. „Soll ich Baba etwa anrufen und sie bitten zurückzukommen, um mit uns in einer Ménage à trois zu leben?"

Ich konnte es Aimee ansehen, dass sie die Frage bejahen wollte, kam ihr aber zuvor, indem ich feststellte: „Jetzt ist es eh schon zu spät!"

„Glaubst Du wirklich, dass Baba und Carlo …?" fragte Aimee mich da und ließ die Frage bewusst offen, um mich dazu zu zwingen, sie für mich selbst zu formulieren.

„Du sagtest doch …!" antwortete ich ebenso unvollständig, wie Aimee gefragt hatte. Und Aimee erklärte mir jetzt amüsiert lächelnd: „Dass sie bei ihm ist, nicht mit ihm!"

„Ich hab Karls Nummer nicht!" erklärte ich trocken und spürte, wie sich eine eigenartige Nervosität in mir ausbreitete, weil ich plötzlich nicht mehr zurück konnte. Aimee hatte mich trotz meiner grenzenlosen Liebe zu ihr dazu gebracht, mir selbst meine Liebe zu Baba einzugestehen. Ich musste plötzlich mein ganzes Denken und Fühlen, mein Lieben korrigieren. Und ich musste Aimee und Baba gestehen, dass ich sie beide liebte. Und das machte mir Angst, obwohl Aimee es bereits vor mir gewusst hatte. Aber wenn ich jetzt bereit war, ehrlich mir selbst gegenüber zu sein, dann musste ich diese Ehrlichkeit auch in Worte fassen und den beiden sagen.

„Die brauchst Du auch nicht", erwiderte Aimee. „Die beiden warten vor dem Haus!"

Ich merkte, wie ich zu schwitzen begann und sah Aimee mit einem Anflug von Panik an.

„Ich, äh, … was soll ich jetzt machen?" fragte ich nervös.

Aimee zuckte mit den Schultern und antwortete: „Das musst Du wissen, mein Engel."

Ich gab Aimee einen sanften Kuss und meinte: „Ich sollte vielleicht erst mal duschen!"

„Und die beiden noch länger auf der Straße stehen lassen?" fragte Aimee. Irgendwie hatte ich den Eindruck, dass ihr meine Panik und meine Verwirrung richtig Spaß zu machen schienen.

„Warum ist Karl überhaupt dabei?" fragte ich, um irgendetwas zu fragen. Da streichelte Aimee mir zärtlich über meine stoppelige Wange und antwortete: „Ich hab ihn gebeten mitzukommen, weil ich Angst hatte, dass Baba wieder weglaufen würde, wenn sie alleine warten müsste. Dann hätte sie sich nur wieder gedacht, dass Du nichts von ihr wissen willst."

„Okay!" sagte ich, tief durchatmend. „Ich bitte sie herein!"

„Das wäre ein Anfang!" erwiderte Aimee.

Nervös stand ich von der Liege auf und ging ins Wohnzimmer. Aimee kam mir aber hinterher und hielt mich mit den Worten zurück: „Wenn Du so raus gehst, könnte Carlo das auf sich beziehen!"

„Hä?" fragte ich, sorgsam darauf bedacht, die Frage, die ich damit zum Ausdruck bringen wollte, anständig zu formulieren. Aimee nickte in Richtung meiner Hose und als ich ihrem Blick folgte, entdeckte ich zu meinem Schrecken, dass Jace Junior noch vorwitzig daraus herausragte.

„Oh!" machte ich erstaunt und verstaute Junior schnell in meiner Hose. Das hätte wirklich peinlich werden und mich in Erklärungsnot bringen können. Ich lief barfuss nach unten.

Baba und Carlo standen vor Karls Wagen am Bürgersteig und unterhielten sich. Aber sie sahen beide sofort zu mir her, als ich in der Tür erschien und dort unsicher stehen blieb.

Baba sah mich mit großen Augen fragend an, während Karl mir als Gruß zunickte. Ich nickte zurück und richtete meinen Blick dann sofort wieder auf Baba. Von der Tür aus wollte ich ihr nicht zurufen. Also ging ich langsam und mit schwitzigen Händen zu den beiden und spürte bei jedem Schritt, wie mir Babas verführerischer Duft mehr in die Nase stieg.

Lange sahen Baba und ich uns nur in die Augen, bis Karl mich ungeduldig aufforderte: „Jetzt sag's schon, Jace!"

Ich warf ihm einen kurzen, vernichtenden Blick zu und wendete mich dann sofort wieder an Baba.

„Möchtest Du wieder mit raufkommen, Baba?" fragte ich sie nervös.

„Warum?" fragte sie ganz leise zurück. Und als ob die Situation nicht schon schlimm genug gewesen wäre, unterstützte Karl Baba auch noch, indem er sagte: „Ja genau, das wüsste ich auch gerne."

„Weil ich …", begann ich stotternd, „weil Du einen Platz brauchst, wo Du hingehörst!"

„Und was hat das mit Dir zum tun?" hakte Karl sofort nach.

„Zu tun!" verbesserte ich ihn mit einem Blick, der ihm deutlich machen sollte, dass auf seine Anwesenheit kein Wert mehr gelegt wurde. Aber entweder verstand er mich nicht, oder er wollte mich nicht verstehen, denn er erwiderte darauf nur: „Zum tun oder zu tun: Ist doch Wurscht! Wichtig ist nur die Frage, warum Baba mit in Deine Wohnung gehen sollte."

Ich wollte ihn gerade fragen, ob er Ärger sucht. Aber da bemerkte ich wieder Babas auf mich gerichteten, fragenden Blick.

„Weil Du hierher gehörst!" erklärte ich ihr. Und es kostete mich bereits einiges an Selbstüberwindung, ihr das zu sagen. Trotzdem war Baba noch immer nicht zufrieden und fragte wieder: „Warum?"

Und Karl haute gleich wieder in die selbe Kerbe und fragte ebenfalls: „Ja, warum?"

„Weil, … weil ich Dich liebe, himmelherrgottnochmal!"

„Na also!" meinte Karl erleichtert, während Baba mir sofort um den Hals fallen wollte. Ich hielt sie aber an den Schultern zurück und gestand ihr, obwohl ich befürchtete, sie dadurch sofort wieder zu verlieren: „Aber ich liebe auch Aimee!"

„Das weiß ich doch!" sagte Baba mit ihrer leisen, weichen Stimme, stellte sich auf die Zehenspitzen und gab mir einen ganz zarten Kuss.

Karl reichte mir Babas Tasche aus seinem Wagen. Dann ließ er uns endlich allein und ich fragte Baba erneut: „Kommst Du jetzt mit hoch?"

Baba nickte glücklich und begleitete mich in meine kleine Wohnung, wo Aimee uns schon mit Spannung erwartete.

„Hat er es tatsächlich geschafft?" fragte sie sofort Baba und Baba nickte ihr glücklich zu.

Als erstes musste ich jetzt ins Bad, um mich frisch zu machen. Dann saß ich die ganze Nacht mit meinen beiden neuen Lebensgefährtinnen zusammen auf dem Balkon. Ich konnte es noch immer nicht fassen, dass ich plötzlich mit zwei so wunderbaren Geschöpfen zusammenlebte, die sich gegenseitig nicht nur akzeptierten, sondern die mich sogar in diese Dreierbeziehung hineingedrängt hatten. Ich dachte wieder daran, wie Aimee mir nach der ersten CFNM-Party gestanden hatte, dass sie nicht gewollt hatte, dass mich eine der anderen Frauen berührte. Und trotzdem war sie die treibende Kraft dabei gewesen, dass ich trotz unserer Liebe auch noch Baba nicht nur in meiner Wohnung, sondern auch in meinem Herzen wohnen ließ.

Erst am Morgen gingen wir zu Bett. Wir schliefen alle drei zusammen in meinem Bett. Ich versuchte in dieser Nacht, beziehungsweise an diesem Vormittag, den wir im Bett verbrachten, weder mit Aimee, noch mit Baba irgendwie Sex zu haben. Meine Lenden schmerzten zwar von zu lange unterdrückter Erregung und Jace Junior war hart wie ein Baumstamm. Aber ich war in diesem Moment glücklich, diese beiden, wunderbaren Wesen nur an mich geschmiegt zu wissen und mit den zarten Düften ihrer Körper in der Nase glücklich einzuschlafen.

Als ich erwachte, registrierte ich, noch bevor ich meine Augen öffnete, dass Jace Junior von weichen Lippen zärtlich liebkost wurde. Ich blinzelte nach unten und sah Aimee zwischen meinen Schenkeln liegen. Und wie schon einmal küsste und liebkoste sie meinen Penis so liebevoll und zärtlich, dass sich ein Höhepunkt trotz der sich ins Unerträgliche steigernden Erregung nicht einstellen wollte. Baba lag noch immer an meiner Seite und schmiegte ihren kleinen, zierlichen Körper an mich. Ihr Kopf lag auf meiner Brust und sie verfolgte Aimees zärtliches Spiel ebenso fasziniert wie ich. Nur ganz langsam und unmerklich rutschte sie Stück für Stück immer tiefer, bis ihr Kopf auf meiner Hüfte lag.

Und Aimee, die mit meiner prallen, erregten Eichel ganz sanft über ihr Gesicht gestreichelt und sie dabei immer wieder ganz zärtlich mit ihren Lippen bedeckt hatte, bog Junior zu Baba und liebkoste mit meiner vor Erregung angenehm schmerzenden Eichel jetzt Babas zartes Gesicht. Baba schloss ihre Augen. Ihre weichen, sinnlichen Lippen waren leicht geöffnet. Es war ein unglaublich intensives Gefühl, als Junior, von Aimees kleiner Hand behutsam dirigiert, Babas Lippen liebkoste. Baba genoss dieses zarte Spiel sehr lange. Fast schien es, als würde sie schlafen, wenn ihr nicht anzusehen gewesen wäre, wie sie meinen Geruch in sich einsog. Langsam wurde das zarte Liebkosen etwas forscher. Aimee streichelte mit meiner Eichel nicht mehr nur über Babas Lippen, sondern klatschte sie immer öfter zuerst nur ganz sanft, dann aber immer verspielter und mit sich langsam steigernder Intensität auf Babas Lippen, bis die anfingen, nach meiner Eichel zu schnappen. Zuerst hielt Baba ihre Augen noch geschlossen. Aber je ausgelassener dieses erregende Spiel wurde und je ungestümer Aimee meine Eichel auf Babas Lippen klatschte, umso mehr musste Baba sich konzentrieren, um sie zu fassen zu bekommen. Und schließlich öffnete sie ihre Augen. Und sie schnappte nicht mehr nur mit ihren Lippen, sondern mit ihren Zähnen nach meiner Eichel. Immer wieder bekam sie sie zu fassen. Und immer wieder gab sie sie frei. Ich zitterte vor kaum noch zu beherrschender Erregung am ganzen Körper. Zuerst schnappte Baba nur ganz sachte nach meiner Eichel. Aber langsam taute sie auf und biss von mal zu mal ein bisschen fester zu. Und dann fasste sie selbst nach Junior und klatschte ihn auf Aimees Lippen zurück. Zuerst küsste Aimee meine Eichel immer nur. Aber schließlich begann auch sie, danach zu schnappen und sie liebevoll zu beißen.

190

Ganz langsam wurde der Abstand zwischen Aimees und Babas Lippen immer kleiner. Mal wurde er von der einen Seite, dann von der anderen zärtlich gebissen. Und schließlich knabberten Aimee und Baba gleichzeitig von beiden Seiten an meiner vor Erregung zitternden Eichel. Ich glaubte schon, diesen intensiven Reiz nicht länger ertragen zu können, da schlossen sich die Lippen von Aimee und Baba zu einem innigen, gegenseitigen Kuss um meine Eichel. Ihre Zungen umspielten und umschmeichelten sie, während sie sich gegenseitig suchten und liebkosten. Ich spürte, wie langsam ein Sog einsetzte, während sich immer wieder auch die Zähne der beiden mich liebenden Mädchen in meine Eichel drückten, bis ich endlich, nach ich weiß nicht, wie langer Zeit einen so intensiven Orgasmus erlebte, dass ich das Gefühl hatte, ich würde das Bewusstsein verlieren. Aimee und Baba gaben Jace Junior aber trotzdem nicht frei. Sie saugten bis zum letzten Tropfen alles aus ihm heraus und setzten auch dann noch ihr zärtliches und so unglaublich erregendes Spiel, das mich weit über die Grenzen mir bisher bekannter Lust hinausführte, fort. Ich hätte die beiden am liebsten angefleht, aufzuhören. Aber ich war nicht einmal dazu in der Lage, mein Flehen in Gedanken zu formulieren und verlor mich vollkommen in dieser unerträglich intensiven Stimulation, bis ich von einem zweiten Orgasmus erfasst und mitgerissen wurde. Aimee und Baba hatten kein Erbarmen. Sie küssten sich immer weiter mit um meine Eichel geschlossenen Lippen, liebkosten sich und mich mit innigster Zärtlichkeit mit ihren Zungen und hörten nicht auf, dabei gierig und leidenschaftlich an mir zu knabbern.

Dass ich überhaupt einen zweiten Orgasmus erreichte, war schon ungewöhnlich. Aber dass er den ersten an Intensität auch noch übertraf, und vor allem, dass er nicht enden wollte, solange Aimee und Baba mich in ihrem Kuss gefangen hielten, das überstieg dann wirklich meine Kräfte.

Als ich wieder zu mir kam, war es heller Tag und ich lag allein im Bett. Als ich schwungvoll aus dem Bett springen wollte, versagten mir zuerst die Beine, so dass ich flach auf den Boden vor dem Bett plumpste.

Okay! dachte ich mir. Ich bin also gelähmt!

Ich war aber nicht gelähmt. Ich war nur so weit über meine Kräfte hinaus gegangen (worden), dass mir nach dem ausgiebigen und erholsamen Schlaf noch immer meine Beine nicht gehorchen wollten. Als ich mich am Bett wieder hochzog, stellte ich zu meiner Erleichterung fest, dass ich doch noch stehen konnte, wenn auch auf sehr wackeligen Beinen. Vorsichtig, und überall Halt suchend ging ich mit weichen Knien Schritt für Schritt durch die Wohnung. Aimee und Baba waren beide nicht da. Aber auf dem Küchentisch lag ein Zettel, auf den Aimee geschrieben hatte:

Guten Morgen mein Engel,

Baba und ich sind in der Kunsthochschule. Wir stehen heute wieder gemeinsam Modell.
Aber ich habe zugesagt, dass Du heute Abend beim freien Zeichnen mitkommst.
Wir brauchen nur noch zwei bis drei Termine, um das Geld für die offenen Mieten zusammen zu haben.
Essen steht im Kühlschrank.
Bis später,
~~ich liebe Dich,~~ Wir lieben Dich!

Aimee & BABA

Ich aß nicht viel. Ich machte mir Kaffee, trainierte ein wenig, sobald ich wieder in der Lage war, halbwegs sicher auf meinen Füßen stehen zu können und machte mich dann, frisch geduscht und mit neuer Kraft und Motivation beseelt, daran, an meiner Kurzgeschichte weiter zu arbeiten. Plötzlich machte es wieder Spaß, an etwas zu arbeiten. Plötzlich war meine Wohnung voller Licht, weil es etwas gab, worauf ich mich freute. Ich erwartete mit ungeduldiger Sehnsucht die Rückkehr von Aimee und Baba.

Als sie aus der Kunstakademie nach Hause kamen, fielen sie mir sofort beide um den Hals. Am liebsten wäre ich mit den beiden sofort wieder ins Bett gegangen, um mich für das prickelnde, erotische Spiel, mit dem sie mich am letzten Tag verwöhnt hatten, zu revanchieren. Aber wir nahmen uns zusammen. Ich schrieb den ganzen Tag über am Balkon an meiner Geschichte und schaffte es endlich, sie abzuschließen. Aimee und Baba wollten mich bei der Arbeit nicht stören und waren draußen. Sie kamen erst zurück, als wir zur Kunstakademie aufbrechen mussten.

Und so stand ich an dem Tag zum ersten Mal mit Baba gemeinsam Modell. Dass ich dabei eine Erektion nicht vermeiden konnte, störte zum Glück niemanden. Und Katrin, die in der ersten Reihe auch mit unter den Schülern saß, versuchte die prickelnde Stimmung sogar noch anzuheizen, indem sie ein paar mal sehr eindeutige, sexuelle Posen vorschlug.

Aimee saß ebenfalls unter den Schülern, was bei den öffentlichen Terminen kein Problem darstellte. Und so zeichnete auch sie Baba, wie sie vor mir auf dem Boden kniete und meinen hoch aufgerichteten Penis mit ihren Lippen berührte, ohne dass sie ihn dabei halten musste. Der Dozent und die übrigen Schüler waren von der spürbaren Erotik zwischen Baba und mir ebenfalls begeistert. Irgendwann machte Katrin den Vorschlag, dass Aimee doch auch noch zu uns aufs Podest steigen sollte. Aber da war die Stunde schon fast vorbei. Und außerdem hätte sie wahrscheinlich auch

Probleme damit bekommen, die übrigen Schüler davon zu überzeugen, noch ein weiteres Model zu bezahlen.

Als Aimee, Baba und ich nach der Stunde glücklich und ausgelassen die Akademie verließen, passte Katrin uns am Parkplatz ab und sagte zu mir, bzw. zu uns: „Ich hätte auf der letzten Party nicht gedacht, dass die Kleine … Wie heißt Du noch mal?"

„Baba!"

„Dass Baba und Du …" fuhr Katrin fort, unterbrach sich dann aber und wendete sich fragend an Aimee: „Ich dachte, Du und Jack, ihr beide wärt …?"

„Das sind wir auch!" antwortete Aimee und schmiegte sich an mich.

„Ahaaa, verstehe!" erwiderte Katrin und ließ einen vielsagenden Blick über Baba, Aimee und mich schweifen. Und dann platzte sie auch schon heraus: „Ich hätte ein Angebot für Euch!"

„Eine CFNM-Party?" fragte ich sofort misstrauisch.

„Ja!" antwortete Katrin und lächelte mich schelmisch an. Ich schüttelte aber den Kopf und erwiderte energisch: „Kein Interesse!"

Und damit wendete ich mich auch bereits von Katrin ab und schloss die Beifahrertür von meinem alten Citroen auf, um Aimee und Baba die Türen aufzuhalten.

„Es würde Dich garantiert keines der anderen Mädels für sich beanspruchen!" versuchte Katrin mich doch noch zu überzeugen.

Aber ich wiederholte noch einmal: „Kein Interesse!"

„Es würde Dich nicht einmal eines der anderen Mädels anfassen!"

„Kein Interesse!"

„Auch nicht für tausend Euro?"

Jetzt wendete ich mich, neugierig geworden, doch noch einmal Katrin zu. Bevor ich aber etwas sagen konnte, fragte bereits Aimee: „Und wo ist der Haken?"

„Es gibt keinen!" versprach Katrin mit beleidigter Unschuldsmiene. Aber irgendwie hatte sie ihre Glaubwürdigkeit bei mir ziemlich verspielt. Und Aimee und Baba schien es ebenso zu gehen.

„Was heißt, keines der anderen Mädels würde ihn berühren?" fragte Aimee skeptisch weiter.

„Das heißt:" erklärte Katrin euphorisch: „Er gehört ganz euch!"

„Uns?" fragten Aimee und Baba zugleich.

„Außer ihr wollt nicht. Dann müsste Jack sich doch wieder ein oder zwei anderen Mädels anvertrauen."

„Auf keinen Fall!" protestierte ich sofort und Aimee fragte weiter: „Und was müssten wir dabei machen?"

„Mit ihm spielen!"

„Inwiefern?" fragte ich misstrauisch. Und da räumte Katrin schließlich ein: „Naja, es wäre wieder so eine Femdom Party!"

„Und das bedeutet?" fragte Aimee.

„Das bedeutet", antwortete Katrin, „dass ihr den anderen Mädels eine richtig gute Show bieten müsstet!"

„Und das bedeutet?" fragte diesmal Baba nach.

Katrin schnaufte genervt und antwortete: „CW ...!"

„CW ... Was?" fragte ich, da Katrin wieder verdächtig zu nuscheln angefangen hatte und ich den Rest nicht verstanden hatte.

„Nicht CW was, CBT!" wiederholte Katrin noch einmal

„Und das bedeutet?"

„Ziemlich Blöde Therapie?" schlug Aimee fragend vor.

„Es bedeutet nur", erklärte Katrin, „dass ihr ein bisschen mit ihm spielen müsst!"

„Es bedeutet Cock and Ball Torture!" erklärte jetzt Baba.

Ich sah Katrin böse an und sagte: „Ich wusste gleich, dass Du mich wieder linken willst."

„Das ist doch keine echte Tortur!" verteidigte sie sich und erklärte: „Das wäre doch alles nur Show!"

„Können wir den Vertrag mal sehen?" fragte Aimee.

„Den hab ich doch jetzt nicht einstecken."

„Und wann soll das Ganze stattfinden?" fragte wieder ich.

„Morgen Abend!"

„Das heißt also", resümierte ich, „dass wir den Vertrag vorher wieder nicht zu sehen bekommen würden."

„Ihr könnt ihn doch aber lesen, bevor ihr ihn unterschreibt."

„Lass uns fahren, Jace!" meinte da Aimee. „Sie legt Dich doch nur wieder rein!"

Ich nickte und sagte dann zu Katrin: „Du hast es gehört Katrin, Du hast unser Vertrauen leider schon verspielt. Gute Nacht."

Damit öffnete ich die Wagentüren für Aimee und Baba. Die beiden stiegen ein und wir fuhren los und ließen Katrin auf dem Parkplatz stehen.

„Tausend Euro wären eine Menge Geld gewesen!" meinte ich nachdenklich während der Fahrt. Aber Baba, die auf dem Rücksitz saß, legte mir sanft ihre Hand auf die Schulter und sagte mit ihrer leisen, weichen Stimme: „Wir können auch anders Geld verdienen, Jace!"

„Genau, mein Engel!" stimmte Aimee dem zu. Und ich musste mir auch selbst eingestehen, dass es zwar viel Geld gewesen wäre, aber dass ich von CFNM inzwischen genug hatte und dass ich von Femdom und CBT überhaupt nichts wissen wollte. Aimee und Baba durften jederzeit mit mir und Junior spielen. Da hatte ich absolut keine Bedenken, dass sie etwas tun würden, was ich nicht mochte. Auf einer von Katrin organisierten Party war aber abzusehen, dass es mir nicht nur nicht gefallen würde, sondern dass ich Todesängste ausstehen müsste.

Am nächsten Tag machte ich einige neue Termine für Baba und mich in den anderen, kleineren Kunstschulen aus, in denen ich gelegentlich auch Modell stand. Und dann fuhren wir zu dritt aus der Stadt raus und Aimee und ich tobten endlich wieder mit der Ausgelassenheit unserer vor drei Jahren verlorenen Lebensfreude durch den Wald. Aber diesmal tobten wir nackt und Baba tobte mit uns.

Wir eroberten uns so ein kleines bisschen von der Freiheit und Unbekümmertheit eines Kindes zurück. Wir fanden einen einsamen Baggersee, in dem wir ausgelassen schwammen und planschten und keine Gelegenheit ausließen, uns dabei gegenseitig zu berühren.

Am späten Nachmittag besorgte ich ein paar Grillsachen und eine Flasche Wein. Und so ließen wir diesen Tag nackt an einem kleinen Lagerfeuer an diesem Baggersee ausklingen.

Jetzt gehörten wir endgültig zusammen. Aimee, Baba und ich hatten uns gegenseitig zu unserer Familie gewählt. Baba war so glücklich, endlich jemand gefunden zu haben, dem oder denen sie vertrauen konnte, denen sie ihre Liebe schenken konnte und von denen auch sie geliebt wurde, dass sie irgendwann vor Glück so heftig zu weinen begann, dass ich schon befürchtete, wieder etwas Falsches gemacht zu haben. Aber Baba erklärte Aimee und mir ihre Tränen, schmiegte sich an uns und so hielten wir uns gegenseitig ganz fest. Wir hatten alle drei in unseren Leben schon zu viele Enttäuschungen und Schmerzen erlebt, dass wir das Glück unserer Liebe erst langsam zu begreifen begannen.

Ich verkaufte in den nächsten Tagen meine neue Kurzgeschichte und machte immer neue Fotos von Aimee und Baba, für die ich auch einen Verlag fand, der sie herausbrachte. Außerdem standen wir alle drei regelmäßig Modell. Und so verbesserte sich unsere finanzielle Situation zusehends. Der Dozent aus der Kunstakademie machte sich übrigens für Aimee stark, wodurch sie doch noch als Studentin in der Akademie angenommen wurde. Kurz gesagt: Es ging uns richtig gut!

Ich lebte mit den zwei wunderbarsten Frauen zusammen, die ich mir nur vorstellen konnte. Ich war ihnen in jeder Hinsicht vollkommen verfallen und sie mir auch (wenn ich das sagen darf)! Die Düfte ihrer Körper haben niemals aufgehört, mich zu berauschen. Und ich konnte niemals genug davon bekommen, ihre Haut auf meinen Lippen zu spüren und sie auf diese Weise einfach nur wahrzunehmen und zu liebkosen. Oft verfielen wir wieder in solche Ekstasen, dass wir die Zeit dabei vollkommen vergaßen. Aber so lange, wie beim ersten Mal in Aimees WG-Zimmer hat es sich nie mehr ergeben, weil die Erregung davor schon immer zu unerträglich für Aimee und/oder Baba wurde. Auch ich wurde von den beiden bei jeder sich bietenden Gelegenheit verwöhnt. Aimee und Baba hatten im Internet irgendwann mal recherchiert, was sie unter CBT alles fanden. Aber nichts von dem, was sie finden konnten, ließ sich mit der Liebe und der Zärtlichkeit vereinbaren, die uns drei verbindet. Ich liebe und genieße es, wenn die beiden an Jace Junior knabbern, auch wenn sie ab und zu ein bisschen fester zubeißen. Wir genießen es in unserer Ménage à trois noch immer, zu spielen und uns immer wieder neu zu entdecken. Aber wir mögen alle drei nicht diese unästhetischen Spiele von Macht, Gewalt und Unterwerfung.

Auf einer CFNM-Party bin ich nie wieder aufgetreten. Aber im Nachhinein muss ich doch eingestehen, dass ich Katrin unendlich dankbar für meine beiden Auftritte bin, denn ohne meine erste CFNM-Party hätten Aimee und ich uns möglicherweise nicht wieder gefunden. Und dann hätten wir niemals erfahren, wie sehr wir uns in Wahrheit lieben. Und ohne meine zweite CFNM-Party wäre Baba möglicherweise nicht mehr zu Aimee und mir zurückgekehrt.

Heute bin ich mit Aimee und Baba der glücklichste Mensch der Welt!

HAPPY
ENDE

ÜBER DEN AUTOR

Jürgen Lill ist ein Künstler mit Leib und Seele. Begonnen hat er als Stuntman, bevor er Schauspielunterricht genommen und neben Filmauftritten, wie zum Beispiel als Elefantenreiter in „Asterix & Obelix gegen Caesar", vor allem auf Bühnen in Deutschland und Österreich Erfolge gefeiert hat. Von Karl Mays ‚Dr. Karl Sternau' und ‚Old Shatterhand' über Alexandre Dumas' ‚Aramis' bis hin zu ‚Hercules' hat er immer wieder in Heldenrollen geglänzt. Doch das Spielen allein hat ihm nie genügt. Er wollte immer selbst etwas erschaffen und hat deshalb schon früh begonnen, zu schreiben und zu fotografieren.

So konnte er unter anderem schon einige Kurzfilme und ein Theaterstück selbst realisieren. Neben dem Schreiben von Drehbüchern und Theaterstücken war er unter anderem als Bildjournalist und Pressefotograf tätig und hat inzwischen seine ersten beiden Romane „Die Mädchen von St. Bernadette" und „Der Schneeengel" herausgebracht.

Der Sammelband „Lustvolle Lektüre über die Liebe" ist eine Auswahl seiner erotischen Kurzgeschichten und Gedichte, in denen er einmal mehr seine überbrodelnde Fantasie und seine Vielseitigkeit unter Beweis stellt.

Mit „Die CF... Was für 'ne Party?" liegt sein inzwischen dritter Roman vor.

Alle Bücher sind als Printausgabe und E-Book bei Amazon.de erhältlich

JÜRGEN LILL

DIE MÄDCHEN
VON ST. BERNADETTE

ISBN-13 978-3-9816303-0-5

Josh Barker ist ein Lehrer mit Prinzipien. Niemals würde er sich mit einer Schülerin einlassen, denn ihm sind die Konsequenzen eines solchen Verhaltens nur allzu deutlich bewusst. Doch mit den Konsequenzen, die das Zurückweisen eines verliebten Mädchens für ihn haben würde, hätte er niemals gerechnet. Mit einem Schlag verliert er alles und nur drei Personen halten noch zu ihm, die Waisenmädchen Marijana, Lian und Victoria, die er auf die Internatsinsel St. Bernadette begleitet.

Doch damit fangen die Probleme erst richtig an, denn eigentlich gibt es keine Männer auf St. Bernadette. Oder etwa doch?

Während „Die Mädchen von St. Bernadette" zu Beginn noch wie eine zarte Liebesgeschichte daherkommt, in der drei Waisenmädchen ihre ersten erotischen Erfahrungen machen, entlädt sich die sich ständig steigernde Spannung schließlich in einem blutigen Kampf ums nackte Überleben.

JÜRGEN LILL

DER SCHNEEENGEL

eine erotisch-philosophische
Liebes-Dramödie

ISBN-13 978-3-9816303-2-9

Als der erfolglose und frustrierte Autor Fred nach der Trennung von seiner Lebensgefährtin im Gartenhäuschen der resoluten Frau Krün eine Bleibe findet, beginnt er mit einer neuen, erotischen Kurzgeschichte. Nicht nur, dass sich die Protagonisten dieser Geschichte andauernd verselbstständigen und ihn damit fast in den Wahnsinn treiben; die ständigen Streitgespräche mit Frau Krün tragen ebenfalls nicht gerade zu seiner Konzentration bei. Doch vor allem die Faszination, die deren Enkelin Manuela auf ihn ausübt, stürzt ihn in ein Gefühlschaos, in dem die Grenzen zwischen Realität, seiner Geschichte und wirren Träumen immer mehr verschwimmen.
Und dann ist Weihnachten!

Alles ist gut; besser, als Fred es sich je erträumt hätte; viel besser sogar... bis ihm die verführerische Protagonistin seiner eigenen Kurzgeschichte selbst eine Geschichte erzählt, in der Fred sich und auch Manuela wieder erkennt.

So wie Fred in seinem Gefühlschaos zwischen der höchsten Euphorie und den tiefsten Depressionen schwankt, so meistert auch die Geschichte fast spielerisch die Gratwanderung zwischen überschäumendem Humor, in dem sich die Fabulierfreude des Autors widerspiegelt, und ganz leisen Tönen, wobei auch die Erotik nicht zu kurz kommt.

JÜRGEN LILL

LUSTVOLLE LEKTÜRE ÜBER DIE LIEBE

ISBN-13 978-3-9816303-3-6

Wenn Jürgen Lill zur Feder greift, um die Protagonisten seiner Geschichten in erotische Abenteuer zu stürzen, kann vieles passieren. Doch ob er mit gnadenloser Romantik die Herzen der Leser zum schmelzen bringt, die Magie der Liebe zu entschlüsseln versucht, ob er die Absurdität zwischenmenschlicher Beziehungen und unvorhergesehener Situationen mit Tränen in den Augen auf die Spitze treibt oder ob er in die Abgründe der menschlichen Seele eintaucht; eines ist in seinen Geschichten immer zu spüren: Die Liebe am Erzählen und die Liebe zu den Menschen mit all ihren Eigenheiten und Problemen!

Nur selten fühlt man sich als Leser den handelnden Figuren so nah, wie in den Geschichten von Jürgen Lill

www.ingramcontent.com/pod-product-compliance
Lightning Source LLC
Chambersburg PA
CBHW032003240626
47153CB00003B/1109